BEATE MAXIAN
Ein letzter Walzer

Beate Maxian

Ein letzter Walzer

Der zwölfte Fall für Sarah Pauli

Ein Wien-Krimi

GOLDMANN

Sollte diese Publikation Links auf Webseiten Dritter enthalten, so übernehmen wir für deren Inhalte keine Haftung, da wir uns diese nicht zu eigen machen, sondern lediglich auf deren Stand zum Zeitpunkt der Erstveröffentlichung verweisen.

Penguin Random House Verlagsgruppe FSC® N001967

1. Auflage
Originalausgabe April 2022
Copyright © 2022 by Beate Maxian
Copyright © dieser Ausgabe 2022
by Wilhelm Goldmann Verlag, München,
in der Penguin Random House Verlagsgruppe GmbH,
Neumarkter Str. 28, 81673 München
Die Veröffentlichung dieses Werkes erfolgt auf Vermittlung der
literarischen Agentur Peter Molden, Köln
Umschlaggestaltung: UNO Werbeagentur, München
Umschlagmotive: GettyImages/spastonov; FinePic®, München
Redaktion: Susanne Bartel
KS · Herstellung: ik
Satz: Buch-Werkstatt GmbH, Bad Aibling
Druck und Bindung: GGP Media GmbH, Pößneck
Printed in Germany
ISBN: 978-3-442-49017-2
www.goldmann-verlag.de

Besuchen Sie den Goldmann Verlag im Netz

Was glänzt, ist für den Augenblick geboren.
Das Echte bleibt der Nachwelt unverloren.

Johann Wolfgang von Goethe, *Faust*

Sonntag, 6. Juni

1

Oh, verdammt«, stöhnte Jasmin. »Jetzt fängt's tatsächlich an zu regnen.«

Sie sah den Dirigenten des Orchesters *Wiener Melodien* forschend an. Zarte Tropfen benetzten seinen Frack und das weiße Hemd. Auf der Parkbank, auf der sie saßen, zeichneten sich feuchte dunkle Flecken ab.

»Du hast ja sicherheitshalber einen Schirm mitgebracht«, merkte Marko Teufel verschmitzt lächelnd an und nickte nach rechts, wo der Schirm an der Bank lehnte.

»Trotzdem hatte ich gehofft, dass die Wetterfrösche falschliegen«, lamentierte sie und rückte ein Stück näher an ihn heran.

»Es nieselt doch nur, das stört mich nicht. Im Gegenteil. Es vertreibt die letzten Besucher aus dem Stadtpark. Dann sind wir endlich allein.«

Wegen der aufziehenden dunklen Wolken waren die Musiker des Orchesters und die Promigäste rasch in die Lounge des nahe gelegenen Hotels Imperial aufgebrochen, wo man obligatorisch den Konzertabend ausklingen ließ. Einige Fans waren noch geblieben, und Marko Teufel hatte seine Unterschrift auf Autogrammkarten, das Konzertprogramm und seine aktuelle CD gekritzelt. Aber seit wenigen Minuten waren alle verschwunden.

Er sah nach oben. Der Sprühregen schimmerte wie silbriger Staub am Nachthimmel. Bei dem Anblick erklang augenblicklich eine Melodie in seinem Kopf. So war es oft. Er sah etwas, und seine Gedanken summten, häufig im Dreivierteltakt. »Silberstaubwalzer«, so betitelte er seinen jetzigen Geistesblitz. Möglich, dass er die Tonfolge später niederschrieb, obwohl seine Leidenschaft dem Arrangieren von existierenden Stücken galt.

»Na dann!« Jasmin schenkte Champagner in zwei Gläser und reichte ihm eines. Es war zu ihrem gemeinsamen Ritual geworden, nach einer gelungenen Veranstaltung anzustoßen, abseits allen Trubels, nur sie beide. Und dennoch war das heute eine Premiere. Denn zum ersten Mal tranken sie den Champagner an einem öffentlichen Platz. Bisher waren sie dazu in Jasmins Wohnung gefahren oder hatten auf Tournee in einem Hotelzimmer den Champagner geköpft. Nach den offiziellen Feiern.

»Auf den erfolgreichen Auftakt zu *Walzer im Park*. Trotz Sonntagabend«, sagte Jasmin und stieß ihr Glas sanft gegen seines.

Nathalie Buchner, Markos Agentin und Jasmins Chefin, hatte bezüglich des Tages Bedenken geäußert. Sie hatte gemeint, dass die Leute sonntags an die bevorstehende Arbeitswoche dachten und deshalb keine Lust hätten, ein Konzert zu besuchen. Er hatte sich mit seinem Terminvorschlag durchgesetzt und sie Lügen gestraft. Der Park war brechend voll gewesen.

Marko nippte am Champagner und betrachtete Jasmin über das Glas hinweg. Sie arbeitete erst seit elf Monaten in der Agentur, war in der kurzen Zeit aber bereits unentbehrlich geworden und wickelte inzwischen all seine Projekte ab. Schon beim Kennenlernen hatte sein Entschluss festgestanden, Jasmin zu erobern. Die tizianroten Haare, ihre Sommersprossen auf dem Nasenrücken und ihr romantisch geschwungener Mund hatten es ihm sofort angetan. Dass er bald vierzig und sie zarte siebenundzwanzig war, störte sie beide nicht.

Marko nahm einen kräftigeren Schluck. Zur Entspannung. Sein Körper schüttete nach wie vor Adrenalin aus, und dieser Zustand würde noch eine Weile andauern. Das Lampenfieber vor dem Konzert und die Glückshormone hinterher peitschten ihn jedes Mal für Stunden hoch. Der Moment, wenn alle Augen auf ihn, den Dirigenten, gerichtet waren. Das Publikum den Atem anhielt in Erwartung der ersten Takte. Wenn das Orchester anfing zu spielen. Diesmal hatten sie das Konzert mit dem »Wiener Launen-Walzer« von Johann Strauß Vater eröffnet. Und beendet mit der heimlichen Hymne Österreichs: »An der schönen blauen Donau«, kurz »Donauwalzer«, von Johann Strauß Sohn. Der Walzerkönig stand als goldene Statue verewigt nur wenige Meter von ihrer Parkbank entfernt. Das meistfotografierte Denkmal in Wien, hatte Marko einmal gelesen.

Die Konzertreihe fand in diesem Jahr zum vierten Mal statt und würde sie in den nächsten Wochen durch ganz Österreich führen. Üblicherweise wurde die Tournee im Stadtpark gestartet. So wie heute Abend. Für die Ehrengäste und Promis hatte man Stühle vor der Bühne mit Blickrichtung Kursalon Hübner aufgestellt. Die Konzertbesucher, für die keine Sitzgelegenheit vorbereitet worden war, hatten Picknickdecken mitgebracht und diese auf der Rasenfläche ausgebreitet. Andere hatten sich auf den umstehenden Parkbänken niedergelassen.

»Du schaust übrigens verdammt gut aus in deinem Frack«, gurrte Jasmin.

»Und du in deinem dunkelblauen Samtkleid.« Er streckte eine Hand nach ihr aus, zog ihr Gesicht nahe an seines und küsste sie. Allzu gern hätte er seine Hand unter das Kleid geschoben, doch leider reichte es ihr bis zur Wade. Also begnügte er sich damit, seine Finger sanft über den Stoff gleiten zu lassen und dabei ihren Oberschenkel darunter zu erfühlen.

»Die Leute haben sich das Maul über dich und Ruth zerrissen«, sagte Jasmin nach dem Kuss.

Marko verzog den Mund und nahm die Hand wieder weg. Warum sprach sie ausgerechnet jetzt das leidige Thema an?

»War eh klar, dass ihr Auftritt im Imperial heute Abend Thema Nummer eins sein würde«, fuhr Jasmin in gehässigem Tonfall fort.

Der heftige Streit, den er vor wenigen Tagen mit seiner Frau gehabt hatte, sorgte leider Gottes für Gesprächsstoff.

Ihr Hochzeitstag stand kommenden Freitag an, doch

an dem Abend würde er ein Konzert in Baden bei Wien geben und nachmittags proben, ergo keine Zeit haben. Weshalb er Ruth vergangenen Donnerstag zum Mittagessen ins Café Imperial im gleichnamigen Hotel eingeladen hatte. Er kaufte einen Strauß weißer Rosen, den der Kellner in eine Vase steckte und auf den Tisch stellte. Wie gewohnt zeigte sich Ruth im Laufe des Essens eifersüchtig und angriffslustig. Ihr sonst eher blasses Gesicht lief tiefrot vor Zorn an, als sie ihm Ignoranz und Egoismus vorwarf. Das Gespräch endete wie die meisten in letzter Zeit. Damit, dass sie ihm vorwarf, eine Affäre zu haben. Sobald sie sich dafür in Stellung gebracht hatte, zog sie die Mundwinkel noch weiter nach unten als üblicherweise. Ihr Anblick erinnerte ihn ob ihres hellen Lidschattens und des knallroten Lippenstifts an einen jämmerlichen Clown. Die Affäre bestritt er natürlich. Er und Jasmin verhielten sich äußerst vorsichtig.

»Du solltest nur glauben, was du mit eigenen Augen siehst«, entgegnete er.

»Und du solltest aufhören, mich wie eine Idiotin zu behandeln«, konterte sie und hielt ihm zwei Fotos unter die Nase. Eines zeigte ihn und Jasmin vor Jasmins Wohnhaus. Er hatte unvorsichtigerweise seine Hand um ihre Hüfte gelegt, weil er sich unbeobachtet gefühlt hatte. Auf dem anderen küsste er Jasmins Nacken.

Wer Ruth die unheilbringenden Fotos geschickt hatte, konnte oder wollte sie ihm nicht verraten. »Sie lagen in einem Kuvert im Briefkasten«, sagte sie nur.

Er hatte augenblicklich Robert oder Helene in Verdacht. Seinen Bruder, weil er ihm eins auswischen wollte. Und seine Schwägerin, weil sie ihn noch nie hatte leiden können.

»Da hat wohl jemand einen Privatdetektiv auf mich angesetzt«, knurrte er schließlich und gab ihr die Fotos so entspannt wie möglich über den Tisch zurück.

Ruth sprach an dem Tag erstmals von Scheidung. Er nahm ihre Hand, drückte sie. Eine Spur zu fest, doch er wollte damit verdeutlichen, dass das für ihn nicht infrage kam. Jedenfalls nicht zum aktuellen Zeitpunkt.

»Keine Scheidung kurz vor, während oder knapp nach einer Tournee oder einem wichtigen Auftritt«, knurrte er. Eine Trennung würde die Presse nur von seiner Arbeit ablenken.

Blöderweise hatte ihn und Ruth jemand genau in dem Moment fotografiert, als sie die weißen Rosen aus der Vase zog und sie ihm ins Gesicht schlug. Er hatte es nicht bemerkt, und der Fotograf hatte die Bilder der Presse zugespielt. Ein gefundenes Fressen für den Boulevard.

»Prügelt euch verdammt noch mal zu Hause«, hatte seine Mutter am Telefon getobt, nachdem der erste Artikel über eine etwaige Ehekrise des bekannten Dirigenten erschienen war. Eine positive Presse bedeutete Thekla Teufel alles. Seit dem Tod von Markos Vater, dem berühmten Tenor Berthold Teufel, drehte sich ihr Universum einzig um die Karriere und die Reputation ihrer Söhne. Robert, der Langweiler. Marko, der King des Walzers. Er schüttelte den Gedanken ab.

Der Regen wurde eine Spur stärker. Die Luft roch nach feuchter Erde, noch immer war es sommerlich warm. Jasmin griff nach dem großen Regenschirm und spannte ihn über ihren Köpfen auf.

»Zwischen Ruth und mir herrscht seit ihrem hysterischen Auftritt Funkstille«, sagte er gleichmütig. »Ich wohne seit Tagen im Hotel Imperial, wie dir nicht entgangen sein dürfte.« Er grinste anzüglich.

Jasmin hatte die letzten Nächte bei ihm verbracht. Sie bemühten sich nach wie vor um Diskretion, ließen sich nie gemeinsam in der Lobby blicken und fuhren niemals zeitgleich mit demselben Lift. Marko war noch stärker als sonst zur Vorsicht gezwungen. Sein Ruf eilte ihm voraus. Jasmin war nicht sein erster Fehltritt in seiner Ehe mit Ruth. Doch mit ihr war es anders. Mit ihr führte er Gespräche auf Augenhöhe, sie erschien ihm ebenbürtig. Seine bisherigen Ausrutscher hatten ihn ausschließlich angehimmelt. Es wäre eine Lüge zu behaupten, dass er ihre Aufmerksamkeit nicht genossen hätte. Doch davon abgesehen hatte ihn das demütige Anhimmeln auch schnell gelangweilt. Er rückte ein Stückchen näher, heftete seinen Blick auf Jasmins Brüste, die sich unter dem eng anliegenden Kleid abzeichneten. Sie goss Champagner nach.

»Hoffentlich macht sie ihre Drohung nicht wahr und cancelt ihr Sponsoring für dein Projekt.«

Er lächelte gequält. Auf jeden Fall würde sie das tun, spätestens wenn sie von seinen weiteren Plänen erfuhr. Sie würde alles daransetzen, seine Visionen zu zerstören, denn er hatte nicht nur eine. Seine Idee, die Ruth kannte, war, Wiens Ruf als Walzerstadt nicht nur durch die weltberühmte Musik, sondern auch durch Kunst im öffentlichen Raum sichtbar zu machen. Sein Freund Gabriel Kern, ein Installationskünstler und Bildhauer aus Graz, war gerade dabei, meterhohe Musiknoten in Edelrostoptik zu gestalten, die zusammengefügt Takte des »Donauwalzers« ergaben. Marko plante, sie an ausgewählten Orten in Wien aufzustellen. Die erste Note nahe dem Johann-Strauß-Denkmal im Stadtpark. Die zweite in der Millöckergasse, direkt beim Papagenotor, dem ehemaligen Hauptportal des Theaters an der Wien, in dem im April 1874 die Uraufführung der Operette *Die Fledermaus* stattgefunden hatte. Die dritte vor dem ehemaligen Wohnhaus der berühmten Musikerfamilie des neunzehnten Jahrhunderts in der Praterstraße. Dort, wo Strauß Sohn in den 1860er-Jahren den »Donauwalzer« komponiert hatte. Heute war darin ein Museum der Strauß-Dynastie beheimatet. Auch die restlichen Standorte der Noten hatte Marko nach und nach festgelegt.

»Gabriel hat mich vor dem Konzert angerufen«, sagte er. »Er arbeitet bereits am Modell der Walzerstadt und will es mir zeigen, sobald wir in Graz sind.« Am Schlossberg in der steirischen Hauptstadt endete traditionell die Konzertreihe *Walzer im Park*.

»Ich rufe am Montag gleich beim zuständigen Amt für die notwendigen Genehmigungen an«, erwiderte Jasmin.

Marko nickte. Er plante, die Stadt Wien in der Sache als Kooperationspartner zu gewinnen. Die ersten diesbezüglichen Gespräche hatte Nathalie bereits geführt, sie waren Erfolg versprechend verlaufen. Marko hatte vorgeschlagen, nächstes Jahr zu seinem vierzigsten Geburtstag ein großes Fest zu feiern und im Zuge dessen das Projekt Walzerstadt Wien einzuweihen. Unter der Voraussetzung, dass bis dahin alle Noten an ihrem vorgesehenen Platz standen.

»Ich kann die Neider jetzt schon hören«, lachte er. »Wen hat der Teufel geschmiert, um den Schwachsinn umsetzen zu dürfen?«

Er wusste, dass seine Idee nicht allen gefiel. Erst kürzlich hatte sich der Musikjournalist Patrick Jattel in einem Artikel abfällig über das Projekt geäußert. Es als unnötigen Kitsch abgetan. Rasch schob er den dunklen Gedanken an einen seiner schärfsten Kritiker beiseite. Der Kerl war ein lästiger Zyniker und überflüssig wie eine Zecke. Es war müßig, länger über ihn nachzudenken.

Jasmin teilte den restlichen Champagner zwischen ihnen auf. Nach diesem letzten Glas würden sie aufbrechen. Ob in die Lounge oder direkt in sein Hotelzimmer, entschieden sie spontan. Der Regen wurde stärker, die Luft langsam kühler. Das Prasseln auf den Schirm schluckte fast alle Umgebungslaute. Die am Parkring fahrenden Autos klangen dumpf.

Jasmin stellte ihr halb volles Champagnerglas auf den Boden. Dann umklammerte sie den Griff des Regenschirms mit beiden Händen, zog ihn dicht über ihre Köpfe, beugte sich nach vorn und legte ihre Lippen auf Markos. Sie zitterten leicht. Ihr Verlangen war spürbar. Er ließ sein Glas fallen. Es landete geräuschlos im Rasen. Er erwiderte ihren leidenschaftlichen Kuss, umfasste mit seinen Händen ihre Taille. Von einem Moment auf den anderen flog der Schirm zur Seite, als hätte ihn eine Windbö erfasst. Beinahe gleichzeitig drehte Jasmin den Kopf und sackte nach vorn, als hätte sie einen Schlag bekommen. Eine Hand schoss von hinten auf sie zu, packte sie an den Haaren und riss sie zurück, während eine andere auf sie einstach.

Marko starrte geschockt auf den Arm der dunklen Gestalt, der sich immer und immer wieder hob und senkte. Sein Verstand funktionierte nicht. Was zum Teufel war das? Ein Messer? Ein Stichel? Er spürte weder seine Arme noch seine Beine. Er war wie gelähmt. Hinter seinen Schläfen pochte es heftig. Sein Kopf drohte zu zerspringen. Was war das hier? Ein Raubüberfall? Er versuchte zu begreifen, zu helfen. Sollte er dem Angreifer etwas anbieten, damit er damit aufhörte?

»Ich geb Ihnen Geld«, krächzte er.

Hatte er das wirklich gesagt oder die Worte nur gedacht? Unvermittelt ließ die Kreatur von Jasmin ab und wendete sich ihm zu.

Der Stich in den Hals überraschte Marko. Instinktiv zuckte seine Hand zur Halsschlagader. Etwas Warmes floss über seine Finger. Sein Körper pumpte Blut aus der Wunde. Seine Beine begannen zu zittern, dann durchfuhr seinen Körper ein heftiges Beben. Wie durch einen Nebelschleier sah er, wie Jasmin zur Seite fiel. Wie sich auf der Bank eine Blutlache bildete, vermischt mit Regenwasser. Er versuchte zu schreien. Doch seiner Kehle entwich einzig ein klägliches Gurgeln. Dann kippte die Welt vor seinen Augen.

2

Sarah Pauli war schon öfter im Hotel Imperial an der Ringstraße gewesen, doch der Anblick des majestätischen Interieurs überwältigte sie bei jedem Besuch aufs Neue. Im Foyer standen rot gepolsterte Sitzbänke im Stil des neunzehnten Jahrhunderts. Sie fragte sich, ob es je jemand wagte, darauf Platz zu nehmen. Alles sah noch immer aus wie die Privatresidenz des Herzogs Philipp von Württemberg, in dessen Auftrag das Gebäude bis 1865 erbaut worden war. Heute war es ein Hotel für Touristen, die das notwendige Kleingeld besaßen, um sich den Luxus leisten zu können. Sein Besitzer war ein Konzern in den Vereinigten Arabischen Emiraten.

»Was meinst du, poliert den ganzen Marmor täglich eine eigens dafür abgestellte Putzkolonne auf Hochglanz?«, raunte sie ihrem Lebensgefährten David zu.

»Keine Ahnung«, antwortete er teilnahmslos.

Selbst sein Desinteresse konnte Sarahs Begeisterung keinen Abbruch tun. Es gab kaum eine Ecke, die nicht mit dem edlen Material ausgelegt war. »Außerdem wüsste ich gerne, wie man die da oben putzt.« Sie zeigte auf die imposanten Kronleuchter an der Decke.

Davids dunkle Augen folgten ihrem Finger. »Ich bin mir sicher, dafür gibt's Spezialisten«, antwortete er genauso gleichgültig wie zuvor.

»Wahrscheinlich hast du recht«, pflichtete sie ihm bei, weil sie sich an eine TV-Dokumentation erinnerte, in der das Reinigungsprozedere gezeigt worden war. Sie ließ den Blick weiter und über die goldgerahmten Gemälde an der Wand gleiten.

Sarah traf man selten auf einem Fest mit hohem Promianteil. Falls sie sich dennoch erweichen ließ hinzugehen, flüchtete sie sich meist in eine Ecke, von der aus sie das Geschehen beobachten konnte. Sie interpretierte gerne die Gesten und das Lächeln der Gäste und sortierte es in Schubladen: bemüht, gequält, herzlich, glücklich, offen, falsch.

Heute lag die Sache ein wenig anders. Ein Glas Wein mit David an der Bar in der Lounge des Hotels versprach einen eleganten Tagesausklang. Und den hatten sie sich verdient. Seit Wochen schon hatten sie keine Zeit gefunden, miteinander auszugehen. Wobei das Konzert *Walzer im Park* für sie kein zwangloses Vergnügen gewesen war. David war Herausgeber des *Wiener Boten* und Sarah Chefredakteurin desselben. Sie hatten beide eine VIP-Einladung zum Auftakt der Konzertreihe bekommen und sich verpflichtet gefühlt, diese anzunehmen. Trotzdem verbuchte Sarah den Abend unter Privatleben, weil sie ausschließlich zum Händeschütteln, Small-Talk-Machen und Walzerklängen-Lauschen verdonnert waren. Das Konzert hatte in keinem exklusiven Konzertsaal, sondern unter freiem Himmel und in lockerer Atmosphäre im Stadtpark stattgefunden. David trug einen dunkelgrauen Zweiteiler, der ihm ausgezeichnet stand, und Sarah einen dunkelroten Hosenanzug, der ihren südländischen Typ unterstrich. Weil sie keine Lust auf kalte Füße gehabt hatte, hatte sie sich für dazu passende knöchelhohe, elegante Stiefeletten entschieden. Ihre halblangen dunkelbraunen Haare hatte sie locker nach oben gebunden. Das einzige Schmuckstück, das sie trug, war wie üblich ihre Halskette mit dem roten Corno. Das italienische Horn schützte dem Volksglauben nach vor dem Bösen Blick, einem Schadenzauber. Es war Sarahs Lieblingsschmuck.

Die Lounge war gesteckt voll. Musiker, teilweise noch im Auftrittsfrack, und elegant gekleidete Besucher plauderten, lachten oder tauschten den neuesten Klatsch aus. Im Raum hing eine Duftmischung unterschiedlicher Parfums und Aftershaves. Alles zusammen verschmolz zu Champagnerlaune, fand Sarah. Sämtliche Hocker an der Bar waren besetzt, doch Conny gelang es, ihnen ein paar samtige goldgelbe Ohrensessel zu sichern. Die Kleidung von Sarahs Kollegin Conny Soe, der Society-Lady des *Wiener Boten*, und deren Accessoires waren wie üblich perfekt aufeinander abgestimmt. Conny trug einen royalblauen Jumpsuit mit Korsettoberteil. Die hellgraue Lederhandtasche passte zu den gleichfarbigen Pumps. Ihre kupferroten Locken hatte sie hochgesteckt, an den Ohren baumelten goldene Creolen. Sie war die unumstrittene Mode-Ikone des *Wiener Boten*.

David holte an der Bar drei Gläser Cabernet Sauvignon und reichte Sarah und Conny je eines. »Auf einen gelungenen Abend«, sagte er und prostete ihnen zu.

Sie folgten seinem Beispiel.

Conny reckte den Kopf, während sie am Rotwein nippte.

»Suchst du wen?«, fragte David.

»Ich hatte gehofft, Teufels Agentin Nathalie Buchner oder zumindest ihre Mitarbeiter Jasmin Meerath oder Arthur Zink hier zu treffen. Ich brauch einen Überblick über die Promis, die heute unter den Gästen waren. Nicht dass ich am Ende jemand Wichtigen vergesse.« Die letzten zwei Worte hatte sie übertrieben betont.

»Das hast du doch noch nie«, erwiderte David.

»Ich werde älter, und ohne meine neue Freundin kann es durchaus passieren, dass ich etwas oder jemanden übersehe.«

Sarah und David runzelten fragend die Stirn.

Conny stellte ihr Glas auf dem ovalen Glastisch ab, zog ein Brillenetui aus ihrer Handtasche und klappte es auf.

»Seit wann trägst du eine Brille?«, fragte Sarah erstaunt.

»Ich hab sie gestern beim Optiker abgeholt.«

»Aufsetzen!«, forderte Sarah sie auf.

Conny seufzte ergeben und tat ihr den Gefallen. Das Designermodell von Armani im dezenten Rostbraun war perfekt auf ihre Haarfarbe und ovale Gesichtsform abgestimmt.

»Die steht dir ausgezeichnet«, stellte Sarah fest.

»Absolut«, pflichtete ihr David bei, nachdem Sarah

ihn mit dem Ellbogen angestupst hatte. »Hat Simon vorhin denn keine Fotos gemacht?«

Der Fotograf und Computerexperte des *Wiener Boten* machte normalerweise unzählige Bilder, sodass Conny zumeist die Qual der Wahl hatte, wenn sie für ihre Society-Seite einige auswählen musste.

»Schon und sicher mehr als genug«, erwiderte Conny erwartungsgemäß. »Trotzdem hätte ich gerne eine Gästeliste.« Sie nahm die Brille wieder ab und steckte sie weg. »Egal, dann ruf ich eben morgen in der Agentur an. Sie sollen mir die Liste mailen.«

»Lass die Brille auf. Du schaust toll damit aus«, sagte Sarah.

Conny lächelte gezwungen. »Ab morgen oder übermorgen.«

»Nathalie Buchner hat sich schon im Stadtpark von mir verabschiedet. Sie wollte gleich nach Hause fahren, weil sie morgen früh rausmuss«, begründete David die Abwesenheit der Agenturchefin.

»Damit ist alles klar«, seufzte Conny. »Wenn die Chefin die Feier schwänzt, tun es die Mitarbeiter ihr gleich. Zumal auch der Star des Abends fehlt, wie's ausschaut. Oder seht ihr Marko Teufel irgendwo?« Conny drehte ihren Kopf nach links und rechts.

Auch Sarah und David sahen sich um und schüttelten dann fast synchron den Kopf.

»Dass Jasmin fehlt, hat sicher nichts mit ihrem Job zu tun. Es sei denn, sie verrechnet neuerdings die Stunden, die sie sich vom Maestro flachlegen lässt«, schreckte sie plötzlich eine fremde Stimme hoch. Eine Frau Anfang dreißig in einem geblümten Kleid und mit haselnussbraunen Haaren, die ihr über die Schultern fielen, ließ sich auf einem der beiden noch freien Sessel nieder. In der Hand hielt sie ein Glas Weißwein.

»Oh, hallo«, begrüßte Conny sie und stellte Sarah und David die Unbekannte als Arina Zopf vor. »Sie ist eine begnadete Pianistin«, fügte sie lächelnd hinzu.

Sarah sah Conny genauer an, konnte an ihrer Mimik aber nicht ablesen, ob ihr Wohlwollen ernst gemeint oder geheuchelt war.

Die Musikerin hob zur Begrüßung ihr Weinglas.

David und Sarah nahmen ihre Rotweingläser und stießen mit ihr an.

»Die zwei wälzen sich sicher schon im selben Bett«, sagte Arina Zopf mit einem bissigen Unterton und stellte das Glas ab. Man hörte deutlich, dass dieses Achterl Wein nicht ihr erstes war. Ihr Zeigefinger stach anklagend Richtung Decke, wo, wie im Foyer, ein funkelnder Kronleuchter hing.

Sarah sah fragend in die Runde, weil sie die Anspielung nicht sofort verstand.

»Seit dem Streit mit seiner Frau wohnt Marko Teufel hier im Hotel. Und den Gerüchten nach haben Jasmin Meerath und er eine Affäre«, erklärte Conny.

»Gerüchte!« Arina Zopf lachte so schrill, dass Sarah befürchtete, die Gläser am Tisch könnten zerspringen.

»Dass die beiden was miteinander haben, ist so klar wie Leitungswasser. Traurig genug, dass er nicht mal mehr ein allzu großes Geheimnis um das Pantscherl macht«, fuhr die Pianistin fort.

»Der Mann ist verheiratet«, wendete Sarah vorwurfsvoll ein.

»Tja, manche nehmen es mit der ehelichen Treue nicht so genau. Sicher hat ihm seine Frau deshalb die Blumen um die Ohren g'hauen. Ihr habt das Foto eh alle g'sehen und den Artikel g'lesen, auch wenn sich der *Wiener Bote* in der Sache vornehm zurückhält.« Sie schickte ein schiefes Lächeln in Connys Richtung, ehe sie zischte: »G'schieht ihm recht, diesem Mistkerl! Was lässt er sich auch mit dieser rothaarigen Hexe ein. Der sollte man Friedhofserde ins Gesicht schmieren.«

»Was heißt, er lässt sich mit ihr ein?«, fragte Conny treuherzig und hielt mit der Pianistin Augenkontakt, um nur ja keine ihrer Regungen zu verpassen. »Sie organisiert immerhin seine Tourneen und PR-Auftritte.«

Arina Zopf schnaubte und klang dabei zugleich belustigt und verächtlich. »Und weil sie in der Agentur Mitarbeiterin des Jahres werden will, macht sie für ihn auch noch die Beine breit.«

Sarah sah Conny an der Nasenspitze an, dass ihr eine Bemerkung auf der Zunge lag. Aber die Society-Löwin war Profi. Sie verzog den Mund nur zu einem verschwörerischen Lächeln und wartete darauf, dass die Musikerin fortfuhr.

Doch die schien jemanden entdeckt zu haben. Sie sprang auf und winkte Richtung Eingang. »Gregor! Gregor!«, rief sie über die Köpfe einiger Gäste hinweg, die dem Geschrei nur wenig Beachtung schenkten.

In der offenen doppelflügeligen Tür stand ein Mann

mit Brille und braunen Locken. Er sah sich suchend um. Sein Blick war gehetzt.

Conny beugte sich zu Sarah. »Warum Friedhofserde?«, fragte sie flüsternd.

»Anno dazumal dachte man, Graberde würde vor Hexerei und Behexung schützen. Vielleicht glaubt sie, Jasmin hätte den armen Marko Teufel verhext«, mutmaßte Sarah.

Conny hob die Augenbrauen. »Wenn Arina so etwas weiß, scheint mir eher sie die Hexe zu sein. Nicht Jasmin.«

»Gregor, Gregor!«, wiederholte die Pianistin eine Spur lauter und verstärkte dabei ihr Armwedeln.

In dem Moment klopfte ein Mann im dunkelblauen Anzug mit schütterem grauem Haar David auf die Schulter. Als Sarahs Freund sich umwandte, blitzten seine Augen erfreut auf. Er erhob sich und umrundete den Sessel, um besser mit dem Neuankömmling reden zu können. Sarah kannte ihn nicht.

Endlich hatte Arina Zopf die Aufmerksamkeit des Mannes am Eingang auf sich gezogen. Er steuerte direkt auf sie zu, hauchte ihr einen Kuss auf die Wange, schüttelte ihnen allen nacheinander die Hände und stellte sich vor.

Conny raunte Sarah zu, dass Gregor Baldic ein genialer Klarinettist sei und sie ihn schon mehrmals im Porgy & Bess, dem Jazzclub in der Riemergasse, gesehen habe.

»Wo warst du?«, fragte die Pianistin vorwurfsvoll. »Wir waren für halb elf verabredet. Jetzt ist es«, sie sah demonstrativ auf ihre Armbanduhr, »elf. Du bist eine halbe Stunde zu spät.«

»Hatte noch was zu tun«, antwortete der Musiker knapp und rief im Stehen seine Bestellung Richtung Bar.

Einer der Barkeeper nickte als Antwort.

Nachdem sich der Fremde im dunkelblauen Anzug von David verabschiedet hatte, begrüßte dieser Baldic, ehe sich beide setzten.

»Wer war das?«, erkundigte sich Sarah bei ihrem Freund.

»Theo Eisen. Er ist Musikalienhändler, sein Laden liegt in der Innenstadt in der Herrengasse. Er hat mir grad erzählt, dass er ein riesengroßer Fan von Marko Teufel ist. Wollte meine Meinung zu dessen neuester Idee wissen.«

Sarah hob die Augenbrauen. »Das Projekt mit den riesigen Musiknoten?«, hakte sie nach. Der *Wiener Bote* hatte in der letzten Woche einen großen Bericht darüber veröffentlicht. »Und warum fragt er da dich?«

David zuckte mit den Achseln. »Er überlegt, eine Musiknote zu finanzieren. Dafür würde ein Schild mit dem Namen seines Ladens daran angebracht werden.«

»Ähnlich wie bei den Tierpatenschaften im Schönbrunner Zoo«, witzelte Conny. »Da wird das Schild dann am Gehege oder so festgeschraubt.«

»Walzerstadt Wien«, kommentierte Gregor Baldic ihre Unterhaltung abfällig. »Vielleicht sollten wir endlich mal damit beginnen, uns eine neue künstlerische

Identität zuzulegen, als ständig das Zeug aus längst vergangenen Zeiten wiederzukäuen.« Der Klarinettist schüttelte den Kopf. »Aber solange Mozart, Strauß, Lanner und Co sich noch gewinnbringend vermarkten lassen und massenweise Touristen anlocken, wird Österreichs musikalische Definition in der Welt wohl rückwärtsgerichtet bleiben.«

Er hielt inne, weil ein Kellner ihm das bestellte Achterl Weißwein brachte.

Sarah überraschte Baldics heftige Kritik. Spielte er nicht in Teufels Orchester und verdiente mit Walzern gutes Geld? Sie verkniff sich die Frage. An diesem Abend hatte sie keine Lust auf eine Diskussion.

»Und jetzt kommt der Marko auch noch mit diesen Scheißmusiknoten daher«, polterte Baldic unterdessen weiter. »Als ob der vergoldete Strauß im Stadtpark nicht Kitsch genug wäre.«

»Der Jattel hat das Projekt in seinem letzten Artikel ziemlich verrissen«, ergänzte Arina Zopf, um zu verdeutlichen, dass ihr Freund nicht allein mit seiner Meinung dastand.

Die Wiener Zeitungsbranche war klein. Sie alle kannten den Musikjournalisten und Kritiker Patrick Jattel. Er wurde gefürchtet, verachtet und geliebt zugleich. Je nachdem, ob man gerade in seiner Gunst oder auf seiner Abschussliste stand. Vereinzelt glichen seine Verrisse reinen Vernichtungsschlägen. Musiker, die ihm unsympathisch waren, zertrat er zuweilen wie eine Laus. Nur um seine Macht zu demonstrieren.

»Wenn's mal so weit ist, wird wohl nur eine Handvoll Künstler an Jattels Grab um ihn trauern«, hatte Conny einmal behauptet.

Sarah seufzte innerlich. Sie hatte sich auf einen entspannten Tagesausklang mit David gefreut. Stattdessen saß sie jetzt nicht nur mit einem Grantler an einem Tisch, sondern auch mit einer Frau, die mit ihrer ablehnenden Haltung gegenüber Jasmin Meerath und Marko Teufel nicht hinterm Berg hielt. Sarah war von beiden gewaltig genervt. Ihrer Meinung nach war es unerhört, sich ungefragt zu Leuten dazuzusetzen und ihnen dann die Stimmung zu versauen. Ihre Laune war auf dem Weg in den Keller.

David schien zu bemerken, was in ihr vorging. Er warf ihr einen Blick zu, der sagte: Lass uns abhauen.

Sie nickte unauffällig. Zum Glück hatte Conny gerade einen Schauspieler entdeckt, den sie angeblich schon lange etwas fragen wollte. Sarah vermutete, dass sie ebenfalls einen Grund zum Flüchten suchte. Arina Zopf und Gregor Baldic waren wirklich keine Stimmungskanonen. David und sie nutzten ihre Chance, sich ebenfalls zu verabschieden, als Conny sich mit ihrem Glas in der Hand zu anderen Ufern aufmachte.

»Dieser Baldic war ein bisserl anstrengend«, merkte David auf dem Weg zum Ausgang an.

»Ein bisserl?« Sarah verdrehte die Augen.

»Lass uns daheim noch was trinken und über was Schönes reden.« Er küsste ihren Nacken. »Nur wir zwei.«

Sie lächelte. Daheim. Inzwischen klang das vertraut. Dabei hatte Sarah ihre Wohnung am Yppenplatz vor knapp mehr als einem Jahr nur schweren Herzens verlassen. Doch inzwischen hatte sie ihr Zuhause im beschaulichen Cottageviertel im achtzehnten Bezirk in ihr Herz geschlossen. Sie bewohnten ein Apartment im Erdgeschoss einer dreistöckigen Villa mit roter Backsteinfassade aus dem zwanzigsten Jahrhundert, die David gehörte. In dem kleinen Garten im Hinterhof zog Sarah Kräuter. Über ihnen wohnten ihr Bruder und seine Freundin. Gabi war zugleich Sarahs beste Freundin und Davids Sekretärin. Sarah war glücklich, dass Chris eingewilligt hatte, ebenfalls einzuziehen. Nicht mehr mit ihrem jüngeren Bruder das Zuhause zu teilen war für Sarah anfangs undenkbar gewesen. David war ihre große Liebe, aber Chris ihre gesamte Familie, die sie noch hatte. Als ihre Eltern bei einem Autounfall ums Leben gekommen waren, war er siebzehn gewesen und bald darauf zu Sarah gezogen. Sie beide hatten sich gegenseitig Halt gegeben und waren seitdem unzertrennlich. Und das würden sie vermutlich ihr Leben lang bleiben.

Sarah und David verließen das Hotel, und er winkte einem Taxi.

Die Straße war nass. Anscheinend hatte es in der letzten Stunde geregnet.

Montag, 7. Juni

3

Sarah räkelte sich, um den letzten Rest Müdigkeit zu vertreiben. David brummte etwas Unverständliches im Halbschlaf. Zärtlich küsste sie seinen Rücken, sog seinen Geruch ein und träumte noch einen Atemzug lang von letzter Nacht. Sie hatte befürchtet, dass die Anziehungskraft nachließ, sobald sie gemeinsam unter einem Dach lebten. Doch das Gegenteil war der Fall. Sie wuchsen immer enger zusammen. Sein Humor, seine Zuverlässigkeit, seine mentale Stärke und seine schier endlose innere Ruhe faszinierten Sarah wie am ersten Tag. Während sie sich umdrehte, fiel ihr Blick auf den Wecker. Es war zehn Minuten vor halb acht, bald würde er läuten. Sie schaltete ihn aus, schälte sich aus dem Boxspringbett, das sie sich kürzlich zugelegt hatten.

Im Flur kam ihr Marie entgegen. »Guten Morgen, Süße.« Sarah ging in die Knie und strich der schwarzen Halbangora übers Fell.

Die Katze schnurrte, streckte sich wohlig unter den Liebkosungen.

Sarah bewunderte nicht zum ersten Mal die Biegsamkeit ihres Stubentigers. »Ich geh schnell ins Bad, dann gibt's Frühstück«, sagte sie und richtete sich wieder auf.

Duschen und Haare waschen. Dieses Ritual brachte sie morgens in Schwung.

Marie rollte sich auf den Rücken, machte sich lang. Sarah ging ins Bad und konnte spüren, wie sie ihr nachsah.

Zwanzig Minuten später betrat sie die offene Küche im Landhausstil, in ihren Bademantel gehüllt und die feuchten Haare mit einem Handtuch umwickelt. David bereitete Kaffee für sich und Grüntee für Sarah zu. Obwohl sie den Tag zumeist mit Tee begann, liebte sie den morgendlichen Kaffeeduft. Und wenn David in Jogginghose und mit nacktem Oberkörper leicht verschlafen in der Küche hantierte, überkam sie ein Gefühl von Behaglichkeit. Das Radio lief. Stevie Wonders »I Wish« füllte die gesamte Wohnung. Sarah stellte sich neben David, schwang ihre Hüften im Takt und grölte den Refrain mit.

Er lächelte breit und küsste sie auf die Wange. »Guten Morgen.«

»Morgen, mein Held, der mich gestern vor einem schrecklichen Abend gerettet hat«, erwiderte sie schelmisch.

Er zog ihr das Handtuch vom Kopf und fuhr ihr durch die Haare. »Die sind ja noch feucht.«

Sie lachte. »Was dachtest du denn?«

»Bei dir kann man nie wissen, immerhin bist du eine Hexe.« Er grinste spitzbübisch. »Kann ich schnell duschen, oder musst du gleich noch mal ins Bad zum Haareföhnen?«

»Mach ich später. Wir haben ja noch ein bisserl Zeit.«

Sie hatten vor, um halb zehn in der Redaktion zu sein. Um zehn stand wie jeden Montag die alle Ressorts umfassende Sitzung an. Sarahs Aufgabe als Chefredakteurin war es, diese zu leiten.

Als David verschwunden war, nahm Sarah ihre Teetasse, stellte sich ans Fenster und begann erneut zu tanzen.

»I wish«, trällerte sie dem wolkenlosen Himmel entgegen. Die Sonne warf bereits die ersten Schatten. Marie tauchte auf und strich um ihre Beine. »Da bist du ja wieder. Hast doch noch eine Runde geschlafen, gell?« Sarah drehte sich um, griff nach einer Katzenfutterdose mit Barsch in Gelee, öffnete sie und rümpfte die Nase. »Wie kannst du das Zeug nur schon morgens fressen?«

Die letzten Takte des Songs ertönten, dann wurde Stevie Wonder vom Radiomoderator abgelöst. Schnurrend presste Marie ihren Körper fest an Sarahs nackte Wade.

Sie bückte sich, kraulte der Katze den Kopf und schabte dann das Futter mit einem Löffel aus der Dose in Maries Napf. Anschließend stellte sie die leere Futterdose ins Spülbecken, ließ sie bis zum Rand mit Wasser volllaufen, wusch sich die Hände und steckte zwei Scheiben Toastbrot in den Toaster.

Fünf Sekunden nachdem der Moderator die Morgennachrichten angekündigt hatte, begrüßte der Nachrichtensprecher die Hörer und berichtete gleich darauf von einem Doppelmord im Stadtpark.

Sarah hielt inne und drehte den Kopf zum Radio, als wollte sie sich vergewissern, dass der Sprecher tatsächlich von Mord gesprochen hatte. In den nächsten beiden Minuten erfuhr sie, dass ein Mann und eine Frau tot aufgefunden worden waren, deren Identität bislang noch ungeklärt war. Die Meldung enthielt nur grobe Erstinformationen.

Das Toastbrot sprang aus dem Toaster. Sarah nahm es heraus, bestrich es mit Butter und Himbeermarmelade, während der Nachrichtensprecher zum nächsten Bericht überging.

Sie legte das Messer beiseite und holte ihr Handy, das am Esstisch lag. Mit einem Blick aufs Display sah sie, dass Maja, die Redakteurin des Chronik-Ressorts, ihr vor zehn Minuten eine Nachricht geschickt hatte. *Komme später in die Redaktion. Bin im Stadtpark. Mordfall.*

David stand plötzlich in der Tür. Er war barfuß, hatte um seine Hüften ein Handtuch gebunden und duftete nach Duschgel.

Sarah reichte ihm den Teller mit den Marmeladentoasts. »Iss du, ich muss telefonieren. Im Stadtpark ist was passiert.« Sie rief Maja an.

David aß den ersten Toast, während er den Blick auf sie gerichtet hielt.

Die junge Journalistin hob nach dem zweiten Läuten ab.

»Hallo, Maja, ich bin's, was ist passiert?«

»Die Polizei hält sich noch bedeckt. Aber es gibt zwei Tote nahe dem Johann-Strauß-Denkmal.« Papier raschelte. »Laut ersten Infos wurden sie erstochen. Zwei Arbeiter, die heute Morgen die Bühne vom gestrigen Konzert abbauen sollten, haben sie entdeckt. Ich hab mich bereits nach ihnen umgesehen, aber ohne Erfolg. Entweder werden sie noch von der Polizei befragt, oder man hat sie inzwischen weggeschickt, damit wir sie nicht in die Finger bekommen.«

»Ist Stein da?«

»Ja. Er leitet die Ermittlungen. Aber bis jetzt konnte ich noch nicht mit ihm sprechen.«

Den bulligen Chefermittler und Sarah verband eine enge Freundschaft. In der Zeit ihres Kennenlernens hatte gegenseitiges Misstrauen überwogen. Allein Sarahs Auftauchen bei Tatorten hatte seinen Puls in gefährliche Höhen schnellen lassen. Doch mittlerweile ergänzten sie sich bei der Arbeit: Sie verriet ihm wichtige Rechercheergebnisse, bevor der entsprechende Artikel erschien, und er ließ ihr im Gegenzug ab und zu inoffizielle interne Informationen zukommen, womit sie einen Vorsprung vor der journalistischen Konkurrenz bekam.

»Ich stehe beim Biergartl«, sagte Maja.

»Okay, bleib, wo du bist. In einer halben Stunde bin ich da«, meinte Sarah, legte auf und brachte David in knappen Worten auf den aktuellen Stand.

»Bedeutet das, ich soll dich bei der Sitzung vertreten?«

»Bitte.« Sie sah ihn flehend an. »Aber falls du keine Zeit hast, könnte das auch Herbert Kunz übernehmen«, schlug sie alternativ den Chef vom Dienst vor.

»Passt eh. Ich mach's. Lass uns rasch etwas anziehen und gleich losfahren. Ich nehm dich ein Stück mit.«

David setzte Sarah am Westbahnhof ab, wo sie in die U6 stieg. Nach zwei Stationen wechselte sie in die U4 und betrat fünfzehn Minuten später den Stadtpark über die Johannesgasse; wie dreizehn Stunden zuvor für den Konzertbesuch. Die hundertvierzig Meter bis zum Biergartl konnte sie ungehindert zurücklegen. Ab dort bewachte ein Polizist in Uniform eine bereits abgesperrte Stelle. Das weiß-rote Band mit dem Aufdruck *Polizei* war zwischen einer Gartenmauer oberhalb der Wienfluss-Promenade und dem Zaun des Bierlokals gespannt worden. Es flatterte im sanften Wind. Eine Handvoll Schaulustiger orakelte schon über das Verbrechen. Sarah schnappte die Vermutungen auf, dass es sich um ermordete Obdachlose, eine Beziehungstat oder zwei Tote im Zusammenhang mit dem Bandenkrieg zwischen Tschetschenen und Afghanen handeln könnte. Doch letzteres Szenario hätte sich eher im Prater abgespielt, wie sie aus Erfahrung wusste.

Sie erblickte Maja unmittelbar vor dem Band. Die junge Redakteurin trug wie Sarah Jeans und Turnschuhe. Die rotbraunen Haare fielen bis zur Mitte ihres Rückens.

»Hast du schon mehr Infos?«, fragte Sarah nach einer kurzen Begrüßung und warf einen Blick auf die Uhr. Es war fünf Minuten vor neun.

»Leider nein.« Maja zuckte mit den Schultern. »Es scheint, als wollten sie uns blöd sterben lassen. Sag mal, ich finde es wirklich nett, dass du gekommen bist, aber solltest du nicht in einer Stunde die Redaktionssitzung leiten? Schaffst du das denn noch?«

»David vertritt mich.« Sarah sah sich um. Wenige Schritte neben ihnen warteten weitere Printjournalisten sowie Kamerateams unterschiedlicher Fernsehsender darauf, dass verwertbare Neuigkeiten bekannt gegeben wurden.

»Der Großteil des Parks wurde abgeriegelt«, sagte Maja.

»Was ist mit den Übergängen?«, fragte Sarah. Der Stadtpark bestand aus zwei Teilen, getrennt durch den Wienfluss, jedoch durch zwei Brücken verbunden.

»Die Polizei hat sowohl den Stadtparksteg als auch die kleine Ungarbrücke gesperrt«, behauptete Maja. »Zudem hat die Polizei Schutzwände rund um den Tatort aufgestellt. Dahinten, siehst du?« Maja deutete in die entsprechende Richtung. »Man sieht absolut nichts. Wir haben nur mitbekommen, dass die Leichen inzwischen geholt wurden.«

Sarah zog ihre Kollegin von den anderen weg, bis sie außer Hörweite waren, dann tippte sie auf ihrem Handy auf die Kurzwahltaste für Martin Stein. Er hob ab, ohne dass vorher ein Wählton erklungen war.

»Sarah! Wo bist du?« Der Begrüßung nach hatte er ihren Anruf erwartet und ausnahmsweise kein Problem damit, dass sie ihm gleich zu Beginn eines neuen Falls auf die Nerven ging.

»Ich steh mit Maja nahe dem Ausgang Johannesgasse. Hast du was für uns?«

»Komm zum Parkring, erster Eingang«, erwiderte er im Befehlston als Antwort.

Sarah hob erstaunt die Augenbrauen, legte auf und

bedeutete Maja, ihr zu folgen. »Ich hatte mich eigentlich darauf eingestellt, dass Stein mich anbellt, weil ich ihn zu früh mit meinen Fragen quäle, und mir einen Vortrag über mein schlechtes Timing hält«, wunderte sie sich laut, derweil sie die Johannesgasse bis zum Parkring vorliefen.

»Na ja, es wäre nicht das erste Mal, dass er deine Meinung zu einer bestimmten Sache hören will«, zeigte sich Maja weniger überrascht.

Sarah nickte. Das war durchaus denkbar.

4

Am vereinbarten Treffpunkt bemerkten sie enttäuscht, dass es von hier aus genauso unmöglich war, einen Blick in den Park zu werfen, wie zuvor an der Johannesgasse. Die Bühne vom Vortag versperrte ihnen die Sicht. Zudem hinderten ebenfalls ein Absperrband und ein Polizist in Uniform jeden daran, näher zu treten. Von den Arbeitern, die die Opfer entdeckt haben sollten, war nichts zu sehen. Vermutlich hatte Maja recht, und sie waren weggeschickt worden.

Sie mussten nur wenige Minuten warten, bis Martin Stein auftauchte.

Er duckte sich unter dem Flatterband hindurch und hielt direkt auf sie zu. Mit grüblerischer Miene fuhr er sich über seine kurz geschorenen Haare. »Kaffee?«

Die Frage klang wie eine geknurrte Anweisung. Sarah konnte sich ein Grinsen nicht verkneifen. Stein war und blieb eben ein Brummbär. Obwohl tief in seinem Inneren ein freundliches Herz schlug.

Ohne die Antwort abzuwarten, eilte er Sarah und Maja voran davon. Sie folgten ihm über den Parkring auf die andere Straßenseite. Wenige Minuten später stieß Stein die Tür zum Café Hegelhof auf, sah sich kurz um und steuerte einen der hinteren Tische am Fenster an.

Sarah und Maja ließen sich auf die rotbraun gepolsterte Sitzbank fallen und bestellten zwei Melange.

Stein nahm auf dem Stuhl Platz, wollte einen großen Braunen und eine Buttersemmel. »Ihr auch was zu essen?«, fragte er.

Maja und Sarah schüttelten die Köpfe.

»Dann bringen S' mir doch gleich zwei«, sagte er zum Kellner. »Ich hab noch nicht gefrühstückt.«

Sarah registrierte nur drei weitere Gäste, die noch dazu außer Hörweite saßen. Dennoch senkte sie ihre Stimme, als sie fragte: »Wer sind die Toten?«

»Welche Bedeutung hat eine Geige?«, stellte Stein im normalen Tonfall eine Gegenfrage.

»Wie meinst du das?«

»In Zusammenhang mit deinem Hexenzeug.«

»Du willst also mehr über die Symbolik wissen?«

»Was sonst? Dass eine Geige ein Streichinstrument ist, weiß ich selbst.« Stein lachte heiser über seine Bemerkung. »Himmelherrgott! Ich hätte nie gedacht, dass ich dich mal so etwas frage. Aber hast du eine Ahnung, was es zu bedeuten haben könnte, wenn eine Tote sie umklammert hält?«

»Verrätst du uns, wie die Tote heißt und wer sie ist?«, bohrte Sarah nach.

»Jasmin Meerath«, rückte Stein überraschenderweise ohne Umschweife mit dem Namen heraus.

Sarah hielt kurz die Luft an. »Sag bitte nicht, dass die männliche Leiche Marko Teufel ist.«

»Wie kommst du ausgerechnet auf ihn?«

Das Gespräch stockte, als der Kellner den Kaffee und die Semmeln brachte.

»Die hatten angeblich was miteinander«, sagte Sarah, nachdem der Ober wieder außer Hörweite war, und erzählte in knappen Worten vom Gespräch im Imperial am vorherigen Abend.

»Da schau her«, murmelte Stein.

»Ich hab also recht?«, hakte Sarah nach.

Stein nickte, und Maja notierte die Namen auf einen Block, wenngleich nicht zu befürchten stand, dass sie sie vergessen würde.

»Wie lange haltet ihr die Identität noch geheim?«, fragte Sarah.

»Bis wir mit den Angehörigen gesprochen haben. Keine Veröffentlichung, bis es unsererseits offiziell ist.« Stein warf Maja einen strengen Blick zu und biss in die erste Semmel.

Sarah versprach es in der Hoffnung, dass die Konkurrenz die Namen nicht auf eigene Faust herausfand. »Gibt es jemanden, der etwas Verdächtiges gemeldet hat? Der Park ist schließlich nie abgesperrt. Da kann jeder jederzeit rein und raus.«

»Das überprüfen meine Kollegen gerade. Außerdem befragen sie die gesamte Nachbarschaft«, sagte Stein kauend. »Aber wer sollte denn nachts durch den Park laufen, Sarah?«

»Leute, die im Steirereck, im Johann im Kursalon oder im Biergartl essen waren. Oder Jogger, die am Tag so viel arbeiten, dass sie nachts laufen müssen.«

»Wie gesagt, wir suchen bereits nach Zeugen«, gab Stein sich mäßig begeistert. »Im Moment haben wir nur ein paar Stadtparkhansis, die uns aber nichts erzählen können.«

»Stadtparkhansis?«, echoten Sarah und Maja wie aus einem Mund.

Stein sah sie mit großen Augen an. »Sagt nicht, ihr kennt den Ausdruck nicht?«

Sarah und Maja warfen sich einen ahnungslosen Blick zu, bevor sie die Köpfe schüttelten.

»Eichhörnchen«, klärte Stein sie in einem Tonfall auf, der besagte, dass das doch jedem normalen Menschen klar sein müsste. »Also sag schon, was weißt du über Geigen?«, forderte er Sarah auf, ihm endlich die tiefere Bedeutung des Instruments zu erklären.

»In Märchen wird der Geige eine magische Wirkung zugeschrieben«, begann sie. »Jeder, der ihre Melodie hört, muss unweigerlich tanzen.«

»Das hier ist aber kein Märchen«, brummte Stein, wischte sich die fettigen Finger an der Serviette ab und zog sein Handy aus der Jackentasche. »Zum Glück war das letzte Nacht nur ein Schauer, sonst wären jetzt alle Spuren futsch.« Er drehte das Display des Telefons in die Richtung der Frauen.

Sarah sah Marko Teufel und Jasmin Meerath. Der Kopf des Dirigenten war nach vorn gekippt. Ohne das viele Blut am Hemd hätte sie gedacht, er schliefe. Der Kopf der Frau lag in seinem Schoß mit dem Gesicht nach oben. Ihre Augen blickten ihn starr und leblos an, ihr Haar ergoss sich wie ein tizianroter Fluss über dessen Knie. Auf ihrem Bauch lag eine Geige, die sie mit der Hand festzuhalten schien.

»O Gott«, hauchte Maja.

Stein legte das Handy auf den Tisch und machte sich seelenruhig daran, die zweite Semmel zu verputzen. Er hatte schon viele Tote gesehen. Zwei mehr schlugen ihm nicht auf den Magen.

»Schaut aus, als hätte jemand eine Stinkwut gehabt. Oder hätte völlig durchgedreht«, murmelte Sarah. »Eine klassischer Fall von Übertötung?«

»Könnte durchaus sein. Jedenfalls lässt die Wucht, mit der auf die beiden eingestochen wurde, auf massive Aggression schließen.«

»Wie viele Stiche?«

»Bei einer ersten Begutachtung haben wir sechs bei ihm und acht bei ihr gezählt. Die Zahl kann nach der Obduktion aber noch nach oben hin korrigiert werden.« Stein wischte sich erneut die Finger an der Serviette ab und schob den leeren Teller zur Seite.

»Wisst ihr, womit zugestochen wurde?« Sarah nippte an ihrer Melange. Ihr Herz pochte wild. Sie hatte zwar schon mehrmals Mordopfer gesehen, nicht nur auf Fotos, kalt ließ sie deren Anblick trotzdem nicht.

Er wiegte unentschlossen den Kopf hin und her. »Nicht exakt.«

»Das heißt, ihr habt die Tatwaffe nicht gefunden«, schlussfolgerte Sarah.

»Ja. Obwohl wir den gesamten Park danach abgesucht haben.«

»Aber ihr habt eine Idee.«

»Kann ich dir nicht sagen.«

»Martin! Ich bin's!« Sarah rollte genervt mit den Augen. »Also bitte, raus mit der Sprache.«

Stein musterte sie einen langen Augenblick. »Du behältst es aber vorerst für dich.«

»Logisch.«

Sein Kopf schnellte zu Maja. »Und du auch.«

Die junge Journalistin zuckte erschrocken zurück. »Eh klar.«

»Okay. Also, es schaut so aus, als hätte der Mörder oder die Mörderin mit einem Stichel zugestochen. So einen, wie man zur Bearbeitung von Metall oder Holz verwendet.«

Sarah überlegte kurz. »Du meinst so ein Ding mit birnenförmigem Griff?«

»Ja, aber genau wissen wir's erst nach der Obduktion. Deshalb kein Wort darüber im *Wiener Boten* oder zu sonst wem«, wiederholte Stein seine Anweisung. »Außerdem wollen wir den Täter nicht über die Presse über unseren Ermittlungsstand informieren.«

»Schon klar«, bestätigte Sarah. »Aber das mit der Geige können wir erwähnen?«

»Ja.«

Sie nahm Steins Handy in die Hand, um das Bild eingehender zu betrachten, und vergrößerte den Bildausschnitt mit der Geige. Das Instrument war ebenso blutverschmiert wie die Opfer. »Gehört die dem Teufel?«

»Wissen wir noch nicht. Was kommt dir noch dazu in den Sinn? Vielleicht etwas Brauchbareres als irgendwas mit Märchen?«

Sarah wusste, dass Stein ihren Scharfsinn schätzte. Außerdem hatte sie mit ihrer Denkweise oft richtiggelegen, und Symbolik und Aberglaube waren ihre Spezialgebiete. Sie überlegte.

»Der Klang der Geige berührt unser Innenleben«, begann sie schließlich. »Deshalb steht sie stellvertretend für die Seele. Und wenn ich das Instrument im Kontext mit dem sehe, was ich gestern erfahren habe, also, dass die beiden eine Affäre hatten«, erinnerte sie, »dann fällt mir spontan die Verführung ein. Der Teufel, Satan, Beelzebub, oder wie auch immer man ihn nennen will, gilt als ein begnadeter Geigenspieler. Er verführt seine Opfer mit lieblichen Melodien. Und das dürfte auch Marko Teufel öfter getan haben. Man munkelt, dass die Meerath nicht sein erstes Gspusi war.«

»Das Motiv könnte demnach Eifersucht sein«, schlussfolgerte Stein.

Sarah gab dem Chefermittler das Handy zurück. »Aber darauf wärst du auch ohne mein sinnbildliches Zeugs gekommen, Martin.«

»Vermutlich.«

Sarah bedachte ihn mit einem langen Blick. »Was können wir sonst noch für dich tun?«

Stein wandte sich an Maja. »Falls du's noch nicht weißt: Pass ja auf, die Frau«, er nickte in Sarahs Richtung, »ist eine echte Hexe, die durchschaut jeden.« Er lachte kurz auf und fuhr wieder ernst fort: »Ich befürchte, dass im wahrsten Sinne des Wortes der Teufel los ist, sobald die Identität der Toten bekannt wird.

Dann werden wir Ermittler unter ziemlichem Druck stehen. Unter mehr als normal schon. Am besten wär's, wir hätten den Fall bereits aufgeklärt, bevor die beiden Morde stattfanden.« Er strich sich mit einer grantigen Geste über den Kopf. »Also, was ich meine ...« Sein Blick wanderte kurz zu Maja und kehrte wieder zu Sarah zurück. »Ich möchte alles erfahren, was euch über Marko Teufel und seine Frau Ruth Gerand zu Ohren gekommen ist oder noch kommt.«

»Meinst du, was Ruth Gerand uns erzählt?«, wollte Sarah sich vergewissern. »Vorausgesetzt, sie gibt Maja, Conny oder mir ein Interview«, schränkte sie ein. »Oder willst du eher wissen, was andere über die beiden reden?«

»Ich will alles hören.«

Sarah lehnte sich verdutzt zurück. »Seit wann gibst du etwas auf Gerede? Was ist mit der Verlässlichkeit von knallharten Fakten passiert?«

»Ruth Gerand war schon mal verheiratet.«

Sarah wechselte rasch einen verwirrten Blick mit Maja. »Na ja, viele Menschen sind zwei- oder dreimal verheiratet. Das ist im einundzwanzigsten Jahrhundert weder ungewöhnlich, noch macht es sie zu Verbrechern, Martin«, zog sie den Ermittler auf.

»Ihr erster Mann, Konrad Schulz, war ebenfalls Musiker«, fuhr Stein unbeirrt fort. »Und er spielte Geige. In einem Kammerorchester und im Theater an der Wien. Ruth Gerand entstammt übrigens einem alten, sehr vermögenden Adelsgeschlecht. Ihre Familie besitzt mehrere Immobilien und Wälder. Zudem hat ihr

Vater, Franz-Joseph Gerand, ein Weingut in Langenlois gekauft. Das leitet seit geraumer Zeit Ruth Gerands Schwester Helene mit ihrem Mann. Ruth Gerand sitzt neben ihrem Vater in der Geschäftsführung der Gerand Immobilien Holding. Aber, wie man sich erzählt, eher als Staffage, der Alte ist nach wie vor der alleinige Bestimmer.« Steins Stimme war so sachlich, als läse er aus einem Dossier vor. »Das gesamte Familienvermögen beläuft sich auf mehrere Millionen Euro. Wie viel genau, das wissen wahrscheinlich nur die Gerands selbst und ihre Anwälte. Ruth Gerand hat bei keiner Eheschließung die Familiennamen ihrer Männer angenommen. Eine Gerand ist und bleibt eine Gerand.«

Sarah nickte. »Interessant, aber das erklärt immer noch nicht, weshalb du plötzlich so scharf auf Klatsch und Tratsch bist. Normalerweise hältst du dir die Ohren zu, wenn jemand mit so was daherkommt.«

»Stimmt. Aber diesmal eben nicht.«

Sarah beugte sich nach vorn, legte die Hände auf den Tisch und fixierte Stein. »Warum?«

Er holte tief Atem, bevor er zu erzählen begann: »Konrad Schulz ist vor dreizehn Jahren aus dem Schlafzimmerfenster im zweiten Stock von Gerands Villa gestürzt. Mitten im Winter. Der genaue Unfallhergang ist bis heute ungeklärt. Die Außenjalousien hätten aufgrund der Kälte geklemmt, behauptete seine Frau danach. Vermutlich ist er auf das Fensterbrett gestiegen, um die Jalousie zu lockern, und hat dann das Gleichgewicht verloren. Er schlug hart auf dem gepflasterten

Gehweg darunter auf. Seine Frau sagte damals aus, zu der Zeit in der Küche im Erdgeschoss gewesen zu sein, und die ermittelnden Beamten konnte nicht das Gegenteil beweisen. Fakt ist, dass die beiden zum Zeitpunkt seines Todes allein im Haus waren und aus dem Bekanntenkreis zu erfahren war, dass es um die Ehe nicht zum Besten stand.«

»Was heißt das genau, nicht zum Besten?«, wollte Sarah wissen.

»Er trank.«

»War er denn betrunken, als er fiel?«

»Ich werde mir den Obduktionsbericht noch einmal vornehmen und ihn genau lesen«, sagte Stein.

»Du denkst eher, dass Ruth Gerand ihn gestoßen hat«, schlussfolgerte Sarah. »Und nun auch ihren zweiten Mann erstochen hat und seine Geliebte gleich dazu, weil sie schon einmal dabei war?«

»Wär doch möglich.«

»Ich kenne Ruth Gerand nicht, kann also nicht sagen, wozu sie fähig ist.« Sarah schwieg, dann fiel ihr noch etwas ein. »Der Stichel gehörte übrigens bei Hexenprozessen zu den Hilfsmitteln der peinlichen Befragung.«

»Hä?«, machte Stein.

»Jasmin Meerath hatte doch rote Haare, in der frühen Neuzeit der Inbegriff für Hexen und Zauberei.«

»Der Teufel und die Hexe«, sagte Stein. »Das klingt wie der Titel einer Sage.«

Sarah erzählte ihm und Maja, was Arina Zopf am vergangenen Abend von der rothaarigen Hexe und der

Friedhofserde gesagt hatte. »Aber das war einfach nur so eine Bemerkung.«

»Nichts ist einfach nur so eine Bemerkung«, erwiderte Stein und notierte sich den Namen der Musikerin.

5

Helene schenkte Kaffee in zwei Tassen. »Ich kann es einfach nicht fassen, dass dieser Mistkerl sich immer noch nicht gemeldet hat. Auf Knien müsste er sich bei dir entschuldigen.«

Ruth beantwortete den Ausbruch ihrer zwei Jahre älteren Schwester mit resigniertem Schulterzucken. »Du kennst ihn doch. Er wird abwarten, bis ich mich wieder beruhigt hab.«

»Der gehört doch geteert und gefedert«, wütete Helene.

Ruth nestelte an ihrer hellblauen Strickjacke und fühlte sich wie ein kleines Kind und nicht wie eine dreiundvierzigjährige Frau. Ihre innere Ordnung hatte sich in ein Chaos verwandelt. Dass sich der Streit mit Marko vor vier Tagen nicht nur als eine vereinzelte Schlagzeile in der Presse wiedergefunden hatte, ärgerte sie mehr als die Auseinandersetzung selbst. Bis zu diesem Tag hatte sie sich nie danebenbenommen oder sonst etwas getan, das sie in der Öffentlichkeit diffamiert hätte. Die Zurückhaltung war ihr anerzogen. Sie hatte sie zu einer Person gemacht, die sich vor eigenen Entscheidungen fürchtete. Stets besorgt war, einen Fehler zu begehen, für den sie später gemaßregelt wurde. Nicht mal bei

Gelb über die Ampel fuhr sie oder missachtete ein Stoppschild, obwohl weit und breit kein anderer Wagen zu sehen war. Sie tat, was man von ihr erwartete, und vermied Unannehmlichkeiten. Dennoch dominierte dieser Tage ihr Gesicht die Titelseiten des Boulevards. Sie war zum Star einer Schmierenkomödie geworden. Es war einfach nur peinlich. Seit dem Vorfall im Imperial hatte sie das Haus weder verlassen noch das Radio eingeschaltet. Im Fernsehen hatte sie sich ausschließlich Filme angesehen, keine Kultursendungen oder Nachrichten. Selbst ans Telefon war sie nicht gegangen. Ihrer Schwiegermutter war nichts anderes übrig geblieben, als ihren Unmut über den Streit auf den Anrufbeantworter zu giften. Robert hatte ihr zumindest zugesprochen und gemeint, er wundere sich, dass das alles nicht schon früher passiert war. »Nach allem, was du mit meinem Bruder mitmachst«, hatte er mitfühlend auf den Anrufbeantworter gesprochen.

Helenes Gesicht verfinsterte sich um eine weitere Nuance. »Er ist einfach nicht gut genug für dich. Du solltest ihn endlich rauswerfen.«

Ruth seufzte. Ihre Schwester wollte nur das Beste für sie, aber das half ihr jetzt nicht weiter. Ein Rauswurf würde nur erneut die Presse alarmieren, die dann in der Folge mit Bestimmtheit wieder negative Schlagzeilen in die Öffentlichkeit entließ. Ein wahr gewordener Albtraum.

Trotzdem war sie froh, dass ihre große Schwester heute Morgen um neun unangemeldet vor ihrer Haustür gestanden hatte. Bepackt mit Leckereien für einen

Brunch für zwei. Ruths Villa lag am Küniglberg in Hietzing, einem der wohlhabendsten Viertel der Stadt. Das Anwesen mit dem tausend Quadratmeter großen Garten hatte früher ihren Großeltern gehört. Helene war aus Langenlois gekommen, eine knappe Autostunde von Wien entfernt.

Sie hatten ein weißes Tischtuch auf dem Esstisch aus massivem Nussholz ausgebreitet und dann den gebeizten Lachs, den luftgetrockneten Schinken und drei unterschiedliche Käsesorten auf Desserttellern angerichtet. In rosafarbene Champagnerkelche mit goldenem Rand der Porzellanmanufaktur Augarten arrangierten sie die Cocktailtomaten, Heidel- und Himbeeren. Außerdem hatte Helene selbst gemachte Marmelade mitgebracht.

»Wer soll das alles essen?«, hatte Ruth lachend gefragt.

»Wir haben den ganzen Tag Zeit«, hatte Helene geantwortet, die vorgekühlte Flasche Sekt von ihrem Weingut in den silberfarbenen Kühler gesteckt und sich in die Küche begeben, um French Toast zuzubereiten.

Kurz darauf hatten sie Platz genommen und die restliche Welt ausgesperrt.

»Dass Marko ein Arschloch ist, hab ich dir übrigens schon vor der Hochzeit gesagt«, fuhr Helene jetzt fort.

Ruth erinnerte sich. Damals hatte sie es nicht hören wollen, war fest davon überzeugt gewesen, Marko würde sein ausschweifendes Sexleben, das man ihm schon in jener Zeit nachsagte, ihr zuliebe ändern. Heute wusste sie es besser.

Sie lächelte unbeholfen und trank einen Schluck Kaffee. Tatsache war, dass sie seit ihrer ersten Begegnung Wachs in Markos Händen gewesen war. Wider ihre sonstigen Prinzipien hatte sie mit ihm sogar schon nach der zweiten Verabredung geschlafen. Konrad hatte sie fünfmal zum Essen einladen müssen, ehe sie ihm gestattet hatte, sie auszuziehen. Nach seinem Tod war sie gewissermaßen vereinsamt. Es gab für sie nur noch die Arbeit, kein Privatleben. Marko und sie lernten sich auf einer Benefizveranstaltung kennen. Sie fühlte sich nicht bereit für eine neue Beziehung, doch seine Aufmerksamkeit hatte eine Wirkung auf sie, als würde man eine fast vertrocknete Pflanze gießen. Sie war wieder zum Leben erblüht. Und jetzt stand sie vor einem Scherbenhaufen. Mal wieder. Ruth fühlte sich wie eine Versagerin.

»Du solltest dringend mal dein Beuteschema überdenken«, riet ihr Helene. Ihre ältere Schwester hatte sich, nachdem klar war, dass sie das Weingut leiten sollte, nach einem Winzer umgesehen und in Bernhard den perfekten Ehemann und Verwalter gefunden. »Wechsle mal die Berufsgruppe. Musiker sind für deine Lebensfreude offensichtlich nicht förderlich.«

Ruth lächelte unmerklich. Konrad hatte sie zwar nicht wie Marko betrogen, dafür mehr getrunken, als ihm guttat. Oberflächlich betrachtet hatte er sich zumeist im Griff. Er lallte oder torkelte so gut wie nie. Selbst mit zwei Flaschen Wein intus beherrschte er sein Instrument und traf die Töne perfekt. Doch hinter dem vollkommenen Musiker versteckte sich ein depressiver

Charakter. Der Alkohol verstärkte seine Weltuntergangsstimmung zumeist, und wenn er sich mal in seinem schwarzen Loch verkrochen hatte, war es schwer, ihn daraus wieder hervorzulocken. Ruth brauchte zu lange, um zu verstehen, was mit ihm nicht stimmte. Und als sie es endlich begriffen hatte, versuchte sie, darüber hinwegzusehen. Negatives nicht zuzulassen, darauf war sie gedrillt. Deshalb hatte sie nach Konrads Fenstersturz der Polizei gegenüber seine depressive Verstimmung, wie sie seine psychische Krankheit sich selbst gegenüber nannte, nicht erwähnt.

»Ich weiß, du bist nicht so naiv zu denken, *Pretty Woman* sei eine Dokumentation über die Eingliederung von Straßennutten in die Gesellschaft. Aber du träumst wie Julia Roberts von der großen Liebe, dem Prinzen auf dem weißen Pferd. Und deshalb verschließt du nur zu gern deine Augen vor der Realität«, hatte ihr Vater gesagt, der Konrads Problem früher erkannt hatte als sie. Und dennoch hatte er es gegenüber den damaligen Ermittlern ebenfalls nicht angesprochen. Jedoch nicht aus Rücksichtnahme auf Ruth. Sondern weil es posthum ein schlechtes Licht auf die Familie geworfen hätte.

Sie schüttelte den Gedanken an das Gespräch damals ab und sah ihre Schwester an. »Für dich steht offenbar bereits fest, dass ich Marko verlasse.«

»Natürlich. Und sobald du es ihm gesagt hast, werden wir den Kontakt zu ihm abbrechen.«

»Aber ihr müsst nicht … Ich meine, der Bernd und der Marko verstehen sich doch gut …«

Helene stoppte sie mit einer Handbewegung. »Wir sind eine Familie, Ruth. Bei einer Trennung stehen wir natürlich auf deiner Seite.«

»Das ist lieb. Danke.«

Ihre große Schwester zog gerne klare Linien. Diesbezüglich war sie ihr ein Vorbild. Marko war der Buhmann. Sie das Opfer. Nach der Scheidung würde Helene seine Nummer aus ihrem Handy löschen und ihren Mann nötigen, es ihr gleichzutun. Vermutlich würde Helene niemals mehr Walzer hören. Nicht mal zu Silvester, obwohl der »Donauwalzer« doch traditionell zum Jahresende dazugehörte.

»Ich hoffe, du steckst kein Geld mehr in sein Projekt.« Helene schob sich eine Himbeere in den Mund.

Ruth schüttelte den Kopf. »Hab ich nicht vor.« Sie würde die Zusage über finanzielle Mittel, die sie Marko für die Realisierung der Walzerstadt Wien gegeben hatte, zurücknehmen.

»Zum Glück sind Mutter und Vater grad in unserem Haus in Südfrankreich. Da bekommen sie von der Aufregung nichts mit«, stöhnte Helene.

»Ja, zum Glück«, pflichtete Ruth ihr bei. Sie waren zwar beide längst erwachsen, aber ihr Vater hielt trotz seiner sechsundsiebzig Jahre in ihrer Familie noch immer die Zügel fest in der Hand. Skandale waren ihm und ihrer Mutter ebenso ein Gräuel wie ihrer Schwiegermutter.

Ein dumpfer Gong ertönte, jemand hatte auf den Klingelknopf am Gartentor gedrückt.

»Erwartest du Besuch?« Helene schenkte Kaffee nach.

»Nein.«

»Hast du Marko denn den Hausschlüssel schon abgenommen?«

»Nein.«

»Dann solltest du das möglichst schnell nachholen. Es ist dein Haus.«

Wieder dröhnte die Gartentorglocke. Diesmal länger.

Ruth stand auf. Auf dem Weg zur Eingangstür klackten die Sohlen ihrer Schuhe auf dem schwarz-weiß gefliesten Flurboden. Als sie die Tür aufzog, schreckte sie augenblicklich zurück.

6

Am Ende des Weges, hinter dem mannshohen schmiedeeisernen Gartentor, erkannte Ruth zwei uniformierte Polizisten und einen Mann in Zivil. Nervös drückte sie den Knopf der Gegensprechanlage.

»Bitte?«

»Frau Gerand?«, fragte der Mann in der dunklen Lederjacke. Seine Stimme klang blechern aus dem Lautsprecher.

»Ja?«

»Ich bin Chefinspektor Stein vom Landeskriminalamt Wien.« Er hielt seinen Dienstausweis vor die Kameralinse der Schließanlage. »Dürfen wir eintreten?«

»Was? Warum?« Ruth versuchte, die Polizeiinvasion, als die sie das Auftauchen der Beamten vor ihrer Villa empfand, in einen Kontext zu setzen. Ein Chefinspektor? So einer kam nicht vorbei, weil man falsch geparkt hatte. Hetzte Marko ihr jetzt etwa auch noch die Polizei auf den Hals? »Hat Ihr Besuch etwas mit meinem Mann zu tun?«

»Wie kommen Sie darauf?«

»Ich weiß nicht. War nur so ein Gedanke.« Sie drückte auf den Knopf, das Tor öffnete sich mit einem Klicklaut, und die Polizisten betraten das Grundstück.

Erst jetzt erkannte sie, dass einer der Uniformierten eine Frau war, die ihre blonden Haare zu einem Knoten im Nacken zusammengefasst hatte.

»Ihre ernsten Gesichter prophezeien nichts Gutes«, sagte sie, als die drei vor ihr standen, Stein ihr nochmals seinen Ausweis zeigte und die anderen beiden sich ihr vorstellten. Die Beamtin hieß Manuela Rossmann. Den Namen des Kontrollinspektors mit den hellbraunen Haaren verstand sie nicht genau, er hörte sich tschechisch oder polnisch an. Sie fragte nicht nach.

»Was kann ich für Sie tun?« Denkbar, dass in der Nachbarschaft eingebrochen worden war und man die Bewohner der umliegenden Häuser befragte, versuchte sie, eine andere Erklärung für das Auftauchen der Beamten zu finden.

»Können wir drinnen reden?«, bat Stein.

»Wenn es sein muss. Bitte, kommen Sie.« Sie machte einen Schritt zur Seite, und die Polizisten betraten das Haus.

Ruth führte sie ins Esszimmer. Helene riss bei ihrem Auftauchen erstaunt die Augen auf.

»Das ist meine Schwester Helene Gerand-Dumwart.«

Die Polizisten murmelten eine Begrüßung. Der Chefinspektor lächelte unverbindlich, als Helene sich ebenfalls die Ausweise zeigen ließ.

Während sie ihn eingehend betrachtete, scannte der Kriminalbeamte in Zivil den Frühstückstisch. »Tut mir leid, dass wir Sie stören. Offenbar gibt es etwas zu feiern?« Er deutete auf die Flasche Sekt.

»Nur ein ganz gewöhnliches Frühstück unter Schwestern«, erklärte Helene knapp.

Sein »Aha« klang anklagend. Es war Montag, elf Uhr vormittags, da arbeiteten Menschen wie er, um Geld zu verdienen, und tranken keinen Sekt. Außer im Urlaub. Vielleicht.

»Ich glaub, es ist besser, Sie setzen sich.« Stein zeigte auf einen Stuhl beim Esstisch.

»Wollen Sie mir nicht endlich sagen, was los ist?« Ruth nahm Platz, die Polizisten blieben stehen.

Der Chefinspektor schluckte, als fiele es ihm schwer zu sprechen. »Wir müssen Ihnen leider eine schlechte Nachricht überbringen.« Kurze Pause. »Ihr Mann wurde heute Morgen tot aufgefunden.«

»Was?«, entfuhr es Helene.

Ruth brauchte den Bruchteil einer Sekunde, um zu verstehen. Ihre Schwester sprang auf, umrundete den Tisch und legte ihre Arme um sie, als würde sie diese Geste vor der schrecklichen Nachricht schützen.

»Es tut uns wirklich sehr leid, Frau Gerand. Unser Beileid. Können wir Ihnen trotzdem ein paar Fragen stellen?«

Ruth nickte.

»Wie lange waren Sie und Marko Teufel verheiratet?«

Sie räusperte sich. »Zehn Jahre, aber was soll diese Frage?« Sie presste die Lippen aufeinander und wandte den Kopf etwas, sodass sie das gerahmte Bild hinter dem Ermittler sah. Ein Hochzeitsfoto. Sie und Marko strahlten einander an, damals war sie trunken vor Glück gewesen.

»Wo? Was ist passiert?«, hörte sie die Stimme ihrer Schwester wie durch eine Nebelwand. Sie stand immer noch direkt neben ihr und drückte sie nach wie vor an sich. Als hätte sie Angst, Ruth bräche auseinander, sobald sie die Umarmung löste.

»Haben Sie keine Nachrichten gehört?«

»Neiiiin.« Helene zog die Antwort alarmiert in die Länge.

Auch wenn Ruth den Sinn der Frage nicht verstand, klopfte ihr Herz bis in den Hals. »Was haben die Nachrichten mit dem Tod meines Mannes zu tun?«, hakte sie nach und wand sich aus Helenes Umarmung.

»In den Medien wird seit heute Morgen von zwei Toten im Stadtpark berichtet.«

»Mein Mann? Aber zwei? Ich dachte, mein Mann wäre …« Sie unterbrach sich selbst »Wer noch?«

»Sagt Ihnen der Name Jasmin Meerath etwas?«

Sie hielt einen winzigen Moment lang die Luft an, bevor sie antwortete. »Natürlich, sie arbeitet in der Agentur, die meinen Mann vertritt.«

Helene zog sich ihren Stuhl heran und setzte sich neben sie.

Chefinspektor Stein räusperte sich und betrachtete wie sein Kollege zuvor die Sektflasche im Kühler. »Die beiden tranken Champagner. Vor dem Mord.«

Sie fühlte sich, als hätte der Ermittler einen Kübel Eiswasser über ihr ausgeschüttet. Es hatte mal eine Zeit gegeben, da hatte Marko mit ihr zusammen Champagner getrunken. »Ermordet, sagen Sie? Wie?«

»Sie wurden erstochen.«

»Womit?«

»Das wird noch ermittelt. Aber möglicherweise mit einem Grabstichel. Man benutzt ihn zum Beispiel bei Holzarbeiten oder, um Kupferstiche herzustellen. Besitzen Sie so ein Werkzeug?«

Sie sah Stein einen Atemzug lang verwundert an, spürte, wie die Blicke der anderen Polizisten sie durchbohrten. Weshalb wollte er das wissen? »Nein.«

Was sollte sie jetzt tun? Welche Fragen stellen? Was erwarteten sie von ihr, der Frau eines Mordopfers? Ein Gefühl der Überforderung kroch ihr den Rücken hinauf. Sie wünschte sich, dass sich die Polizisten geirrt hatten und ihr Haus wieder verließen. Doch sie blieben. Ein Irrtum war ausgeschlossen. Ihre Welt brach zusammen, und trotzdem schossen ihr keine Tränen in die Augen. Wäre es nicht normal, jetzt einen hysterischen Heulkrampf zu bekommen? Doch es gelang ihr nicht. Sie saß stocksteif da und fixierte den Chefinspektor, als wollte sie ihn durch reinen Blickkontakt verschwinden lassen.

»Es tut mir leid, Sie das fragen zu müssen«, gab sich der Ermittler einfühlsam, »aber hatten Ihr Mann und Jasmin Meerath eine Affäre?«

»Vermutlich.« Wie leicht ihr das über die Lippen kam.

»Vermutlich?«

»Ich hinterfrage Markos Beziehungen zu anderen Frauen schon lange nicht mehr.«

»Aha. Weshalb?«

»Jasmin Meerath war nicht die Erste, mit der er mich

betrogen hat, und wird bestimmt nicht die Letzte sein.« Doch, das würde sie, schoss es ihr im gleichen Moment durch den Kopf, und sie schluckte.

»Aha«, brummte Stein erneut. »Also wussten Sie von dem Verhältnis?«

Sie hätte ihm gerne erklärt, dass diese Frauen nur dazu gedient hatten, Markos übergroßes Ego zu befriedigen. Für ein bisschen Aufmerksamkeit seinerseits hoben sie ihn auf ein Podest, versicherten ihm ihre Bewunderung. Er musste nur mit dem Finger schnippen, und sie erfüllten ihm jeden Wunsch. Etwas, das Ruth schon lange nicht mehr gewillt war zu tun. Denn es kam nichts zurück. Marko liebte am meisten sich selbst. Seine Unabhängigkeit, Grandiosität und Überlegenheit hatten stets Priorität. Nach zehn Jahren Ehe äußerten sich seine Gefühle sie betreffend nur noch als distanzierte Höflichkeit. Sie umkreisten sich wie Nachbarn, denen es nicht gelingt wegzuziehen. Sie hatte mitbekommen, dass seine Gespielinnen es immer nur ein paar Wochen lang schafften, ihn zu begeistern. In der Folge langweilte er sich, trennte sich und brach zu neuen Ufern auf. So war es seit Jahren schon gewesen. Aber diese Gedanken behielt sie für sich, weil der Chefinspektor sie vermutlich nicht verstanden hätte.

»Wer hat das getan?«, wollte Helene wissen, da Ruth bislang nicht geantwortet hatte.

»Wir haben gerade erst die Ermittlungen aufgenommen, Frau Gerand-Dumwart«, sagte Stein. Dann stellte er die üblichen Fragen nach merkwürdigen oder bedrohlichen Telefonanrufen, seltsamen Mails, Briefen oder Vorkommnissen.

Ruth schüttelte ein ums andere Mal den Kopf. »Da war nichts Auffälliges.«

»Kommt Ihnen spontan jemand in den Sinn, der so eine Tat begangen haben könnte? Aus Wut oder einem anderen Grund? Eifersucht? Neid?«

Ruth schwieg. Chefermittler Stein war ihr unsympathisch, und sein stoischer Blick machte sie nervös.

»Hatte er mit jemandem Streit?«, fügte er hinzu.

Wieder schüttelte sie den Kopf. »Nur mit Robert, seinem Bruder. Manchmal. Aber das war kein richtiger Streit. Außerdem würde mein Schwager nie und nimmer einen Mord begehen.«

Doch Stein hatte aufgehorcht. »Worum ging es bei der Auseinandersetzung?«

»Robert hat einen Walzer komponiert. Er wollte, dass Marko ihn in sein Repertoire aufnimmt, aber mein Mann hat sich geweigert.«

»Warum?«

Sie zuckte mit den Achseln. »Vermutlich, weil das Stück gut war.«

»Und das war ein Grund, den Walzer nicht zu spielen?«

»Aus Markos Sicht, ja.«

»Das heißt, es gab Spannungen zwischen den Brüdern«, resümierte Stein und notierte sich etwas.

»Gibt es die nicht immer unter Geschwistern?«

»Sagen Sie's mir. Sie haben eine Schwester«, merkte er an.

»Wir verstehen uns gut.« Ruth griff nach Helenes Hand. »Genauso wie Marko und Robert sich verstanden. Nur war mein Mann nicht bereit, das Rampenlicht zu teilen. Mit niemandem.«

Wieder schrieb Stein sich etwas auf. »Wo waren Sie eigentlich gestern Abend und heute in den frühen Morgenstunden?«, erkundigte er sich anschließend.

Die Frage jagte ihr einen kalten Schauer über den Rücken. Eine ähnliche hatte man ihr schon einmal gestellt. Damals vor dreizehn Jahren, als Konrad aus dem Fenster gestürzt war und man sie verdächtigt hatte, nachgeholfen zu haben. Am liebsten wäre sie jetzt sofort aufgestanden und hätte das Zimmer verlassen. In schwierigen Situationen zu fliehen, das lag ihr im Blut. Sie scheute Konfrontationen jedweder Art. »Ich war hier. Zu Hause«, antwortete sie, bemüht, ihre Stimme fest und sicher klingen zu lassen.

»Sie waren nicht beim Konzert?« Stein runzelte zweifelnd seine Stirn.

»Nein.«

»Warum nicht?«

Ruth sah die Polizisten reihum an. Sie wollte etwas erwidern, bekam aber ihren Mund nicht auf. Deshalb starrte sie den Chefermittler erneut nur stumm an.

»Frau Gerand. Geht es Ihnen nicht gut? Sollen wir einen Arzt rufen? Oder jemanden vom Kriseninterventionsteam? Die können in wenigen Minuten hier sein«, schlug die blonde Polizistin vor.

Sie schüttelte den Kopf. »Ich habe meine Schwester.«

»Dann vielleicht ein Glas Wasser?«, fragte Stein.

Helene erhob sich und ging in die Küche.

Der Chefermittler griff nach Ruths Hand. Sie zog sie zurück, ehe er sie berühren konnte. Ihr Verstand funktionierte wieder.

»Sie wissen sicherlich, dass mein Mann und ich in letzter Zeit gewisse Differenzen hatten. Aufgrund der peinlichen Schlagzeilen in der Presse fand ich es besser, nicht hinzugehen.«

»Verstehe. Demnach gab es auch zwischen Ihnen beiden Streit?«

Sie registrierte die Fragestellung. Der Schnüffler dürfte doch längst Bescheid wissen. Wie die verdammte halbe Stadt. »Ja.« Hinter ihren Schläfen begann es schmerzhaft zu pochen. Als Helene mit einem Glas Mineralwasser zurückkam und es ihr reichte, nahm sie einen ausgiebigen Schluck.

»Worüber haben Sie sich gestritten?«, fragte Stein.

»Das ist Privatsache.«

»Frau Gerand, bei allem Respekt.« Er klang jetzt wie ein gütiger Onkel. »Wenige Tage nach Ihrem medienwirksamen Streit ist Ihr Mann tot. Und nicht nur er, sondern auch die Mitarbeiterin der Agentur, die ihn vertritt.«

Wenigstens sagt er nicht Geliebte, dachte Ruth.

»In so einem Fall gibt es weder Privatsachen noch Privatsphäre. Also, klären Sie mich und meine Kollegen auf!«

Sie holte tief Luft. »Es ging um Markos Verhalten in der Öffentlichkeit.«

»Wie hat er sich denn verhalten?«

»So, dass die Leute redeten. Mehr als üblich.«

Der Ermittler runzelte erneut die Stirn, während sein Blick sie fixierte. Mit dem Kugelschreiber zwischen den Fingern schien er nur darauf zu warten, alles zu notieren, was sie sagte.

»Über ihn und Jasmin.«

»Also war Ihnen das Verhältnis doch nicht gleichgültig?«

»Ich wollte nur, dass er sich in der Öffentlichkeit etwas mehr zurückhält.« Sie zwang sich zu einem nüchternen Tonfall und einem neutralen Blick. Bloß kein böses Funkeln oder missbilligendes Zucken der Mundwinkel.

»Und das haben Sie ihm klargemacht, indem Sie ihm einen Blumenstrauß ins Gesicht schlugen.«

»Er war zu weit gegangen. Hatte mich provoziert.«

»Inwiefern?«

»Er sagte, ich solle nicht so zimperlich sein. Immerhin hätte ich doch gewusst, wer und wie er war. Schon vor der Hochzeit. Trotzdem hätte ich Ja gesagt und inzwischen zehn Jahre mit ihm und seiner kleinen Schwäche gelebt.« Ruth verzog den Mund zu einem gekränkten Lächeln. »Und dann meinte er noch, ich sei nur wegen seines Ansehens in der Branche seine Ehefrau geworden.«

»Arschloch«, entfuhr es Helene. »Als ob du das nötig gehabt hättest.«

»Na ja«, entgegnete Ruth leise. »Es gab schon ein paar Stimmen in der Musikerbranche, die ihn bereits damals als aufgehenden Stern am Walzerhimmel sahen.«

»In der Branche«, schnaubte Helene verächtlich. »Du bist eine Gerand, damit stehst du so was von über der Musikbranche.« Ihr war die Verachtung ins Gesicht geschrieben.

»Ich weiß, was Sie jetzt denken«, fuhr Ruth fort.

»So?«, brummte der Chefermittler mit hochgezogenen Augenbrauen.

»Warum hat die Frau ausgerechnet bei Jasmin Meerath so ein Theater gemacht, wo man ihrem Mann doch schon öfter Affären nachgesagt hat?«, sprach Ruth den vermeintlichen Gedanken Steins aus. »Ich will es Ihnen sagen. Weil Jasmin eine Mitarbeiterin der Agentur war. Vor ihr hatte sich mein Mann mit Musikerinnen oder mal mit einem weiblichen Fan eingelassen. Die Agentur war tabu. Das hatten wir vereinbart.«

»Sie hatten das vereinbart?«, brummte Stein und kritzelte wieder etwas auf seinen Block. »Wie haben Sie eigentlich von der Affäre erfahren?«

»So wie meistens, irgendwer hat sich verplappert.« In dem Moment fiel ihr ein, dass da noch etwas gewesen war. »Außerdem bekam ich Fotos.«

»Fotos?« Stein sah sie interessiert an.

»Ja. Jemand hat mir Bilder von Marko und Jasmin geschickt. Anonym.«

»Haben Sie die noch?«

Ruth erhob sich, verließ den Raum und stieg die Treppe in den ersten Stock hinauf.

Im Arbeitszimmer nahm sie aus der Lade ihres Schreibtisches das Kuvert, ging zurück ins Esszimmer und überreichte es dem Ermittler. »Es lag vor drei Wochen im Briefkasten.«

»Dann wissen Sie seit drei Wochen Bescheid?«

»Nein, schon länger, nur beweisen konnte ich ihm die Liaison nicht. Aber das hatte ich auch nicht vor, obwohl sie schon länger ging als üblicherweise. Bis die Fotos kamen.«

»Wie lange war üblicherweise?«

Ruth zuckte mit den Achseln. »Manchmal nur eine Nacht, manchmal zwei Wochen, aber nie länger als ein oder höchstens zwei Monate. Wenn Sie die Wahrheit hören wollen: Eigentlich hatte Marko keine Zeit für eine Affäre.« Sie lachte ob des Widerspruchs bitter auf.

»Soso«, brummte Stein und besah sich eingehend den Briefumschlag. »Kein Poststempel. Das bedeutet, dass die Person wusste, wo Sie wohnen, und die Fotos direkt eingeworfen hat. Haben Sie Ihren Mann damit konfrontiert?«

»Ja.«

»Wann?«

Sie zögerte. Sollte sie die Wahrheit sagen? Aber warum nicht? »Im Café Imperial, nachdem er die Affäre geleugnet hatte. Wie er es immer tut ...« Eine Sekunde Pause. »Tat.«

»Wie hat er reagiert?«

»Bemüht gelassen. Er meinte, jemand hätte einen Privatdetektiv auf ihn angesetzt.«

»Und? Hatten Sie?«

»Nein.«

»Sie erwähnten vorhin, dass es mit Ihrer Ehe nicht

zum Besten stand. Eine Parallele zu der mit Ihrem ersten Mann?«

Ruth sah schnell zu den beiden anderen Polizisten, die unverbindlich lächelten. »Wie kommen Sie jetzt auf Konrad?«

»Es ist bestimmt nicht leicht, innerhalb von …« Der Chefermittler warf einen Blick auf seinen Block.

Wahrscheinlich nur ein Bluff. Mit Sicherheit hatte er alle notwendigen Informationen im Kopf. Dieser Stein erschien ihr gefährlich clever. Sie durfte sich nicht in Widersprüche verstricken, egal, wie nervös sie war. Das hatte sie aus den Befragungen nach Konrads Tod gelernt.

»… innerhalb von dreizehn Jahren zwei Ehemänner zu verlieren«, beendete Stein den Satz.

»Aber Markos Tod hat doch nichts mit dem von Konrad zu tun«, brauste Helene auf.

»Natürlich nicht.« Die Worte des Ermittlers klangen wie Hohn. »Hatte Ihr Mann ein eigenes Arbeitszimmer im Haus?«

»Natürlich.«

»Dürfen wir uns darin umsehen?«

Ruth blickte durch das Fenster in den Garten. Der Jasmin blühte. Jasmin! Warum hatte sie den nicht schon längst entfernt? Andererseits, was konnte der Strauch dafür, dass ihr Mann sie mit einer gleichnamigen Frau betrogen hatte. Sie wandte sich wieder dem Ermittler zu.

Ein Schluck Sekt wäre jetzt nicht das Schlechteste.

7

»Braucht es dazu nicht eine richterliche Bewilligung?«
Auf Helenes Stirn gruben sich zornige Falten ein.
»Nur bei einer Hausdurchsuchung«, erläuterte Stein.
»Aber dafür liegt kein Grund vor. Wir wollen lediglich nachsehen, ob wir im Zimmer des Toten vielleicht etwas finden, das uns bei den Ermittlungen hilft.«
»Was könnte das sein?«, insistierte Ruth.
»Das wissen wir hoffentlich, sobald wir es sehen.«
»Ich denke, wir rufen jetzt einen unserer Anwälte an«, beschloss Helene alarmiert.
»Nein«, erwiderte Ruth rasch, noch ehe der Ermittler etwas entgegnen konnte. Das Hinzuziehen eines Anwalts würde zu diesem Zeitpunkt nur das Misstrauen der Beamten schüren. Zudem würden in der Folge ihre Eltern augenblicklich von Markos Tod und dem Besuch der Kriminalpolizei bei ihr erfahren. Die Firmenanwälte waren ihrem Vater gegenüber loyal wie Hunde ihrem Herrn. Bedauerlicherweise kannte sie keinen Strafverteidiger, der nicht für die Familie arbeitete.
»Ich weiß zwar nicht, was Sie zu finden glauben, aber bitte«, gab sie also ihr Okay und erhob sich. »Das Arbeitszimmer liegt im ersten Stockwerk«, erklärte Ruth, während sie die drei Polizisten nach oben führte.

»In der Etage darüber befinden sich drei Schlaf- und zwei Badezimmer«, fügte sie überflüssigerweise hinzu, als wollte sie ihnen das Haus zeigen.

Helene folgte ihnen. Ihr genervtes Gesicht sprach Bände. In Markos Büro angekommen, sah sich Ruth kurz um.

»Nach unserem Streit hat Marko seinen Bruder hergeschickt, um seinen Laptop, zwei Geigen und noch ein paar Unterlagen zu holen. Außerdem seinen Frack und einen Koffer voller Alltagskleidung. Er wohnte die letzten Tage im Imperial, und die Tournee stand an.«

Stein nickte wissend. »Wir haben den Zimmerschlüssel in der Tasche seines Fracks gefunden, den er trug. Benutzte Ihr Mann außer dem Laptop, den er abholen ließ, noch einen anderen Computer?«

Ruth schüttelte den Kopf.

»Die Geigen. Haben Sie Fotos davon?«

»Ja, sicher. Ich such sie Ihnen raus.«

»Sind sie wertvoll?«

»Es waren keine Stradivaris, wenn Sie das meinen«, antwortete Ruth. »Die historischen Geigen seien überaus empfindlich, meinte mein Mann, deshalb spielte er lieber auf neueren Instrumenten. Die würden einen bei Kälte oder Hitze nicht so schnell im Stich lassen. Ich verstehe nicht viel davon, weiß also nicht, was sie gekostet haben. Da kann Ihnen sein Bruder wohl eher Auskunft geben. Aber warum fragen Sie?«

»Bei den Toten wurde eine Geige gefunden«, erklärte Stein.

Ruth nickte. Ein Dirigent und Violinist und seine

Tourmanagerin waren ermordet worden, da rundete eine Geige das Bild doch ab. Wut kochte in ihr hoch, auf ihren Ehemann, weil er tot war, und seine Geliebte, weil sie mit ihm gestorben war. Deshalb stapften jetzt Polizisten durch ihr Haus, stellten unangenehme Fragen und durchwühlten seine Sachen.

Sie musterte die blonde Polizistin, die die Bilder an der Wand betrachtete. Marko mit berühmten Musikern und Dirigenten. Marko am Dirigentenpult. Marko mit einem Preis in der Hand. Erst jetzt fiel ihr auf, dass nicht eine Aufnahme von ihnen beiden in dem Raum hing. Nur am Tisch stand ein gerahmtes Bild, das sie zusammen bei einem Konzert zeigte. Es war ein halbes Jahr nach ihrer Hochzeit aufgenommen worden.

»Haben Sie einen eigenen Computer?«, fragte Stein.

»Natürlich. Ebenso ein eigenes Arbeitszimmer.«

»Das wollen Sie jetzt aber nicht auch noch durchsuchen, oder?«, blaffte Helene.

»Dazu gibt es keinen Anlass«, beruhigte sie die blonde Polizistin.

Ihre Schwester warf ihr dennoch einen missbilligenden Blick zu, bevor sie sich Ruth zuwandte. »Ich bin dann unten, wenn du mich brauchst.« Damit drehte sie sich um und verschwand.

»Wann kann ich … kann ich meinen Mann sehen?« Trotz allem fielen ihr die Worte schwer.

»Er wird obduziert«, erwiderte Stein ausweichend und zog eine Schreibtischlade auf. In ihr lagen Notenblätter.

»Und Jasmin Meerath?«

»Frau Meerath ebenfalls.« Er sah sie direkt an. »Wenn ich Ihnen einen Rat geben darf, behalten Sie ihn so in Erinnerung, wie er war, als Sie ihn das letzte Mal gesehen haben.« Er schob die Lade wieder zu.

»Heißt das, ich kann ihn nicht noch einmal sehen?«

»Sobald alle Untersuchungen abgeschlossen sind, melden wir uns bei Ihnen. Wenn Sie möchten, organisieren wir auch einen Bestatter, der sich um alles Weitere kümmert.«

Ruth verstand. Ich bin eine Frau mittleren Alters und begrabe bald meinen zweiten Mann, drängte sich ihr die bittere Erkenntnis auf. Gleichzeitig überlegte sie, ob sie Marko zu Konrad ins Grab legen sollte. Das käme auf jeden Fall günstiger, als eine zweite Grabstätte zu bezahlen. Eine böse Idee angesichts ihres Vermögens. Aber sein hollywoodreifer Tod und die Polizeiaktion jetzt ließen sie nach Vergeltung lechzen.

»Was ist mit Frau Meerath? Kümmert sich die Agentur um ihre Beerdigung? Meines Wissens sind ihre Eltern tot, und Geschwister hat sie keine.« Das hatte die kleine Schlampe Ruth mal erzählt, als sie noch miteinander sprachen, weil ihr nicht klar war, dass Marko das junge Ding flachlegte.

»Das wissen wir nicht«, sagte Stein und rüttelte an der untersten Schreibtischlade. »Die hier ist abgesperrt. Wissen Sie, wo der Schlüssel ist?«

»Hm.« Sie überlegte. »Nein, keine Ahnung. Aber sehen Sie mal auf der Unterseite des Fachs nach. Vielleicht hat Marko ihn dort angeklebt.«

Stein tat es, fand aber nichts.

Ruth zuckte mit den Achseln. »Wollen Sie vielleicht ein Glas Wasser oder Kaffee?«

Die Polizisten lehnten dankend ab, sie wollten lieber nach dem Schlüssel suchen.

Da Ruth sie dabei nicht unterstützen konnte, kehrte sie zu ihrer Schwester ins Esszimmer zurück.

Helene war dabei, das Frühstück abzuräumen. »Wer könnte das getan haben?«, flüsterte sie ihr über den Tisch hinweg zu.

»Keine Ahnung.« Ruth ließ sich auf einen Stuhl fallen und schenkte sich ein Glas Sekt ein. Es war ihr gleichgültig, welchen Eindruck das auf die Ermittler machen würde, wenn sie sie so sähen. Sie nahm sich vor, sich zwei Schlaftabletten einzuwerfen und sich ins Bett zu legen, sobald der Albtraum mit den Polizisten zu Ende war.

»Vielleicht läuft da draußen ja noch eine Frau herum, die er zutiefst enttäuscht hat und die mit einem weniger friedfertigen Gemüt gesegnet ist als du«, mutmaßte Helene.

»Würde mich nicht wundern.« Ruth nippte am Sekt, als sie ein Geräusch hörte.

Die Polizisten kamen die Treppe herunter. Viel früher als erwartet.

Augenblicklich drückte sie ihrer Schwester das Glas in die Hand. Aber zu spät. Stein hatte sie ertappt. Sein Gesichtsausdruck blieb unverändert stoisch.

»Und, haben Sie etwas gefunden, das Ihnen weiterhilft?«, fragte sie höflich.

»Leider nein. Den Schlüssel für die Lade ebenfalls nicht.«

»Sehen Sie im Hotelzimmer nach«, schlug Ruth vor. »Anscheinend wollte er vermeiden, dass jemand den Inhalt entdeckt. Er wird ihn mitgenommen haben.« Erst als sie den letzten Satz ausgesprochen hatte, bemerkte sie, dass er implizierte, dass Marko ihr unterstellt hatte, heimlich sein Büro zu durchsuchen.

Stein bedankte sich mit einem beifälligen Lächeln für den Vorschlag, dann verabschiedeten sich er und seine Kollegen.

Ruth und Helene sahen ihnen von der Eingangstür nach. Kaum fiel das schmiedeeiserne Tor hinter dem Chefinspektor ins Schloss, fischte er sein Handy hervor und begann zu telefonieren, während sein Blick mehrmals in ihre Richtung flog.

Helene zog sie ins Haus und die Tür hinter ihnen zu. »Wie geht es dir?«

Ruth schüttelte den Kopf. »Ich weiß es nicht.«

»Du hast die Polizei angelogen.«

Erschrocken riss sie die Augen auf. Woher wusste ihre Schwester …? »Was meinst du?«

»Ich habe den Überblick darüber verloren, wie oft du gesagt hast, du würdest ihm irgendwann mal den Schädel einschlagen oder ihm Gift in seinen Wein schütten, so wütend haben dich seine ständigen Seitensprünge gemacht.« Helene klopfte Ruth anerkennend auf die Schulter. »Aber gut gemacht! Ich an deiner Stelle hätte dem Polizisten auch gesagt, dass mir seine Affären am Arsch vorbei gegangen sind.«

Ruth wandte sich kommentarlos um und ging ins Esszimmer zurück. Ihre Schwester folgte ihr und nahm eine Flasche sündteuren Whiskey von dem antiken Tisch, auf dem mehrere Spirituosen standen. Marko hatte ihn gerne getrunken. Sie schenkte ihnen beiden einen doppelten ein.

Ruths Hand zitterte, als sie das Glas entgegennahm.

»Dir ist aber klar, dass du unseren Eltern Bescheid geben musst?«, merkte Helene an.

Ruth nickte und verzog den Mund, als hätte sie in eine Zitrone gebissen. Sie konnte sich schon vorstellen, wie die beiden darauf reagierten: mit übertriebener Bemutterung und Sorge vor öffentlichem Wirbel. Andererseits waren ihre Eltern im Moment vermutlich ihr geringstes Problem. Ein viel größeres war der Eindruck, den der Ermittler von ihr hatte. Sie befürchtete, von Stein in den engeren Kreis der Verdächtigen aufgenommen zu werden. Was mit Sicherheit passieren würde, sollte er herausfinden, dass sie ihn angelogen hatte. Denn sie war gestern Abend nicht zu Hause gewesen.

»Wenn ich etwas für dich tun kann, sag's mir«, forderte Helene sie auf, nahm einen Schluck und fixierte sie über den Glasrand hinweg.

Ruth schüttelte den Kopf und kippte den Drink in einem Zug hinunter.

8

Sarah gefiel ihr neuer Arbeitsplatz. Lange hatte ein Wasserschaden ihren Umzug ins Chefredakteursbüro im dritten Stock verzögert, deshalb war sie erst vor wenigen Wochen aus der Chronik-Redaktion im zweiten Stock ausgezogen. Ihre neue Arbeitsstätte war hell und geräumig, die Wände im warmen Elfenbeinton gestrichen. An der Wand neben dem Schreibtisch hing ein Fernseher, eine hellgraue Sitzlandschaft stand gegenüber, der Fußboden war mit Eichendielen ausgelegt. Neben ihrem Computermonitor wachten Amy, das Plüschschwein, und ein Amethyst. Zwei Glücksbringer, die ihr Bruder Chris ihr vor vielen Jahren geschenkt hatte. In den weißen Regalen reihten sich Sachbücher über Symbolik, Aberglauben und geheimnisvolle Orte Wiens aneinander. Ungeachtet dessen, dass sie seit neun Monaten Chefredakteurin war, schrieb sie nach wie vor Kolumnen zu diesen Themen. In der Wochenendbeilage des *Wiener Boten* Ende April hatte sie beispielsweise einen zweiseitigen Artikel über die Walpurgisnacht verfasst, der ihr jetzt wieder in den Sinn kam. Auch weil die Pianistin Arina Zopf Jasmin Meerath als rothaarige Hexe bezeichnet hatte.

Sarah ließ sich auf ihren Bürostuhl nieder. Ein alter

Aberglaube besagte, dass in der Nacht zum ersten Mai die Hexen auf ihren Besen ritten, ums Feuer tanzten und sich mit dem Teufel vermählten. Einst hatten sich die Menschen mit zahlreichen Volksbräuchen vor dem Bösen geschützt, etwa wurden Besen mit dem Reisig nach oben oder zwei gekreuzte Reisigbesen vor die Tür gestellt. Auch war geweihtes Salz auf die Türschwellen der Häuser und Viehställe gestreut worden, und mancherorts waren junge, mutige Burschen peitschenknallend durch die Straßen gezogen, um die Dämonen mit dem Krach zu vertreiben.

Zudem hatte Sarah in dem Text, wie in der Artikelreihe üblich, den Hintergrund dieses Volksglaubens erläutert. Schon vor der Christianisierung hatten die Menschen in Europa Feste zu Ehren von Sonne und Licht gefeiert. Die alten Germanen meinten, dass Gott Wotan und die Wanengöttin Freya den Frühling gezeugt und auf diese Weise den Winter vertrieben hatten, doch mit dem Christentum waren diese Gottheiten verschwunden. Freya war zur Hexe und Wotan zum Teufel geworden. Viele heutige Historiker vertraten die Meinung, die Walpurgisnacht sei im Grunde genommen erst durch Goethes *Faust* populär geworden, schließlich überredet in der Tragödie Mephisto Faust, an einer Hexenfeier teilzunehmen. Folglich fand das heute übliche Walpurgisnachtfest erst seit dem neunzehnten Jahrhundert statt.

Mit einem Seufzen verbannte sie Hexen, Dämonen und Teufel wieder aus ihren Gedanken und checkte ihre Mails und die Pressemeldungen der Polizei. Zu ihrer Erleichterung entdeckte sie keine neue Meldung zu den Toten im Stadtpark.

»Sehr gut«, murmelte sie zufrieden. Wie es schien, hatten sie nach wie vor einen Informationsvorsprung vor den anderen Medien.

Maja hatte sich auf dem Weg in die Redaktion angeboten, die Fakten für eine außerplanmäßige Sitzung vorzubereiten, und Sarah hatte dankbar angenommen. Fünf Minuten vor elf kamen sie in der Redaktion an. Die Sitzung war noch in vollem Gange. Sarah wollte dennoch nicht in die Besprechung hineinplatzen und David mittendrin ablösen, stattdessen hatte sie den engsten Kreis per SMS gebeten, nach der offiziellen Redaktionssitzung noch im Konferenzraum zu bleiben. Jetzt suchte sie für die Besprechung im Archiv des *Wiener Boten* nach Artikeln, in denen Marko Teufel und Ruth Gerand erwähnt wurden.

Sie stieß auf Connys Bericht über deren Hochzeit, die auf dem Weingut Gerand im niederösterreichischen Kamptal stattgefunden hatte. Sarah betrachtete die Bilder des Artikels. Das Weingut schien idyllisch inmitten endlos wirkender Weinterrassen zu liegen. Marko Teufel trug einen Hochzeitsfrack und posierte fürs Hochzeitsfoto mit Geige, als wäre es ein Pressefoto. Schnell leitete sie den Artikel an Stein weiter, weil der Täter die Mordopfer ebenfalls mit einer Violine ausstaffiert hatte, bevor sie sich weiter den Artikelbildern widmete. Ruth Gerand trug ein cremefarbenes Spitzenkleid eines internationalen Designers, wie Sarah dem Artikel entnehmen konnte. Mit Sicherheit hatte es ein kleines Vermögen gekostet. Sie wunderte sich, dass in dem Bericht keine Fotos von den Gästen abgedruckt worden waren, und machte sich eine Notiz. Sie wollte Conny nach dem Grund fragen. Das Fest lag zwar zehn Jahre zurück, aber wie sie die Gesellschaftsreporterin kannte, erinnerte sie sich noch genau an das Ereignis. Auf einem Bild war der Bräutigam mit seinem Bruder Robert zu sehen. Eine familiäre Ähnlichkeit bestand nicht. Marko, strohblond, glich mit seinem lebensfrohen Blick ein wenig dem Schauspieler Owen Wilson. Ein Strahlemann, der die Herzen der Menschen im Sturm eroberte. Robert hatte exakt geschnittene dunkelbraune Haare und war eine eher unauffällige Erscheinung. Sein Blick in die Kameralinse war scheu.

Sarah druckte den Artikel für die Sitzung aus und machte sich dann daran, im Internet nach Eintragungen über Jasmin Meerath zu suchen. Sie fand nichts, was nicht im Zusammenhang mit ihrer Arbeit stand. Von privaten Accounts in den sozialen Medien hatte die Frau offenbar nichts gehalten. Sarah würde Maja bitten, sich noch mal darum zu kümmern, die war in solchen Dingen gewandter. Und in dem Fall, dass auch deren Suche ergebnislos blieb, wollte sie Simon, den Fotografen und Computerexperten des *Wiener Boten*, darauf ansetzen.

Den Artikel von Patrick Jattel, von dem Arina Zopf gesprochen hatte, fand Sarah hingegen rasch online und überflog ihn. Der Musikjournalist ließ tatsächlich kein gutes Haar an Marko Teufels Idee der meterhohen

Musiknoten. Am Ende nannte er es »ein Projekt für den Mülleimer«.

Im Anschluss daran machte sie sich auf die Suche nach Berichten über Konrad Schulz' Unfalltod. In jedem Bericht, den sie fand, wurde mehrmals erwähnt, dass es sich bei dem Verunglückten um den Ehemann der Adligen Ruth Gerand handelte. Dass er auch Musiker gewesen war, verkam zur Randnotiz.

Ein Blick auf die Uhr verriet Sarah, dass es schon halb zwölf war. Die Redaktionssitzung würde vermutlich bald zu Ende sein. Sie raffte ihre Aufzeichnungen zusammen und öffnete die Verbindungstür zum Sekretariat. Ihr Büro lag zwei Türen von dem von Herbert Kunz, dem Chef vom Dienst, entfernt. In dem Raum dazwischen saß eine Sekretärin, die für sie beide arbeitete. Eine brünette mollige Perle namens Cordula Berger, die letzte Woche ihren fünfzigsten Geburtstag gefeiert hatte, wie Sarah durch die Marzipanzahlen auf der Geburtstagstorte mitbekommen hatte, deren Stücke die Gute an einige Kollegen verteilt hatte. Für Sarah war es noch ungewohnt, ihre Termine koordiniert und die Post vorsortiert zu bekommen, aber sie war zuversichtlich, sich daran noch zu gewöhnen.

Sie gab Cordula Berger Bescheid, dass sie die nächste Stunde nicht erreichbar sein würde. »Mein Handy liegt am Schreibtisch. Lassen Sie's einfach läuten, falls jemand anruft«, fügte sie noch hinzu, dann nahm sie die Treppe in den vierten Stock, wo Davids Büro lag. Den Lift zu ignorieren war ihr persönliches Fitnessprogramm. David joggte mindestens dreimal die Woche rund vierzig Minuten im Türkenschanzpark vor ihrem Wohnhaus, sie hingegen lief lieber Stufen hinauf und hinunter, wann immer sich ihr die Gelegenheit dazu bot.

Mit Schwung zog sie die Tür zum Sekretariat des Herausgeberbüros auf.

Gabi hob ruckartig den Kopf. Ihre blonden Locken wippten nach der schnellen Bewegung auf und ab, ihre Finger lagen auf der Computertastatur. Aus dem Radio klang leise Musik. »Hast du mich jetzt g'schreckt.«

»Entschuldige.« Sarah ließ ihre Hand auf der Türklinke liegen.

»David ist im Konferenzzimmer«, sagte Gabi. »Aber er hat vorhin durchgerufen und gemeint, du hättest spontan noch ein Meeting angesetzt.« Sie nahm die Hände von der Tastatur.

»Ja, eh, bin schon am Weg. Aber vorher wollt ich dich noch rasch fragen, ob du heute Abend Zeit hast.«

»Hab ich.«

»Chris auch?« Da ihr Bruder und sie nicht mehr in einer Wohnung wohnten, hatte sie den Überblick über seine Dienste verloren. Er war Anästhesist im AKH, dem größten Krankenhaus Wiens, und arbeitete, Sarahs Meinung nach, zu viel.

»Ja, Chris auch.«

»Perfekt. Dann Abendessen bei uns um sieben?«

»Ein besonderer Anlass?«

Sarah grinste. Seitdem sie alle in das Haus gezogen waren, das David gekauft hatte, wartete Gabi auf einen

Heiratsantrag von ihm. Doch David und sie waren zufrieden mit der Situation. Keiner von ihnen sehnte sich nach einem Ring am Finger, der bezeugte, dass sie zusammengehörten. Das war ihnen auch ohne Eheschließung klar.

»Ein Mordfall«, antwortete sie schließlich, was Gabi ein Schmunzeln ins Gesicht zauberte. Ihre Freundin durchschaute sie. Sarah gelang es besser, über ein Gewaltverbrechen nachzudenken, wenn sie bei einem guten Essen mit ihren Lieben darüber sprach.

»Also mal wieder ein Mordfall«, wiederholte Gabi so gelassen, als hätte Sarah ihr ein Buch empfohlen. »Zufällig der aus dem Stadtpark? Mit zwei Toten?«

»Exakt.«

»Gut. Dann um sieben«, bestätigte sie. »Ich freu mich.«

Gabi hatte eine Schwäche für Sarahs Gedankenspielereien. Sarah vermutete, dass es vor allem daran lag, dass sie dadurch Informationen aus erster Hand erhielt.

»Soll ich was mitbringen?«, fragte Gabi.

»Nein. Ich besorg alles. Hast Gusto auf was Bestimmtes?«

Ihre Freundin überlegte kurz, schüttelte aber verneinend den Lockenkopf.

»Okay, dann bis heute Abend.« Sarah schloss die Tür und eilte weiter in den Konferenzraum, der wie ihr Büro ein Stockwerk tiefer lag. Die Tür stand offen. Fast alle Kollegen von der großen Sitzung waren schon verschwunden. Nur der Ressortleiter vom Sport kam jetzt erst aus dem Zimmer. Er grüßte Sarah und verschwand Richtung Lift.

Conny, David, Maja und Herbert Kunz saßen noch an dem ovalen Konferenztisch. Der Chef vom Dienst sah wie üblich in Anzug mit Krawatte wie aus dem Ei gepellt aus. Die Gläser seiner rahmenlosen Brille waren so sauber, dass man sie kaum sah. David hatte morgens zu Jeans und einem hellblauen Hemd gegriffen, das er locker über dem Hosenbund trug. Die legere Kleidung war ein untrügliches Zeichen dafür, dass er heute keinen offiziellen Termin hatte.

Sarah setzte sich zu ihnen, als Maja anfing ihnen einen ausführlichen Überblick über die Morde zu geben. Sissi, Connys schwarzer Mops, kam unter dem Tisch hervor und presste sich an ihre Wade. Das gesamte Hinterteil der Hündin wackelte vor Freude. Sarah streichelte dem Vierbeiner ein paarmal über den Rücken, dann trollte sich Sissi wieder und rollte sich auf einer Decke zusammen, die Conny extra angeschafft hatte.

Maja beschrieb das Foto, das Stein ihnen am Handy gezeigt hatte, dann beendete sie ihre Erläuterungen: »Der Täter oder die Täterin hat die beiden auf der Parkbank drapiert, als wollte er oder sie ein Bild vom Tod malen.«

»Ich fass es einfach immer noch nicht«, murmelte Conny und schenkte sich ein Glas Mineralwasser aus der Flasche ein, die am Tisch stand. »Gestern haben wir ihn noch mit seinem Orchester auf der Bühne gesehen. Ich hab mir gleich heute Morgen von Arthur Zink von der Agentur die Liste mit den anwesenden Promis mailen lassen und meine Society-Seite danach geplant. Am Telefon hat Zink mir noch erzählt, dass er am Freitag die letzten Hotelzimmer für die Tournee gebucht und dem Busunternehmen, das das Orchester zu den Auftrittsorten fährt, den Tourplan geschickt hat. Marko Teufel wollte wie immer sein eigenes Auto nehmen. Zu dem Zeitpunkt wussten wir beide noch nicht, was passiert war. Er war so gut gelaunt, meinte, Jasmin habe die Tournee großartig vorbereitet, und er sei optimistisch, dass die Walzertour ein immenser Erfolg werden würde.« Sie nahm einen Schluck Wasser und sah in die Runde. »Wer macht so was? Ein Wahnsinniger?«

»Eher jemand, der eine Botschaft hinterlassen möchte«, sagte Sarah.

»Was für eine Botschaft?«, fragte David.

»Keine Ahnung«, erwiderte sie. »Aber der Täter hat die beiden nicht nur erstochen, er hat sie wie ein Gemälde oder eine Fotografie arrangiert, wie Maja gerade ganz richtig gesagt hat. Die Haare von Jasmin Meerath sehen aus, als wären sie kurz zuvor gebürstet worden, als hätte man sie für Presse- oder Hochzeitsfotos stylen wollen.« Sie ließ Connys Artikel über die Hochzeitsfeier herumgehen. »Nicht dass hier tatsächlich ein Zusammenhang bestehen muss. Aber ich finde es gruselig, dass Marko Teufel Hochzeitsfotos mit Geige machen ließ und der Mörder der toten Jasmin Meerath so eine auf den Bauch legte, sodass es schien, als würde sie sie mit der Hand festhalten.«

»Denkst du, der Täter wollte mit seiner Inszenierung

auf das Brautpaar anspielen?«, fragte Kunz und wartete die Antwort gar nicht ab. »Was mich zur nächsten Frage bringt: Weshalb?«

»Angeblich hatten die beiden eine Affäre. Möglicherweise deshalb«, gab Sarah zu bedenken. »Aber wie immer man dieses Arrangement interpretieren möchte, für mich schaut es so aus, als hätte der Täter eine Stinkwut auf seine Opfer gehabt.«

»Die betrogene Ehefrau?«, sinnierte Kunz.

»Denkbar.« Sarah schob Conny den Bericht des Musikjournalisten zu. »Jattel ist wirklich kein Freund des Musiknotenprojekts.« Sie umriss, was in dem Text stand.

»Ich treffe ihn morgen im Imperial, um mal wieder ein bisschen Klatsch aus der Musikszene zu erfahren«, sagte Conny und überflog den Artikel.

»Wann?«

»Um halb zwölf. Im Café. Magst mitkommen?«

»Gerne. Über Jasmin Meerath konnt ich übrigens kaum etwas im Netz finden.« Sarah wandte sich an Maja. »Kümmere du dich doch bitte noch mal drum.«

»Die Frau ist … war ein Arbeitstier«, behauptete Conny. »Keine Ahnung, ob die überhaupt ein Privatleben hatte.«

»Wenn ich mich an die bissigen Bemerkungen von der Pianistin gestern erinnere, hieß ihr Privatleben Marko Teufel«, entgegnete Sarah schief lächelnd.

Conny hob bestätigend ihre exakt gezupften Brauen. »Marko Teufel sagte man übrigens ebenfalls nach, ein Workaholic zu sein. Und ein Perfektionist. Vielleicht verstanden er und Jasmin sich so gut, weil sie ähnlich gestrickt waren.«

»Gleich und gleich gesellt sich gerne«, stellte Kunz fest.

»Was du nicht sagst. Ebenso heißt es, Gegensätze ziehen sich an«, merkte Maja an. »Marko Teufels Gegensatz war dann wohl seine Frau Ruth Gerand.«

»Wobei die in der Geschäftsführung der Familienholding sitzt«, zweifelte David Majas Vermutung an. »Aber eben in einer anderen Branche.«

»Was nicht zwingend bedeutet, dass sie wie ihr Ehemann ein Workaholic sein muss«, entgegnete Maja. »Ist doch möglich, dass sie eine ruhigere Kugel schiebt und stattdessen die Angestellten roboten lässt.«

»Wie immer wird die Wahrheit wohl irgendwo in der Mitte liegen«, machte Sarah einen Vermittlungsversuch. »Die Identität der Toten wurde übrigens noch nicht bekannt gegeben«, fügte sie dann hinzu. »Ich hab vorhin noch mal die Polizeimeldungen abgerufen. Das gibt uns Zeit, unsere Artikel vorzubereiten. Mit dem ersten sollten wir dann zeitgleich mit der offiziellen Polizeimeldung online gehen.« Sarah wandte sich an Kunz. »Und unser morgiger Aufmacher in der Printausgabe wird auch der Mord an Marko Teufel und Jasmin Meerath.«

»Klar«, sagte der Chef vom Dienst.

»Sollen wir mit der Onlineveröffentlichung wirklich so lange warten, bis die Polizei eine offizielle Meldung rausgibt?«, fragte David. »Ich meine, wenn wir jetzt schon die Identität der Toten kennen, könnte die nicht auch zu den anderen Medien durchgesickert sein? Und die werden sicher nicht höflich warten.«

Sarah schüttelte den Kopf. »Unsere Quelle heißt Martin Stein, und der redet bestimmt nicht mit anderen Journalisten, es sei denn, er wird bei einer Pressekonferenz dazu gezwungen. Er will die Identität zumindest so lange geheim halten, bis er mit den Angehörigen gesprochen hat.«

»Wenn ihm das mal gelingt«, zeigte Conny sich ebenso skeptisch wie David.

Sarah dachte an die Arbeiter, die die Bühne hatten abbauen wollen und dabei die beiden Opfer entdeckt hatten. Ob und mit wem sie über den Mordfall redeten, lag nicht in Steins Einflussbereich. Die Polizei hatte sie vermutlich aufgefordert zu schweigen, aber ob sie sich daran hielten, stand auf einem anderen Blatt.

»Wie lange brauchst du für einen würdigen Nachruf auf Marko Teufel, Conny?«, fragte David.

»Dreißig Minuten. Ich hab eine Datei mit allen gesellschaftlichen Ereignissen, bei denen er sich blicken ließ.«

»Perfekt. Dann lasst uns in der Onlineausgabe auch gleich noch einen kurzen Nachruf hochschießen«, schlug er vor.

»Aber erst, wenn die erste Polizeimeldung eingeht«, wiederholte Sarah nachdrücklich.

David nickte bestätigend. »Am Mittwoch veröffentlichen wir dann einen zweiseitigen Bericht über die größten Erfolge Marko Teufels. Darum soll sich bitte die Kulturabteilung kümmern.« Er sah wieder die

Society-Löwin an. »Gib du bitte der Ressortleiterin Bescheid, Conny, und stimme dann auch gleich deinen Artikel mit ihrem ab, damit es nicht zu inhaltlichen Überschneidungen kommt.«

Conny nickte. »Eh klar.«

Sarah wandte sich Maja zu. »Und du schreibst bitte den kurzen Artikel für die Onlineausgabe und berichtest diese Woche täglich auf deinen Seiten über News zum Doppelmordfall.«

»Okay«, versicherte die Journalistin des Chronik-Ressorts.

»Darüber hinaus könnten wir eine Art Zusammenfassung bringen, sobald die Morde aufgeklärt sind. Über die Hintergründe der Tat, die Zusammenhänge und was die Recherche noch alles an Infos zutage fördert«, machte Sarah einen weiteren Vorschlag.

»Gute Idee«, merkte David an.

»Wunderbar.« Sarah grinste. »Dann lasst uns jetzt über Marko Teufels Hochzeit sprechen.«

9

Sarah wandte sich wieder an Conny. »Bei deinem Artikel über die Hochzeit ist mir aufgefallen, dass Bilder von Promis fehlen. Es gibt nur welche vom Brautpaar und vom Weingut.« Sie schob den Ausdruck des Artikels, der inzwischen wieder bei ihr gelandet war, erneut der Gesellschaftsredakteurin zu.

»Das Weingut Gerand in Langenlois«, sagte die Society-Löwin in einem Tonfall, als käme die Erinnerung nur langsam wieder. »In total idyllischer Lage, der absolute Traum, sag ich euch. Ich hab mir die Fotos des Gutes auf dessen Homepage angesehen. Und was die Promis anbelangt, da waren einige anwesend. Thekla Teufel hatte die halbe Musikbranche Österreichs eingeladen. Immerhin heiratete einer ihrer Söhne eine Adelige. Noch dazu eine mit Vermögen. Damit brüstete sie sich, als würde Marko eine englische Prinzessin ehelichen. Und wahrscheinlich kam es ihr auch genau so vor. Marko stand damals noch am Beginn seiner Karriere. Er war zwar ein Sohn des gefeierten Tenors Berthold Teufel, aber das Kind einer Berühmtheit zu sein kann die Karriere auch bremsen, weil jeder den Junior mit dem Senior vergleicht. Über seine Frau kam er jedoch mit einflussreichen Leuten in Kontakt, die er sonst erst kennengelernt hätte, wenn er schon ganz oben angekommen gewesen wäre. In seiner damaligen Situation bedeuteten die Kontakte einen gewaltigen Schubs die Karriereleiter hinauf. Allerdings machte Ruths Vater, Franz-Joseph Gerand, damals dem Plan der Teufel-Mama einen Strich durch die Rechnung, denn die hatte vorgehabt, aus der Hochzeit auch noch eine PR-Kampagne zu machen. Doch leider ist Familie Gerand nicht erst seit Kurzem ziemlich kamera- und öffentlichkeitsscheu, wenn es um private Angelegenheiten geht. Was mich persönlich nicht verwundert. Der Hochadel, zu dem sie gehört, bleibt normalerweise lieber unter sich. Die Gerands trugen übrigens bis 1919 die Standesbezeichnung Graf, danach wurde ja bekanntlich in Österreich das Recht auf Führung von Adels- und Würdetiteln verboten«, erläuterte Conny deren gesellschaftliche Stellung. »Nur manchmal nimmt jemand aus der Familie an einer Abendveranstaltung teil, wo das Menü zweitausend Euro kostet und einem guten Zweck zugutekommt. Dass seine Tochter beabsichtigte, erneut einen Künstler zu heiraten, hat den alten Gerand sicher schlaflose Nächte gekostet.« Sie skizzierte kurz Ruth Gerands erste Ehe mit dem Geiger Konrad Schulz, die mit dessen tragischen Unfalltod geendet hatte.

Sarah lächelte. Conny hatte die Wiener Gesellschaft im Blick wie ein Adler seine Beute.

»Damals zerrissen sich die Leute das Maul darüber, dass sein Tod möglicherweise kein Unfall gewesen sein könnte«, fuhr die Society-Redakteurin fort.

»Das alles als Erklärung dafür, dass die Presse nicht zur Hochzeit auf dem Weingut eingeladen war. Deshalb werdet ihr nur Berichte finden, die einander stark ähneln.« Sie beugte sich nach vorn und tippte auf den Ausdruck. »Es gab lediglich eine knapp gehaltene Pressemeldung über die APA, natürlich von den Gerands verfasst. Die freigegebenen Bilder wurden von einem Fotografen ihres Vertrauens geknipst.« Conny lehnte sich wieder in ihrem Stuhl zurück. »Bis zuletzt war der Termin der Hochzeit geheim gehalten worden. So gesehen hätte sich die Gerand eher an den älteren Sohn der Teufels halten sollen. Robert scheint es nämlich ein Anliegen zu sein, seine Frau ... ich meine, Exfrau«, verbesserte sie sich schnell, »genauso wie seine Tochter gänzlich aus der Öffentlichkeit rauszuhalten. Nicht mal ich weiß, wie ihre Vornamen lauten, ob seine Frau bei der Heirat den Familiennamen annahm und wo sie seit der Scheidung lebt. Wobei die zugegebenermaßen auch schon zwölf Jahre zurückliegt. Damals hat sich der Medienzirkus noch ausschließlich für Papa Teufel interessiert, nicht für seine Buben.«

»Apropos Papa. Die Brüder sehen sich kaum ähnlich«, merkte Sarah an. »Haben die unterschiedliche Väter oder Mütter?«

Conny schüttelte den Kopf. »Nicht dass ich wüsste. Aber noch mal zur Hochzeit. Es gab schon damals viele Stimmen, die fragten, ob die Ehe zwischen Marko und Ruth überhaupt ein Jahr halten würde.« Nachdenklich kniff sie die Augen zusammen, kramte sichtbar in ihren Erinnerungen.

Sarah und ihre Kollegen warteten stumm darauf, dass die Gesellschaftsreporterin fortfuhr.

»Genau, jetzt weiß ich es wieder«, hob Conny endlich an. »Gabriel Kern, Markos Freund. Ihr wisst schon, der Grazer Künstler, der die Musiknoten für die geplante Walzerstadt Wien anfertigt. Ich hab ihn etwa sechs Monate später auf einer Vernissage getroffen. Irgendwie sind wir auf Marko Teufel und Ruth Gerand zu sprechen gekommen, jedenfalls meinte er, dass es klüger gewesen wäre, Ruth hätte sich einen Hund zugelegt. Das hat er natürlich im Spaß gesagt, aber oft steckt da ja ein Korn Wahrheit drin.«

»Einen Hund?«, wiederholte Sarah irritiert.

»Seiner Meinung nach bräuchte Ruth eher einen Menschen an ihrer Seite, der von ihr abhängig ist und tut, was sie von ihm verlangt. Eben jemanden wie einen Hund. Zudem macht sie einen großen Bogen um die meisten Menschen, die nicht ihrem Stand angehören. Ein Mann, der in Wahrheit die öffentliche Anerkennung genauso nötig hat wie ein Fisch das Wasser, sei jedenfalls die denkbar schlechteste Wahl gewesen.«

»Dennoch bestand die Ehe seit zehn Jahren«, wandte David ein. »Meines Erachtens viel zu lange dafür, dass sie die ganze Zeit eine unglückliche Beziehung ertragen haben soll.«

»Da wäre ich mir nicht so sicher«, widersprach Maja. »Wie oft berichten wir über Mordfälle, bei denen der Ehemann oder die Ehefrau die Partnerin oder den Partner nach dreißig oder vierzig Ehejahren ins Jenseits geschickt hat, nur weil es jetzt genug war.«

»Stimmt auch wieder«, gab ihr David letztlich recht.

»Hm«, brummte Conny und deutete erneut auf den ausgedruckten Hochzeitsartikel. »Hast du noch mehr über unser Promipaar, Sarah?«

»Nicht viel.« Sie fächerte die Artikel in der Mitte des Tisches auf, zumeist Berichte über Konzerte, Benefizveranstaltungen und Galas.

»Sortier sie mal nach Datum«, forderte die Society-Löwin sie auf.

Sarah ordnete sie neu, beginnend mit dem Bericht über die Hochzeit. Der Zeitraum ihrer Veröffentlichung erstreckte sich über die letzten zehn Jahre.

»Anhand der Berichte sieht man ganz deutlich, dass Ruth Gerand nach der Hochzeit noch oft an seiner Seite war, was laut Gabriel Kern nicht ihrer Natur entspricht«, fuhr Conny fort und zeigte auf die ersten paar Ausdrucke. »Dann tauchte sie plötzlich seltener und später gar nicht mehr auf.« Sie umfasste mit einer Geste die komplette Artikelreihe.

Alle Anwesenden beugten sich nach vorn, um die Zeitungsausschnitte besser betrachten zu können.

»Tatsächlich«, raunte Maja.

Die ersten Aufnahmen zeigten ausschließlich eine strahlende Ruth an Marko Teufels Seite. Auf den Fotos von ihm, die in den letzten vier Jahren veröffentlicht worden waren, war sie hingegen nicht mehr zu sehen.

»Vielleicht ist sie in der Anfangszeit ihrer Ehe nur ihrem Mann zuliebe mitgegangen und hat dann gemerkt, dass der Rummel tatsächlich nichts für sie ist«, merkte Maja im nachdenklichen Tonfall an.

Conny schüttelte zweifelnd den Kopf. »Meinen Informationen zufolge ließ sie ihren Mann nur ungern aus den Augen. Sie kannte seinen Ruf, behütete ihn wie eine Hundemutter ihren Welpen, um mal bei Vergleichen aus der Tierwelt zu bleiben. Vermutlich ist ihr das irgendwann zu blöd geworden, und sie hat sich in ihr Schicksal gefügt. Solange er immer wieder zu ihr zurückkam.« Sie strich sich eine widerspenstige Locke hinters Ohr. »Wie auch immer. Klar ist, dass sie sich sozusagen plötzlich von einem Event zum nächsten nicht mehr in der Öffentlichkeit blicken ließ. Anfangs hatte man ihr Fernbleiben bei Premieren oder wichtigen Konzerten noch mit Krankheit oder anderen Terminen erklärt. Doch irgendwann war es aufgefallen, dass Marko Teufel nur noch allein, mit seiner Mutter oder mit jemandem von der Agentur auftauchte. Mit Nathalie Buchner, Arthur Zink oder – wie in den letzten Monaten ausschließlich – Jasmin Meerath«, fuhr Conny fort. »Deshalb hat in der Branche auch lange niemand darüber nachgedacht, ob die Meerath und der Teufel was miteinander haben. Nicht mal die Klatschpresse. Abgesehen davon geben Skandale in der Welt der Klassik nicht so viel her wie in der von Rock und Pop.«

»Aber seine ständigen Affären wäre eine logische Erklärung dafür, dass Ruth Gerand ihn nicht mehr begleitete«, stellte Sarah fest.

»Wir werden die Berichterstattung trotzdem nicht an Teufels Liebschaften aufhängen. Das haben wir vor seinem Tod nicht getan, und das werden wir auch jetzt nicht tun«, unterbrach David das Gespräch. »Derartige Reportagen überlassen wir bitte der Yellow Press.«

»Eh«, bestätigte Sarah und unterdrückte ein spöttisches Lächeln. Sämtliche Inhalte des *Wiener Boten* waren seriöse Nachrichten. Sie beruhen auf Fakten, Analysen und akribischen Recherchen, so lauteten die Vorgaben zur Blattlinie. Unbelegbare Behauptungen waren streng verboten.

»Trotzdem liebe ich das Klatschen und Tratschen, man erfährt so viel dabei.« Conny zwinkerte David provozierend zu. »Außerdem lebt meine Blattseite nun mal von den Klatschgeschichten über Promis.«

»Und dennoch bleibst du dabei seriös und schaust nicht unter die Bettdecke, was ich sehr gut finde«, entgegnete David gelassen.

»Worauf ich aber eigentlich hinauswollte«, fuhr Conny fort, »ist, dass Marko Teufel damals in den Hochadel eingeheiratet hat. Die Frage, die sich stellt, ist doch die, was dabei für Ruth Gerand heraussprang.«

»Sie bekam den Star, mit dem andere Frauen nur allzu gern das Bett geteilt hätten?«, schlug Maja vor.

»Aber als er ihr den Ring an den Finger steckte, war er noch nicht die Berühmtheit, zu der er nach der Hochzeit wurde«, erwiderte Conny. »Was ich meine, ist, dass es vermutlich Ruth Gerands Art der Rebellion war, erneut einen Musiker zu heiraten. Ihr Elternhaus unterwirft sie seit ihrer Geburt einem strengen Diktat. Sie muss funktionieren, weil sie eine Gerand ist. Gutes Benehmen, Diskretion in allen Lebenslagen und Erfolgsdruck wurden ihr sozusagen in die Wiege gelegt. Doch anstatt sich einen Mann ihres Standes zu nehmen, wie man es von ihr erwartet, schleppt sie ausschließlich Künstler vor den Traualtar. Wobei ihr erster Mann zu keiner Zeit die Strahlkraft eines Marko Teufel besaß. Auch stand er nicht auf der Bühne, sondern spielte nur in einem kaum bekannten Kammerorchester und im Orchestergraben eines Theaters. Dessen ungeachtet hat sie mit beiden danebengegriffen. Der erste Kerl hat gesoffen, der zweite konnte seine Hose nicht anbehalten.«

»Apropos Hose anbehalten«, griff Sarah das Stichwort auf. »Wer kümmert sich um den Artikel über Jasmin Meerath?«

Maja hob die Hand. »Ich ruf gleich mal in der Agentur an. Die werden sicher schon wissen, dass sie tot ist.«

»Red vorerst aber bitte nur direkt mit Nathalie Buchner«, meinte Sarah. »Ich werde inzwischen versuchen, mit Ruth Gerand zu sprechen. Keine Ahnung, ob mir das gelingt.« Nach allem, was sie in den letzten Minuten über die Frau und ihre Familie erfahren hatte, dürften die Chancen gleich null sein, sie für ein Interview zu begeistern. Die negative Berichterstattung in den Medien über den Streit im Imperial kam erschwerend hinzu. »Hat zufällig jemand ihre Handynummer?«

Allgemeines Kopfschütteln. Selbst bei Conny. »Ich hab nur die von Nathalie Buchner. Und die wird die von der Gerand weder dir noch mir geben. Außerdem erfordert der journalistische Umgang mit der Familie meines Wissens Vorsicht. Die Gerands verfügen über eine Handvoll hervorragender Anwälte und sind sehr auf ihren guten Ruf bedacht. Ein falsches Wort, und sie verklagen uns.«

»Das Spiel kennen wir doch«, erwiderte David. »Bestimmt auch ein Grund dafür, dass sich selbst der Boulevard mit Berichten über Teufels Affären bisher eher zurückgehalten hat.«

»Zudem war Teufel sehr diskret, hat sich nie in flagranti erwischen lassen«, sagte Conny. »Er wäre nicht der erste Promi, dessen Geheimleben erst nach seinem Tod ans Tageslicht kommt. Wobei es manchen sogar gelingt, ihres für alle Ewigkeit mit ins Grab zu nehmen. Schauen wir mal, zu welcher Sorte von Promi Marko Teufel gehört.«

Sarah raffte ihre Unterlagen zusammen. »Dann lasst uns an die Arbeit gehen und schauen, ob wir ein Geheimnis in Zusammenhang mit ihm und den Gerands finden, über das wir berichten können«, beendete sie die Sitzung.

Alle erhoben sich, und einer nach dem anderen verließ den Konferenzraum. Sarah hielt David am Ärmel zurück. »Ich hab für heute Abend Gabi und Chris zum Essen bei uns eingeladen.«

Er grinste breit, sodass sich Lachfalten um seine dunklen Augen bildeten. »Das war mir schon klar.« Er hauchte ihr einen Kuss auf die Wange.

Sarah lächelt. Wie gut er sie doch kannte.

Im Büro empfing Sarah ein Stapel Post, ordentlich in den Posteingang ihrer Ablage auf dem Schreibtisch einsortiert. Cordula Berger hatte bereits sämtliche Kuverts geöffnet und den Inhalt mit einem Eingangsstempel versehen. Sarah sah alles oberflächlich durch, entschied, dass nichts davon sofort bearbeitet werden musste, und suchte im Internet die Nummer der Gerand Immobilien Holding heraus.

Wenige Minuten später wusste sie, dass Ruth Gerand nicht ins Büro gekommen war, man sie auch nicht erwartete und man ihr, Sarah, auf gar keinen Fall die Handynummer der Chefin geben würde.

»Würden Sie denn eine Mail an sie weiterleiten?«, erkundigte sie sich.

»Natürlich. Aber ich weiß nicht, ob sie Ihnen antworten wird«, erwiderte die Vorzimmerdame.

»Trotzdem. Bitte.« Sarah ließ sich die Mailadresse der Sekretärin geben, weil diese die von Ruth Gerand logischerweise ebenfalls nicht an Journalisten weitergab. Dann bedankte sie sich und legte auf.

Sie hatte keine Zeit zu verlieren. Sofort machte sie sich daran, die Mail zu schreiben, und bat Ruth Gerand um ein alsbaldiges Interview. Ohne den Grund zu nennen, weil sie andernfalls die Sekretärin über Marko Teufels Tod informiert hätte. Sie markierte noch ihre Handynummer in der Signatur gelb und ergänzte, dass Ruth Gerand sie jederzeit direkt anrufen könne. Während sie die Mail abschickte, fragte sie sich, wie es sich wohl anfühlte, wenn der eigene Ehemann gemeinsam mit der Geliebten ermordet worden war.

Stein gelang es, die Namen der Toten bis drei Uhr nachmittags geheim zu halten. Anschließend fegte die traurige Neuigkeit jedoch wie ein Wirbelwind durch die Stadt. Der *Wiener Bote* veröffentlichte in der Onlineausgabe Connys Nachruf und einen ersten von Maja verfassten Artikel zum Doppelmord.

Um halb vier läutete der Festnetzapparat auf Sarahs Schreibtisch. An der Nummer auf dem Display erkannte sie die Durchwahl der Chronik-Redaktion und hob ab. »Maja!«

»Ich hab gerade die Buchner ans Telefon bekommen. Sie hat das Übliche gesagt, wie bestürzt sie sei, dass sie mit Jasmin eine wunderbare Mitarbeiterin und einen wertvollen Menschen verloren habe. Und Österreich mit Marko Teufel einen großartigen Künstler. Noch während unseres Gesprächs hat sie mir eine Einladung zur Pressekonferenz geschickt. Morgen um zehn Uhr. Du solltest auch eine bekommen.«

Sarah rief ihre Mails ab. »Ja. Hab ich.«

»Das ist ein bisserl arg schnell, findest nicht? Vor allem, weil auch Teufels Familie dort auftauchen wird. Sollte die nicht erst mal trauern?«

»Hm«, brummte Sarah und überlegte. »Vermutlich wollen sie damit verhindern, dass die Presse zu viel spekuliert.«

»Ruth Gerand scheint nicht zu kommen.«

»Verständlich. Erstens mag sie keine öffentlichen Auftritte, es sei denn, wenn sie ihren Ehemann bewacht, wie wir inzwischen wissen. Und zweitens würde man sie mit Sicherheit auf den Streit im Imperial ansprechen. Darauf kann sie vermutlich verzichten.«

»Hast du sie schon erreicht?«

»Nein, aber ich hab ihr eine Mail geschickt. Ehrlich gesagt bezweifle ich, dass sie antwortet.«

»Hat die Gerand nicht eine Batzenvilla in Hietzing? Oben am Küniglberg?«

»Sie davor abzupassen ist nicht unser Stil«, erriet Sarah Majas Gedankengang. »Lass uns morgen mal schauen, was die Agenturchefin und die Teufels zu erzählen haben.«

»Okay, also baba und bis morgen.«

»Ja, baba, bis morgen.« Sarah legte auf.

In der nächsten Sekunde klopfte es an der Tür, und Cordula Berger kündigte Patricia Franz an.

Gleich darauf erschien die Lifestyle-Redakteurin mit den rotblonden Locken. »Hast du kurz Zeit, Sarah?«

»Klar.« Sie winkte ihr, näher zu treten.

Patricia setzte sich auf den Besucherstuhl vor den Schreibtisch.

»Was kann ich für dich tun?«

»Ich war vorhin bei Conny. Sie meinte, ich soll dir das hier zeigen.« Sie schob Sarah ein Foto über den Tisch zu. »Es geht um Jasmin Meerath.«

10

Um zehn Minuten nach fünf Uhr schaltete Gabriel Kern den Schweißbrenner aus. Er hatte seit den frühen Morgenstunden in seiner Werkstatt im Grazer Lendviertel an einer Skulptur gearbeitet. Fast ohne Unterbrechung. Er zog die Schutzhandschuhe aus, nahm den Schutzhelm ab, wuschelte sich mit einer Hand durch seine hellblonden Haare und stieg aus der riesigen Blechwanne, die den Fußboden vor Funkenflug und herabtropfendem heißen Metall schützte.

Mit zusammengekniffenen Augen musterte er sein neuestes Werk. Ein Kreis mit dem Logo einer Metallverarbeitungsfirma in der Mitte. Eine Auftragsarbeit, die demnächst den Eingangsbereich des Unternehmens zieren würde. Aus der Stereoanlage dröhnte Musik, Genesis sangen »Land of Confusion«. Sein Blick glitt über die Metallklötze im hinteren Eck des Lofts. Aus ihnen würden in wenigen Wochen die ersten Musiknoten für Marko Teufels Projekt entstehen. Daneben lagerten Nussholzblöcke, Stahlrohre, Glasplatten und Sandsteinbrocken, die auf ihre Weiterverarbeitung warteten. Er schlurfte an dem knallroten Raumteiler aus Metall vorbei zu seinem Schreibtisch im vorderen Bereich Lofts. Während er den Schweißbrenneraufsatz an seinen Platz neben dem Arbeitstisch steckte, streifte sein Blick das halb fertige Gipsmodell einer Musiknote. Auch das sollte er endlich beenden. Dahinter hing sein Werkzeug an der Wand. Grabstichel, Hämmer, Zangen, Meißel und vieles mehr.

Gabriel wischte sich den Schweiß von der Stirn und drehte die Musik ab und das Radio auf, um die Fünf-Uhr-Nachrichten zu hören. Das gab ihm das Gefühl, nicht zur Gänze in seiner Welt zu versinken, denn bei der Arbeit schottete er sich gerne komplett ab, bis ein Projekt fertig war. Draußen vermochte die Welt unterzugehen, er bekäme es nicht mit. Höchstens durch die Nachrichten. Als er die Schutzkleidung ablegte, hörte er den Namen Marko Teufel im Radio.

Er stellte es lauter, erwartete einen Bericht über das Auftaktkonzert im Wiener Stadtpark verbunden mit dem Hinweis, dass Marko mit seinem Orchester bald nach Graz käme. Doch beim sich anschließenden Satz blieb Gabriels Herz fast stehen. Hatte er sich verhört, oder hatte der Sprecher wirklich gesagt, dass zwei Tote im Wiener Stadtpark aufgefunden worden waren und es sich dabei um Marko Teufel und Jasmin Meerath handelte?

In seinem Kopf drehte sich alles. Er schwankte. Mit zittrigen Fingern tastete er nach dem Stuhl und setzte sich. Obwohl die Nachrichten eindeutig waren, schaltete er den Computer ein. Er wollte sehen, was das Internet dazu hergab. Akribisch las er die erste Meldung, die er fand. Der *Wiener Bote* schrieb, dass Bühnenarbeiter die beiden am frühen Morgen entdeckt haben, der Tathergang und das Motiv bislang unklar seien und die Polizei aus ermittlungstaktischen Gründen keine weiteren Details preisgebe. Er starrte den Artikel an, als erwartete er, dass dieser sich dadurch in den nächsten Sekunden in Luft auflöste. Sein Herz pochte ihm bis zum Hals. Seine Nasenlöcher weiteten sich vor Panik. Marko und Jasmin tot? Der Gedanke erschien ihm unwirklich. Er hatte doch noch gestern mit seinem Freund telefoniert. Er keuchte schwer, bekam kaum Luft.

Er eilte zur Werkstatttür, riss sie auf und atmete tief durch. Von einem Fenster des Wohnhauses vor dem Atelier winkte ihm eine Frau mittleren Alters zu. Er hob die Hand, grüßte zurück. Ruth!, schrillte es in seinem Kopf. Warum hatte sie sich noch nicht bei ihm gemeldet? Die ungerechtfertigte Hoffnung, dass es sich um eine Falschmeldung handelte, stieg in ihm hoch. Er ließ die Tür ins Schloss fallen, schleppte sich mit hängenden Schultern wieder zum Schreibtisch und griff nach dem Handy. Es läutete viermal, bevor er ihre Stimme hörte.

»Gabriel!«, rief sie aufgeregt, als hätte sie nur auf seinen Anruf gewartet.

»Ruth, geh zu deinem PC, ich melde mich über Skype.« Wenn er schon dieses schreckliche Gespräch über eine Distanz von zweihundert Kilometern führen musste, dann beabsichtigte er, ihr dabei zumindest in die Augen zu schauen. Sie legten beide zeitgleich auf.

Drei Minuten später sahen sie sich über den Bildschirm an. Er war überrascht, wie gefasst sie wirkte.

Er hatte eine völlig aufgelöste Ehefrau erwartet. Sie erschien ihm zwar müde, doch ihr Blick war klar, die Augen nicht rot geweint.

»Es tut mir so leid«, hob er an, weil ihm nichts Besseres einfiel. »Was genau ist passiert?«

Stockend berichtete ihm Ruth, was sie Stunden zuvor von einem gewissen Ermittler Stein erfahren hatte. Er bemerkte, dass sie sich dabei an der Tischkante festhielt. »Der Täter hat mindestens sechsmal auf Marko eingestochen.«

Er unterdrückte den Impuls, bestürzt die Augen zu schließen. »Wie fühlst du dich?«, fragte er, weil er das, was geschehen war, einfach nicht kommentieren konnte.

»Erschöpft«, seufzte sie. »Ja, ich glaube, das beschreibt meinen Zustand am besten. Die Müdigkeit blockiert sogar meine Gedanken. Ich begreife einfach nicht, dass Marko tot ist. Ich spreche es zwar aus, aber erfasse den Sinn nicht. Die ganze Zeit warte ich darauf, dass die Haustür aufgeht und er hereinspaziert.« Sie machte eine kurze Pause. »Was passiert jetzt? Wie geht es weiter? Und tut es das überhaupt?« Wieder schwieg sie zwei Sekunden lang. »Jasmin war bei ihm. Sie ist auch tot.« Sie presste die Lippen aufeinander.

Er konnte nicht einschätzen, ob aus Wut oder, um Tränen zurückzuhalten. »Ich weiß. Sie haben es im Radio erwähnt. Wie geht's dir damit?«

»Womit?«, brauste sie auf. »Damit, dass man ihn abgestochen hat wie ein Schwein? Damit, dass er kurz davor anscheinend mit dieser Schlampe noch

Champagner auf einer Parkbank im Stadtpark gesoffen hat? Damit, dass er mich mit ihr hintergangen hat? Damit, dass er mich mit seinem Verhalten in der Öffentlichkeit lächerlich gemacht hat? Ehrlich, Gabriel, es fällt mir schwer, dem Täter böse zu sein. Stünde er jetzt vor mir, würde ich ihm vielleicht sogar dankend die Hand schütteln.«

Die Sätze wirkten auf ihn wie Öl, das ins Feuer gegossen wurde. Er zuckte zurück. »Das darfst du nicht sagen.«

»Echt? Und warum nicht? Weil man über Tote nicht schlecht reden soll? Ich hab es so was von satt, angemessen zu reagieren. Ausschließlich das zu sagen und zu tun, was von mir erwartet wird. So was von satt«, wiederholte sie.

»Ich verstehe dich.« Und das war nicht gelogen. Gabriel hatte miterlebt, wie Ruth ihren Ärger immer wieder hinunterschluckte und gute Miene zu Markos verletzendem Spiel machte. Seinen Blick und seine Gesten, sobald er eine Frau auserwählt hatte, waren ihr nur allzu vertraut gewesen. Diese feinen, geradezu unauffälligen Zeichen, die sonst niemand bemerkt hatte. Ja, er war durchaus diskret vorgegangen, was seine Ehefrau aber nicht minder verletzte. Und Ruth war nun mal ein Fluchttier, wie Marko sie manchmal bezeichnet hatte. Lieber schaute sie weg, als dass sie die direkte Konfrontation suchte. Ihre Explosion im Imperial hatte er mit dem Ausbruch eines Vulkans verglichen, bei dem es unter der Oberfläche schon zu lange gebrodelt hatte.

»Ich bin stinksauer. Zumindest in meinen eigenen vier Wänden kann ich sagen, was ich denke. Der Scheißkerl ...«

»Er war trotz allem mein Freund«, fuhr Gabriel dazwischen, um ihren wütenden Redefluss zu stoppen.

»Klar war er dein Freund«, bemerkte Ruth mürrisch. »Aber nach unserem Streit hat er die Kleine mehr oder weniger ins Imperial einziehen lassen. Und du weißt, wie schnell sich so etwas herumspricht, selbst in einer Großstadt wie Wien.«

»Ja, die Branche ist klein und geschwätzig«, murmelte Gabriel. Er kannte Ruths nahezu hysterische Panik vor übler Nachrede. Wie Marko es geschafft hatte, niemals mit seinen Seitensprüngen in der Presse zu landen, war ihm ein Rätsel.

»Er war ein verfluchter Dreckskerl«, setzte sie ihre Schimpftirade fort.

Gabriel hätte sie gerne daran erinnert, dass einige Leute sie vor ihrer Hochzeit vor Marko gewarnt hatten. Frauen waren nun mal Markos Drogen, sein Doping, seine Inspiration. Schon immer gewesen. Sie bewunderten ihn, hoben ihn aufs Podest, und aus diesem Beifall entsprang seine Kreativität. Funktionierte dieser Prozess nicht mehr, wechselte er sie aus wie Hemden, die ihm zu eng geworden waren. Gabriel seufzte leise. Im Grunde genommen hatte Ruth alles Recht der Welt, Marko einen Dreckskerl zu nennen. Andererseits wollte er in diesem Augenblick nichts Schlechtes über seinen ermordeten Freund hören.

»Er ist ... war ein genialer Musiker, ein Fanatiker,

wenn es um seine Karriere ging«, wechselte er das Thema. »Erinnere dich! Wochenlang hat er sich in seinem Arbeitszimmer eingesperrt, sobald er ein Konzertprogramm zusammenstellte oder an einem Projekt arbeitete. Nichts und niemand durfte ihn dann stören.«

Es fiel Gabriel schwer, über seinen Freund in der Vergangenheit zu reden. Und doch war klar, dass er ihn nie wiedersehen würde. Nie wieder ein Bier oder ein Achterl Wein mit ihm trinken würde. Nie wieder mit ihm über Musik und Kunst philosophieren und nie wieder mit ihm über was auch immer lachen würde.

»Willst du die Trauerrede an seinem Grab halten? Ich hab nämlich keine Lust dazu.« Ruth verzog säuerlich das Gesicht.

»Wenn es dir hilft. Weißt du schon, wann das Begräbnis sein wird?«

»Keine Ahnung. Seine Leiche ist noch nicht freigegeben.« Sie hielt kurz inne und atmete tief durch, als hätte sie der Satz über die Maßen angestrengt. »Zum Glück war meine Schwester bei mir, als die Polizisten kamen.«

»Gibt es schon einen Anhaltspunkt, was den Täter betrifft?«

»Nein, nicht dass ich wüsste. Aber ich hab das Gefühl, die Polizei verdächtigt mich.«

»Wieso sollte sie das tun? Dafür gibt es absolut keinen Grund.« Er hoffte, überrascht zu klingen. Denn irgendwie lag es nahe, dass nach all den Jahren bei Ruth der Geduldsfaden gerissen war.

»Die Lebenspartner von Mordopfern gehören immer zu den ersten Verdächtigen, so sie kein Alibi haben. Und ich war zu Hause. Allein. Ergo ...« Sie zuckte mit den Achseln.

»Du schaust zu viele Krimis im Fernsehen.«

»Sie haben mich auch nach Konrad gefragt. Schon damals haben mir die Ermittler nicht geglaubt, dass er das Gleichgewicht verloren hat. Sie dachten, ich hätte ihn gestoßen.« Sie wischte sich eine unsichtbare Träne weg. »Besoffen war er zu dem Zeitpunkt seines Todes nämlich ausnahmsweise mal nicht. Also ...« Sie hielt inne, kniff die Augen zusammen. »Du hättest mal das Gesicht von diesem Chefinspektor sehen sollen, als ich ihm sagte, dass mir Markos Affären nichts ausgemacht haben.«

»Aber warum hast du das behauptet, wenn sie dich doch fast umgebracht haben, Ruth? Das wird die Polizei herausfinden, und damit haben die Beamten erst recht einen Grund, dir nicht zu glauben.«

»Dieser Ermittler ... Ich weiß nicht, er ist mir einfach nicht sympathisch.«

»Du sollst auch nicht mit ihm auf einen Kaffee gehen. Aber ihn zu belügen ... der Schuss könnte nach hinten losgehen, Ruth.«

Hat die Polizei sie tatsächlich im Visier, oder bildet sie sich das nur ein?, überlegte Gabriel. Marko hatte ihm gegenüber mal erwähnt, dass sie extrem misstrauisch war. Dass sie mit ihm nicht mal offen über negative Gefühle oder unerfreuliche Ereignisse sprach.

»Sie ist in ihrer harmoniesüchtigen Blase gefangen«, so hatte Marko ihre Art erklärt. Das sei ihrer Erziehung geschuldet, die ihr Vater diktiert hatte und zum Großteil von Kindermädchen umgesetzt worden war. Nach außen hin strahlen, immer lächeln, Negatives verschweigen und negieren, wann immer es geht, so lautete die Devise der Familie. Gabriel wischte sich seine schweißnassen Finger an seiner Jeans ab. »Du weißt, ich bin für dich da, und du kannst über alles mit mir reden.«

»Ich weiß. Das ist lieb von dir.«

»Soll ich nach Wien kommen?«

Sie schüttelte den Kopf. »Helene hat bereits angeboten, bei mir zu bleiben, aber ich hab sie nach Hause geschickt. Ich muss erst mal allein sein und in Ruhe nachdenken, um die Sache zu begreifen. Verstehst du?«

Er nickte. »Hast du schon mit seiner Mutter gesprochen?«

»Nein. Dazu hat mir bis jetzt die Kraft gefehlt. Ich werde sie später anrufen oder zu ihr fahren, das muss ich noch entscheiden. Aber im Moment weiß ich überhaupt nicht, was ich als Nächstes tun soll, Gabriel.« Sie sah ihn verzweifelt an. »Ich bin so müde.«

»Natürlich bist du das. Du hast gerade deinen Mann verloren. Nimm eine Schlaftablette und leg dich hin.«

»Du hast recht, daran hatte ich auch schon gedacht. Lass uns morgen oder übermorgen noch mal telefonieren, okay?«

»Ruth!«

»Ja?«

»Wenn dir alles zu viel wird, komm nach Graz.«

Sie brachte ein zaghaftes Lächeln zustande. Er ahnte, dass sie wusste, dass er eine Schwäche für sie hatte.

»Ich überleg es mir. Wiedersehen, Gabriel.«

»Pfiat di, Ruth.«

Sie verschwand. Gabriel blieb sitzen, starrte auf den Monitor seines Laptops und versuchte zu begreifen, was geschehen war. Das Klingeln des Handys nahm er wie ein Geräusch aus weiter Ferne wahr. Es verstummte, dann läutete es erneut.

Gedankenverloren hob er ab. »Ja?«

»Gabriel?«

»Ja.«

»Robert hier. Robert Teufel.«

»Oh, hallo. Wie geht es dir?« Sofort schalt er sich selbst. Was für eine bescheuerte Frage angesichts von Markos Ermordung.

»Du hast es sicher schon gehört?«

»Es tut mir so leid. Ich hab gerade mit Ruth gesprochen.«

»Mhm«, brummte Robert. »Ich bin noch nicht dazu gekommen, sie anzurufen.«

»Es geht ihr nicht gut.«

»Klar, aber erst mal muss ich mich um meine Mutter kümmern. Die dreht komplett durch.«

»Kann ich gut verstehen.«

Thekla Teufel war eine herrische und kopfgesteuerte Person, die vor wenig zurückschreckte, um die Karriere ihrer Söhne voranzutreiben. Doch wenn deren Wohlbefinden in Gefahr war, verwandelte sie sich in eine explosive Helikoptermutter. Gabriel war überzeugt, dass die alte Dame den Mörder ihres Sohnes, sobald er gefasst war, eigenhändig verprügeln würde.

»Bei uns ist die Hölle los, sag ich dir. Im Minutentakt erreichen meine Mutter und mich Interviewanfragen.«

Wirklich? Gabriel stutzte. Für ihn hörte sich das so an, als hätte Robert einen Preis verliehen bekommen und müsste sich jetzt um die zahlreichen Gratulanten kümmern.

»Dazu die Erkundigungen der Polizei über die Familie, Markos Arbeit, die Fans und weiß der Kuckuck noch was. Und natürlich ist klar, dass wir uns um Markos Beerdigung kümmern, um Ruth zu entlasten«, fuhr er fort. »Aber wie auch immer, eigentlich ruf ich dich aus einem bestimmten Grund an.«

»Ich höre.«

»Ich wollte es dir gleich sagen, bevor du dir Gedanken machst. Das Projekt läuft natürlich weiter.«

Gabriel verzog keine Miene. Roberts Tonfall war gönnerhaft. »Du meinst die Walzerstadt?«

»Genau.«

»Okay.«

»Gut, dann verlass ich mich darauf, dass du dranbleibst, und melde mich in den nächsten Tagen wieder. Sobald sich hier alles ein bisschen beruhigt hat und ich mich in das Projekt eingelesen hab. Die Unterlagen liegen noch bei Ruth, soweit ich weiß.«

Sobald sich alles beruhigt hat, wiederholte Gabriel in Gedanken. Die Wortwahl überraschte ihn. Marko war ermordet worden, und dessen Bruder redete, als zöge das Familienunternehmen Teufel mal eben um, und er käme erst in den nächsten Tagen dazu, die Kartons auszupacken.

»Ich werde Markos Arbeit fortsetzen, das bin ich ihm schuldig. Arthur wird mich dabei unterstützen«, sagte Robert.

»Das hört sich gut an«, antwortete Gabriel.

»Sobald ich es schaffe, nach Graz zu kommen, melde ich mich. Dann können wir uns über die Walzerstadt unterhalten.«

»Ja, mach das.«

Sie verabschiedeten sich und legten auf.

»Was für eine Ironie«, murmelte Gabriel. Ausgerechnet Robert trat das musikalische Erbe an. Der Musiker, dessen Ausnahmetalent Marko gefürchtet hatte. Andererseits gab es niemanden sonst, der das Zeug dazu hatte. Er versuchte einzuschätzen, ob Robert ihm bei der Gestaltung ebenso viel Freiraum zugestehen würde wie Marko. Im nächsten Augenblick fragte er sich, ob er Ruth Markos Geheimnis verraten sollte. Hatte sie es womöglich sogar schon entdeckt? Nein, entschied er. Andernfalls hätte sie ihn mit Sicherheit darauf angesprochen. Aber wäre das überhaupt weiterhin relevant? Er rief Arthur Zinks Kontakt im Handy auf. Ihn zu bitten, ein Auge auf Ruth zu haben, würde keinen Verdacht erregen. Außerdem würde ihn Arthur hoffentlich auf dem Laufenden halten. Etwas anderes fiel ihm im Moment nicht ein.

11

Sarah fuhr vom Büro zum Brunnenmarkt im sechzehnten Bezirk, um einzukaufen. Gemüse, Parmesan am Stück, Salsiccia und weitere Zutaten für den neapolitanischen Reiskuchen. Außerdem eine Packung Maisgrieß für die frittierten Polentaschnitten. Beide Gerichte waren typisch für die Region Kampanien, ihre neapolitanische Großmutter hatte sie oft auf den Tisch gebracht.

Obwohl sie nicht mehr am Yppenplatz wohnte, der in der Nähe des längsten Straßenmarkts Wiens lag, begleitete sie ein heimeliges Gefühl auf ihrer Einkaufstour. Am Ende gönnte sie sich in einem der hippen Lokale am Platz noch einen Kaffee.

In der Hasenauerstraße wartete Marie schon hinter der Wohnungstür auf sie. »Du hast mich längst kommen hören, gell?«

Wie um Sarahs Vermutung zu bestätigen, strich die Halbangora ihr um die Beine.

»Hast sicher Hunger.« Sie stellte die Einkaufstaschen am Boden ab und streifte sich die Sneakers von den Füßen. Dann ging sie in die Knie und kraulte die Katze hinter den Ohren, bevor sie sie mit Futter versorgte. Marie schnurrte, sie schien mit der Gesamtsituation zufrieden zu sein.

Sarah arrangierte ihre Einkäufe auf der Arbeitsfläche, ehe sie im Schlafzimmer die Jeans gegen eine sommerliche Stoffhose mit Blumenmuster tauschte. Zurück im Wohnzimmer legte sie eine CD ein. Sie wollte zu den Klängen des Barcelona Gipsy Klezmer Orchestra kochen. »Djelem, djelem«, stimmte die Sängerin gleich darauf die Hymne der Roma an.

Um halb sieben kam David nach Hause. Er umarmte Sarah von hinten und hauchte einen Kuss in ihren Nacken, weil sie gerade die gegarte Polenta mit feuchten Händen zu einem Fladen strich.

»Du schaust sexy aus, wenn du kochst«, behauptete er, ließ sie wieder los und ging ins Schlafzimmer, um sich ebenfalls umzuziehen.

Als er zurückkam, trug er eine helle Leinenhose und ein hellblaues T-Shirt. Sie beschlossen, bei dem schönen Wetter auf der Terrasse zu essen. David deckte den Tisch und entschied, dass ein Rosé Cabernet Sauvignon vom Weingut Leberl aus Großhöflein im Burgenland perfekt zu den frittierten Polentaschnitten passte.

Zehn Minuten nach sieben läutete es an der Wohnungstür. David ging, um zu öffnen, Marie begleitete ihn. Manchmal verhielt sich die Katze wie ein Hund. Könnte sie bellen, würde sie es tun, wenn es klingelte, da war sich Sarah sicher.

Sie blieb am Herd stehen und kümmerte sich weiter ums Essen.

»Ach, ich freu mich, euch zu sehen«, sagte sie, als Chris und Gabi die offene Küche betraten. Ihre Freundin trug ein gelb gemustertes Sommerkleid, ihr Bruder ein helles Leinenhemd und eine beige Sommerhose.

»Ich lass mir doch nicht entgehen, wenn meine große Schwester zum Abendessen einlädt.« Chris bedachte Sarah mit einem spitzbübischen Blick aus seinen dunklen Augen, legte seine Hände an ihre Hüften und schaute über ihre Schultern auf den Herd. »Was gibt's denn Schönes?«

»Ein Stück Kindheit«, sagte Sarah und präsentierte ihnen die Speisenabfolge.

»Perfetto, wie bei Nonna«, schwärmte ihr Bruder, legte Daumen und Zeigefinger zusammen und küsste die Fingerspitzen. »Und neapolitanisch kochst du, weil du mit uns über einen Mafiamord reden willst?«, fuhr er im Tonfall Marlon Brandos in der Rolle des Paten fort.

Gabi verdrehte die Augen.

»In euch beiden steckt mehr Neapel, als ihr wahrhaben wollt«, merkte David an. »Obwohl ihr beide geborene Wiener seid und eure Großeltern mütterlicherseits die letzten echten Neapolitaner eurer Familie waren.«

»Somit sind wir eine gute Mischung.« Sarah strahlte. »Aufgewachsen mit neapolitanischer Pizza und Wiener Schnitzel. Und mittendrin unsere Nonna, die sang: ›Santa Lucia! Luntana …‹«

»›Santa Lucia! Luntana 'a te quanta malincunia!‹«, stimmte Chris augenblicklich das neapolitanische Lied an.

»Unsere Eltern hörten ganz unterschiedliche Musik,

von Pino Daniele bis Bob Dylan.« Sarah ließ die Polentastücke ins heiße Olivenöl in der Pfanne gleiten.

»Wie läuft's im AKH?«, erkundigte David sich bei Chris.

»Was soll ich sagen?« Sarahs Bruder zuckte mit den Achseln. »Ich schick die Leute ins Land der Träume und hoffe, dass sie dort etwas Schönes erleben. Und wenn sie nach dem Aufwachen Schmerzen haben, ist immer der Chirurg schuld.«

Sie lachten.

»Hilfst du mir mal, David?« Sarah nahm die Polentaschnitten aus der Pfanne, legte sie auf Küchenpapier und balancierte sie hinterher auf die vier bereitstehenden Teller. »Und ihr setzt euch.« Sie deutete mit dem Kopf auf die Terrasse, wo der gedeckte Tisch schon auf sie wartete. »Die Scagliozzi müssen heiß gegessen werden.«

Nachdem alle Platz genommen hatten, schenkte David den Rosé in die Gläser. Sie stießen miteinander an, tranken einen Schluck und begannen zu essen.

»Der passt wirklich perfekt dazu«, lobte Sarah die Weinauswahl ihres Freundes nach dem ersten Bissen.

»Und jetzt erzähl«, forderte Chris seine Schwester nach der dritten Gabel voll auf. »Ich seh dir doch an der Nasenspitze an, dass dein Mitteilungsdrang dich förmlich zerreißt.« Er lächelte spöttisch. »Außerdem kann's die Gabi kaum mehr erwarten, endlich deine Gruselgeschichte zu hören.«

Seine Freundin schlug ihm scherzhaft auf den Oberarm.

Er gab ihr einen Kuss. »Ist doch wahr.«

Sarah schluckte das Stück in ihrem Mund hinunter und begann gleich darauf von dem Mordfall zu berichten. David, der aufgrund der Sitzung am Nachmittag schon im Bilde war, räumte, nachdem die letzte frittierte Polentaschnitte gegessen worden war, die leeren Teller ab, legte neue für die Hauptspeise auf und öffnete eine zweite Flasche Rosé. Unterdessen hatte Sarah die beiden auf den aktuellen Stand gebracht.

»Das ist doch ein Wahnsinn.« Sichtbar betroffen lehnte Gabi sich im Stuhl zurück.

»Da stimm ich dir zu.« Sarah holte den neapolitanischen Reiskuchen aus der Küche und servierte jedem ein Stück.

Ihr Bruder nahm eine Gabel voll, schloss die Augen und ließ den Sartù di Riso auf der Zunge zergehen. »Der schmeckt wie bei unserer Großmutter. È eccellente, Schwesterherz«, lobte er.

Sarah nahm das Kompliment lächelnd entgegen und ging in den Flur, um das Foto zu holen, das ihr Patricia überlassen hatte.

»Maja meinte heute bei der Sitzung, dass der Täter die beiden auf der Parkbank drapiert hat, als wollte er ein Bild vom Tod malen«, sagte sie, als sie wieder zurück war. Sie schob das Foto in die Mitte des Tisches und setzte sich.

Die Aufnahme zeigte Jasmin Meerath auf einer Parkbank liegend. Ihre Haare glichen einem tizianroten Fluss, der sich über die Sitzfläche ergoss. Mit der

Hand hielt sie eine Geige fest. Der Hintergrund war verschwommen.

»Es wurde vor sechs Wochen aufgenommen«, erklärte Sarah und nahm einen Bissen. Der Reiskuchen schmeckte wirklich wie bei ihrer Nonna, sie war stolz auf sich.

»Und das ist wichtig, weil …?«, fragte Gabi.

»… die Pose nahezu identisch ist mit jener auf der Parkbank von heute Morgen. Nur dass sie da tot war und ihre Haare nicht wie auf diesem Foto über die Sitzbank, sondern über Marko Teufels Knie flossen und die Geige auf ihrem Bauch blutverschmiert war.«

»Teufel und Geige«, grübelte Chris. »Da kommt mir sofort der italienische Geiger und Komponist Niccolò Paganini in den Sinn. Nannte man ihn nicht den Teufelsgeiger, weil er so ein exzentrischer und besessener Virtuose war? Seine Zeitgenossen meinten, er entlocke seiner Violine Töne, die nicht von dieser Welt seien. Vielleicht war Marko Teufel auch eine Art Besessener. Und Jasmin Meerath seine ergebene Bewunderin.«

»Auf gewisse Weise hast du recht. Marko Teufel mag vielleicht nicht so genial wie Paganini gewesen sein, aber er war ein Workaholic und galt als Perfektionist, das hat Conny erwähnt. Und die Tote war seine PR-Frau und Tourmanagerin.«

»Galt der Walzer zu Zeiten Johann Strauß' nicht als verrucht, moralisch verkommen?«, fragte Gabi. »Das passt doch perfekt zum Teufel. Außerdem bezeichnete man seinerzeit den Walzer als Schlager.« Während sie sprach, tippte sie auf ihrem Handy herum. »Na, schau her, da steht's. Die ehemalige österreichische Tageszeitung *Neues Fremden-Blatt* vermeldete 1867 nach der Uraufführung des ›Donauwalzers‹ dass dieser entschieden ein Schlager sei. Laut dem Artikel hier«, sie zeigte mit dem Finger auf das Display, »wurde damals der Begriff Schlager erstmals erwähnt. 2017 nahm die UNESCO den Wiener Walzer dann in das Verzeichnis des immateriellen Kulturerbes auf.« Sie sah sich um und verzog das Gesicht. »Bringt uns jetzt in der Sache Marko Teufel und Jasmin Meerath aber nicht wirklich weiter.«

»Trotzdem wichtig zu wissen, vor allem als Wienerin«, beteuerte Sarah.

»Zudem entwickelte sich der Walzer als eigenständige Tanzform im achtzehnten Jahrhundert aus den volkstümlichen Ländlern Bayerns, Österreichs und des Böhmerwaldes«, ergänzte Gabi vorlesend, bevor sie ihr Handy wieder weglegte.

»Da wir schon beim Thema Musikgeschichte sind, kennt ihr *Die Geschichte vom Soldaten*?«, mischte sich David ein und fuhr fort, ohne eine Antwort abzuwarten. »Die Musik des Werks, das dem Musiktheater zugeordnet wird, stammt von Strawinsky. Der Text von Charles Ferdinand Ramuz. In der Geschichte tauscht ein Soldat im Urlaub auf Drängen des Teufels seine Geige gegen ein Buch, weil dieses ihm zu Reichtum verhelfen soll. Der Teufel bedingt sich allerdings aus, dass ihm der Soldat binnen drei Tagen das Spielen des Instruments beibringt. In Wahrheit vergehen drei Jahre, bis der Soldat wieder seiner Wege gehen kann. In seiner

Heimat gilt er längst als fahnenflüchtig und wird von niemandem mehr erkannt, nicht mal von seiner Mutter. Seine Braut hat einen anderen geheiratet. Denn, wie so oft in solch alten Geschichten, hat der Soldat in Wahrheit dem Teufel mit dem Tausch seine Seele verkauft. Das Buch, das er dabei erhalten hat, macht ihn zwar anschließend wirklich reich, aber nicht glücklich, weshalb er sich seine Geige zurückwünscht. Auch weil er mit seiner Musik eine kranke Prinzessin heilen möchte. Er spielt deshalb Karten mit dem Teufel, der betrunken ist, sodass er die Geige zurückgewinnt, heilt in Folge die Prinzessin, und die beiden werden ein Paar. Einziger Wermutstropfen ist, dass der Soldat seine Heimat nicht mehr betreten darf. Als er es dennoch tut, wartet bereits der Teufel auf ihn. Ob der Soldat am Ende dem Teufel in dessen Reich folgt oder nicht, bleibt offen. Und die Moral von der Geschichte?«, stellte David eine rhetorische Frage. »Man soll nicht betrauern, was man früher einmal war, sondern das schätzen, was man ist.«

»Hmmm«, machte Sarah nachdenklich. »Unsere Kollegin Patricia hat mir erzählt, dass Jasmin früher Model war. Das Foto könnte demnach ein Hinweis darauf sein, dass sie wieder in ihrem alten Beruf arbeiten wollte.«

»Hast du es Stein schon gezeigt?«, fragte David.

»Ja, ich hab's ihm geschickt.«

»Der Täter muss das Foto kennen«, merkte Chris an. »Sonst hätte er die Szene nicht nachstellen können.«

»Wer hat es gemacht?«, fragte Gabi.

»Ein Modefotograf. Patricia hat mit ihm telefoniert, bevor sie zu mir ins Büro kam. Er meinte, Jasmin Meerath habe ihn gebeten, ein paar Aufnahmen von ihr zu machen. Früher, als sie noch gemodelt hat, hätten sie oft zusammengearbeitet«, erläuterte Sarah. »Die Idee zu dem Motiv kam von ihr. Was genau sie mit den Bildern vorhatte, hat sie ihm leider nicht verraten.«

»Vielleicht wollte ja auch der Täter, dass sie wieder wird, was sie mal war«, sinnierte Gabi. »In dem Märchen hat der Soldat unwissend dem Teufel seine Seele verkauft. Möglicherweise ist es Jasmin Meerath ähnlich ergangen.«

»Dazu fällt mir doch glatt ein Zitat von dem französischen Dichter Charles Baudelaire ein«, sagte Chris grinsend. »›Die schönste List des Teufels ist es, uns zu überzeugen, dass es ihn nicht gibt.‹«

»Was seid ihr heute mal wieder poetisch.« Sarah lehnte sich lächelnd in ihrem Stuhl zurück. »Eine Agenturmitarbeiterin, die in ihren alten Job zurückwollte, und ein Teufel, der ihr dabei helfen sollte oder das verhindern wollte.«

»Dem letzten Gedankengang folgend, hätte Marko Teufel Jasmin Meerath töten müssen, doch er wurde selbst zum Opfer«, entgegnete David.

»Was ist mit dessen Frau, die das alles ertragen musste?«, fragte Gabi. »Er hatte doch so einige Affären. Erzählt man sich jedenfalls, wenn auch nie etwas in der Presse stand. Wäre es nicht möglich, dass diese Affäre der Tropfen war, der das Fass zum Überlaufen gebracht hat?«

»Du denkst, dass seine Frau ...«

»Also, bei dem Geld, das die Gerand besitzt, macht sie sich sicher nicht selbst die Hände schmutzig«, fiel Gabi Sarah ins Wort.

»Dann also ein Auftragskiller?«, schlussfolgerte Sarah skeptisch. »Du weißt aber schon, dass wir hier in Wien sind und nicht in Südamerika.«

»Profikiller laufen auch bei uns herum«, entgegnete David und lieferte gleich den Beweis. »Denk nur an den Tschetschenen, der auf offener Straße mit zwei Kopfschüssen hingerichtet wurde. Oder an die Schießerei in der Innenstadt vor dem Figlmüller. Man vermutet, dass die montenegrinische Mafia dahintersteckt.«

»Wir reden hier aber nicht von zwei Kartellmitgliedern, die ermordet wurden, sondern von einer PR-Managerin und einem bekannten Dirigenten«, hielt Sarah dagegen. »Außerdem bezweifle ich, dass Ruth Gerand Kontakt zu derartigen Kreisen hat. Sie hat keine Ahnung, wo sie einen Auftragsmörder herbekommen könnte.«

Chris nippte nachdenklich an seinem Weinglas. Offenbar erschien ihm Sarahs Gedanke ebenfalls schlüssig.

David schaute auf die Uhr. Es war zehn. »Spätnachrichten?«, schlug er vor.

Sie ließen die Teller stehen und wechselten ins angrenzende Wohnzimmer, wo David den Fernseher einschaltete. Erwartungsgemäß dominierte der Mordfall die ZIB 2. Auf dem Bildschirm erschien ein Meer aus unzähligen Grabkerzen und Blumen rund um die goldene Johann-Strauß-Statue. Eine Journalistin stand in unmittelbarer Nähe und berichtete live. Hinter ihr drängte sich eine bunte Menschenmenge. Neues erfuhren Sarah und ihre Lieben aus dem Bericht nicht. Einige Fans kamen zu Wort und drückten ihre Bestürzung in fast gleichlautenden Statements aus.

»Seine Konzerte haben uns so viel Freude bereitet«, weinte eine Frau in hellblauer Bluse ins Mikrofon.

»Ich hoffe, sie finden den, der das getan hat«, meinte ein Mann mittleren Alters mit grauem Haar.

Die Redakteurin tauchte wieder im Bild auf. »Die Bestürzung unter den Fans ist groß. Sollten Sie Sonntagabend etwas Ungewöhnliches nahe dem Stadtpark beobachtet haben, melden Sie es bitte der Polizei.« Die entsprechende Telefonnummer wurde eingeblendet.

Das Schlussbild des Berichts zeigte ein handgeschriebenes Plakat, auf dem Marko Teufels Foto prangte: *WIR WERDEN DICH VERMISSEN*. Neben dem Plakat stand Theo Eisen.

Sarah sah fragend zu David.

Der beugte sich ein wenig in ihre Richtung. »Ich hab doch gesagt, der Musikalienhändler ist ein Fan.«

Dienstag, 8. Juni

12

Die Sonne strahlte hell durchs Fenster und wärmte das Zimmer. Das Wetter stand im krassen Gegensatz zu Ruths Seelenleben. Gestern hatte sie Gabriels Rat befolgt, eine Schlaftablette genommen und sich ins Bett gelegt. Bis diese gewirkt hatte und sie in einen erschöpften Schlaf gefallen war, hatte sie geheult wie ein Schlosshund.

Um halb acht Uhr morgens war sie aufgewacht. Den Bruchteil einer Sekunde hatte sie gehofft, nur schlecht geträumt zu haben, doch im nächsten Moment hatte die Realität sie wieder in ein tiefes dunkles Loch gezogen. Sie hatte überlegt, den ganzen Tag im Bett zu verbringen, sich dann aber unter die Dusche und in den grauen Hausanzug gequält.

Adäquate gesellschaftliche Umgangsformen durfte im Moment niemand von ihr erwarten. Inzwischen hatten sich nicht nur zig Freunde und Musikkollegen ihres Mannes bei ihr gemeldet, sondern auch Menschen, deren Namen sie nicht kannte oder nicht in Erinnerung behalten hatte. Alle waren entsetzt gewesen und hatten ihre Hilfe angeboten. Nach dem fünfzehnten Anruf hatte sie sich gefühlt wie ein von Jägern gehetztes Tier und den Anrufbeantworter ein- und das

Handy ausgeschaltet. Ihre Gefühls- und Gedankenwelt war auch ohne Trauerbekundungen am Telefon ein einziges Chaos, wie von einem Tornado durcheinandergewirbelt. In der einen Sekunde empfand sie tiefe Trauer, im nächsten Atemzug eine Stinkwut.

Sie hatte sich schon lange nicht nur einmal vorgestellt, wie es wäre, ohne Marko zu leben. Gleichwohl hatte sie ihn geliebt, was sie zeitweise an ihrer geistigen Gesundheit zweifeln ließ. Mit seiner Ermordung brach trotz allem ihre Welt zusammen. Doch dass er sie verlassen hatte, ohne davor mit ihr ins Reine zu kommen, und dass Jasmin an seiner Seite gewesen war, der Champagner und die Tatsache, dass sein letzter Gedanke mit Bestimmtheit nicht ihr, Ruth, gegolten hatte, das alles ließ ihre Wut hochkochen. Und dennoch schämte sie sich für ihren heftigen Zorn auf Marko, da er sich ja nicht absichtlich hatte töten lassen und ihm genau genommen der Täter keine Zeit gelassen hatte, sich wieder mit ihr zu versöhnen. Andererseits war es ab sofort für immer vorbei mit ihren Streitereien und Vorhaltungen und seinen ständigen Affären. Sobald sie unumstößlich begriffen hatte, ihren Mann nie wiederzusehen, würde sie hoffentlich daraus Kraft schöpfen.

Jetzt am Morgen hatte sie zumindest ansatzweise wieder einen klaren Kopf. Sie würde sich dem stellen, was nun zu erledigen war, was ihr bei der Bewältigung des Unglücks möglicherweise helfen würde.

In der Küche brühte sie sich einen Kaffee auf und checkte ihren Posteingang am Laptop. Nathalie Buchner hatte ihr eine Mail geschickt, in der sie ihre Fassungslosigkeit und Trauer ausdrückte und – wie die Anrufer zuvor – ihre Hilfe anbot. Genauso wie Arthur, der ihr zudem Nachrichten von bestürzten Fans weitergeleitet hatte. Ruth würde sie nicht lesen. Außerdem hatte ihr ihre Sekretärin Mails diverser Journalisten geschickt. Sie hatte nicht vor, auch nur auf eine davon zu reagieren. Sie schrieb ihrer Vorzimmerdame zurück, der Presse mitzuteilen, dass sie weder Interviews geben noch Mails beantworten würde. Anschließend klappte sie den Laptop wieder zu.

Helene hatte ihr versprochen, mit dem Bestatter Kontakt aufzunehmen. Sie hatten sich geeinigt, das Institut zu beauftragen, das schon Konrads Begräbnis ausgerichtet hatte. Wie sie Thekla, ihre Schwiegermutter, kannte, würde sie vorschlagen, sich um Markos Beerdigung zu kümmern, weil sie sich schon immer um alles gekümmert hatte, was mit ihren Söhnen zusammenhing. Karriere. Öffentlichkeitsarbeit. Privatleben. Doch dass sie die Organisation des Begräbnisses an sich riss, würde Ruth verhindern. Sie hatte gehofft, dass Helene ihre Eltern benachrichtigen würde, doch das hatte ihre große Schwester abgelehnt. Deshalb hatte sie ihnen gestern, bevor sie die Tablette genommen und sich schlafen gelegt hatte, noch eine Mail geschrieben. Ihr fehlte die Kraft, mit ihnen über Markos Tod am Telefon zu sprechen. Mit der Zeit hatten sie ihn in ihr Herz geschlossen. Kein Wunder, konnten sie doch mit einem erfolgreichen klassischen Dirigenten als Schwiegersohn angeben. Im Gegensatz zum erfolglosen Konrad, dem unbedeutenden Geiger. Marko war in der Klassikwelt geschätzt, hatte eine einnehmende Art und wurde bewundert. Über seine Selbstinszenierung in der Öffentlichkeit hatten ihre Eltern großzügig hinweggesehen. Und über seine etwaigen Eskapaden nicht gesprochen.

Ihre Gedanken wanderten zu Markos Arbeitszimmer. Sie hatte es nicht mehr betreten, nachdem die Polizei das Haus verlassen hatte. Diesbezüglich unterschied sie sich von anderen Frauen. Ihre Neugier, was den Inhalt der versperrten Lade betraf, hatte sich in Grenzen gehalten. Bis jetzt. Sie hatte nicht den Drang verspürt, sofort handeln zu müssen. All die Jahre hatte sie trotz seiner zahlreichen Liebschaften seine Privatsphäre geachtet und nie in seinen Sachen herumgestöbert. Was hätte es ihr auch genützt, einen Liebesbrief, Rechnungen von heimlichen Treffen oder andere verräterische Requisiten zu finden? Sie wusste, was er trieb. Zudem war Marko nicht auf den Kopf gefallen. Vermutlich hatte er niemals Sachen im Haus aufbewahrt, die seine Affären belegten. Die Villa gehörte Ruth, sie hätte ihn hochkantig vor die Tür setzen können. Von daher war sie fest davon überzeugt, in der Schreibtischlade keinen Hinweis auf eine weitere Geliebte zu entdecken. Es musste einen anderen Grund geben, weshalb er sie versperrt und den Schlüssel versteckt hatte.

Aus dem akkurat aufgeräumten Werkzeugraum im Keller holte sie das Brecheisen und ging damit in Markos Büro.

Die Bücher standen nicht mehr geordnet in den Regalen wie noch am Vortag. Die Polizisten mussten sie bei der Suche nach dem Schlüssel herausgenommen und wahllos zurückgestellt haben. Sie erinnerte sich. Wie oft hatte Marko vor den Büchern gestanden und auf einer Geige gespielt? Unzählige Male.

Ruths Blick streifte das braune Chesterfield-Sofa, auf dem er häufig mit geschlossenen Augen gelegen hatte, eine Melodie summend oder seinen Gedanken nachhängend. Sie setzte sich auf den Bürostuhl, fuhr mit der Hand über den Schreibtisch, an dem er zig Konzertprogramme zusammengestellt hatte. Sie zögerte kurz, ehe sie ihre Finger nach der Lade ausstreckte. Um sich selbst davon zu überzeugen, dass sie noch immer abgesperrt war, rüttelte sie daran, bevor sie das flache und leicht abgewinkelte Ende der Brechstange in den schmalen Spalt schob und nach oben drückte. Es knackte leise. Sie versuchte es ein zweites Mal, erhöhte den Druck. Holz splitterte, und ein lautes Knacken ertönte: Sie hatte den Schließmechanismus ausgehebelt. Vorsichtig, als läge Sprengstoff darin, zog sie die Lade auf.

Der Glockenton der Klingel am Gartentor ertönte.

Sie zuckte erschrocken zusammen. Wer wollte an einem Dienstag um halb neun Uhr morgens zu ihr? Unangemeldet! Etwa schon wieder die Polizei? Hatten sie den Schlüssel gefunden? Sie schob die zerborstene Schublade zu, so weit es ging, und verließ das Arbeitszimmer. Während sie die Treppe nach unten lief, überlegte sie, welchen Grund sie Stein wegen der aufgebrochenen Lade auftischen könnte. Es fiel ihr keiner ein:

Als sie die Haustür aufzog, sah sie ihren Schwager und ihre Schwiegermutter in dunklen Übergangsmänteln vor dem Gartentor stehen.

»Robert! Thekla!«, rief sie überrascht, weil es nicht deren Art war, unangemeldet aufzutauchen.

Markos Mutter trug einen eleganten schwarzen Hut mit einem Stück Netzstoff, das ihr Gesicht verdeckte. Die beiden sahen aus, als wären sie auf dem direkten Weg zum Begräbnis. Bei ihrem Anblick füllten sich Ruths Augen mit Tränen. Der Gedanke, Marko für alle Ewigkeit verloren zu haben und bald beerdigen zu müssen, überforderte sie noch genauso wie am Tag zuvor. Automatisch drückte sie den Knopf neben der Eingangstür, und die schmiedeeiserne Tür sprang auf.

»Ich wollte mich heute bei euch melden«, behauptete sie, als die beiden vor der Tür der Villa standen.

Falls Thekla Ruths Hausanzug dem Anlass nach unangemessen fand, ließ sie es sich nicht anmerken. Sie zog ihre Schwiegertochter in die Arme, deren Nase sogleich ein Bukett teures Parfum umwehte. »Es gibt nichts Schmerzhafteres, als ein Kind beerdigen zu müssen. Egal, wie alt es ist. Der Verlust von Marko wird mich umbringen.«

Das bezweifelte Ruth. Die Frau war so widerstandsfähig wie ein Granitblock. Als ihr Ehemann gestorben war, hatte Thekla die Last seines Todes mit bemerkenswerter Fassung ertragen. Niemand hatte sie bitter weinen sehen, nur vereinzelt hatte sie sich Tränen aus den Augenwinkeln getupft. Thekla gab sie wieder frei, schob den kleinen Schleier nach oben und tupfte sich auch jetzt mit einem Stofftaschentuch eine Träne aus ihrem makellos geschminkten Gesicht.

»Was für eine Tragödie, mein Kind«, sagte sie weinerlich und legte die Hand auf die Stirn, als stellten sich in diesem Moment unsagbare Kopfschmerzen ein. Ihre dramatischen Auftritte hatte Ruth schon immer bewundert. Thekla schaffte es überall, innerhalb von Sekunden das Zentrum des Interesses zu sein.

»Hast du heute schon die Zeitungen gelesen?«, fragte Thekla.

»Nein, und ich habe auch nicht vor, es zu tun.«

»Es sind ein paar wundervolle Nachrufe erschienen. Vor allem Conny Soe vom *Wiener Boten* hat hinreißend über Marko geschrieben«, ignorierte Thekla Ruths Antwort. »Wir haben sie dir mitgebracht. Robert!«

»Wie geht es dir?« Ihr Schwager küsste sie zur Begrüßung auf beide Wangen, bevor er ihr die Zeitung in die Hand drückte. Ihn umwehte ein Duft nach teurem Aftershave.

»Seine zurückhaltende, schüchterne Art steht einem internationalen Erfolg im Weg. Er ist zweifellos ein genialer Cellist. Aber Talent allein reicht nicht aus, genauso wichtig sind Ellbogen und eine dicke Haut«, fiel Ruth Markos Einschätzung seines Bruders ein. Robert war der sanfte, der mitfühlende, der langweilige Teufel.

»Was bin ich froh, dass mein geliebter Berthold, Gott hab ihn selig, das nicht mehr erleben muss. Markos Tod hätte er ganz sicher nicht verkraftet.« Die alte Dame drängte sich an ihr vorbei in die Villa.

»Kommt rein«, sagte Ruth überflüssigerweise. »Tut mir leid, dass ich mich nicht gleich gestern gemeldet hab, aber mir fehlte einfach die Kraft dazu.« Sofort bereute sie ihre Worte. Warum rechtfertigte sie sich schon wieder? Genauso gut hätten die beiden sich bei ihr melden können. Sie warf die Zeitung auf einen schmalen Tisch neben dem Eingangsbereich. Später würde sie sie ungelesen wegschmeißen.

Sie führte Thekla und Robert in das im englischen Stil eingerichtete Wohnzimmer. Ihre Schwiegermutter setzte sich im Mantel auf das empirerote Sofa und schob die Kissen zur Seite. Robert blieb neben dem offenen Kamin stehen und legte den Mantel ebenfalls nicht ab. Was bedeutete, dass sie nicht vorhatten, sich lange bei ihr aufzuhalten.

»Wir haben um zehn eine Pressekonferenz in der Agentur anberaumt«, kam Thekla sofort auf den Punkt.

»Eine Pressekonferenz? Wozu?« Ruth nahm neben ihrer Schwiegermutter Platz.

»Marko ist tot«, antwortete Robert in einem Tonfall, als verstünde er die Frage nicht. Für ihn und Thekla war das offenbar ein triftiger Grund, nur wenige Stunden nach dem grausamen Mord vor die Öffentlichkeit zu treten.

»Ich weiß, ich bin seine Frau«, giftete Ruth. »Trotzdem finde ich es …«

»Wir nehmen an, du kommst nicht mit«, schnitt ihr Thekla das Wort ab und legte ihr auf diese Weise, wie schon so oft, die Antwort, die sie erwartete, in den Mund.

»Damit hast du recht«, antwortete Ruth dennoch.

»Gut.« Thekla klang zufrieden. »Sicher haben sich schon Leute von der Presse bei dir gemeldet?«

»Ja.«

»Was hast du denen gesagt?«

»Nichts. Und das wird auch so bleiben. Ich hab nicht vor, mich von Journalisten befragen zu lassen.« Ihr reichten die Fragen der Polizei. Außerdem war die Agentur für sie vorerst ein No-Go, allein schon wegen Jasmins Verhältnis zu Marko.

»Solltest du deine Meinung ändern, besprich dich bitte mit uns, bevor du Interview gibst.«

Ruth sah ihre Schwiegermutter erstaunt an. »Weshalb?«

»Du bist es nicht gewohnt, vor die Presse zu treten, und Marko ist immer noch eine Person des öffentlichen Interesses. Vielleicht jetzt sogar mehr als je zuvor. Da kann man nicht einfach sagen, was einem auf der Zunge liegt.«

»Sprichst du von seinen Affären?«, antwortete Ruth gereizt.

»Ich spreche davon, dass das Privatleben meines toten Sohnes nicht dazu dienen sollte, die Auflagen des Boulevards zu steigern. Marko kann man nicht mit irgendeinem drittklassigen Promi vergleichen, der PR nötig hat. Schon gar nicht nach seinem Tod. Das hat er nicht verdient.«

»Ich hab nicht vor, irgendwas auszuplaudern«, antwortete Ruth empört.

»Dann sind wir uns ja einig.«

»Allein dass du mir das zutraust, beleidigt mich.«

»Wie gesagt, du hast keine Erfahrung mit der Presse. Die ringen dir Antworten ab, die du gar nicht geben wolltest.« Ein bemühtes Lächeln verzog Theklas Lippen. »Und wegen der Beerdigung ...«

»Schon erledigt«, kam ihr Ruth zuvor. »Der Bestatter ist verständigt.« Genugtuung durchströmte sie.

Thekla öffnete den Mund für Widerworte, schloss ihn aber wieder. Offenbar hatte sie sich entschieden, dass dieser Punkt an ihre Schwiegertochter gehen sollte. »Das ging ja schnell«, murmelte sie bloß und legte ihre perfekt manikürten Finger auf Ruths Hand. »Du gibst mir natürlich augenblicklich Bescheid, sobald der Beerdigungstermin feststeht.«

»Natürlich. Aber seine ...« Sie brach ab. Das Wort Leiche wollte ihr nicht über die Lippen kommen. »Die Untersuchungen sind noch nicht abgeschlossen.«

Ihre Schwiegermutter seufzte bedeutungsvoll und nahm ihre Hand wieder weg. »Das wird ein schwerer Gang für uns alle.« Ihr Blick streifte Robert, der zu Boden sah. Thekla tupfte sich erneut unsichtbare Tränen aus den Augenwinkeln. »Aber schick uns trotzdem die Kontaktdaten des Instituts. Nicht dass ich denke, dass du etwas vergessen könntest, aber Markos Beerdigung muss etwas Besonderes werden. Das sind wir uns, aber auch seinen Fans schuldig.«

Ruth reagierte nicht.

Thekla wertete ihr Schweigen offenbar als Zustimmung und fuhr fort: »Hast du deine Eltern schon benachrichtigt? Sie sind in Südfrankreich, richtig?«

»Ja.«

»Sie werden doch so rasch wie möglich zurückkommen?«

»Natürlich.«

»Gut, denn was jetzt am meisten zählt, ist die Familie.« Sie tätschelte Ruths Hand. »Die Familie ist immer wichtig, aber besonders in der Stunde der Not.« Sie machte eine kurze Pause, um den Worten Gewicht zu verleihen. »Nach der Pressekonferenz werde ich mir Gedanken machen, wen wir alles über den Beerdigungstermin informieren müssen.«

Wie Ruth Thekla einschätzte, schrieb diese längst an der Gästeliste. Die Frage lag ihr auf der Zunge, ob Markos Begräbnis zum gesellschaftlichen Schauspiel verkommen würde. Sie schluckte sie hinunter. »Hat die Polizei euch gegenüber schon einen Verdacht ausgesprochen, wer das getan haben könnte?«, fragte sie stattdessen.

Thekla schnaubte verächtlich. »Nein. Aber du weißt ja, wie viele Neider Marko hatte.« Sie senkte den Blick und zupfte sich einen unsichtbaren Fussel vom Mantel, bevor sie Ruth wieder ansah. »Ach, bei der Gelegenheit: Robert wird sich um Markos musikalisches Vermächtnis kümmern.« Sie klang so, als wäre ihr die Idee soeben gekommen.

Ruth verschlug es die Sprache. Einer ihrer zwei Söhne war vor etwas mehr als vierundzwanzig Stunden ermordet worden, und Thekla widmete sich geradewegs den geschäftlichen Belangen. Wie eine Königin, die das Zepter an den neuen Thronfolger weiterreichte, nachdem der vorherige überraschend verstorben war. Ohne Zeit zu verlieren. Dabei war ihr gewiss ebenfalls zum Heulen zumute, davon war Ruth überzeugt. Thekla Teufel liebte ihre Söhne abgöttisch. Doch Gefühlsausbrüche vor den Augen anderer verbat sie sich – und offenbar auch vor ihrer Schwiegertochter. Contenance war Theklas zweiter Vorname. Kein Wunder, dass sich ihre Eltern meist gut mit ihr verstanden. Immerhin in dieser Hinsicht tickten sie gleich.

»Hast du gestern im Fernsehen die vielen Kerzen und Blumen gesehen, die seine Fans im Stadtpark aufgestellt und hingelegt haben?«, fragte Robert.

»Nein.« Ruth wandte sich ihm zu.

»Sie haben es gestern Abend in den Nachrichten gezeigt.«

»Ich schau im Moment keine Nachrichten.«

»Ein wahres Kerzen- und Blumenmeer, sag ich dir. Seine Fans sind untröstlich«, ergänzte Thekla.

»Vielleicht waren einige der Blumen und Kerzen auch für Jasmin Meerath gedacht«, merkte Ruth an. Die Schlampe war ihr zwar so gleichgültig wie ein Staubkorn am Wegesrand, aber es ärgerte sie, mit welcher Selbstverständlichkeit Thekla die Kerzen und Blumen ausnahmslos ihrem Sohn zusprach und ihn damit wieder mal auf ein Podest hievte.

»Aber höchstens ein paar. Vielleicht.« Ihre Schwiegermutter lächelte säuerlich. Genau wie Robert. Die beiden wollten ausschließlich dem Erfolgsdirigenten Marko Teufel die Bühne überlassen. Ohne ein lästiges Beiwerk namens Jasmin.

Thekla erhob sich abrupt. »So leid es mir tut, meine Liebe, aber wir können leider nicht länger bleiben. Die Pressekonferenz…«

Robert reichte seiner Mutter schweigend den Arm und führte sie hinaus, als wäre sie eine gebrechliche alte Frau.

Vermutlich üben sie schon für ihren Auftritt vor der Presse, dachte Ruth boshaft und folgte ihnen in den Flur.

Im Foyer umarmten sie sich und hauchten zur Verabschiedung Küsse in die Luft.

»Es macht den Tod Markos übrigens nicht ungeschehen, wenn man sich gehen lässt«, merkte Thekla nun doch abfällig an und zupfte am Ärmel von Ruths Hosenanzug, bevor sie und Robert die Villa verließen.

Ruth blieb mit einem verkrampften Lächeln in der offenen Tür stehen und blickte ihnen nach. Durchs Gartentor beobachtete sie, wie ihr Schwager seiner Mutter beim Einsteigen in den grauen Audi A4 half. Dann umrundete er das Auto, stieg ein, ohne noch einmal in ihre Richtung zu schauen, und fuhr los.

Nachdem der Wagen aus Ruths Blickfeld verschwunden war, schloss sie die Tür und drehte den Schlüssel energisch zweimal herum, als würde sie damit weitere Besucher fernhalten können. Sie ging am Telefontischchen vorbei und sah am Display des Anrufbeantworters, dass zehn Anrufe eingegangen waren. Zusammen mit denen auf ihrem Handy hatten in den letzten vier Stunden zwanzig Leute versucht, sie zu erreichen. Sie war überrascht, wie viele Menschen sie kannten und ihre Telefonnummern besaßen. Sie musste sich dringend neue zulegen.

Sie entschied, vorerst niemanden zurückzurufen und auch keine SMS zu beantworten. Vielleicht würden die Leute ja in ihr Schweigen ihre Überforderung mit der Situation hineininterpretieren und sie einstweilen in Ruhe lassen. Die Gefahr, dass bald mal Freunde vor der Tür auftauchten, war damit hingegen nicht gebannt. Dass sie sich um sie sorgten, berührte sie zwar, doch was sie jetzt am dringendsten brauchte, war Ruhe. Wie auch immer, für den Fall, dass ihr die Besuche zu viel wurden, würde sie schon eine Lösung finden. Gegenwärtig hatte sie anderes zu tun.

Sie betrat erneut Markos Arbeitszimmer, setzte sich auf den Schreibtischstuhl, öffnete die aufgebrochene Lade und fand leere Notenblätter. Ruth starrte sie an. Sie einzuschließen ergab keinen Sinn. Außer unter dem Stoß verbarg sich ein unvollendetes Werk. Was sie jedoch wundern würde. Im Gegensatz zu Robert komponierte Marko nicht. Er bearbeitete Musikstücke, er kreierte sie nicht. Dennoch nahm sie jede Seite in die Hand, um eine etwaige Komposition nicht zu übersehen. Nichts. Doch am Boden der Schublade entdeckte sie zwei Ordnungsmappen. Die obere enthielt die Pläne für die Walzerstadt.

Ruth breitete sie auf dem Schreibtisch aus, strich mit den Fingern über die Skizzen. Sie begann am Stadtpark mit der ersten Musiknote und fuhr weiter über die Millöckergasse und die Praterstraße, in der gleich zwei Standorte markiert waren: vor dem ehemaligen

Wohnhaus der Familie Strauß, wo zudem der »Donauwalzer« erschaffen worden war, und vor dem Galaxy Tower, wo einst das Carltheater gestanden hatte, in dem 1899 die Operette *Wiener Blut* von Johann Strauß Sohn uraufgeführt worden war. Marko hatte darauf bestanden, dort eine Note aufzustellen, da dort außerdem 1878 die Operette *Der Teufel auf Erden* von Franz von Suppè zum ersten Mal vor Publikum gespielt worden war.

»Der Teufel kehrt mit Musiknoten vom Strauß zurück«, hatte er stolz wie ein Pfau gesagt.

Ihre Finger bewegten sich weiter zur Hietzinger Hauptstraße, wo einst im ehemaligen Casino Dommayer Johann Strauß Vater und Joseph Lanner konzertiert hatten und Johann Strauß Sohn sein Debüt als Dirigent gegeben hatte. Heute stand an der Stelle des Casinos das Parkhotel Schönbrunn.

Ruths Gedanken kehrten in die Gegenwart zurück. Die Pläne wegzusperren ergab keinen Sinn. Sie unterschieden sich in nichts von dem, was über das Projekt der Öffentlichkeit bekannt war. Sie schlug die Mappe wieder zu und holte die zweite aus der Lade. Darin fand sie Kontoauszüge. Sie betrachtete das Logo des Bankinstitutes. Sie und Marko hatten zwar getrennte Konten, doch definitiv nicht bei dieser Bank.

Was zum Teufel bedeutete das?

13

David öffnete die Terrassentür und stellte sich mit der Espressotasse in der Hand auf die Schwelle. Er trug Jeans und T-Shirt, somit sollte er heute keinen wichtigen Termin haben.

Marie huschte durch seine Beine nach draußen. Die Katze hatte in den vergangenen Monaten nie versucht, über die hohe Mauer zu springen, die den Garten im Hinterhof begrenzte, weshalb sie sie inzwischen ohne lange Leine ins Freie ließen. Am liebsten lag Marie nach einem kurzen Streifzug durch den Garten faul unter einem der Rosenstöcke und ließ sich die Sonne aufs Fell scheinen.

Sarah ging ins Schlafzimmer, rief ihre Mails auf ihrem Laptop ab, während sie in eine Palazzohose aus biologisch abbaubaren Tencelfasern und ein beiges T-Shirt schlüpfte. Hinterher fasste sie ihre Haare zu einem hohen Pferdeschwanz zusammen, damit sie ihr nicht im Nacken klebten. Die Meteorologen hatten eine Gluthitze angekündigt, der Klimawandel ließ grüßen. Sie überflog den Posteingang. Ruth Gerand hatte bislang nicht auf ihre Mail geantwortet, was sie ohnedies nicht erwartet hatte. Trotzdem blieb sie optimistisch. Die Hoffnung starb zuletzt. Sie zählte darauf, dass es ihr gelingen würde, Thekla Teufel nach der Pressekonferenz unter vier Augen zu sprechen. Sie rief die Onlineausgaben einiger Konkurrenzblätter auf. Die Presse überschlug sich vor Entsetzen, doch im Großen und Ganzen ähnelten sich die Artikel. Die Menschen seien geschockt und fassungslos ob des Mordes an einem bedeutenden Österreicher und tieftraurig über den Verlust eines so großen Musikers. Über die Agenturangestellte Jasmin Meerath verlor man weniger bedeutsame Worte. Vielmehr galt das Interesse dem Arrangement der Toten. Der Frau eine Geige auf den Bauch zu legen wurde als geschmacklos empfunden.

»Die Inszenierung beinhaltet eine Botschaft«, raunte Sarah, als würde sie mit sich selbst sprechen, während der Laptop herunterfuhr. Sie ging zurück zu David. »Bin fertig!«

David lockte Marie ins Haus zurück, schloss die Terrassentür und stellte die Tasse in der Küche ab.

An der Garderobe schlüpfte Sarah in flache Sandalen, in denen ihre rot lackierten Fußnägel ausgezeichnet zur Geltung kamen, und wenige Minuten später verließen sie und David die Wohnung.

Als er sie nahe der Station Nußdorfer Straße aus seinem Wagen aussteigen ließ, sah Sarah ihn an, als hätte er etwas Wichtiges vergessen.

»Was?«, fragte er verunsichert.

»Nichts. Ich wollte dich nur noch mal anschauen.« Sie beugte sich über den Schalthebel und küsste ihn. »Bis heute Abend.«

Kurz darauf nahm sie für eine Station die Straßenbahn. Die Räumlichkeiten der Agentur lagen in einem Bürohaus, nur geschätzte zweihundert Meter vom Geburtshaus des Komponisten Franz Schubert entfernt.

Auf dem Gehsteig vor dem Eingang wartete bereits Maja auf sie. Sie trug ein geblümtes Sommerkleid und hatte ihre rotbraunen Haare zu einem Knoten gebunden. Gemeinsam betraten sie das Haus und fuhren mit dem Lift in den vierten Stock. Ein Mann mittleren Alters mit schwarzen Haaren, Geheimratsecken und einer Brille mit dunklem Rand stand vor der offenen Agenturtür. Sarah erinnerte er an einen Immobilienmakler, der auf Wohnungsinteressenten wartet.

»Guten Morgen, mein Name ist Arthur Zink. Ich bin die rechte Hand von Nathalie Buchner«, begrüßte er sie mit ernster Miene und überreichte ihnen eine Mappe. »Auf dem Stick finden Sie lizenzfreie Fotos zu Ihrer Verwendung«, erklärte er.

Sarah zeigte sich überrascht, Pressematerial in die Hand gedrückt zu bekommen. Das fühlte sich an, als würden sie gleich eine normale Pressekonferenz erleben, bei der über die neuesten Aktivitäten eines Künstlers informiert wurde. Sie besah sich den Inhalt oberflächlich. Die Mappe enthielt den besagten Stick, dazu Lebensläufe der Toten, eine Pressemitteilung mit Statements der Familie und der engsten Promi-Freunde sowie Kontaktdaten für etwaige Fragen.

»Es ist meiner Chefin und Frau Teufel ein wichtiges Anliegen, dass keine Falschmeldungen über das Leben von Herrn Teufel und Frau Meerath in Umlauf gebracht werden.«

»Wie umsichtig«, spöttelte Sarah. Sie vermutete, dass sich das Anliegen vor allem auf das intime Verhältnis der beiden bezog. Sie war überzeugt, auf dem Stick keine Bilder zu finden, auf denen sie gemeinsam zu sehen waren. Und falls doch, dann mit gebotenem Abstand.

Arthur Zink lächelte unverbindlich und zeigte ihnen den Weg zum Sitzungsraum, in dem die Pressekonferenz stattfinden würde. Etwa fünfzehn Journalisten und vier Filmteams waren bereits versammelt. Man hatte den Besprechungstisch an die Seite geschoben und an seiner Stelle Klappstühle aufgestellt. An der Stirnseite stand ein schlichter Tisch, auf dem sich die Mikrofone der Fernsehteams aneinanderreihten, dahinter warteten drei Stühle auf die Hauptakteure. Auf dem Fensterbrett brannten zwei große Kerzen in Laternen aus verchromtem Metall.

Zwar erschien in dem Moment eine weitere Journalistin, dennoch fand Sarah die Ausbeute angesichts der Tragödie eher mager. Andererseits würde die Agentur vermutlich, wie nach Pressekonferenzen üblich, eine Meldung an ihren Medienverteiler verschicken, ein Erscheinen war also nicht unbedingt notwendig, um darüber berichten zu können.

Arthur Zink trat vor den Tisch. »Vielen Dank, dass Sie gekommen sind. Ich darf Sie im Namen der Agentur willkommen heißen, wenngleich der Anlass ein trauriger ist«, begrüßte er alle noch einmal.

Sarah schaute auf ihre Armbanduhr. Drei Minuten nach zehn Uhr. »Die fangen aber pünktlich an«, flüsterte sie Maja zu.

Robert und Thekla Teufel betraten in schwarzer Trauerkleidung den Raum. Die alte Dame hatte sich bei ihrem Sohn untergehakt, der sie an den Tisch führte, wo sie bedächtig ihren Hut abnahm und langsam ihren grauen Kurzhaarschnitt richtete.

Sarah hatte eine gebrochene Mutter erwartet und durchschaute Thekla Teufel sogleich. Hinter der perfekt geschminkten Fassade war sie die Fassung in Person. Wie konnte diese Frau in einer derartigen Situation nur so beherrscht bleiben?

Sarah erinnerte sich, wie sie den Unfalltod ihrer Eltern aufgenommen hatte. Sie hatte getobt, geweint, war am Boden zerstört gewesen und hätte den Unglücksfahrer am liebsten eigenhändig erwürgt. Ja, sie hatte sich sogar gewünscht, selbst tot umzufallen, nur um diesen unsagbaren Schmerz nicht länger ertragen zu müssen. Im Gegensatz zu Marko Teufel war der Tod ihrer Eltern einem Unfall geschuldet und kein Mord gewesen, aber die ungezügelte Wut auf den Verursacher sollte doch eigentlich vergleichbar sein. Niemals hätte sie es geschafft, sich kurz darauf mit stoischer Miene vor Journalisten zu setzen und über das Unglück zu sprechen.

Jetzt erschien auch Nathalie Buchner mit geradem Rücken und ernstem Blick. Sie war durch und durch eine seriöse Erscheinung. Ihre langen blonden Haare waren zu einem Dutt am Hinterkopf zusammengedreht, das dunkelblaue Etuikleid schien ihr auf den Leib geschneidert worden zu sein, ihre Pumps hatten den gleichen Farbton. Sarah bemerkte, dass sogar das Make-up perfekt auf ihr Outfit abgestimmt war. Die Frau hatte Klasse.

Robert Teufel blieb gentlemanlike stehen, bis sich die beiden Damen gesetzt hatten, bevor er selbst Platz nahm. Arthur Zink blieb rechter Hand an der Wand stehen.

Die Agenturchefin warf noch einen kurzen Blick auf ihre Notizen, hob dann den Kopf und ergriff das Wort. »Danke, dass Sie unserer Einladung gefolgt sind. Der Grund, weshalb wir Sie heute hergebeten haben, könnte nicht schrecklicher sein. Zwei großartige Menschen wurden auf grausame Weise aus dem Leben gerissen. Man hat uns einen einzigartigen Sohn und Bruder«, ihr Blick schweifte kurz Richtung Robert und Thekla Teufel und kehrte wieder zu den Journalisten zurück, »sowie eine brillante Mitarbeiterin und Freundin genommen. Ich denke, wir sind uns einig, wenn ich sage, dass wir mit Marko Teufel zudem einen bedeutsamen Künstler verloren haben.« Sie machte eine kurze Pause, dann folgten salbungsvolle Worte über das Schaffen und die unerschöpfliche Energie, die der Tote in die Musik gesteckt hatte, die sein Leben bedeutete. Im Anschluss hielt die Agenturchefin die Arbeit von Jasmin Meerath hoch, lobte ihr Engagement und ihre Initiative, während sie sich immer wieder Tränen von der Wange tupfte.

Sarah schaute zu Arthur Zink. Seine Nasenlöcher

bebten, er schluckte unentwegt. Ihm stand das Wasser ebenfalls in den Augen.

Sarah sah wieder nach vorn.

Nathalie Buchner näherte sich dem Ende ihrer Rede und atmete tief durch, ehe sie weitersprach. »Frau Meeraths Aufgabenbereich übernimmt einstweilen mein Mitarbeiter Arthur Zink, den Sie bereits kennengelernt haben.« Sie nickte ihm zu, und alle Köpfe drehten sich in seine Richtung, auch Sarahs.

Der Mann, der sie empfangen hatte, stand weiterhin wie gebannt am gleichen Fleck, presste die Lippen aufeinander und nickte verhalten.

»Er wird diese Arbeiten ebenso gut erfüllen wie Frau Meerath, deren Verlust wir nur schwer verkraften und die wir niemals vergessen werden«, schloss die Agenturchefin ihre Ansprache.

»Heißt das, die Tournee wird nicht abgesagt?«, preschte ein älterer Journalist in der ersten Reihe vor. »Wer wird hinter dem Dirigentenpult stehen?«

»Dazu kommen wir sofort«, sagte Nathalie Buchner, gab das Wort an Thekla Teufel weiter und nahm wieder Platz.

Die Mutter des ermordeten Dirigenten sprach im Sitzen. Ihre Stimme war leise, aber dennoch klar und deutlich zu hören. »Der Täter, der diesen scheußlichen Mord an zwei so wunderbaren Menschen begangen hat, muss wahnsinnig sein.« Sie machte eine Pause, ihr Taschentuch flog an den rechten Augenwinkel. »Mein Herz ist gebrochen, wie Sie sich sicher vorstellen können. Es verlangt mir viel Kraft ab, heute hier zu sitzen und zu Ihnen zu sprechen. Am liebsten würde ich mich zurückziehen und auf meinen eigenen Tod warten, denn der Mörder hat eine Wunde in mein Herz gerissen, die niemals wieder verheilen wird.« Sie presste die Lippen aufeinander. Ihr Sohn Robert umfasste tröstend ihre Hand.

»Ich hoffe, dass die Polizei den Täter bald findet und wir erfahren, weshalb zwei einzigartige Persönlichkeiten so brutal aus dem Leben gerissen wurden«, fügte Thekla Teufel mit gebrochener Stimme hinzu.

»Was hat es mit der Geige am Tatort auf sich?«, fragte eine Fernsehjournalistin dazwischen.

»Das wissen wir nicht. Auch die Polizei konnte uns bisher nichts dazu sagen«, antwortete Nathalie Buchner.

»Handelt es sich dabei um eine von Marko Teufels Geigen?«, hakte die Redakteurin nach.

Die Agenturchefin zuckte unbeholfen mit den Achseln. »Die Frage kann ich nicht beantworten.«

»Könnte es sein, dass ein Fan durchgedreht hat?«, fragte jetzt ein junger Journalist in der dritten Reihe.

»Für derartige Behauptungen ist es noch zu früh«, erwiderte Nathalie Buchner. »Aber ja, auch in diese Richtung ermittelt die Polizei. Immerhin starben Jasmin Meerath und Marko Teufel nach einem sehr erfolgreichen Konzertauftakt. Die Bilder vom Blumen- und Kerzenmeer im Stadtpark und von der unglaublich großen Anteilnahme und Betroffenheit der Menschen haben Sie bestimmt gestern in den Spätnachrichten gesehen.«

Ein Nicken ging durch die Reihen.

Sarah schrieb auf ihren Notizblock: *Theo Eisen, Musikalienhändler, großer Fan, hat sich im Imperial mit David über das Musiknotenprojekt unterhalten. Statement für die Chronik?*

Sie riss das Blatt ab und gab es Maja.

»Weshalb nimmt Frau Gerand nicht an der Konferenz teil?« Die Frage kam von einer TV-Journalistin, die neben ihrem Kameramann stand.

»Sie können sich sicher vorstellen, dass meine Schwiegertochter unter Schock steht. So wie wir alle«, antwortete Thekla Teufel. »Sie wird sich daher nicht zur Ermordung ihres Mannes äußern, und ich hoffe, Sie alle respektieren das.« Der Satz klang wie ein Befehl, nicht wie eine Bitte.

In Gedanken cancelte Sarah ihr Vorhaben, die Mutter des Verstorbenen nach Ruth Gerands Handynummer zu fragen. Thekla Teufel würde im wahrsten Sinne des Wortes den Teufel tun, sie ihr zu geben.

»Es zerreißt mir das Herz, aber so schwer es uns auch fällt, wir müssen nach vorn schauen.« Thekla Teufel machte eine kurze Pause. »Marko hätte sich gewünscht, dass seine Arbeit und seine Ideen nicht mit seinem Tod verschwinden.« Sie schluckte schwer.

Robert ließ ihre Hand wieder los.

»›Mama, mein Leben dreht sich im Dreivierteltakt‹, hat er oft zu mir gesagt.« Sie verzog den Mund zu einem scheuen Lächeln, in dem Sarah die Verzweiflung einer Mutter zu erahnen glaubte, deren Schicksal es war, ihren Sohn zu Grabe zu tragen.

Die Reporter schweigen betroffen.

Thekla Teufels Blick wanderte zu dem älteren Journalisten in der ersten Reihe. »Deshalb wird die Tournee *Walzer im Park* von meinem Sohn Robert weitergeführt. Wie Sie sicher alle wissen, hat er sein Studium in Komposition und Dirigieren mit großem Erfolg abgeschlossen. Ebenso wird er für seinen Bruder das Projekt Walzerstadt Wien umsetzen. Wie geplant wird es nächstes Jahr zum vierzigsten Geburtstag meines ermordeten Sohnes eröffnet. Das ist das Mindeste, was wir für Marko noch tun können.« Jetzt zitterten ihre Lippen, als wollte sie Tränen zurückhalten. Sie tastete nach Roberts Hand, der sie erneut nahm und festhielt.

Sarah schluckte trocken. Inzwischen kämpfte sie selbst mit den Tränen.

»Was sagen Sie zu dem Gerücht, dass Jasmin Meerath und Marko Teufel eine Affäre hatten?«, fragte in dem Moment eine Printjournalistin, die vor Maja saß.

Thekla Teufel und Nathalie Buchner bedachten sie mit einem Blick, der sagte: »Bitte ein bisschen mehr Respekt, Fräulein.« Dann sahen sie beide zeitgleich über sie hinweg, als würden sie etwas in der Ferne betrachten.

»Das werden wir nicht kommentieren«, antwortete Robert streng. »Was ich Ihnen aber sagen kann, ist, dass ich den letzten Walzer, den ich komponiert habe, meinem Bruder widme. Ich werde ihn ›Teufelswalzer‹ nennen und bei *Walzer im Park* im Kurpark Baden uraufführen.«

»Das Konzert im Kurpark wäre diesen Freitag, wird

aber natürlich verschoben«, fügte Nathalie Buchner hinzu. »Den neuen Termin können wir erst bekanntgeben, sobald wir wissen, wann das Begräbnis von Marko Teufel stattfindet. Und selbstverständlich kümmert sich die Agentur um die Beerdigung von Frau Meerath, da sie keine Angehörigen mehr hat«, sagte sie generös. »Aber auch dafür können wir noch keinen Termin nennen.«

»Hat die Polizei Ihnen gegenüber durchblicken lassen, ob es bereits Verdächtige gibt?«, fragte Maja.

»Nein«, antwortete Robert Teufel knapp.

Seine Mutter erhob sich. Offenkundig hatte sie beschlossen, dass die Veranstaltung zu Ende war. Im nächsten Moment standen auch ihr Sohn und Nathalie Buchner auf.

»Ist das alles?«, mokierte sich Maja flüsternd. »Nur um uns zu sagen, dass die Show weitergeht, hätte auch eine Pressemeldung gereicht.«

»Ich bin, ehrlich gesagt, ziemlich erstaunt, mit welcher Geschwindigkeit die Nachfolge der beiden Opfer geregelt wurde«, sagte Sarah ebenso leise. »Andererseits liegt es auf der Hand, dass im Fall von Marko Teufel der Bruder weitermacht.«

Mit ernsten Gesichtern schauten die drei hinter ihrem Tisch in die Runde. Fotos wurden geschossen, TV-Kameras liefen.

»Wir haben ganz vergessen, Simon Bescheid zu geben«, sagte Sarah, weil sie erst jetzt bemerkte, dass der Fotograf des *Wiener Boten* nicht da war.

»Meine Handykamera ist ziemlich gut«, sagte Maja

und machte ein paar Fotos mit dem Mobiltelefon. »Aber wahrscheinlich verwende ich eh Archivbilder für die Story. Fotos von Pressekonferenzen sind immer so langweilig.«

Thekla Teufel räusperte sich. »Wir haben nach eingehender Überlegung beschlossen, für sachdienliche Hinweise an die Kriminalpolizei, die zur Ergreifung des Täters führen, eine Belohnung von zehntausend Euro auszusetzen.«

Den Medienleuten war ihre Überraschung anzumerken.

»Das ist mal eine Ansage«, merkte Sarah flüsternd an.

»Die Telefonnummer, an die sich Ihre Leser oder Zuschauer wenden können, finden Sie in den Presseunterlagen«, ergänzte Nathalie Buchner und setzte damit den endgültigen Schlusspunkt.

In die Journalisten kam Bewegung. Einige brachen direkt auf, die Fernsehredakteurinnen warteten noch, um Einzelinterviews zu führen. Sarah war sich sicher, dass sie nichts anderes zu hören bekämen als in der Konferenz.

Während sie und Maja mit dem Lift nach unten fuhren, warf sie einen Blick in die Unterlagen, die sie von Zink bekommen hatten. »Da steht die Telefonnummer der Landespolizeidirektion.« Sie schlug die Mappe wieder zu. »Bin sehr gespannt, ob irgendein Hinweis zehntausend Euro wert sein wird.«

14

»Die Teufel kam mir irgendwie kaltherzig vor«, sagte Maja, als sie wieder auf der Straße vor dem Bürogebäude standen.

»Mir anfangs auch«, meinte Sarah. »Aber ich denke, es gibt einen Grund, weshalb sie so rational agiert. Andernfalls würde sie möglicherweise den Verstand verlieren. Zudem mussten sie und die Agentur den Versuch unternehmen, die Presseberichte ein wenig zu steuern, damit Marko Teufels Schaffen in den Vordergrund rückt und nicht sein Liebesleben breitgetreten wird. Zu Lebzeiten hat sich die Klatschpresse vornehm zurückgehalten, aber jetzt, nach seinem Tod?« Sie zuckte mit den Achseln. »Sex sells, und Skandale steigern die Auflage. Ein altes Gesetz, das leider immer noch gilt.«

Maja nickte. »Vermutlich hast du recht. Apropos Auflagensteigerung. Ich fahr gleich in die Redaktion. Kommst du mit?«

Sarah schüttelte den Kopf. »Conny ist mit dem Jattel im Imperial verabredet. Ich will auch hin und mir anhören, was er zum Todesfall Teufel zu sagen hat.«

»Okay. Simon hat gestern Abend übrigens noch ein paar geile Fotos von dem Kerzen- und Blumenmeer geschossen.«

»Guter Mann«, lobte Sarah den Fotografen und Computerexperten des *Wiener Boten*.

»Also dann, baba«, verabschiedete sich Maja und verschwand Richtung Straßenbahn.

Sarah ging zu Fuß die Nußdorfer Straße hinunter. Sie wollte noch mit Stein telefonieren, was sie nur ungern in einem Bus oder einer Tram getan hätte.

»Kopfgeld! Teufel. Zehntausend«, flüsterte sie, als er abhob.

»Was? Bist du's, Sarah?«

»Ja.«

»Hast einen Schlaganfall?«

»Ich dachte, Polizeispitzel müssen so sprechen, damit die Info so schnell wie möglich beim Empfänger ankommt«, lachte Sarah.

»Ist es eigentlich anstrengend, so wie du zu sein?« Steins Stimme klang ehrlich interessiert.

»Nein. Eher lustig«, erwiderte sie und berichtete von der Pressekonferenz. Dabei erwähnte sie auch, dass Ruth Gerand nicht anwesend gewesen sei, sie sich laut Thekla Teufel auch in nächster Zukunft nicht zum Tod ihres Mannes äußern werde und dass eben eine Geldprämie ausgesetzt worden sei.

»Na großartig«, stöhnte Stein. »Die Summe ist zwar kein Vermögen, trotzdem werden die Leitungen bei uns heiß laufen.«

»Vielleicht ist ja ein brauchbarer Hinweis dabei.«

»Hmmm«, brummte Stein skeptisch. »Aber die Perle im Misthaufen zu finden kostet Zeit. Und die haben wir nicht.«

»Der ORF hat doch auch dazu aufgerufen, dass etwaige Zeugen sich bei euch melden sollen.«

»Jedoch ohne ein Geldgeschenk. Eine solche Aufforderung motiviert zumeist nur jene, die möglicherweise wirklich was gesehen haben, und nicht jene, die die Marie abstauben wollen. Können die Teufels das eigentlich von der Steuer absetzen?«, fragte er zynisch.

»Tja, da müsst ihr jetzt leider durch. Aber sag, gibt's schon was? Zeugen? Hinweise? Den Täter höchstpersönlich?«

»Du und deine Ungeduld, Sarah! Ihr zwei treibt mich noch in den Wahnsinn. Okay, ich mach's kurz. Der Obduktionsbericht bestätigt, dass die Waffe mit hoher Wahrscheinlichkeit ein Grabstichel ist. Laut Einstichwinkel ist wahrscheinlich, dass der Angreifer von hinten kam. Wir glauben, dass er zuerst auf Jasmin Meerath einstach und dann auf Marko Teufel. Jedenfalls muss er dabei mit enormer Kraft vorgegangen sein, denn beinahe alle Wunden weisen eine Einstichtiefe von fünf bis sieben Zentimeter auf. Der Angriff kam vermutlich völlig überraschend, denn es gibt keine Abwehrspuren.«

»Nathalie Buchner meinte gerade bei der Pressekonferenz, dass die Polizei auch dahingehend ermittelt, ob ein Fan durchgedreht und in Folge den Mord begangen hat. Einer, der zuvor vielleicht sogar ein Autogramm wollte, so wie damals beim Mord an John Lennon.«

»Wir schließen nichts und niemanden aus«, wich Stein einer Antwort aus. »Außerdem lassen die Einstichstellen darauf schließen, dass er oder sie wahrscheinlich Rechtshänder ist.«

»Hat dir der Bericht über die Hochzeit etwas gebracht?«

»Du meinst, weil der Teufel auf den Hochzeitsfotos mit einer Geige zu sehen ist?«

»Ja.«

»Nein. Aber danke fürs Schicken, hätte ja sein können. Nur eines wissen wir jetzt definitiv. Die Geige auf Jasmin Meeraths Bauch gehörte nicht Marko Teufel.«

»Wem dann?«

»Das ermitteln wir noch.«

»Wahnsinnstat oder doch Vorsatz?«

»Du warst es doch, die das Motiv Eifersucht ins Spiel gebracht hat.«

»Ja, eh. Wegen der Art, wie die Toten drapiert wurden, und der symbolischen Bedeutung der Geige. Aber ich bin Journalistin, keine Kriminalbeamtin.«

»Da schau her! Woher kommt so plötzlich die Erkenntnis?«, höhnte er. »Normalerweise ermittelst du doch lieber, anstatt nur neutral zu berichten.«

»Jetzt sag schon! Wahnsinnstat oder Vorsatz?«

»Ich bleib bei Vorsatz.«

Kaum hatte Sarah das Café Imperial betreten, versuchten auch schon etliche Tortenstücke in der Glasvitrine, sie zur süßen Sünde zu verführen. Die Kronleuchter strahlten an der Decke um die Wette, der Boden glänzte wie frisch poliert. Nur eine Handvoll Tische war besetzt. Draußen schien die Sonne, die Temperatur lag bei einunddreißig Grad, logisch, dass die Leute sich lieber in einen Schanigarten setzten, am besten mit schattenspendenden Bäumen.

Sarah erblickte Conny in einem grünen Sommerkleid mit weißen Tupfen mit dem Musikjournalisten an einem Kaffeehaustisch in der zweiten Fensternische. Der Platz bot einen Blick auf die Ringstraße. Ihre Brille hatte die Society-Löwin nicht aufgesetzt. Patrick Jattel war Anfang fünfzig und konnte in Sarahs Augen glatt als Ire durchgehen. Er hatte einen hellen Teint und seine kurz geschnittenen Locken schimmerten eindeutig rötlich. Als sie sich näherte, bemerkte sie auf seinem Gesicht und den Armen, die man aufgrund seines kurzärmligen T-Shirts sah, unzählige Sommersprossen. Vor den beiden standen zwei Kaffeetassen, daneben die obligaten Wassergläser. Sissi wackelte zur Begrüßung unter dem Tisch hervor und ließ sich kurz den Kopf kraulen, bevor sie sich wieder auf der mitgebrachten Decke zu Connys Füßen ausstreckte.

»Conny hat schon angekündigt, dass Sie sich zu uns gesellen«, sagte Jattel. »Freut mich.«

Sarah schüttelte die ihr entgegengestreckte Hand, lächelte Conny zu und setzte sich auf den Stuhl, den ihr ein Kellner vom Nebentisch aufmerksam herangezogen hatte. Bei ihm bestellte sie eine Melange und ein Mineralwasser.

»Also, erzählen Sie!«, forderte Jattel sie prompt auf. »Wir sind nämlich schon sehr gespannt, was auf der Pressekonferenz los war.«

»Nicht viel. Sie kam mir eher vor wie eine Informationsveranstaltung«, sagte Sarah und legte die Pressemappe auf den Tisch.

Jattel lachte laut auf und blätterte schnell durch die Unterlagen. »Eh klar! Die alte Teufel hat gerne alles unter Kontrolle. Logisch, dass sie die Presse direkt füttern wollte, noch bevor die sich eine eigene Meinung bilden konnte. Am Ende könnte noch etwas veröffentlicht werden, das der Alten nicht in den Kram passt.«

»Was denn zum Beispiel?«, hakte Sarah nach.

»Markos Techtelmechtel.« Er nahm einen Schluck Kaffee und stellte die Tasse wieder ab.

»Ich glaube, dass hinter der kontrollierten Fassade ein gutes Herz schlägt«, verteidigte Sarah die Mutter des Toten. »Sie trauert um ihren Sohn, will es der Welt aber nicht zeigen, weil sie Angst hat, dadurch verletzlich zu wirken.«

»Unterschätzen Sie mal Theklas Schauspielkunst nicht«, merkte Jattel an. »Nicht umsonst trägt in Biene Maja die Spinne diesen Namen. Wenngleich Thekla Teufel nicht wie die Spinne in der Geschichte Geige spielt, sondern lediglich ihre Fäden spinnt, in denen man sich nur allzu leicht verfängt.«

»Das klingt, als manipulierte sie ihr Umfeld.«

»Sarah glaubt immer an das Gute im Menschen«, stellte Conny ohne Spott in der Stimme fest. »Das zeichnet sie aus.«

»Aber der Großteil der Menschheit ist nun mal nicht gut. Thekla Teufel ist zwar kein ausgesprochen böser Mensch, aber durch und durch berechnend«, erläuterte

Jattel. »Braucht sie Sie, sind Sie ihre beste Freundin. Sind Sie ihr nicht mehr von Nutzen, lässt sie Sie fallen wie eine heiße Kartoffel. Aber genug davon. Geben Sie uns Details!«

Der Kellner brachte den Kaffee und das Wasser, und Sarah fasste in den nächsten Minuten die wesentlichen Punkte der Pressekonferenz zusammen.

»Damit schafft es Thekla endlich, auch ihren zweiten Sohn die Karriereleiter nach oben zu schieben«, stichelte Jattel, nachdem sie von der Weiterführung des Projekts und der Tournee samt Uraufführung berichtet hatte. »Dass Robert seinen Walzer Marko widmet, wundert mich allerdings. Meines Wissens hat sich Marko geweigert, das Stück seines Bruders in sein Repertoire aufzunehmen. Und genauso wenig wollte er ihn beim Projekt dabeihaben.«

Sarahs Augenbrauen wanderten aufmerksam nach oben. »Wieso?«

»Offiziell, weil Roberts Walzer zu modern klingt. Nicht wie ein klassischer. Zu jazzig, hat man mir gesagt. Marko Teufels Publikum sei dafür nicht offen.« Er grinste die beiden Frauen an. »Inoffiziell behaupte ich, weil Robert talentierter ist, als es sein jüngerer Bruder je war. Marko wusste das und hatte Angst, dass er ihm den Rang ablaufen würde. Obwohl das vermutlich nicht passiert wäre. Robert besitzt nicht die Durchsetzungskraft, als dass er Marko hätte zur Seite stoßen können. Er wirkt eher phlegmatisch, zufrieden, auf der Stufe zu stehen, auf der er bis gestern stand. Er weiß, was er kann, und wenn das jemand nicht erkennt, juckt ihn das nicht weiter. Robert ist ein introvertierter Musikus. Marko hingegen war ein extrovertierter Charismatiker. Sein erklärtes Ziel war es, zumindest einmal das Neujahrskonzert im Musikverein zu dirigieren. Die Ehre zu haben, vor den Wiener Philharmonikern zu stehen und mit Musik von Strauß und Co mit einem Schlag fünfzig Millionen Zuseher in über neunzig Ländern zu erreichen.«

»Und? Wäre es deiner Meinung je dazu gekommen?«, fragte Conny.

Sarah nippte an ihrer Melange.

Jattel schüttelte den Kopf. »Kaum. Du kennst meine Einstellung ihm gegenüber. Ich hielt Marko Teufel schon allerweil für völlig überschätzt. Er hätte nicht das Zeug gehabt, in die Fußstapfen von weltberühmten Dirigenten wie Riccardo Muti, Daniel Barenboim, Franz Welser-Möst oder Nikolaus Harnoncourt zu treten. Marko hat seinen Aufstieg seinen Verbindungen und seinem Ego zu verdanken gehabt, nicht seiner angeblichen Genialität.«

»Ernsthaft?« Conny war erstaunt. »Meines Wissens war er ein Arbeitstier und außerdem ein extremer Perfektionist, der den Musikern selbst bei den Proben alles abverlangte.«

Jattel zuckte unbeeindruckt die Achseln und bestellte beim vorbeieilenden Kellner rasch einen gespritzten Apfelsaft, ehe er antwortete. »Mag sein. Aber die Noten zu kennen und die Partituren perfekt umzusetzen heißt nicht, dass man die Musik lebt, sie spürt, sich in die Klänge fallen lässt. Versteht ihr?«

Sarah und Conny reagierten nicht. Sie warteten darauf, dass er fortfuhr.

»Nun, er konnte wohl einfach nicht verbergen, im Grunde etwas anderes zu wollen. Nicht das, womit er sein Geld verdiente.«

»Was anderes?«, hakte Sarah nach.

»Er liebte Jazz.«

Sarah zog die Stirn kraus. »Und trotzdem hat er den verjazzten Walzer seines Bruders abgelehnt?«

»Sag ich doch, dass das nur ein Vorwand war, um zu verhindern, dass zu viele Leute Roberts Genialität erkennen. Dazu kommt, dass sich mit Jazz hierzulande nicht viel Geld verdienen lässt. Aus dem Grund entschied sich Marko für den konventionellen Walzer als sein Spezialgebiet, im Gegensatz zu Robert.« Jattel schüttelte den Kopf. »Wie auch immer, schaut aus, als hätte Robert mit Markos Tod jetzt das große Los gezogen. Wobei ich mir sicher bin, dass Thekla auf ihn Druck ausgeübt hat, das Erbe seines Bruders anzunehmen. Robert ist Jazzer durch und durch, kein Walzerprinz.«

»Millionen hat Marko Teufel aber auch nicht verdient. In der Liga spielte er noch nicht«, merkte Conny an. »Wir wissen alle, dass seine Frau Geld hat. Wie man hört, hat sie seine Projekte regelmäßig finanziell unterstützt.«

»Trotzdem«, beharrte Jattel, als der Kellner seinen gespritzten Apfelsaft brachte.

»Kannten Sie Ruth Gerands ersten Ehemann?«, fragte Sarah.

»Nur vom Hörensagen. Die Branche ist klein, und die Leute reden natürlich. Er war wohl ein schwieriger Kerl und ziemlich unzuverlässig. Ist nicht zu Auftritten erschienen, hat auch immer wieder mal eine Theateraufführung versäumt. Außerdem hat er gern getrunken und in seinem Suff herumgepöbelt.« Er unterstrich das Gesagte, indem er den Mund abfällig verzog. »Die Gerand hat mit dem Teufel sicher in den Gatsch 'griffen, aber im Vergleich zum Schulz davor war er fast schon ein Glücksgriff.«

»Was meinen Sie? Könnte auch ein Fan ausgeflippt sein und die beiden ermordet haben?«, fragte Sarah.

»Möglich.« Jattel zuckte mit den Schultern. »Depperte laufen ja überall genug herum. Und das weiß man nicht erst, seit ein geistig umnachteter Trottel John Lennon erschossen hat. Andererseits neigen Menschen, die Walzerkonzerte besuchen, eher nicht zur Gewalt. Meine Meinung.«

Der Kellner kam zurück, um die leeren Kaffeetassen abzuräumen. Conny nutzte die Chance, um einen Espresso zu bestellen.

»Was ist mit Jasmin Meerath?«, wollte Sarah wissen, nachdem der Kellner wieder außer Hörweite war. »Auf die Frage nach einer etwaigen Affäre zwischen ihr und Marko Teufel wurde bei der Pressekonferenz nicht eingegangen, dabei scheint mir die ein offenes Geheimnis gewesen zu sein.«

»Eh klar, dass die Teufels nix sagen. Denn wenn es einmal um Markos Liebschaften geht, wo sollten sie anfangen und wo aufhören?« Jattel lachte boshaft. »Ich hätte Gregor Baldic am liebsten umarmt, als er damals dem Teufel eine auf die Nase gegeben hat.«

»Er hat was?«, fragten Sarah und Conny wie aus einem Mund.

»Wann?«, bohrte die Society-Löwin weiter nach.

Der Musikjournalist wiegte den Kopf. »Vor einem halben Jahr etwa.«

»Und warum?«, fragte Sarah.

»Angeblich hat Arina Zopf ihn mit dem Teufel betrogen ... na ja, gerüchtehalber war's ein One-Night-Stand.«

»Das heißt, die beiden sind ein Paar?«, hakte Sarah nach.

Jattel nickte.

»Warum weiß ich nichts von der Prügelei?« Conny wirkte entgeistert darüber, dass die Info nicht bis zu ihr gedrungen war.

»Es war keine große Sache. Sie sind beide aufs Klo, und Marko kam mit blutender Nase zurück. Keiner hat anschließend ein Wort darüber verloren. That's it.«

»Wo?«, hakte Conny nach.

»Im Porgy & Bess.«

»Na bumm!« Die Society-Redakteurin wirkte immer noch fassungslos, dass ihr das entgangen war. »Warst du dabei?«

»Nein und Ja. Ich war dort, hab aber nur die blutende Nase gesehen und mir nichts Schlimmes dabei gedacht. Erst nachher hat mir jemand davon erzählt.«

»Du hast aber nix darüber geschrieben, oder hab ich das überlesen?«, fragte Conny.

»Jessas«, stöhnte Jattel gespielt theatralisch auf. »So weit kommt's noch, dass ich mich um so einen Schas kümmere. Ich bin Musikjournalist, kein Klatschreporter. Ich nörgle am musikalischen Können der Akteure herum und kommentiere keine Kindereien.«

Sarah versuchte, die Neuigkeit in die bisherigen Infos einzuordnen. »Die Zopf und der Baldic spielen in Marko Teufels Orchester, oder?«

»Nein.« Jattel schüttelte den Kopf, als wäre allein der Gedanke daran absurd. »Die beiden spielen in unterschiedlichen Gruppen und unterrichten Musikschüler. Aber witziges Detail am Rande: Seit dem Bahö im Porgy & Bess treten sie mit Robert in einer Jazzcombo auf.«

»Echt? Der Bruder hat sich mit dem Rivalen verbündet?«, rief Sarah überrascht.

»Rivalen«, höhnte der Kritiker. »Der Teufel hat den Baldic doch nicht mal ignoriert, so egal war der dem.«

»Aber mit dessen Freundin geschlafen«, sagte Sarah verwundert.

Jattel zuckte gleichgültig mit den Schultern. »Sie müssen wissen, der einzige Mensch, der Marko Teufel nahestand und den er ernst nahm, war Marko Teufel.«

Sarah griff nach dem Wasserglas, drehte es nachdenklich zwischen den Fingern. »Gab es noch andere, die ihm gerne mal eine reingehauen hätten?«

»Das weiß ich nicht.«

»Was ist mit Neidern?«

»Ach!« Jattel machte eine wegwerfende Handbewegung. »Man muss nicht Psychologie studiert haben, um zu wissen, dass es unzählige Leute gibt, die einem den Erfolg neiden, wenn man ihn denn hat. Das ist in jeder Branche so. Aber nicht nur Marko wurde beneidet. Auch Ruth. Sie war seine Ehefrau, und diese Rolle hätten sicher auch andere gerne übernommen. Vielleicht hat sie ja die Reißleine gezogen.« Er winkte dem Kellner zum Zahlen.

»Sie trauen ihr einen Mord zu?«, schlussfolgerte Sarah.

»Ich bin ihr zwar nur ein- oder zweimal begegnet, kenne sie daher nur oberflächlich«, setzte Jattel zu einer Erklärung an, »aber irgendwie kann ich mir diese Frau nur schwer vorstellen, wie sie im Park mit einem Messer auf ihren Mann und seine Geliebte einsticht. Andererseits, belegt nicht die Statistik, dass die meisten Verbrechen innerhalb der Familie und im näheren Bekanntenkreis passieren? Und bei aller Friedfertigkeit: Könnte nicht jeder von uns einen Mord begehen? By the way, das Gerücht geht um, dass Marko die Agentur verlassen wollte.«

»Echt?« Conny wirkte jetzt regelrecht verärgert. Auch diese Neuigkeit war offenbar nicht bis zu ihr durchgedrungen.

Als der Kellner an den Tisch trat, zahlte Jattel und übernahm kavaliersmäßig Connys und Sarahs Getränke.

»Seit wann weißt du davon?«, hakte Conny nach.

»Seit drei oder vier Wochen.«

In dem Moment fiel Sarah Herbert Kunz' Bemerkung bei der nach den Morden einberufenen Sitzung ein, als sie über die auffällige Drapierung der Toten mit der Geige gesprochen hatten. »Was, wenn Marko Teufel vorgehabt hat, auch seine Frau zu verlassen?«

»Dann müsste die Meerath schon etwas ganz Besonderes gewesen sein.« Jattel lachte. »So, Ladys, jetzt muss ich aber leider wirklich.« Er erhob sich und ging Richtung Ausgang.

Conny sah Sarah eindringlich an, nachdem der Musikjournalist verschwunden war. »Du bist doch schon wieder auf der Jagd.«

Sarah lächelte verschwörerisch als Antwort. Ihre Kollegin kannte sie mittlerweile gut. Die normale Berichterstattung konnten gerne die anderen übernehmen. Sie würde ab jetzt den Fährten folgen, auf die sie stieß.

»Da wir leider nicht an Ruth Gerand rankommen, was hältst du davon, wenn du Thekla Teufel interviewst und ich mir Nathalie Buchner vornehme?«, schlug Sarah Conny vor.

»Du wirst mir bestimmt gleich sagen, worüber ich mich mit der Lady unterhalten soll, oder?«

»Lass sie über die Zukunft sprechen und so nebenbei auch über Jasmin Meerath. Ich mail dir ein Foto von ihr, wenn ich wieder in der Redaktion bin. Zeig's der Teufel. Mal schauen, was am Ende dabei herauskommt.«

15

Ruth saß im Wohnzimmer, vor ihr auf dem Tisch ausgebreitet die Beute aus Markos Schublade. Sie hatte noch mehr Bankunterlagen entdeckt, die keinen Zweifel daran ließen, dass Marko das Konto bereits vor vier Jahren eröffnet hatte. Sogar unter seinem richtigen Namen. In unregelmäßigen Abständen hatte er unterschiedlich hohe Beträge eingezahlt, sodass jetzt rund eine Viertelmillion Euro auf dem Konto lagen. Sie hatte keine Ahnung, woher das Geld gekommen oder wofür es geplant gewesen war. Abgehoben hatte er in all der Zeit keinen einzigen Cent. Das ließ sie vermuten, dass er es für einen bestimmten Zweck gespart hatte.

Ihr Handy klingelte. Als sie die Nummer am Display erkannte, krampfte sich ihr Magen zusammen. »Dann mal los.« Sie atmete tief durch und hob ab. »Hallo, Mama.«

Sie wartete darauf, dass ihre Mutter all ihr Entsetzen in endlosem Wehklagen über sie ausschütten würde. Doch überraschenderweise beließ sie es bei einem traurigen Seufzen und fragte stattdessen: »Wie fühlst du dich, mein Schatz?«

»Es ...«

»Warte«, unterbrach sie ihre Mutter. »Ich schalte auf Lautsprecher, dann kann dein Vater mithören.«

»Es ist alles noch so unwirklich«, beendete Ruth den Satz. »Irgendwie hab ich noch gar nicht begriffen, was passiert ist.«

»Das ist verständlich. Du stehst unter Schock. Ach, wie schrecklich.« Ihre Mutter seufzte erneut.

In Gedanken sah sie ihre Eltern auf der Designercouch vor der offenen Terrassentür sitzen, mit Blick in den Garten und auf den Pool. Sie starrten das Handy an, das vor ihnen auf dem Glastisch lag, während sie mit ihr telefonierten. Ihr Vater im Sommeranzug. Er würde nie eine Jogginghose, Shorts oder ähnliche Freizeitkleidung tragen. Zwischen den Lippen einen handgedrehten kubanischen Zigarillo. Ihre Mutter vermutlich im gelben Sommerkleid mit den roten Blumen drauf, das sie sich voriges Jahr in Paris gekauft und zu ihrem Urlaubskleid auserkoren hatte. Wobei ihr Aufenthalt in Südfrankreich schon lange kein Urlaub im ursprünglichen Sinn mehr war. Der Bungalow war zu ihrem zweiten Zuhause geworden, neben dem Anwesen im Burgenland in Neusiedl am See. Sie hatten nie in einer Stadt leben wollen. Wien war Business, nicht der Lebenstraum ihrer Eltern. Deshalb hatten sie ihr auch bereitwillig die Villa von Ruths Großeltern väterlicherseits überlassen, in der sie jetzt saß.

»Warum hast du uns nicht angerufen, sondern nur eine Mail geschickt?« Ihr Vater klang anklagend.

»Weil mir nicht nach Telefonieren war, Papa.«

»Es ist so unglaublich schrecklich.« Ihre Mutter weinte jetzt leise.

»Ja, Mama. Es ist furchtbar.«

»Wer tut so etwas?«

»Ich weiß es nicht.«

»Hätten die beiden ihre Besprechung nach dem Konzert nur nicht im Park abgehalten.«

Besprechung! Ruth unterdrückte ein ironisches Auflachen. Sie hatte ihren Eltern geschrieben, dass Jasmin Meerath von der Agentur ebenfalls ermordet worden sei. Das Champagnergelage hatte sie wohlweislich unerwähnt gelassen. Genauso wie die Tatsache, dass Jasmin Markos Geliebte gewesen war.

»Hast du schon mit einem unserer Anwälte telefoniert?«, meldete sich jetzt wieder ihr Vater zu Wort.

»Nein.«

»Aber warum denn nicht?«

»Weil es nicht notwendig ist. Marko wurde im Park nach einem Konzert getötet und nicht zu Hause in meiner Anwesenheit.« Sie seufzte. Damit sollte selbst er die Anspielung auf die unerfreulichen polizeilichen Untersuchungen nach dem Unglück mit Konrad verstanden haben.

»Helene hat uns gesagt, dass die Polizei bei dir herumschnüffelt«, sagte ihr Vater streng.

»Sie hat euch schon angerufen?«, wunderte sich Ruth, weil ihre Schwester doch darauf bestanden hatte, dass sie den Eltern selbst Bescheid geben müsse.

»Nein. Ich hab sie angerufen, gleich nachdem ich deine Mail gelesen hatte.«

»Du hast zuerst mit Helene telefoniert?«, fragte sie vorwurfsvoll. »Obwohl mein Mann ermordet wurde?« Warum nur wunderte sie das? Ihre Eltern hatten schon immer zuallererst mit Helene geredet, egal, worum es ging. Sie war die Ältere, die Vernünftige, die Realistin. Ein ungutes Gefühl beschlich sie. Hatte ihre Schwester ihnen von dem Streit im Imperial erzählt? »Ich werde nicht verdächtigt«, behauptete Ruth, obwohl sie überzeugt war, zum Kreis der Verdächtigen zu gehören. Sie erhob sich und wanderte mit dem Handy im Wohnzimmer auf und ab.

»Was, denkst du, wird die Presse daraus machen, sobald sie Wind davon bekommt? Bei deiner Vorgeschichte«, fuhr ihr Vater fort, ohne auf ihren Vorwurf zu reagieren.

Sie lächelte böse. Der Herr Graf, wie er in einschlägigen Kreisen mitunter noch angesprochen wurde, weil die Österreicher trotz Adelsaufhebungsgesetz ihre Titel liebten und pflegten, wo immer sie konnten, sorgte sich einmal mehr um den Ruf der Familie. Zu verhindern, dass sich die Leute das Maul über sie zerrissen, hatte oberste Priorität.

»Marko war berühmt. Die Presse weiß längst Bescheid, Papa. Die ersten Nachrufe sind bereits erschienen, und sie sind alle würdevoll«, beteuerte sie, obwohl sie keinen einzigen gelesen hatte und auch nicht plante, es in Zukunft zu tun. »Die Medien liebten ihn und werden ihn auch weiterhin verehren.«

»Du sprichst kein Wort mit der Presse«, befahl ihr Vater. »Und vorerst auch nicht mehr mit der Polizei.«

»Wir fliegen morgen Nachmittag zurück, landen kurz vor fünf und fahren vom Flughafen direkt zu dir«, hörte sie die Stimme ihrer Mutter wieder. Sie klang jetzt fester. Offenbar hatte sie aufgehört zu weinen. »Für heute haben wir keinen Direktflug mehr bekommen.«

»Und dann überlegen wir uns, welcher Anwalt am besten für die Sache geeignet ist.« Jetzt sprach wieder ihr Vater.

»Papa! Wir brauchen keinen Anwalt.« Sie hatte keine Lust auf eine Rechtsbelehrung und Anweisungen, wie sie sich zu verhalten hatte. Beides hatte sie schon nach Konrads Tod über sich ergehen lassen müssen. Diesmal würde sie die Situation auf ihre Art durchstehen. Das Gespräch strengte sie an, hinter ihren Schläfen begann es schmerzhaft zu pochen. Sie sehnte sich nach Ruhe und danach, endlich Licht ins Dunkel hinsichtlich der gefundenen Kontoauszüge zu bringen.

»Also gut. Überleg es dir noch mal, und wir reden morgen darüber«, lenkte ihr Vater ein.

Mit Sicherheit hatte ihm ihre Mutter gestenreich zu verstehen gegeben, dass es sinnlos war, am Telefon zu diskutieren. Ruth war ihnen dankbar, dass sie den Anruf nicht unnötig in die Länge zogen und sich jetzt rasch verabschiedeten. Sie legte auf, ließ sich erschöpft aufs Sofa fallen und schloss die Augen.

Im gleichen Atemzug erklang schon wieder die Glocke der Klingelanlage. Mit ein paar flinken Handgriffen raffte sie die Belege auf dem Tisch zusammen und stopfte sie in die Lade des Sideboards. Obwohl sie nichts mit den Auszügen zu tun hatte, kam sie sich wie eine Verbrecherin vor. Was, wenn Marko Steuern hinterzogen hatte? Was, wenn es sich um Drogengeld handelte? Hatte er vielleicht Amphetamine in seinem Geigenkoffer geschmuggelt? War er in andere kriminelle Machenschaften verwickelt gewesen? Welche unerfreulichen Überraschungen warteten auf sie? Sie sah an sich hinunter. Der graue Hausanzug kam selbst ihr auf einmal schäbig vor. Doch jetzt blieb keine Zeit zum Umziehen. Auf dem Weg zur Tür bemühte sie sich, Ruhe zu bewahren, gleichmäßig zu atmen und ihren Puls im normalen Bereich zu halten.

Vor dem Tor stand Arthur. Sie war erleichtert, ihn zu sehen, und drückte auf den Knopf. Das Gartentor sprang auf, und er eilte zu ihr.

»Nathalie wäre natürlich gern selbst gekommen«, begann er, »aber ...«

»Bitte, Arthur«, unterbrach ihn Ruth. »Spar es dir, für sie zu lügen.« Nathalie Buchner und sie verband eine distanzierte Beziehung. Nicht erst seit Jasmin mit Marko ins Bett gestiegen war. Schon davor war ihr die Agenturchefin auf unbestimmte Art unerträglich gewesen. Was deren Verhalten nach auf Gegenseitigkeit zu beruhen schien. Sie hatte ihr eine Mail geschickt, das genügte als Beileidsbekundung.

Arthurs Blick hinter seiner Brille war traurig. Markos Tod traf ihn ebenso wie sie. Die beiden Männer waren langjährige Freunde gewesen. Arthur war es auch, der Marko überzeugt hatte, sich von Nathalie Buchners

Agentur vertreten zu lassen. Arthur umarmte Ruth. Sie roch The Scent. Ein Aftershave von Hugo Boss, das Marko ebenfalls manchmal benutzt hatte.

»Ich bin froh, dass du gekommen bist.« Sie löste sich aus seiner Umarmung, zog ihn ins Haus und warf die Tür heftiger als beabsichtigt ins Schloss. »Ich hab es heute gerade mal aus dem Bett geschafft«, entschuldigte sie sich für den Hausanzug und ihr Aussehen. Ohne Make-up und normale Kleidung kam sie sich plötzlich verwahrlost vor.

»Das ist doch verständlich.«

»Trinkst einen Kaffee mit mir?«

Er nickte, und sie ging in die Küche und machte sich an der Espressomaschine zu schaffen.

»Wie fühlst du dich?«, fragte er, als sie im Wohnzimmer einander gegenübersaßen, die Espressotassen vor sich am Tisch. Das Bild eines netten Kaffeeplauschs.

Wut regte sich in ihr. Warum zum Teufel stellte alle Welt ihr die gleiche Frage? Obwohl sich doch jeder ausmalen konnte, wie sie sich fühlte. Beschissen nämlich. Verdammt, sie hatte keine vorübergehende Erkältung. Ihr Mann war ermordet worden!

»Ich komm zurecht«, antwortete sie dennoch, weil es Arthur vermutlich schwerfallen würde, mit ihren negativen Gefühlen und ihrer Trauer umzugehen.

Er drehte die kleine Tasse in seinen Fingern, wich ihrem Blick aus. Es war ihm anzusehen, dass ihn etwas bedrückte.

»Spuck's aus, Arthur!«

»Ich soll die Unterlagen zur Walzerstadt holen«, antwortete er und sprach so schnell, dass sie die Worte kaum verstand.

»Habt ihr die denn nicht?«, wunderte sich Ruth. »Immerhin seid ihr die Projektabwickler.«

Arthur druckste erneut herum. Unangenehme Dinge direkt anzusprechen gehörte nicht zu seinen Stärken. »Marko hat Nathalie die Liste der geplanten Standorte gegeben und ein Exposé erstellt, aber die Details ...« Er zuckte die Achseln. »Du weißt doch, wie Marko war. Er hat nur ungern etwas aus den Händen gegeben, wenn es noch nicht hundertprozentig ausgereift war. Wir sind sicher, dass er noch daran herumtüftelte.«

»Kann nicht Gabriel euch die notwendigen Details geben?«

»Ich weiß leider nicht genau, welche Unterlagen Nathalie fehlen. Deshalb dachte ich ...«

»Übernimmst du das Projekt innerhalb der Agentur, oder kümmert sich Nathalie darum?«

»Ich arbeite ihr zu, wie üblich. Aber jetzt übernehme ich auch Jasmins Aufgaben.« Wieder senkte er den Blick. Vermutlich aus Angst davor, sie könnte mit ihm über die Affäre der beiden reden oder sich an seiner Schulter ausweinen wollen.

»Ich war noch gar nicht in seinem Arbeitszimmer, nachdem es passiert ist«, log Ruth. Sie hatte nicht vor, Markos Unterlagen der Agentur zu geben. »Aber sobald ich etwas finde, melde ich mich bei dir.«

Er nickte.

Das Telefon unterbrach die darauffolgende Stille. Der Anrufbeantworter sprang an, und die Stimme ihrer Schwester erklang. Sie fragte, ob es ihr gut gehe, und ließ sie wissen, dass mit dem Bestatter alles geregelt sei. Ruth entschuldigte sich bei Arthur und schrieb Helene schnell eine WhatsApp, in der sie ihr mitteilte, dass sie wohlauf war, und sich für ihre Hilfe bedankte.

»Robert widmet seine Komposition übrigens Marko. Er nennt sie ›Teufelswalzer‹«, fuhr Arthur fort, nachdem Ruth das Handy wieder zur Seite gelegt hatte.

»Ihr vertretet in Zukunft also Robert?«

Marko hatte es sich verbeten, dass Nathalie auch für seinen Bruder arbeitete. Für ihn wäre das Vetternwirtschaft gewesen, so seine Begründung. Doch Ruth wusste es besser. Marko hatte Angst vor Roberts Talent gehabt; und davor, innerhalb der Agentur eines Tages einmal die Nummer zwei der Teufel-Brüder zu sein.

»Ja«, war Arthurs knappe Antwort, dann kippte er den Espresso hinunter. »Der ›Teufelswalzer‹ soll übrigens in Baden uraufgeführt werden.«

»›Teufelswalzer‹«, wiederholte Ruth und blinzelte irritiert. »Sag nur, er baut ihn ins Programm ein?«

»Das liegt doch irgendwie auf der Hand, oder nicht? Außerdem ist das Stück wirklich gut. Ein wenig progressiv, nicht sofort als Walzer zu erkennen, aber gut.«

Ruth schnaubte sarkastisch. »Es hätte mich wirklich gewundert, wenn diese Familie aus einem Unglück nicht auch noch Kapital schlagen würde.« Sie erinnerte sich, dass nur vier Monate nach dem Tod von Markos Vater eine CD mit den schönsten Arien des Startenors Berthold Teufel herausgekommen war, die sich zu Theklas Freude gut verkauft hatte. »Versteh mich jetzt bitte nicht falsch. Ich freu mich wirklich, dich zu sehen, aber warum haben sie ausgerechnet dich geschickt, um die Unterlagen zu holen? Warum ist nicht Robert gekommen oder Thekla? Vorhin vor der Pressekonferenz haben sie doch auch vorbeigeschaut, um sicherzustellen, dass ich dort bloß nicht auftauche.«

Arthur presste verlegen die Lippen aufeinander. »Ich weiß nicht, wie ich es sagen soll.«

»Freiheraus.«

»Nein, ich sollte ... ich sollte jetzt besser gehen.«

»Sag es!«, forderte sie mit scharfer Stimme.

»Thekla meinte, du würdest der Familie die Unterlagen nicht überlassen, weil du dich ab jetzt selbst um das Projekt kümmern willst.« Er machte eine kurze Pause. »Gemeinsam mit Gabriel.«

Die letzte Bemerkung klang harmlos. Doch Ruth verstand sie als das, was sie war: eine unterschwellige Verdächtigung.

»Echt jetzt? Sie unterstellt mir ein Verhältnis?«, brauste sie auf. »Nur weil ihr Sohn seine Hose nicht anbehalten konnte, heißt das noch lange nicht ...« Sie hielt inne, weil sie sich ob der infamen Beschuldigung zu vergessen drohte. »Was unterstellt sie mir noch?«, fragte sie ruhig und sah Arthur kühl an.

Er wich ihrem Blick aus, starrte unangenehm berührt die leere Tasse an. »Du weißt, dass ich für dich da bin, wenn du mich brauchst.«

»Du weichst mir aus, Arthur. Was noch?«

»Sie befürchtet außerdem, du könntest etwas mit dem Mord zu tun haben.«

Ruth sog erschrocken die Luft ein. »Ich? So ein Blödsinn. Wie kommt sie denn darauf?«

»Marko hat dich zu oft betrogen. Da wäre es doch verständlich, also, irgendwie halt ...« Er brach den Satz ab.

»Und das bringt sie auf die Idee, dass ich mit Gabriel ins Bett steige und wir ihren Sohn und sein Betthaserl über den Jordan schicken, oder wie?«

»Sie meinte, der Konrad ...«

Ruth schnitt ihm mit einer wütenden Geste das Wort ab. »Ja, sagt mal, seid ihr jetzt alle total verrückt geworden? Ich hoffe, Thekla hat das noch nicht gegenüber der Polizei erwähnt. Die nehmen mich doch jetzt schon total auseinander.«

Ihr Diskurs wurde durch die Klingel unterbrochen.

»Verdammt noch mal, wer will denn jetzt schon wieder was von mir«, blaffte Ruth ungehalten. Ihr Mann war umgebracht worden, und hier ging es zu wie in einem Taubenschlag.

»Soll ich aufmachen?«, bot Arthur kleinlaut an.

»Ich geh schon.« Sie atmete tief durch, griff nach seiner Hand und drückte sie kurz. »Du kannst ja nichts dafür, dass dich diese Teufels als Hiobsboten missbrauchen. Ich freu mich trotzdem, dass du da bist.« Sie erhob sich, ging zur Haustür und musste sich kurz sammeln.

Vor dem Gartentor stand Chefermittler Stein mit der blonden Polizistin. Manuela Rossmann, wenn Ruth sich korrekt an ihren Namen erinnerte. Jetzt war sie sogar froh, den Hausanzug zu tragen. Sie hoffte, dass die Ermittler ihr nachlässiges Aussehen ihrer angegriffenen mentalen Verfassung zuschreiben würden, und drückte auf den Öffner.

Als sie mit den Beamten ins Wohnzimmer zurückkehrte, stellte sie Arthur vor und erwähnte ungefragt den Grund seines Besuchs.

»Geben Sie bitte keine Unterlagen weg, solange die Ermittlungen noch laufen. So es neue Erkenntnisse gibt, müssen wir noch mal die Papiere Ihres Mannes durchsehen«, erwiderte Stein.

Arthur stand auf. »Gut, dann störe ich wohl besser nicht länger.«

Ruth begleitete ihn zur Tür.

»Wenn du was brauchst oder einfach nur reden willst, ruf mich an«, bot er seine Unterstützung erneut an. »Ich bin immer für dich da.«

»Danke, das ist lieb von dir. Gabriel hat vorgeschlagen, ich solle zu ihm nach Graz kommen. Vielleicht mach ich das.«

»So der böse Polizist da drinnen dich nicht wie die Unterlagen im Haus einsperrt«, sagte er im gespielt düsteren Tonfall.

Ruth wusste, dass Arthur die Situation mit seinem schlechten Witz entspannen wollte. Aber es gelang ihr nicht zu lachen. Sie hatte feuchte Hände und Angst. Gleich musste sie gestehen, die Lade aufgebrochen zu haben. Und wenn ihr Vater erfuhr, dass sie die Ermittler erneut ins Haus gelassen und nicht direkt an einen ihrer Anwälte verwiesen hatte, würde er toben.

Arthur küsste sie auf die Wange. »Aber ja, mach

das. Fahr nach Graz. Ich weiß, dass Gabriel sich große Sorgen um dich macht. Er hat mich gebeten, ein Auge auf dich zu haben, auch wenn er darum nicht extra hätte bitten müssen. Das versteht sich doch von selbst.«

Ruth legte den Kopf schief. »Warst du deshalb hier? Waren die Unterlagen nur ein Vorwand?«

»Sagen wir, es hat sich einfach gut ergeben.«

Sie umarmte ihn. »Macht euch keine Sorgen. Ich steh das schon durch.«

Arthur nickte und brach endgültig auf.

Ruth ging zurück ins Haus, wo die beiden Polizisten im Wohnzimmer auf sie warteten. Der Chefinspektor zog einen Plastikbeutel mit einem Schlüssel darin aus seiner Jackentasche.

»Wir haben den hier im Hotelzimmer Ihres Mannes gefunden.«

»Wir denken, dass er zur Schublade in seinem Arbeitszimmer gehört«, ergänzte Rossmann.

»Die Lade ist schon offen. Ich hab sie mit einem Brecheisen aufgebrochen«, gestand sie schuldbewusst und holte aus dem Sideboard die Bankunterlagen. »Das hier hab ich darin entdeckt. Keine Ahnung, was es damit auf sich hat.«

Die Ermittler tauschten einen raschen Blick. Sehr überrascht schienen sie nicht zu sein. Vielleicht hatten sie sogar damit gerechnet, dass die betrogene Ehefrau die Lade aufbrechen würde.

Ruth streckte Stein die Kontoauszüge entgegen. Er gab seiner Kollegin ein Zeichen, die einen Plastikbeutel hervorzauberte und Ruth bat, die Papiere hineinzustecken.

»Sonst lagen nur die Pläne für das Projekt Walzerstadt in der Schublade«, ergänzte Ruth der Vollständigkeit halber.

Stein nickte. »Wir würden dennoch gerne selbst nachsehen.«

»Bitte.«

»Aber davor möchte ich Ihnen noch ein Foto zeigen.« Er streckte ihr den Farbausdruck eines Bildes entgegen, auf dem Jasmin auf einer Parkbank mit einer Geige zu sehen war.

»Kennen Sie die Aufnahme?«

Ruth runzelte irritiert die Stirn. »Nein. Sollte ich?«

Stein schüttelte den Kopf. »War nur so ein Gedanke.«

»Ein komischer Gedanke.« Ruth wollte das hier so schnell wie möglich beenden und führte sie deshalb rasch ins Arbeitszimmer. In der offenen Tür blieb sie stehen und sah zu, wie die beiden Beamten den Schreibtisch musterten.

»Da haben Sie ja ganze Arbeit geleistet«, merkte Stein an.

»Was hatten Sie denn zu finden gehofft?« Manuela Rossmanns Frage klang beiläufig.

Ruth zuckte mit den Schultern. »Weiß nicht. Ich hab vorher noch nie in den Sachen meines Mannes gestöbert.«

Die Polizistin lächelte. Sie glaubte ihr nicht.

Stein zog Einmalhandschuhe aus der Hosentasche, streifte sie sich über, nahm die Mappe mit den Projektunterlagen aus der zerstörten Lade, öffnete sie und blätterte durch die Papiere. »Hat Ihr Mann vielleicht bei Ihrem Streit im Imperial etwas gesagt, das Ihnen eigenartig vorkam?«, fragte er, ohne das Blättern zu unterbrechen.

Sie dachte nach. »Nein.«

Stein schlug die Mappe zu und sah Ruth mit diesem stoischen Blick an, den sie an ihm schon mehrmals bemerkt hatte und der sie nervös machte. Sie konnte sich vorstellen, dass die Bösen Wiens beim Verhör einknickten – nur um diesem Blick zu entgehen, der einen an die Wand nagelte.

»Manchmal genügen ein zeitlicher Abstand oder ein paar Stunden Schlaf, um der Erinnerung auf die Sprünge zu helfen. Vielleicht können Sie sich heute ja an einen Nebensatz, eine Bemerkung oder eine ungewöhnliche Handbewegung erinnern, die Sie in dem Moment nicht registriert haben?«, erläuterte er. »Es könnte wichtig sein.«

Ruth verschränkte die Arme, um sie still zu halten. »Mir ist nichts eingefallen.«

»Gab es aufdringliche Fans? Oder Menschen, die sich Ihrem Mann gegenüber aggressiv verhalten haben?«

Sie schüttelte den Kopf. »Das Einzige, was mir dazu in den Sinn kommt, ist, dass die Agentur mir Mails geschickt hat. Kondolenzmails von Fans. Ich hab sie mir nicht angesehen.«

»Warum nicht?«

Sie zog ein Taschentuch aus der Tasche ihres Hausanzugs, betupfte sich damit die Augen und knetete es zu einem kleinen Knäuel zusammen, bevor sie antwortete. »Wenn ich mir die Mails oder auch die Zeitungsberichte durchlese, wird Markos Tod Wirklichkeit. Ich weiß nicht, ob Sie verstehen können, dass ich das noch aufschieben will.«

Stein nickte mitfühlend.

»Ich kann die Mails aber gerne an Sie weiterleiten. Vielleicht entdecken Sie ja darin etwas Ungewöhnliches.«

»Bitte.« Stein reichte ihr seine Visitenkarte mit der Mailadresse.

»Was passiert eigentlich mit den Sachen meines Mannes aus dem Hotel?«

»Die bekommen Sie, sobald der Fall ... der Mord an ihm und Jasmin Meerath aufgeklärt wurde. Die beiden Geigen Ihres Mannes lagen übrigens im Hotelzimmer.«

»Gut.« Die würde sie auf jeden Fall behalten. Karten, schoss ihr plötzlich ein Gedanke durch den Kopf. Sie hatte keine Bankkarten entdeckt, nur die Auszüge und den unterschriebenen Vertrag zur Eröffnung eines Kontos. »Haben Sie bei den Sachen meines Mannes eine Bankomat- oder Kreditkarte gefunden, die zu dem Konto der Unterlagen aus der Lade gehört?«

»Das müssen wir erst überprüfen. Bis vor zehn Minuten hatten wir ja keine Ahnung, dass Ihr Mann ein Konto besaß, von dem Sie nichts wussten. Hatten Sie auch ein gemeinsames?«, fragte Stein.

Ruth schüttelte den Kopf. »Getrennte Konten. In

meiner Position ... Das ist so üblich in unserer Familie«, verbesserte sie sich, weil es sonst vielleicht so geklungen hätte, als hätte sie sich gezwungen gesehen, ihr Geld vor ihrem Ehemann zu schützen.

»Heutzutage verwalten die meisten berufstätigen Frauen ihr Geld eigenständig«, merkte Manuela Rossmann verständnisvoll an.

»Aber bei derselben Bank«, ergänzte Ruth.

»Steuerberater?«, hakte Stein nach.

»Unterschiedliche. Wenn Sie wollen, gebe ich Ihnen den Namen und die Adresse des Steuerberaters meines Mannes.«

Stein nickte. »Ehevertrag?«

»Ist das wichtig?«

»Im Moment nicht.«

»Also gut, es gibt einen Ehevertrag. Mein Mann hätte nach einer Scheidung nicht viel bekommen. Eigentlich nur das, was er in die Ehe eingebracht hat.«

»Und Sie?«

»Was wir beide besitzen beziehungsweise besaßen, gehört zum Großteil mir.« Sie registrierte, wie sich dieser Satz in den Ohren eines Kriminalbeamten anhören musste, und setzte deshalb nach. »Das war schon vor dem Tod meines Mannes so.«

Stein nickte erneut flüchtig. »Jedenfalls danke, dass Sie uns die Bankunterlagen überlassen und die Mails der Fans schicken.«

»Was ist mit seinem Laptop?«, fragte Ruth. »Gibt es darauf Hinweise auf das Konto?«

»Das werden wir ebenfalls überprüfen. Was denken

Sie?« Der Chefermittler sah sie an, als wäre er ehrlich an ihrer Meinung interessiert.

»Ich kann mir absolut keinen Reim auf die Sache machen.«

»Bitte bleiben Sie in den nächsten Tagen in Wien«, sagte Stein. »Damit wir Sie erreichen, sofern wir neue Anhaltspunkte oder weitere Fragen haben.«

Sie antwortete nicht. Doch offenbar interpretierte er ihr Schweigen als Zustimmung, denn er verließ mit seiner Kollegin die Villa, ohne sich noch einmal rückversichert zu haben.

Als die Haustür hinter den Ermittlern zugefallen war, ging Ruth ins Wohnzimmer und sank erschöpft aufs Sofa.

Weshalb zum Henker hatte Marko heimlich Geld beiseitegeschafft? Tief in ihr regte sich eine zarte Vermutung.

Ob Gabriel Licht in die Sache bringen konnte? Sie setzte sich auf und schnappte sich ihr Handy. Im Internet rief sie die Zugverbindungen nach Graz auf und tippte kurz darauf eine Nachricht an ihn, dass sie übermorgen, am Donnerstag, um halb zwei am Bahnhof ankommen würde und sie etwas Dringendes mit ihm zu besprechen habe. *Kein Telefonthema!*, schrieb sie.

Er antwortete sofort: *Ich hol dich ab.*

Sie ließ sich zurück ins Sofa fallen. Bleierne Müdigkeit kroch ihr in Kopf und Glieder, und gleich darauf versank sie in einen leichten Schlaf, durchsetzt mit unangenehmen Traumfragmenten.

Ein Geräusch schreckte sie auf. Im Zimmer war es

dunkel. Sie hatte offenbar länger geschlafen. Vor den Fenstern war die Nacht angebrochen, der Jasminstrauch wiegte sich im Wind.

Ruth erhob sich, öffnete die Terrassentür, sog die kühle Luft ein und horchte in die Finsternis. In dem Moment ließ sie ein Laut aufhorchen. War da jemand im Garten?

Sie spitzte die Ohren. Stille. Sie musste sich getäuscht haben. Dennoch schloss sie rasch die Tür.

Sie blickte auf ihre Armbanduhr. Es war halb elf. Am besten würde sie jetzt ins Bett umziehen. Als sie erneut ein Geräusch wahrnahm, zuckte sie heftig zusammen. Es kam von draußen. Ihr Herz schlug schneller.

Verborgen hinter den Gardinen spähte sie hinaus, wappnete sich, sah aber nichts.

Sie schlich in die Küche, um den vorderen Gartenbereich und die Garage überblicken zu können. Ein Schatten huschte übers Fenster. Sie hielt den Atem an. Würde einer von Markos Fans so dreist sein, bei ihr einzubrechen? In dem Moment erkannte sie, dass die Gestalt, die den Schatten geworfen hatte, der Haselnussstrauch war, der sich im Wind bewegte.

»Mein Gott«, stöhnte sie leise. Sie war dabei durchzudrehen.

Mittwoch, 9. Juni

16

Sarah war verblüfft, dass Arthur Zink schon um halb acht Uhr morgens in der Agentur ans Telefon ging.

»Ich hätte nicht gedacht, dass Sie um diese Uhrzeit schon arbeiten.« Sie stand barfuß im Schlafshirt in der Küche. »Eigentlich hatte ich mich auf den Anrufbeantworter eingestellt.«

»In unserem Job ist es normal, vor und während einer Tour förmlich rund um die Uhr zu arbeiten. Aber derzeit zwingt uns leider der traurige Anlass dazu, Tag und Nacht im Büro zu verbringen. Wir versuchen, sämtliche Tourneetermine nach hinten zu verschieben, trotzdem werden manche Konzerte gänzlich ausfallen.«

Sarah hörte ihn wie unter einer Last stöhnen. Sie konnte sich vorstellen, wie sehr die gesamte Situation an seinen Nerven zerren musste.

»Ich werde Sie nicht lange aufhalten«, beteuerte sie. »Ich hätte nur gerne einen Interviewtermin mit Frau Buchner. Am besten gleich in den kommenden Tagen. Das Thema können Sie sich vorstellen.«

»Waren Sie nicht bei der Pressekonferenz?«

»Schon. Trotzdem. Wir planen ein Porträt.«

»Die Chefin ist eh hier. Ich frag sie gleich. Einen Moment bitte.«

Sarah landete in der Warteschleife. Erwartungsgemäß erklang eine Walzermelodie.

»Heute am frühen Nachmittag? Vierzehn Uhr?«, hörte sie wenige Augenblicke später wieder Arthur Zinks Stimme.

»Perfekt, danke schön. Dann bis später«, verabschiedete sich Sarah.

Sie war überrascht, so schnell einen Termin bekommen zu haben. Andererseits war der Agentur anscheinend ebenso an seriöser Berichterstattung gelegen wie der Familie Teufel. Unter diesen Umständen war es ratsam, die Presse rasch zu bedienen. Das Geräusch der Espressomaschine riss sie aus ihren Gedanken.

David stand davor und sah zu, wie der Kaffee in die Tasse lief. Marie lag auf dem Küchenboden und putzte sich ihr Fell.

»Du siehst zufrieden aus«, bemerkte David.

»Das bin ich auch.« Sie legte ihren Arm um seinen Hals und küsste ihn auf die Wange, bevor sie sich auf den Weg ins Badezimmer machte.

Eine Stunde später saß sie in ihrem Büro und studierte im Internet die Onlineausgaben der Konkurrenzblätter. Eine Handvoll hatte sich auf Marko Teufels Privatleben gestürzt, dabei die Ehe mit der aus dem Hochadel stammenden Ruth Gerand in den Fokus gerückt sowie die unbestätigte Affäre mit Jasmin Meerath angedeutet. Niemand hatte es gewagt, die Liebesbeziehung als Fakt zu erwähnen, weil die Anwälte der Familien mit Sicherheit sämtliche Berichte lesen würden. Sie durchforstete die Artikel nach einer Bemerkung, die auf Jattels Äußerung von Marko Teufels etwaiger Trennung von der Agentur oder seiner Frau hindeutete. Außerdem suchte sie nach einem Hinweis, der den Toten mit Jazz in Verbindung brachte. Beide Recherchen blieben erfolglos.

Sarah stöhnte kurz genervt auf und rief dann Stein an. Er hob beim ersten Läuten ab, saß, wie er ihr verriet, ebenfalls bereits an seinem Schreibtisch. Sie berichtete ihm von dem Gespräch mit Jattel, davon, dass Ruth Gerand Marko Teufels Walzerstadtprojekt finanziell unterstützt und deren erster Mann Konrad Schulz offenbar an Depressionen gelitten hatte.

»Wenn das stimmt, war's damals vielleicht sogar Selbstmord«, mutmaßte Stein. Er seufzte hörbar. »Ob Unfall oder Suizid, das werden wir kaum mehr herausfinden. Und sollte es Mord gewesen sein, dann nur, wenn die Gerand gesteht, ihn gestoßen zu haben.«

»Das hört sich verdammt nach Misstrauen an, Martin Stein.«

»Wenn man so lange Kieberer ist wie ich, wird man unweigerlich misstrauisch. Aber zum Glück kann ich die Sache mit dem Schulz derzeit ignorieren. Meine Vorgesetzten machen mir nur Druck wegen Teufel und seiner Freundin.«

»Den schiebst du doch locker weg.«

»Trotzdem nervt's.«

»Mein Gott, Martin, du bist schon ein Wiener Original. Was nervt dich denn nicht?«, zog Sarah ihn auf.

»Der Jattel behauptet außerdem, dass der Teufel die

Agentur verlassen wollte. Ich bin am Nachmittag bei der Buchner und werde ihr diesbezüglich auf den Zahn fühlen.«

»Sarah?«

»Ja.«

»Interview. Keine Ermittlungen.«

»Dieser Grat ist ein sehr schmaler. Außerdem hast du mich zu dem gemacht, was ich heute bin. Ein Polizeispitzel.« Sarah lachte spöttisch. »Apropos. Hast du schon mit Arina Zopf gesprochen?«

»Es geht dich zwar nichts an, aber ja. Ihrer Aussage nach war sie letzten Sonntag zu Hause, bevor sie ins Imperial aufbrach.«

»Dürftiges Alibi.«

Stein lachte lauthals auf. »Komm bitte zur Polizei, du wärst bestimmt eine gute Kriminalerin«, forderte er sie nicht zum ersten Mal auf. »Zopfs Freund Gregor Baldic hat übrigens an dem Abend mit drei anderen Musikern geprobt. Und ja, Miss Marple, wir überprüfen das.«

Um halb elf tauchte Maja in Sarahs Büro auf. Sie ließ sich auf die hellgraue Sitzlandschaft fallen und berichtete, dass sie am Vorabend kurz vor Ladenschluss bei Theo Eisen, dem Musikalienhändler, vorbeigesehen habe. »Du hattest mir ja vorgeschlagen, ein Statement von ihm einzuholen. Der hat übrigens die zwei Schaufenster seines Ladens fast ausschließlich mit Marko Teufel dekoriert. Fotos, CDs, Geigen. Dazu alles, was auch nur im Entferntesten an Walzer erinnert. Inklusive einer Miniaturausgabe des vergoldeten Johann Strauß. Nachdem ich ihm verraten hatte, wer ich bin und weshalb ich bei ihm auftauche, hat er sofort begonnen, Marko Teufel in den Himmel zu heben. Dabei hat er erwähnt, dass er nun nach seinem Tod erst recht eine Musiknote finanzieren würde, um das Werk des Maestros nicht unvollendet zu wissen. Hat mich nicht verwundert, weil der Kerl wirklich ein riesengroßer Fan ist. Dazu ist mir etwas in den Sinn gekommen.«

»Sag!« Sarah gesellte sich zu ihr auf die Bürocouch.

»Dafür muss ich aber kurz ausholen. Also, Jasmin Meerath war privat tatsächlich nicht in den sozialen Medien unterwegs. Auch Marko Teufel war dort nicht aktiv. Ich hab nur einen offiziellen Account der Agentur gefunden, auf dem regelmäßig Fotos und Storys hochgeladen werden«, beendete Maja ihre Einführung. »Theo Eisens Lobeshymne auf Marko Teufel hat mich gestern auf den Gedanken gebracht, auf diversen Plattformen nach weiteren Fans zu suchen.« Sie tippte auf ihrem Handy herum und reichte es Sarah über den Tisch hinweg. »Das ist der Instagram-Account von walzerfan100. Er oder sie war in den letzten sieben Monaten auf jedem Konzert von Marko Teufel. Auch auf dem am Sonntag im Stadtpark.«

»Er oder sie?«, wiederholte Sarah. »Das heißt, du weißt nicht, wer das Konto betreibt?«

»Leider nein.«

»Und warum zeigst du mir das dann?«

»Weil es so ausschaut, als hätte der Fan ihn regelrecht verfolgt.«

Sarah scrollte sich durch die Fotos. Marko Teufel am Dirigentenpult, im Gespräch mit einem Musiker, beim Autogrammschreiben, vor einem bekannten Hotel, das in der Salzburger Altstadt lag, beim Joggen, beim Interview im Kaffeehaus, vor dem Imperial. Auf allen Bildern schien der Star nicht zu bemerken, dass er fotografiert wurde.

»Hashtags: Startreffen, Soeinzufall, Walzerprinz, Zufälligstardirigentengetroffen, Augenoffenhalten«, las Sarah die häufigsten Schlagworte vor.

»Für mich schaut das nicht mehr nach Zufall aus, sondern nach Stalking«, sagte Maja. »Oder sehe ich Gespenster?«

»Hmmm«, gab Sarah einen undefinierbaren Laut von sich. »Und du weißt wirklich nicht, wer hinter dem Account steckt?«

»Nein. Jedoch teilt er oder sie den Inhalt mit unzähligen Followern, die ebenfalls Walzerfans beziehungsweise Fans von Marko Teufel sind. Natürlich hab ich gleich versucht, Kontakt aufzunehmen, aber bisher hat der Nutzer nicht geantwortet«, erläuterte Maja und hielt Sarah die Hand hin. »Gib mal wieder her, ich will dir ein bestimmtes Bild zeigen.«

Sarah reichte Maja das Handy.

Die Chronik-Redakteurin suchte besagtes Foto und gab ihr erneut das Telefon. Auf dem Bild waren Theo Eisen und Marko Teufel zu sehen. Sie saßen an einem Tisch im Gastgarten des Café Schwarzenberg am Kärntner Ring. »Ich hab mir das Foto auf mein Handy geschickt und es heute Morgen Theo Eisen gemailt. Wir haben vorhin telefoniert. Er meinte, dass sie sich dort zum Mittagessen getroffen hätten, um über seine finanzielle Beteiligung an dem Musiknotenprojekt zu sprechen. Einen Fotografen habe er nicht bemerkt.«

»Könnte der Fotograf eventuell der gleiche ... Fan sein, der zufällig im Imperial saß, als Ruth Gerand ihrem Mann den Blumenstrauß ins Gesicht schlug?«

Maja zuckte mit den Schultern. »Wer weiß das schon.«

»Und wo war walzerfan100, als die beiden ermordet wurden?«

»Gute Frage.«

Sarah gab Maja ihr Handy wieder zurück. »Ich denke, das dürfte Stein interessieren. Zusätzlich setzen wir Simon darauf an. Vielleicht findet er ja die Identität unseres Superfans heraus.«

Während Sarah Stein die Nachricht mit dem Link zum Account schickte, gab Maja Simon, dem Computerspezialisten des *Wiener Boten*, ihre Bitte durch.

»Was denkst du, Sarah?«, sagte sie anschließend. »Könnte das der Täter sein? Ein Fan, der zum Stalker und schließlich zum Mörder mutiert?«

»Möglich. Aber warten wir erst mal Simons und Steins Ergebnisse ab. Auf jeden Fall werde ich Nathalie Buchner nachher beim Interview nach einem aufdringlichen Fan fragen.«

»Warum interviewst du sie?«, fragte Maja. »Denkst du, sie erzählt dir unter vier Augen mehr als bei der Pressekonferenz?«

Sarah schüttelte den Kopf. »Nicht wirklich, aber wollten wir nicht ein Porträt ihrer toten Mitarbeiterin bringen?«

»Wollten wir? Du hast zwar etwas von einer Zusammenfassung gesagt, wenn der Fall denn aufgeklärt ist, aber ...« Sie brach ab, grinste wissend. »Du ermittelst.«

Sarah beugte sich bedeutsam nach vorn. »Ab und zu arbeite ich auch als Polizeispitzel.«

Beide fingen lauthals an zu lachen.

17

Sarah traf pünktlich in der Agentur ein. Arthur Zink bot ihr Kaffee an, den sie dankend annahm, und führte sie in das Büro von Nathalie Buchner.

Die Agenturchefin erhob sich bei ihrem Eintreten augenblicklich und kam um den Schreibtisch herum. Sie trug ihre blonden Haare offen. Platinblonde Strähnen, die sie bei der Pressekonferenz noch nicht gehabt hatte, verliehen ihr einen kühlen Look. Anscheinend war sie beim Friseur gewesen. Leinenhose, T-Shirt und flache Sandalen unterstrichen ihre sportliche Eleganz. Sie begrüßten einander mit Handschlag.

»Danke, dass Sie so rasch Zeit hatten«, sagte Sarah.

»Für die Presse doch immer.« Ein freundliches Lächeln erschien auf Nathalie Buchners dezent rosa geschminkten Lippen.

»Kaffee kommt gleich«, sagte Arthur Zink. »Soll ich dir auch einen mitbringen, Nathalie?«

Nathalie Buchner nickte, setzte sich wieder hinter ihren Schreibtisch und bedeutete Sarah, auf dem Besucherstuhl Platz zu nehmen.

Sarah kramte einen Notizblock aus ihrer Umhängetasche. Sie schrieb lieber mit, als ein Gespräch aufzunehmen. Dabei notierte sie sich auch stets Beobachtungen zu dem Verhalten ihrer Interviewpartner oder Gedankenblitze. Falls Nathalie Buchner diese altmodische Arbeitsweise irritierte, ließ sie es sich nicht anmerken.

»Also, was wollen Sie wissen, Frau Pauli?« Ihre Stimme klang freundlich und zugleich professionell distanziert.

»Ich möchte unseren Lesern die Persönlichkeiten von Marko Teufel und Jasmin Meerath näherbringen. Was haben sie gemocht, was nicht.«

»Die beiden lebten für ihre Arbeit. Marko liebte die Musik und Jasmin die Organisation. Sie ging auf in ihrem Job. Die Frage, was die beiden nicht mochten, kann und will ich ehrlich gesagt nicht beantworten.«

»Gab es etwas, wovor sie Angst hatten?«

»Meinen Sie in Markos Fall die Angst, plötzlich nicht mehr erfolgreich zu sein?«

»Zum Beispiel.«

»Ich denke nicht, dass er sich darüber Gedanken machte. Er war zwar noch nicht ganz oben, spielte aber bereits in einer Liga, in der man einen Absturz nur mehr selbst verursachen kann.«

»Wie?«

»Drogen, Alkohol.« Sie zuckte mit den Schultern. »Oder man stößt Fans vor den Kopf, sodass diese sich von einem abwenden.«

»Und Frau Meerath?«

»Jasmin war eine Perfektionistin und ehrgeizig. Sie legte sich die eigene Latte immer sehr hoch, erreichte aber jedes Mal ihr Ziel. Also nein, keiner der beiden hätte Grund zu der Angst gehabt, plötzlich weniger erfolgreich zu sein.«

»Was ist mit einem Fan, der, wie Sie sagten, sich vor den Kopf gestoßen gefühlt haben oder seinem Idol zu nahe gekommen sein könnte? So jemand könnte Marko Teufel doch gestalkt oder vielleicht sogar bedroht haben.«

Nathalie Buchner runzelte nachdenklich die Stirn. »Weder Marko noch Jasmin haben etwas Derartiges gesagt oder angedeutet. Nein. So einen Fan gibt es nicht.«

Sarah rief auf ihrem Handy den Instagram-Account von walzerfan100 auf und zeigte ihn der Agentin. Sie sah sich die Fotostrecke schweigend an.

»Die Bilder sehe ich zum ersten Mal«, sagte sie, als sie Sarah das Handy zurückgab. »Wissen Sie, wer die gemacht hat?«

»Leider nein«, antwortete Sarah. »Theo Eisen, der Musikalienhändler, ist auf einem der Fotos zu sehen. Kennen Sie ihn?«

»Natürlich. Er überlegt, eine von den Musiknoten zu finanzieren. Ich hoffe, er hat noch Interesse. Jetzt, wo Marko tot ist.« Sie seufzte ergeben.

»Hat er«, beruhigte Sarah sie und erzählte von Majas Besuch bei ihm.

Nathalie Buchner schenkte ihr ein dankbares Lächeln. »Das freut mich. Wir wollen Markos Werk unbedingt vollenden.« Sie schwieg einen kurzen Moment. »Jedenfalls wurde er meines Wissens weder bedroht noch gestalkt. Dass dieser walzerfan100 dort war, wo Marko auftauchte, kann doch auch reiner Zufall gewesen sein.«

»Vielleicht«, sagte Sarah wenig überzeugt. »Und Jasmin Meerath und Marko Teufel hatten wirklich Spaß an ihren Berufen?«

Die Agenturchefin stutzte. »Natürlich! Beide waren absolute Profis auf ihrem Gebiet, wurden geachtet und hatten Erfolg. Ihnen wurde große Anerkennung entgegengebracht. Weshalb sollte ihnen die Arbeit keinen Spaß gemacht haben?«

»Könnte es nicht sein, dass Jasmin wieder als Model arbeiten wollte?« Sarah reichte Nathalie Buchner das Foto, das ihr Patricia gegeben hatte, als Arthur Zink den Kaffee brachte.

Nathalie Buchners Blick streifte nur kurz das Bild. »Blödsinn.«

Arthur Zink schaute ihr über die Schulter. »Wer hat das aufgenommen?«

»Ein Modefotograf.«

»Woher haben Sie das?«, hakte er nach.

»Er hat es meiner Kollegin geschickt, nach dem Mord.«

»Trotzdem plante Jasmin keine Modelkarriere«, behauptete Nathalie Buchner und gab Sarah das Bild zurück.

»Ihre Pose ähnelt der auf der Bank im Stadtpark«, sagte Sarah.

»Zufall«, behauptete die Agentin. »Jedenfalls sehe ich ... also, sehen wir das Foto zum ersten Mal. Gell, Arthur?«

Er nickte und ging Richtung Tür.

Sarah steckte das Bild wieder ein. »Was ist mit Marko Teufels Leidenschaft für Jazz? Wollte er nicht mal etwas anderes spielen als Walzer?«, knüpfte sie an ihre ursprüngliche Frage an.

»Mag sein, dass er privat auch gern mal Jazz gespielt hat. Aber beruflich …« Nathalie Buchner schüttelte den Kopf. »Der Walzer war seine Leidenschaft. Sie haben seine Mutter ja auf der Pressekonferenz gehört, Markos Leben drehte sich im Dreivierteltakt. Das war eine treffende Beschreibung, oder was meinst du, Arthur?«

Arthur Zink blieb in der offenen Bürotür stehen. »Marko hätte niemals aufgehört, Walzer zu spielen. Das war seine Welt. Jazz mochte er zwar auch, aber, wie Nathalie schon sagte, das war seine Privatsache.«

Seine Chefin zeigte mit ausgestreckter Hand auf ihn. »Da hören Sie's, Frau Pauli.«

»Privatsache.« Sarah legte den Kopf schief. »Was genau meinen Sie damit, Herr Zink?«

»Nun, Jazz war eben privat. So wie man zum Beispiel im Beruf andere Kleidung trägt als in der Freizeit oder sich die Haare anders frisiert. Jasmin etwa trug ihre Haare im Büro immer zum Zopf oder Dutt gebunden, privat jedoch offen. So verhielt es sich bei Marko mit der Musik. Beruflich Walzer. Privat Jazz.« Zink schickte noch ein höfliches Lächeln in ihre Richtung, dann schloss er rasch die Tür hinter sich. Allem Anschein nach hatte er genug von Sarahs Fragen.

»Der Vergleich ist zwar vielleicht nicht ganz treffend, aber recht hat er schon«, sagte die Agentin und holte zu einem Monolog über den kometenhaften Aufstieg Marko Teufels aus. Auch anerkennende Worte hinsichtlich der Zusammenarbeit zwischen ihm und Jasmin Meerath fielen. Ein ähnliches Loblied, wie sie es bereits am Vortag gesungen hatte.

Auf Sarah wirkte die Agenturchefin wie eine Schauspielerin, die ihre Rolle spielte. Die Worte waren perfekt gewählt, die Gesten einstudiert. Es war Zeit, sie aus der Reserve zu locken.

»Das Gerücht geht um, dass Marko Teufel die Agentur verlassen wollte.«

Nathalie Buchner fixierte eine Weile schweigend die geschlossene Bürotür. Sarah fand, dass sie sich mit ihrer Reaktion zu lange Zeit ließ. Wahrscheinlich dachte sie angestrengt nach, was sie erwidern sollte.

»Woher haben Sie das?«, fragte sie. »Na klar, vom Jattel!«, beantwortete sie sich dann gleich selbst die Frage. »Dieses Arschloch … Entschuldigen Sie meine Ausdrucksweise. Aber wirklich! Nicht mal jetzt erweist er Marko den nötigen Respekt.«

»Und? Ist was dran an dem Gerücht?«

»Nein.«

»Sind Sie sicher?«

Ihrem Gesichtsausdruck nach zu urteilen überlegte die Agentin, ob sie aufrichtig sein sollte. »Das hat Thekla unbedachterweise mal im Zorn behauptet.«

»Frau Teufel? Im Zorn?«

»Jasmin war ihr unsympathisch.«

»Warum?«

»Das weiß ich nicht. Sie wollte einfach nicht, dass sie

und Marko zusammenarbeiten, und setzte alles daran, dass Arthur die Aufgaben von Marko wieder übernahm.«

»Wieder?«

»Ja, er war es, der Marko erst zur Agentur gebracht hatte. Bis zu Jasmins Einstellung kümmerte er sich um all seine Anliegen.«

»Und warum anschließend nicht mehr?«

»Arthur ist meine rechte Hand. Jasmin ist nur eingestellt worden, um ihn und mich zu entlasten.« Nathalie Buchner lehnte sich in ihrem Stuhl zurück. »Und es ist ja nicht so, dass sich Arthur gar nicht mehr um Markos Karriere gekümmert hat. Jasmin und er waren ein Team. Sie agierte an der Front, er im Hintergrund. Das war seine Entscheidung.« Lächelnd richtete sie ihren Blick auf den Schreibtisch, als wollte sie auf diese Weise ihre Gedanken neu ordnen. »Thekla wollte das nicht einfach so hinnehmen, hat mir gedroht, Marko würde die Agentur verlassen.«

»Und das hätte er getan?«

Die Agenturchefin zuckte mit den Schultern. »Sie war sich sicher, dass er es tun würde, wenn sie nur lange genug auf ihn einredete. Jedenfalls hat sie es leider im Zorn den falschen Leuten erzählt. Und damit die Gerüchteküche angeheizt. Das ist jetzt aber sicher schon zwei, drei Monate her.«

»Meiner Quelle ist es erst vor Kurzem zu Ohren gekommen. Vor höchstens drei oder vier Wochen.« Sarah erwähnte den Namen des Musikjournalisten bewusst nicht.

»Tja, da hat der Jattel ein längst überholtes Gerücht verkauft«, sagte die Agentin freundlich, doch in ihrer Miene spiegelte sich unterdrückte Wut. »Der Agenturwechsel stand nie wirklich zur Diskussion, sondern war nur eine spontane Überreaktion von Thekla. Die Sache beruhigte sich, nachdem Arthur Thekla erklärt hatte, dass Jasmin einen perfekten Job macht, und auch Marko darauf bestand, dass sie auf jeden Fall für ihn weiterarbeiten sollte. Ich rate Ihnen daher, diesen Bassenatratsch nicht nachzuplappern oder im *Wiener Boten* abzudrucken.« In ihrer Stimme schwang ein Unterton mit, der sich für Sarah verdächtig nach einer leisen Drohung anhörte.

»Was ist mit Arina Zopf und Gregor Baldic?«, fragte sie.

»Was soll mit ihnen sein?«

»Sie kennen die beiden?«, erkundigte sich Sarah.

»Natürlich.«

»Angeblich ist etwas zwischen ihr und Marko Teufel gelaufen, woraufhin der Baldic ihn geschlagen hat. Das soll vor einem halben Jahr gewesen sein.«

Nathalie Buchner verdrehte die Augen. »Nehmen Sie das doch bitte nicht ernst, Frau Pauli. Da hat sich die Zopf wichtiggemacht, und der naive Baldic hat ihr geglaubt. That's it!«

»Also kein One-Night-Stand? Keine Affäre?«

»Keine Ahnung. Aber solche Dinge interessieren mich auch nicht, solange unsere Künstler ihren Verpflichtungen nachkommen.« Die Agentin runzelte die Stirn.

»Dann hat es Sie also auch nicht gestört, dass Marko Teufel und Jasmin Meerath ...«

Nathalie Buchner schnitt Sarah mit einer raschen Geste das Wort ab. »Das erwähnen Sie doch hoffentlich nicht in dem Porträt.« Wieder war da ein leiser, aber drohender Unterton in ihrer Stimme.

»Nein. Das interessiert mich nur, weil Arina Zopf und Gregor Baldic in einer Jazzband mit Robert Teufel spielen, den Sie doch nun vertreten.«

»Er übernimmt Markos Arbeit. Seine anderen Projekte, egal, welche und mit wem auch immer, sind im Moment außen vor. Wir kümmern uns hier um Veranstaltungen und die Karriere unserer Künstler, nicht um ihr Privatleben.«

Die schönste List des Teufels ist es, uns zu überzeugen, dass es ihn nicht gibt, kam Sarah augenblicklich Baudelaire in den Sinn, den Chris beim vorgestrigen Abendessen zitiert hatte. Sie war überzeugt, soeben für einen kurzen Moment den Teufel hinter der netten Fassade von Nathalie Buchner gesehen zu haben. Dieser Frau gelang es, sich binnen Sekunden von der eleganten Agenturchefin in einen Albtraum zu verwandeln und dabei auch noch unwiderstehlich auszusehen.

Als der Festnetzapparat auf ihrem Schreibtisch läutete, entschuldigte sie sich und hob ab. »Was gibt's, Arthur?«

Sie hörte zu, während ihr Blick auf Sarah ruhte. »Sag Robert, ich rufe ihn in fünf Minuten zurück«, erwiderte sie dann und legte auf. »Ich hoffe, Sie haben alles für ein schönes Porträt erfahren, Frau Pauli«, fiel die Agentin anschließend wieder zurück in ihren höflichen Plauderton. »Sie sehen ja, was hier los ist.«

Sarah klappte ihren Notizblock zu. »Danke für Ihre Zeit.«

Arthur Zink erschien wie aufs Stichwort, um sie hinauszubegleiten.

»Darf ich noch einen schnellen Blick in Frau Meeraths Büro werfen?«, fragte sie auf dem Weg zum Ausgang.

»Wozu?«

»Nur so.«

Arthur Zink zögerte kurz, führte sie dann aber in einen hellen Raum, der dem der Agenturchefin ähnelte.

»Den Rechner hat die Polizei schon am Montag abgeholt«, sagte er und deutete auf den Schreibtisch, auf dem nur der Computermonitor und zwei Kugelschreiber zurückgeblieben waren.

Sarahs Blick fiel auf das einzige Bild, das hinter dem Tisch an der Wand hing. Es zeigte die Musiknoten des »Donauwalzers«, wie sie dem Titel »An der schönen blauen Donau« entnehmen konnte.

»Marko hat ihr das vor etwa zwei Wochen geschenkt«, erklärte Arthur Zink. »Es sollte Glück für die Konzerttour bringen.«

Sarah horchte auf. »War Frau Meerath abergläubisch?«

Zink schüttelte den Kopf.

»Und Marko Teufel?«

»Nicht in dem Sinn, dass er schwarze Katzen oder Raben als Unglücksboten fürchtete. Und dass er Frauen mit roten Haaren und Sommersprossen nicht mit Hexen gleichsetzte, sieht man ja an der engen Zusammenarbeit mit Jasmin.« Er rollte mit den Augen. »Aber Sie wissen ja, Künstler.« Er machte eine Geste, die wohl besagen sollte, dass die doch alle irgendwie abergläubisch waren.

Sarah nickte. Eine Kostümbildnerin hatte ihr mal erzählt, dass Schauspieler sich ihre Talismane in die Kostüme einnähen ließen und Musiker sie in ihrem Bühnenoutfit versteckten. Viele Künstler verbargen ihre Glücksbringer vor anderen, um ihren eigenen Aberglauben keiner Kritik auszusetzen. In Gedanken griff Sarah nach ihrem Amulett, dem Corno, das sie laut Volksglauben vor dem bösen Blick schützte und für jeden sichtbar an ihrer Halskette hing.

»Marko mochte es zum Beispiel nicht, wenn man auf der Bühne pfiff«, fuhr Arthur Zink unterdessen fort.

»Ich habe von dem Aberglauben gehört«, sagte Sarah. Sie wusste, dass das Pfeifen auf der Bühne auf die Zeit zurückging, als man diese noch mit Gaslampen beleuchtete. War eine Art Pfeifen zu hören, deutete das Geräusch auf ein Gasleck hin, und es bestand Brandgefahr.

»Auch bedankte er sich nicht, wenn ihm jemand ›Toi, toi, toi‹ wünschte, weil das bekanntlich Unglück bringt. Stattdessen antwortete er: ›Wird schon schiefgehen‹ oder ›Hals und Beinbruch‹. Wie man das halt so tut unter Künstlern. Außerdem trug Marko bei Konzerten eine kleine goldene Geige in der Jackentasche. Er wäre niemals ohne diesen Glücksbringer auf die Bühne gegangen.«

Der Teufel hat also einen Talisman gehabt, dachte Sarah. Ob Stein das wusste?

18

Conny tauchte um halb fünf in Sarahs Büro auf. Sissi verkroch sich nach einer kurzen, aber stürmischen Begrüßung sofort unter dem Tisch. Die Gesellschaftsreporterin legte ihren Block auf Sarahs Schreibtisch und ließ sich in den Besucherstuhl fallen. »Es hat zwei Tassen Kaffee, eine halbe Stunde oberflächliches Geschwafel und mein Versprechen, eine ganze Seite über Robert zu schreiben, gebraucht. Doch dann hat sie endlich mit mir über Jasmin Meerath geredet, off the record natürlich.« Conny machte ihre berühmte Pause, um den letzten Worten Gewicht zu verleihen.

Sarah wartete geduldig.

»Sie war fest davon überzeugt, dass Jasmin Meerath nach mehr strebte. Sich erhoffte, mit Unterstützung von Marko in der Gesellschaft aufzusteigen. Ihr eigenes Ansehen zu verbessern«, erläuterte Conny. »Deshalb wollte Thekla Teufel, dass Arthur Zink wieder Marko betreute, immerhin kennen sich die beiden seit einer halben Ewigkeit. Zudem war er es, der ihren Sohn in die Agentur geholt hat. Und stell dir vor, in einer Band hat er auch mit ihm gespielt.«

»In einer Band?«, echote Sarah.

»Studentenband«, konkretisierte Conny. »Zu der,

nebenbei bemerkt, auch Gabriel Kern gehörte. Du weißt, der Grazer Künstler, der die Musiknoten für die Walzerstadt anfertigt.«

»Natürlich. Der Kerl, der meinte, Ruth Gerand hätte sich besser einen Hund zulegen sollen, als Marko Teufel zu heiraten«, erinnerte sich Sarah an Connys Aussage bei der Besprechung.

»Exakt. Aber zurück zu Thekla Teufel. Nathalie Buchner hat jedenfalls nicht mit sich reden lassen, was Jasmin betraf. Und als dann auch noch Arthur Zink meinte, Jasmin sei perfekt für den Job, hat die alte Dame zähneknirschend nachgegeben.« Connys Augen wurden schmal. »Sie hat sogar gedacht, Jasmin sei drogensüchtig oder dement.«

»Dement in dem Alter? Aber wieso die Vermutung?«

»Ihrer Aussage nach war Jasmin ziemlich schusselig. Ständig verlegte oder verlor sie Dinge.«

»Aber das hat doch nichts mit Drogensucht oder Demenz zu tun, zudem steht das meines Erachtens im Widerspruch zu der Aussage von der Buchner, dass sie einen perfekten Job gemacht hat.«

»Vermutlich übertreibt die Teufel maßlos.«

»Hat sie erwähnt, um was genau es sich bei den Dingen handelte?«

»Um alles Mögliche und, wenn du mich fragst, nichts Ungewöhnliches. Einmal war's wohl eine Mappe mit dem aktuellen Tourplan für dieses Jahr. Jasmin hatte den Hefter hinter die Bühne gelegt und nicht mehr wiedergefunden. Oder sie vergaß ihren Schal in einem

Lokal. Oder konnte ihr Sakko backstage nicht mehr finden. Wobei Jasmin im letzten Fall fest davon überzeugt gewesen sein soll, dass jemand es ihr gestohlen hatte, meint die alte Teufel. Aber, mein Gott, wer von uns verliert oder verlegt nichts? Darüber hinaus hat sie mir von einer Zeichnung erzählt.«

»Einer Zeichnung?« Sarah musterte die Society-Löwin interessiert.

»Ein heimlicher Verehrer habe sie wohl mal porträtiert und ihr das Bild in die Agentur geschickt. Jasmin hat dann nach einer Besprechung mit Marko, Nathalie und Thekla das Bild herumgezeigt und sich darüber lustig gemacht, weil auf der Zeichnung nur ihre Haare farbig waren. ›Der Kerl glaubt wohl, ich bestehe nur aus Haaren‹, soll sie gemeint haben. Jedenfalls warf sie es danach vor aller Augen in den Müll.« Conny seufzte. »Die Teufel will hinter alldem eine oberflächliche Persönlichkeit erkannt haben. Ich würde eher behaupten, die Zeichnung war Jasmin egal, deshalb hat sie das Bild im Abfall entsorgt.«

»Hast du Thekla Teufel das Foto gezeigt, das ich dir gemailt habe?«

»Die rothaarige Hexe habe ihm Drogen eingeflößt, meint Mama Teufel«, sagte Conny und verzog eine vielsagende Miene.

»Könnte da was dran sein?«

Conny zuckte mit den Schultern. »Keine Ahnung, ob sich der etwas einwarf oder sie ihm was in den Champagner mischte.« Sie beugte sich nach vorn. »Ich zitiere Mutter Thekla jetzt wörtlich.« Sie nahm den Notizblock zur Hand und las demonstrativ ab.»»Die Frau war sein Untergang. Sein Verderben.‹«

»Das klingt nicht nach besten Freundinnen.«

Conny legte den Block wieder auf den Tisch. »Willst du meine Meinung hören?«

»Unbedingt.«

»Thekla Teufel konnte nicht ertragen, dass Jasmins Meinung bei ihrem Sohn plötzlich mehr zählte als ihre.«

»Eifersucht?«

»In ihrer pursten Form.« Conny grinste.

»Apropos Eifersucht«, sagte Sarah, weil ihr Arina Zopfs bissige Bemerkungen im Imperial wieder in den Sinn kamen. »Nathalie Buchner interessierte das Techtelmechtel zwischen Arina Zopf und Marko Teufel kein bisschen.«

Die Gesellschaftsreporterin spielte mit ihrem Notizblock. »Das war ja auch keine richtige Affäre, sondern nur ein One-Night-Stand, wie der Jattel behauptet hat«, fuhr sie fort. »Also wirklich nicht der Rede wert. Aber Mutter Teufel meinte, dass es zwischen der Agenturchefin und Jasmin in letzter Zeit sehr wohl öfter zum Streit gekommen ist.«

»Da schau her!«

»Ja, das Pantscherl zwischen ihrer Angestellten und Marko soll ihr nämlich mehr als sauer aufgestoßen sein. Von wegen, solche Dinge interessierten sie nicht.«

»Deshalb hat sie auch jede Frage danach im Keim erstickt.« Sarah beschrieb Nathalie Buchners Reaktion. »Also könnte es doch mehr als nur ein längst überholtes Gerücht sein, dass Marko Teufel die Agentur verlassen wollte.«

»Und Jasmin mit ihm«, schlussfolgerte Conny.

»Womit Nathalie Buchner auf einen Schlag ihren Goldesel und eine, wie sie selbst sagt, wertvolle Mitarbeiterin verloren hätte. Aber warum behauptet sie dann, dass der Jattel ein uraltes Gerücht verbreitet hat?«, sinnierte Sarah und erzählte Conny von der Behauptung der Agenturchefin. »Wäre doch nichts dabei zuzugeben, dass man die Zusammenarbeit beendet. Es wechseln öfter Künstler die Agentur. Goldesel hin oder her. Könntest du bei Jattel in der Sache noch mal nachhaken?«

»Traust du der Buchner einen Mord zu?«

»Ich antworte mal frei nach Gabi: Hat jemand genug Geld, muss er oder sie sich die Hände nicht selbst schmutzig machen. Außerdem, wer behauptet, dass die Tat nur die Idee einer einzigen Person war?«

19

Ruth blickte durchs Küchenfenster. Eine Frau legte einen Blumenstrauß vor dem Gartenzaun auf den Gehweg. Schon seit Montagabend pilgerten Fans zur Villa, um wie im Stadtpark Blumen niederzulegen und Kerzen aufzustellen. Selbst Fotos von Marko lehnten am Gartenzaun. Obwohl es sich allmählich anfühlte, als lebte sie am Rand eines Friedhofs, hatte sie beschlossen, die Trauerbekundungen zumindest ein paar Tage an Ort und Stelle zu belassen, um Markos Fans nicht vor den Kopf zu stoßen. Schließlich war ihr Idol ermordet worden. Außerdem hatte sie Angst, einem Journalisten in die Arme zu laufen, sobald sie das Gartentor öffnete. Denn seit Montagabend tauchten regelmäßig Kamerateams auf, um Außenaufnahmen von der Villa für die Nachrichten zu drehen. Um sich zu beschäftigen, hatte sie sauber gemacht. Die Putzfrau hatte sie gebeten, vorerst nicht mehr zu kommen. Ruth ertrug es derzeit nicht, Geräusche im Haus zu hören, die sie nicht selbst verursachte.

Ein Taxi hielt vor dem Tor. Ihr Vater stieg aus und half ihrer Mutter aus dem Wagen. Sie sahen erholt aus und braun gebrannt. Südfrankreich tat ihnen gut. Ruth hoffte, dass sich ihr Vater eines Tages besann, ihr die

Verwaltung der Immobilien Holding zur Gänze überließ und sich endgültig nach Frankreich zurückzog. Doch vermutlich würde das Wunschdenken bleiben, denn Franz-Joseph Gerand gehörte nicht zu den Männern, die sich nur wegen ihres Alters aus dem administrativen Geschäft rauszuhalten gedachten.

Nachdem der Fahrer zwei Koffer aus dem Kofferraum gehievt hatte, öffnete ihre Mutter die Toreinfahrt. Ihre Eltern besaßen Zweitschlüssel für die Villa, so wie sie und ihre Schwestern für das Anwesen im Burgenland. Auch weil ihre Eltern regelmäßig ihren Mercedes in Ruths Garage parkten, bevor sie in den Urlaub flogen.

Nur Sekunden später glitt Helenes Range Rover durch das Tor. Ihr Mann Bernhard saß am Steuer. Zudem hielt ein weiteres Taxi an, aus dem Thekla stieg. Ruth stöhnte auf. Das war so was von klar gewesen, dass ihre Eltern sofort die gesamte Familie herbeorderten. Kein erstes Treffen mit der Tochter und erneut frischgebackenen Witwe nach dem Unglück. Nein, der ganze Clan rückte zur Besprechung an. Am liebsten wäre Ruth durch die Terrassentür geflohen und sofort nach Graz aufgebrochen. Stattdessen atmete sie tief durch, ehe sie langsam Richtung Eingangstür ging, um sich dem Dämon Familie zu stellen.

Als sie die Tür öffnete, traute sie ihren Augen nicht. Ihre Schwester hielt eine Tortenglocke in der Hand. Helene hatte wahrhaftig eine Torte gebacken. Als gäbe es etwas zu feiern.

»Ach, mein Kind. Es tut mir so leid.« Renate Gerand im leicht zerdrückten dunkelgrauen Kostüm machte ein betroffenes Gesicht. Mit vor Kummer hängenden Schultern zog sie Ruth in die Arme und hielt sie fest, als hätte sie Angst, dass sie einfach in sich zusammensinken würde, sobald sie sie wieder losließ. »Ich hoffe, du isst genug?«

Ruth nickte. Ihre Mutter sollte eigentlich wissen, dass das gelogen war. In schweren Situationen bekam sie selten einen Bissen runter. Das war schon immer so gewesen. Auch nach Konrads Tod hatte sie wochenlang nur so viel gegessen, wie nötig war, um zu überleben. Aber Renate Gerand ließ ihr den Schwindel durchgehen.

»Wo sind die Kinder?«, erkundigte Ruth sich bei ihrem Schwager nach ihrer Nichte und ihrem Neffen. Er hatte die Koffer der Eltern vom Gehsteig ins Haus getragen, stellte sie jetzt ab und umarmte sie einen Hauch zu fest.

»Zu Hause, meine Mutter passt auf sie auf.« Bernhard war ein großer Mann mit kräftigen Armen.

»Malakofftorte, die magst du doch so gerne.« Helene scheuchte ihren Mann beiseite, drückte ihm die Tortenglocke in die Hand und presste Ruth kurz an sich. »Ich mach uns allen erst mal Kaffee«, beschloss sie dann, reichte ihre Schwester zur Umarmung an Thekla weiter und bedeutete Bernhard, ihr zu folgen. Die beiden verzogen sich Richtung Küche.

Ruth beschlich der Eindruck, dass Markos Tod ihre Schwester nur peripher berührte.

Schließlich hakte sich ihr Vater bei ihr unter. »Es tut mir wirklich leid, mein Kind, dass du erneut so eine schreckliche Geschichte durchleben musst. Und natürlich, dass Marko ermordet wurde.« Während sie ins Esszimmer schlenderten, fragte er sie, ob sie eine Ahnung habe, wer zu so einer Tat fähig gewesen sein könnte.

»Nein, Papa. Aber mein Kopf arbeitet auch noch nicht richtig.«

Er lächelte nachsichtig.

»Sag, warum musste gleich die gesamte Sippschaft anrücken?«, hakte sie im Flüsterton nach.

Ihr Vater tätschelte ihre Hand. »Weil die Familie in so einem Moment überaus wichtig ist. Wir wollen dir beistehen, und sicher gibt es auch einiges zu besprechen.«

Erst jetzt fiel ihr auf, dass Robert unter den Besuchern fehlte. War er nicht zur Familienbesprechung eingeladen worden, oder hatte er Besseres zu tun?

Sie versammelten sich um den Esstisch. Helene trug Kaffee und die Torte auf, dabei war es mittlerweile schon zehn nach sechs Uhr abends.

Ruth beschloss, alles über sich ergehen zu lassen. Irgendwann würde es schon vorbei sein. Sie nippte an ihrer Tasse und hörte zu, wie sich die anderen gegenseitig in ihren Bestürzungsbekundungen übertrumpften. Sie zählte mit, wie oft die Worte schrecklich, furchtbar, Schreckenstat, Wahnsinnstat und Irrer fielen. Bei vierzehn beschloss sie, nicht mehr zuzuhören. Was hätte sie jetzt für ein Glas schweren Rotwein gegeben.

Stattdessen betrachtete sie ihre Familie über den Tassenrand hinweg. Herrgott, wie ihr die Gesichter auf die

Nerven gingen. Warum konnten sie sie nicht einfach in Ruhe lassen? Sie stellte die Tasse ab.

»Hatte Robert keine Zeit, oder weshalb sonst lässt er sich dieses nette Familientreffen entgehen?«, fragte sie provokant.

Helene unterdrückte ein Schmunzeln, ihre Mutter blinzelte irritiert.

»Er hat viel zu tun«, antwortete Thekla knapp.

»Übermorgen wäre euer Hochzeitstag gewesen«, erinnerte ihre Mutter sie mit belegter Stimme, um, wie Ruth meinte, das Thema zu wechseln. »Wenn du möchtest, bleiben dein Vater und ich in Wien. Du solltest jetzt auf keinen Fall allein sein.«

Sie schüttelte den Kopf. »Ich komme zurecht, Mama. Mach dir bitte keine Sorgen.«

»Oder willst du vielleicht mit zu uns ins Burgenland kommen?«, fragte ihre Mutter dennoch nach.

»Nein, Mama. Ich möchte wirklich allein sein. Ich brauche Ruhe.«

Renate Gerand kniff beleidigt die Lippen zusammen, Ruth schlug die Hände vors Gesicht. Einen Moment lang herrschte Stille.

»Man hört und liest ja immer wieder von schlimmen Verbrechen«, beendete ihr Vater das Schweigen. »Aber dass es die eigene Familie treffen könnte, damit rechnet man doch nicht.« Er seufzte. »Ich hab den Schallmann eingeschaltet.«

Ruth nahm die Hände wieder runter. »Warum? Du weißt, dass ich keinen Anwalt brauche ... keinen will«, verbesserte sie sich.

»Das glaubst du nur. Erinnere dich nur an die quälenden Fragen der Ermittler nach Konrads Tod.«

»Du hast gesagt, dass wir heute noch mal über das Thema reden. Gemeinsam.«

»Was sollte es denn da noch zu reden geben?«

Er wollte nur ihr Bestes, sie beschützen, das war auch ihr klar. Trotzdem hatte sie keine Lust, noch mal durchzumachen, was sie nach Konrads Unfall durchgemacht hatte. Unzählige Male hatte sie den Unfallhergang wiederholen müssen. Wie oft der Anwalt mit ihr mögliche Polizeifragen durchgegangen war. Ihr eingebläut hatte, was sie auf gar keinen Fall erwähnen sollte. Welche Fallgruben sie vermeiden musste. Am Ende war sie sich wie eine Mörderin vorgekommen, obwohl sie unschuldig an Konrads Tod war. Allein der Gedanke daran, das Prozedere wiederholen zu müssen, jagte ihr eine Höllenangst ein.

»Er kümmert sich schon um alles«, fuhr ihr Vater fort.

»Um was kümmert er sich, Papa?«, fragte Ruth gereizt. »Darum, dass kein Fleck die weiße Gerand-Weste beschmutzt? Dass unser Name aus den Medien rausgehalten wird? Oder darum, dass«, ihr Blick schweifte zu Thekla, »deine Tochter nicht ins Gefängnis wandert?«

»Kind!«, rief ihre Mutter erschrocken. »Sag doch so was nicht! Weshalb solltest du ins Gefängnis wandern?«

»Warum? Thekla, sag du's ihnen!«

Ihre Schwiegermutter runzelte die Stirn und schwieg.

»Sie denkt, dass ich etwas mit dem Mord an ihrem Sohn zu tun haben könnte«, platzte Ruth heraus. »Wobei ich nicht weiß, ob du mir zutraust, ihn selbst erstochen zu haben. Ich könnte auch jemanden dafür bezahlt haben. Gell, Thekla?«

»So etwas darfst du nicht sagen«, ermahnte ihre Mutter sie streng. »Niemand von uns denkt das. Das ist doch absurd.«

»Nach eurem aufsehenerregenden Streit im Imperial hab ich mir halt so meine Gedanken gemacht«, erwiderte Thekla trocken. »Ich weiß zwar nicht genau, was dich dazu bewogen hat, aber …«

»Was für ein Streit?«, unterbrach sie Ruths Vater alarmiert.

Thekla erzählte ihm von dem Vorfall. Sein Gesicht wurde rot vor Zorn, die Augen ihrer Mutter weiteten sich.

»Du hättest daran denken müssen, dass so ein Ausbruch Wellen schlägt«, warf ihr Vater ihr vor.

»Echt jetzt? Ich bin schuld daran?« Ruths Blick streifte die Anwesenden.

»Du hast ihm die Rosen ins Gesicht geschlagen«, sagte Thekla, als wäre damit ihre alleinige Schuld an allem, was darauf gefolgt war, bewiesen.

»Das war eine spontane Handlung. Ein Impuls«, verteidigte sich Ruth.

»Bei allen Schwächen, die mein Sohn laut dir gehabt hat, egal, was du ihm an den Kopf geworfen hättest, er hätte sich unter Kontrolle gehabt. Von dir, einer Gerand, hätte man das doch auch erwarten können.«

Wie elegant sie mir die Schuld an dem Skandal in die Schuhe schiebt und aus Marko ein Unschuldslamm macht, dachte Ruth wütend und beeindruckt zugleich. Seine narzisstische Veranlagung, seine häufigen Affären, seine Gleichgültigkeit ihr gegenüber, alles zusammen hatte ihre Beziehung den Bach runtergehen lassen. Ganz bestimmt nicht ihre Wut im Imperial auf seinen Egotrip. »Tja, dann hätte dein geliebter Sohn es sich von der Schlampe mal im Hotelzimmer und nicht im Stadtpark besorgen lassen sollen.«

»Ruth!«, rief Renate Gerand mit schriller Stimme und ins Gesicht geschriebener Empörung. »Wie redest du denn! Und zu dir, liebe Thekla, ich glaube, ein bisschen mehr Respekt meiner Tochter gegenüber wäre angemessen – und keine Schuldzuweisungen. Sie hat mit Markos Frauen weiß Gott genug mitgemacht.«

Ruth sah ihre Mutter überrascht an. Es war das erste Mal, dass sie Markos Affären offen ansprach.

»Er war mein Sohn, und ich liebe ihn noch immer«, fuhr Thekla mit strengem Blick fort. »Es zerreißt mir schier das Herz, wenn ich daran denke, wie er gestorben ist und welche Zukunft noch vor ihm lag. Er war ein großartiger Mensch, und nichts anderes lasse ich gelten.«

»Dasselbe gilt für unsere Tochter«, gab Renate Gerand mit ebenso strenger Miene zurück.

»Der Schallmann kann sich sicher auch um die Sache im Imperial kümmern«, mischte sich ihr Vater wieder ein und beendete damit den Disput der Damen.

Ruth sah, dass es ihn in den Finger juckte, sich einen

Zigarillo anzustecken. Nervös knetete er seine Hände. Doch in ihrem Haus herrschte striktes Rauchverbot, das auch für das Familienoberhaupt galt.

»Da gibt es nichts, worum er sich kümmern muss«, entgegnete Ruth. Ausgerechnet Schallmann, den bissigsten deiner scharfen Hunde, willst du auf mich hetzen, fügte sie in Gedanken hinzu.

Franz-Joseph Gerands Blick wurde abweisend. Er mochte es nicht, wenn man ihm widersprach.

»Aber wenn wir schon beim Aufrechnen sind. Wer profitiert eigentlich von Markos Tod? Ich jedenfalls nicht.« Ruth sah ihrer Schwiegermutter direkt in die Augen.

Die verstand sofort. »Das meinst du jetzt nicht ernst. Robert hat damit nichts zu tun.«

»Aha! Und warum sollte Arthur dann so rasch alle Unterlagen von Marko holen?«

Als befürchtete sie, dass es gleich jemand zerschlagen würde, begann Helene hektisch das Kaffeegeschirr abzuräumen.

»Das alles bringt doch jetzt nichts, oder?«, bemühte sich Bernhard, die aufgeheizte Stimmung abzukühlen. »Vielleicht war es ein Wahnsinniger, und Marko und diese junge Frau von der Agentur waren einfach nur zur falschen Zeit am falschen Ort.«

Ruth hätte schreien wollen angesichts des Gesprächs, das sie kaum mehr ertrug. Das Treffen war pure Zeitverschwendung. Sie fühlte sich allein und überrumpelt, hatte keine Lust mehr auf Diskussionen, auf Ratschläge, auf Familie. Sie setzte eine leidende Miene auf.

»Macht es euch etwas aus zu gehen? Ich möchte mich hinlegen. Kopfschmerzen.«

Ihre Mutter umfasste ihre Hand, drückte sie zärtlich. »Aber natürlich. Schlaf ein bisschen, das hilft. Wir fahren jetzt heim und schauen morgen wieder nach dir.«

»Ja, macht das.« Dann bin ich zum Glück schon in Graz, fügte sie stumm hinzu.

»Der Schallmann kümmert sich«, stellte ihr Vater ein letztes Mal klar.

Sie widersprach ihm nicht mehr. Es fehlte ihr einfach die Kraft dazu.

Nachdem alle gegangen waren, legte Ruth sich ausgelaugt aufs Sofa und hing ihren Gedanken nach. Marko hatte ein Geheimnis vor ihr gehabt. So viel war sicher.

20

Gabriel starrte auf Ruths Nachricht auf seinem Handy, als hoffte er, sie würde sich in Luft auflösen. Gestern hatte er sich noch gefragt, ob Ruth Markos Zukunftspläne kannte. Nach ihrer SMS gestern war er überzeugt, dass sie Bescheid wusste. Die darauffolgende Frage, die er sich stellte, war, wie viel Einblick sie hatte. Die Unterlagen zu den Wohnungen lagen seines Wissens bei Jasmin, eigentlich dürfte die Polizei diese nicht mit Marko in Verbindung bringen. Und wenn doch, wäre es mittlerweile auch egal. Die Auszüge des geheimen Kontos hatte Marko verwahrt, und der Kaufvertrag befand sich in Gabriels Wohnung. Ruth konnte also bloß die Unterlagen der Bank entdeckt haben, die aber nur ein Mosaikstein des Gesamtbildes waren.

Schon lange hatte er deshalb ein schlechtes Gewissen. Markos Geheimnistuerei hatte ihn belastet, denn Ruth hatte so eine Behandlung nicht verdient. Er schätzte sie. Sie war tough. Marko hingegen sah in Ruth eine verwöhnte Tochter, die mit dem goldenen Löffel im Mund geboren worden war und selbst nichts für ihr Ansehen und ihren Reichtum geleistet hatte. Sein Freund hatte seinen eigenen Job immer über den seiner Frau gestellt.

»Du musst ihr reinen Wein einschenken«, hatte Gabriel gesagt, nachdem Marko ihm seine Pläne dargelegt hatte. »Immerhin profitierst du seit Jahren von ihren Kontakten.« Und ihrem Geld, hatte er in Gedanken hinzugefügt.

»Und deshalb solltest du vorläufig besser noch den Mund halten. Ich brauche die Verbindungen nämlich noch eine Weile«, hatte Marko geantwortet. »Sobald das Walzerprojekt durchfinanziert ist und die Gelder geflossen sind, werde ich es ihr schon sagen.«

Gabriel schämte sich zutiefst dafür, geschwiegen zu haben. Für den Fall, dass sie beabsichtigte, mit ihm über das Geld auf dem geheimen Konto zu reden, nahm er sich vor, nicht zu lügen. Ihm war klar, dass, so er zugab, von Markos Vorhaben gewusst zu haben, ihr Vertrauen Vergangenheit sein würde. Vermutlich würde sogar ihre Freundschaft daran zerbrechen. Was sie mit Sicherheit auch wäre, sobald Marko seinen Plan umgesetzt hätte. Woran Gabriel keine Sekunde gezweifelt hatte.

Vor eineinhalb Jahren hatte er Marko von der Bar erzählt, in der es eine Bühne gab, auf der in unregelmäßigen Abständen Musiker jammten. Zumeist unbekannte. Sie spielten für eine warme Mahlzeit und Freigetränke. Zu mehr reichte es nicht, weil der Laden nicht viel abwarf. Eher nebenbei hatte Gabriel angemerkt, dass die Bar bald zum Verkauf stünde. Der Besitzer habe in seinem Leben genug gearbeitet, wie er selbst meinte. Er plante, Ende dieses Jahres das Lokal zu schließen, auch wenn er bis dahin keinen Nachfolger gefunden hätte. Marko war sofort von der

Idee besessen gewesen, daraus ein Jazzlokal zu machen. Jazz im Lend, nannte er den Laden, noch bevor er ihn gesehen hatte. In seinem Kopf entstand augenblicklich die Idee, die Jazzgrößen der ganzen Welt in dem Club auftreten zu lassen. In Gedanken suchte er schon die Einrichtung aus, grübelte über die Getränkeauswahl, das Programm bis hin zur Finanzierung, ehe er sich mit dem Vorbesitzer einig und der Vertrag geschlossen wurde. Gabriels Einwand, mit dem Konzept und der Übernahme unter Umständen ein Risiko einzugehen, wischte Marko vom Tisch. Er war überzeugt, damit etwas Einmaliges zu erschaffen. Dass die alteingesessene Jazzbar Miles nur wenige Straßen entfernt lag, störte ihn nicht.

»Graz verträgt das«, hatte er gemeint und auf die lebhafte Kulturszene der Stadt verwiesen. Es war geplant, dass Jasmin die Leitung und Öffentlichkeitsarbeit übernehmen und dafür nach Graz ziehen würde. Marko trug sich mit dem Gedanken, anfangs zwischen Wien und der steirischen Hauptstadt zu pendeln.

Spätestens zu dem Zeitpunkt war Gabriel klar gewesen, dass es Marko mit Jasmin ernst war. Mit ihrem Umzug würden sie sich ein geheimes Nest bauen, von dem in Wien niemand etwas erfuhr. Gabriel atmete tief ein und wieder aus. Alles war umsonst gewesen. Die Heimlichtuerei, die Zukunftspläne, die Vorbereitungen. Gestern hatte er mit dem Besitzer des Clubs telefoniert, den Markos Tod wie ihn selbst erschütterte, wenngleich aus anderen Gründen.

»Was soll ich denn jetzt tun?«, hatte er gefragt.

»Abwarten«, hatte Gabriel geantwortet, weil er ebenfalls völlig durch den Wind war. Und ihm zu raten, sich einen neuen Käufer zu suchen, hätte sich in dem Moment angefühlt, als zerschlüge er höchstpersönlich Markos Traum.

Er schüttelte den Gedanken daran ab, schöpfte tief Atem und drehte die Musik laut auf. Phil Collins' »Easy Lover«. Er stieg in seinen Arbeitsanzug, nahm den Schweißbrenner. Es war höchste Zeit, die Skulptur für die Metallverarbeitungsfirma zu beenden.

Aber es gelang ihm nur mäßig, sich auf seine Arbeit zu konzentrieren. Immer wieder kehrten seine Gedanken zu Ruth und dem bevorstehenden Gespräch zurück. Nach zwanzig Minuten hielt er inne und starrte nachdenklich sein Werk an. Er drückte den Rücken durch. Ein wohltuendes Ziehen nahm den Schmerz von seinen überlasteten Bandscheiben. Dann zog er sich um. Eine Pause würde den Kopf freimachen. Zudem hatte er Hunger. Es war acht Uhr abends, und seit dem Frühstück hatte er nichts mehr gegessen.

Zehn Minuten später verließ er seine Werkstatt in der Marschallgasse, schnappte sich sein Rad, das an der Mauer neben dem Eingang lehnte, und radelte zum Lendplatz. Im Gastgarten der Steirerstub'n ergatterte er einen der letzten Plätze und bestellte ein Bier und einen Backhendlsalat mit Kürbiskernöl. Italienische Musik von Marcello, dem Lokal mit mediterranen Köstlichkeiten gegenüber, schwebte über die Straße.

Er blieb eine halbe Stunde und zahlte dann. Als er

sich erhob, um den Gastgarten zu verlassen, glaubte er, Robert zu sehen. Er saß hinter dem Steuer eines grauen Audi A4 und fuhr im Schritttempo vorbei, den Blick konzentriert auf die Straße vor sich gerichtet. Auf dem Beifahrersitz saß eine Frau. Zuerst dachte er, sich zu täuschen. Doch das Wiener Kennzeichen gab ihm recht.

Zwei Minuten später stieg Gabriel auf sein Rad und folgte dem Wagen, der kurz darauf auf den Lendkai einbog. Er trat in die Pedale. Zu seinem Glück fuhren die Autos hier langsam, dennoch vergrößerte sich sein Abstand zu dem Audi. Auf Höhe des Kunsthauses glaubte er, Robert verloren zu haben, sah ihn aber dann am Grieskai vor dem Hotel Weitzer aus dem Wagen steigen.

Gabriel stoppte vor der Umzäunung der auf dem verbreiterten Gehweg stehenden Kaffeehaustische und stieg vom Rad. Robert hievte einen Rucksack und einen Trolley aus dem Kofferraum, verschloss ihn wieder, die Beifahrertür schwang auf, und Nathalie Buchner erschien. Gemeinsam verschwanden die zwei im Hotel. Er nahm an, dass die *Walzer-im-Park*-Tour der Grund ihres Besuchs war. Aber warum hatte sich Robert vorab nicht bei ihm gemeldet? Am Telefon hatte er doch gesagt, er wolle ihm Bescheid geben, sobald er in die Stadt kam, um über das Projekt zu reden.

Gabriel fingerte sein Handy aus der Jackentasche, um ihn anzurufen und ihm zu sagen, dass er ihn zufällig hatte vorbeifahren sehen. Er überlegte kurz und steckte es wieder weg. Wenn Robert und Nathalie ihn sehen wollten, würden sie sich schon melden.

Er schwang sich wieder in den Sattel und radelte zurück zur Werkstatt, um weiterzuarbeiten.

21

Es war eine spontane Aktion der Betreiber des Jazzclubs Porgy & Bess, das bestehende Programm an diesem Abend Marko Teufel zu widmen. Zu Lebzeiten habe er manchmal im Club vorbeigeschaut, kommunizierte man die Initiative über eine Presseaussendung, die Conny erhalten hatte. Woraufhin die Gesellschaftsreporterin Sarah und David überredet hatte, sie zu begleiten.

Um halb neun waren schon alle Tische vor der Hauptbühne besetzt. Ebenso die Plätze auf der kleinen Empore. Mit etwas Glück ergatterten David und Sarah, die etwas früher da waren, die letzten Hocker an der Bar, als auf der Bühne auch schon zwei Musiker erschienen. »Vila Madalena«, stellte sie ein junger Moderator vor. »Das sind zwei geniale Musiker. Franz Oberthaler, ein Tiroler Klarinettist, und Nikola Zarić, ein serbischer Akkordeonist. Viel Spaß!«

Die ersten Töne erklangen.

»Die hab ich schon mal im Musikverein gehört. Die sind wirklich gut, spielen unterschiedlichste Musikrichtungen, die sie teilweise ineinanderfließen lassen. Tango, Balkanrhythmen, dann wieder klassisch Wienerisches oder Jazz«, schwärmte David und bestellte zwei Achterl Blaufränkischen.

Conny tauchte auf und schloss sich der Bestellung an. Als David Anstalten machte, ihr seinen Barhocker zu überlassen, winkte sie ab.

»Hast du Sissi im Büro gelassen«, fragte er, weil sie das öfter tat, wenn sie den Mops nicht mitnehmen konnte.

»Ja.«

»Wo ist eigentlich deine Brille?«, fragte Sarah, weil Conny sie schon wieder nicht trug, aber die Augen zusammenkniff.

»Im Büro. Sissi passt mit Sicherheit drauf.« Die Society-Lady grinste.

»Sie steht dir wirklich gut«, versicherte Sarah ihr erneut, dann drehte sie sich wieder zur Bühne. Sie erkannte eindeutige Anklänge des »Donauwalzers« in dem Stück, das das Duo soeben interpretierte. Tosender Applaus brandete auf, nachdem der letzte Ton verklungen war.

»So kann man Walzer auch spielen«, hörte sie plötzlich eine Stimme neben sich, die nicht Davids war. Erschrocken wandte sie sich zur Seite und erblickte Baldic, den Klarinettisten. Sein Blick haftete an den Musikern auf der Bühne.

»Die sind richtig gut, die beiden.« Dann sah er sich um, nickte ihrer kleinen Gruppe freundlich zu und machte sich auf den Weg zu einem Tisch in der Mitte. Erst jetzt bemerkte Sarah Arina Zopf. Sie saß mit einem Pärchen dort, vermutlich Freunde. Die Pianistin verzog beim Näherkommen Baldics das Gesicht wie schon vor wenigen Tagen im Imperial. Ihre Mimik sagte: »Wo warst du schon wieder?«

Das Duo auf der Bühne setzte zu einem neuen Stück an.

»Er scheint öfter zu spät zu kommen«, raunte Sarah Conny zu, die ihrem Blick gefolgt war.

»Es gibt Leute, die sich ständig verspäten.«

»Woran liegt das eigentlich?« Sarah plagte schon das schlechte Gewissen, wenn sie auch nur fünf Minuten zu spät kam. Was so gut wie nie passierte.

Sie sah auf die Uhr. Es war neun. Das Konzert dauerte bereits eine halbe Stunde, als Vila Madalena das Publikum mit Balkanrhythmen hochpeitschten. Eine Viertelstunde später verabschiedeten sich die beiden Musiker von den Gästen und kündigten eine weitere Band nach einer kurzen Pause an.

Sarah, David und Conny blieben an der Bar sitzen. Inzwischen hatte die Society-Lady ebenfalls einen Hocker erobert. Stimmengewirr hob an, und in die Kellner kam Bewegung. Gläser wurden gefüllt, es wurde getrunken, gelacht, geplaudert.

»Ich hab etwas Interessanteres erfahren«, sagte Conny verschwörerisch mit einem flüchtigen Seitenblick zu Zopf und Baldic.

David bestellte Rotweinnachschub und eine Flasche Wasser mit drei Gläsern.

»Wegen der Sache, die hier auf der Toilette passiert ist?«, mutmaßte Sarah.

Als David fragend die Stirn runzelte, klärten ihn Sarah und Conny über die Auseinandersetzung auf. »War nicht einfach, etwas zu erfahren, denn kaum jemand hat was mitbekommen – warum auch immer«, leitete Conny ihre Geschichte ein. »Obwohl es ziemlich voll war an dem Abend. Also hab ich noch mal Jattel angerufen, doch er konnte mir auch nicht mehr sagen als bei unserem letzten Gespräch im Imperial. Aber ihr kennt mich ja, ich bin hartnäckig«, sagte sie mit erhobenem Haupt. Dass sie von Baldics Faustschlag auf Teufels Nase nichts gewusst hatte, kratzte anscheinend immer noch an ihrer Ehre.

»Außerdem hasst du es, über etwas nicht Bescheid zu wissen«, merkte David dann auch spöttisch lächelnd an.

Conny zog kurz die Nase kraus, entschied sich, nicht auf die Bemerkung zu reagieren, und fuhr dann fort: »Kurzum, ich hab erfahren, dass Theo Eisen an dem Abend ebenfalls hier war, deshalb bin ich gleich zu ihm in den Laden. Er meinte, dem Baldic habe jemand gesteckt, dass seine Holde mit dem Teufel im Bunde sei. Und dreimal dürft ihr raten, wer ihm das verraten haben soll.«

David rollte mit den Augen. »Bitte, Conny!«

»Du bist ein elendiger Spielverderber, Chef, aber bitte. Es war Robert, der große Bruder.«

Sarah fiel die Kinnlade nach unten. »Na bumm! Aber warum hat er das getan?«

»Jasmin Meerath.«

»Was ist mit ihr?«

»Sie hat an dem Abend heftig mit Marko geflirtet.«

Auf der Bühne wurden ein Schlagzeug und ein Keyboard aufgebaut.

»Und das hat Robert gestört, weil sein Bruder verheiratet war?«, mutmaßte Sarah.

»Nicht deshalb.«

Sarah runzelte die Stirn. Die Geschichte wurde immer undurchsichtiger.

»Lass mich ein bisschen ausholen«, fuhr Conny fort. »Robert und Jasmin lernten sich vor etwa zwei Jahren hier im Porgy & Bess kennen. Sie wurden zwar kein offizielles Paar, aber etwas lief zwischen den beiden, behauptet Eisen«, erläuterte Conny. »Jedenfalls ergab es sich, dass Robert vor etwa einem Jahr mit Jasmin mal wieder hier war und Marko überraschend auftauchte. Bis dahin hatte Robert eine Begegnung der beiden tunlichst vermieden.«

»Weil er Markos Charme kannte und fürchtete«, schlussfolgerte David.

»Genau«, bestätigte Conny. »Zu dem Zeitpunkt suchte Nathalie Buchner zufälligerweise noch jemanden für die Agentur. Kurzum: Marko brachte Jasmin dort unter. Wo sie so tolle Arbeit leistete, dass sie rasch zu seiner persönlichen Agentin aufstieg«, spottete die Society-Redakteurin. »Auch wenn die Liebelei zwischen Robert und Jasmin nicht offiziell war, so hat der kleine Bruder doch dem großen die Frau ausgespannt. Dass die beiden offen flirteten, machte Robert so wütend, dass der dem Baldic verriet, dass Marko auch schon mal bei seiner Freundin angedockt hatte.« Conny grinste schief. »Theo Eisen riet Marko übrigens, den Baldic anzuzeigen. Aber Marko tat die Sache als Lappalie ab.«

»Der Teufel genießt und schweigt«, merkte Sarah zynisch an.

»Ist das nicht eher der Gentleman?«, entgegnete David.

»Der auch«, lächelte Sarah, legte ihre Hand um seinen Hals, zog ihn zu sich und drückte ihm einen flüchtigen Kuss auf den Mund. »Bei all den Affären, Betrügereien und Verstrickungen kommt's mir langsam so vor, als wär ich in eine Johann-Strauß-Operette geraten. In *Eine Nacht in Venedig* oder *Die Fledermaus*.«

»Und was das Gerücht anbelangt, dass Marko die Agentur verlassen wollte, bleibt Jattel dabei. Wortwörtlich sagte er, das Gerücht sei so frisch wie Morgentau, und die Buchner solle ned so einen Schas verzapfen. Aber wer es in Umlauf gebracht hat, weiß er nicht«, erklärte Conny.

David sah sich um. »Ist Robert Teufel hier?«

»Der wird heute sicher nicht kommen, so kurz nach dem Mord an seinem Bruder«, mutmaßte Conny.

Sarah warf einen raschen Blick zu Baldic, als dieser ebenfalls zufällig in ihre Richtung sah. Er lächelte, wandte sich wieder den anderen zu und sagte etwas. Einen Atemzug später erhoben sich er und Arina Zopf und verschwanden.

»Wenn ich eure Unterhaltung richtig interpretiere, überlegt ihr beide, ob Robert Teufel und Gregor Baldic etwas mit dem Mord an Marko Teufel und Jasmin Meerath zu tun haben?«, fragte David im Flüsterton.

Connys Augenbrauen wanderten unschuldig nach oben.

»Hm«, brummte Sarah bestätigend. »Der Clinch zwischen Baldic und Marko Teufel liegt zwar schon sechs Monate zurück, aber Hass kann sich auch langsam aufstauen.«

»Wir berichten nur«, ermahnte David.

»Eh klar«, sagte Sarah grinsend.

Die Pause war vorbei. Auf der Bühne erschienen ein Musiker mit E-Gitarre, ein Schlagzeuger, zu Sarahs Überraschung Arina Zopf, die sich hinter das Keyboard stellte, und Gregor Baldic mit einem E-Bass. Offenbar beherrschte er nicht nur die Klarinette.

Blues erklang, dann änderte sich der Takt plötzlich in einen Dreivierteltakt, und eine Walzermelodie erklang, die nach ein paar Sekunden wieder zu stampfendem Blues wurde. Sarah sah zu Arina Zopf am Keyboard. Ihre Blicke trafen sich. Den Rest des Stücks überlegte sie, ob sie der Pianistin, Robert Teufel und Gregor Baldic ein Mordkomplott zutraute.

Donnerstag, 10. Juni

22

Der Wiener Hauptbahnhof war voller Reisender, die zu ihren Bahnsteigen eilten. Niemand achtete auf den anderen. Ruth kaufte in einem Laden eine Flasche Mineralwasser. Beim Hinausgehen fiel ihr Blick auf eine Zeitung, die in dem Verkaufsständer vor dem Geschäft steckte. Die Headline und dazu Markos Foto sprangen sie förmlich an. Da es noch immer keine Neuigkeiten im Mordfall Teufel und Meerath gab, hatte sich die Redaktion entschieden, sich Markos Liebeslebens anzunehmen. *War das heimliche Verhältnis der Opfer ihr Todesurteil?*, stellte die Titelseite die reißerische Frage. Zumindest hatten die Redakteure den Anstand besessen, ein Fragezeichen hinter die Überschrift zu setzen.

In den letzten Tagen hatte sie es vermieden, Zeitungen zu lesen, weil sie befürchtet hatte, genau solche Artikel zu finden. Außerdem hatte sie bislang keinen ihrer Bekannten zurückgerufen oder anderweitig auf Nachrichten reagiert, weil sie keine Lust darauf verspürte, irgendeine Erklärung abzugeben.

Ruth setzte die Sonnenbrille auf und zog ihren Sommerhut tiefer ins Gesicht. Es lag Jahre zurück, dass sie mit dem Zug irgendwohin gereist war. Doch aufgrund ihrer labilen Verfassung hatte sie beschlossen, den SUV lieber in der Garage stehen zu lassen und sich ein Ticket für die erste Klasse zu kaufen. Nicht dass sie am Ende noch einen Unfall baute, weil sie unkonzentriert war. Sie stieg in den Zug, der schon am Bahnsteig bereitstand.

Pünktlich um zwei Minuten vor elf Uhr fuhr er ab. Ruth hatte ihren Platz gefunden, bestellte beim Zugbegleiter einen Cappuccino und schaute nahezu die gesamte Reise aus dem Fenster.

Zweieinhalb Stunden später fuhr der Zug im Grazer Hauptbahnhof ein. Ruth bildete sich ein, in der steirischen Landeshauptstadt die Nähe des Südens und des Meeres spüren zu können. Das Essen war hier ein wesentlicher Teil des Lebens und das Wetter zumeist freundlich. Sie war sich sicher, dass ihr diese Umgebung und Gabriels Gesellschaft guttun würden. Ihren Eltern hatte sie in einer SMS mitgeteilt, dass sie verreist sei, und sie gebeten, ihr ein paar Tage Ruhe zu gönnen. Nach dem Abschicken hatte sie das Telefon sofort ausgeschaltet, weil sie keine Lust auf die verärgerte Reaktion ihres Vaters hatte.

Sie verließ den Bahnsteig, durchquerte die Halle und trat auf den Bahnhofsvorplatz, wo sie nach Gabriel Ausschau hielt. Er war nirgends zu sehen. Ruth wartete fünf Minuten, beobachtete, wie ein grüner Bus auf den Platz einbog, an dem Hotel vorbeifuhr, das zu ihrer linken Hand lag, und beim daneben liegenden Busbahnhof stehen blieb, um Fahrgäste auszuspucken.

Sie schaltete das Handy wieder ein. Wie vermutet hatte ihr Vater versucht, sie zu erreichen. Gleich dreimal im Abstand von fünf Minuten. Dann hatte er es anscheinend aufgegeben. Gabriel hatte sich nicht gemeldet. Sie rief seine Nummer auf und drückte auf den grünen Knopf. Es läutete so lange, bis die Mailbox ansprang. Möglicherweise war er auf dem Weg zum Bahnhof in einen Stau geraten. Aber warum gab er ihr dann nicht schnell Bescheid?

Sie wartete weitere fünfzehn Minuten, bevor sie nach ihrem kleinen Hartschalenkoffer mit der Kleidung für vier Tage griff. Sollte sie länger bleiben, würde sie sich etwas Neues kaufen.

Sich weiterhin umblickend, ging sie zum Taxistand und stieg nach einem letzten Umschauen in den vorderen Wagen. Nachdem sie auf der Rückbank Platz genommen hatte, nahm sie die Sonnenbrille und den Sommerhut ab.

Gabriels Wohnung lag in einem Altbau in der Glacisstraße beim Stadtpark. Ruth bezahlte die Fahrt und verließ mit dem Koffer das Taxi. Die Fassade des Wohnhauses hätte einen neuen Anstrich vertragen, die Holzfenster hingegen erschienen Ruth frisch gestrichen.

Auf den Klingelschildern standen keine Namen, sondern nur die Wohnungsnummern. Gabriel wohnte im Apartment zehn. Sie drückte auf die Klingel mit der Nummer und wartete. Nichts passierte. Erneut presste sie den Finger auf die Klingel und nahm ihn nicht weg. Niemand öffnete. Sie fischte ihr Handy aus der Umhängetasche und rief Gabriel nochmals an. Wieder läutete es, ehe sich die Mailbox meldete. Sie klingelte ein letztes Mal an der Haustür. Abermals passierte nichts. Es lag auf der Hand, dass er sie vergessen hatte.

Sie wählte die Nummer von der Visitenkarte, die ihr der Taxifahrer noch beim Aussteigen gegeben hatte. Zehn Minuten später nannte sie einem anderen Fahrer des Taxiunternehmens die Adresse von Gabriels Werkstatt in der Marschallgasse. Der Wagen rollte gemütlich durch die Straßen, immer wieder querten Radfahrer ihren Weg. Dass in Graz eine große Anzahl von Menschen auf zwei Rädern unterwegs war, darunter viele Studenten, war ihr schon bei ihrem ersten Besuch in der Stadt an Markos Seite aufgefallen. Damals hatte sie Gabriel kennengelernt, und sie hatten sofort einen Draht zueinander gehabt. Er hatte sie durch Graz geführt und dabei von der Mischung aus historischen Häusern und Street Art geschwärmt. Von der idyllischen Architektur, durchsetzt von modernen Bauwerken, den kleinen Designerläden, unterschiedlichen Museen und stylishen Lokalen.

»Nicht umsonst ist Graz UNESCO City of Design«, hatte er stolz gesagt und hinzugefügt, dass das Lendviertel, in dem seine Werkstatt lag, das Kreativviertel der Stadt sei.

Ruth zahlte und stieg aus dem Taxi. Der Fahrer hob den Trolley aus dem Kofferraum und fuhr davon. Sie blieb einen Moment lang stehen und betrachtete das zweistöckige Wohnhaus mit dem großen doppelflügeligen Tor, das weit offen stand. Dann läutete ihr Handy. *Mama*, las sie auf dem Display. Sie wischte den Anruf weg und schaltete das Telefon wieder aus.

Durch den Durchgang betrat sie den Hinterhof und zog den Koffer holpernd über den mit Natursteinen gepflasterten Weg. An dessen Seiten blühten undefinierbare Pflanzen, am Ende befand sich Gabriels Atelier in einer ehemaligen Lagerhalle. Die Stahltür zur Werkstatt stand einen Spalt breit offen. Jetzt war sie sicher. Er hatte sie vergessen. Vielleicht, weil er in die Arbeit versunken war. Sie drückte gegen die Tür, die mit einem leisen Knirschen aufglitt. Ruth beugte sich vor, warf einen suchenden Blick hinein. Durch die Fenster kroch dumpfes Tageslicht. Die Deckenleuchten waren ausgeschaltet, der Schreibtisch verwaist, die Stereoanlage stumm. Gabriel arbeitete meistens bei Musik, sie inspiriere ihn, hatte er ihr erzählt. Nur wo war er? Auf sie wirkte das Atelier menschenleer.

»Gabriel?«

Sie drehte am Lichtschalter neben dem Eingang. Im vorderen Teil des Lofts glimmten die Lampen auf. Der hintere war durch einen knallroten Raumteiler aus Metall uneinsehbar. Sie betrat die Werkstatt, stellte den Koffer neben der Tür ab. Auf dem Schreibtisch lagen Schlüssel und ein Handy. Beides vermutlich von Gabriel. Ihr Blick streifte den Arbeitstisch. Sie erkannte das unvollständige Modell einer Musiknote für die Walzerstadt. Sie betrachtete es eine Weile gedankenversunken, bemerkte dabei aus den Augenwinkeln eine Spinne, die am Ende des Tisches einsam ihr Netz webte.

»Gabriel?« Diesmal rief sie eine Spur lauter nach ihm.

Wieder bekam sie keine Antwort. Irgendetwas stimmte hier nicht. Die Werkstatt war zu still, zu verlassen, die Atmosphäre zu beklemmend. Sie streifte ihre Umhängetasche von den Schultern und drehte die Riemen zusammen, sodass sie die Tasche notfalls als Waffe verwenden konnte. Sie hatte den Trick mal irgendwo gelesen und ihn sich warum auch immer gemerkt. Genauso wie das dazugehörige Mantra.

Ich halte einen Morgenstern mit todbringendem Metallkopf in der Hand. Notfalls schlage ich mit voller Wucht zu, wies sie sich stumm an.

Ein quälendes Gefühl begleitete sie, während sie fast lautlos in den hinteren Teil des Lofts schlich. Auf dem Boden lagen Metallklötze, Holzblöcke, Stahlrohre, Glasplatten und Steinbrocken. In der Blechwanne eine Metallskulptur. Daneben bemerkte sie einen Schutzhelm und feuerfeste Handschuhe. Erst auf den zweiten Blick sah sie den Fuß mit den schweren Arbeitsschuhen, der über dem Wannenrand hing. Gabriel! Sie stürzte zu ihm.

Das Bild war grotesk. Er lag auf dem Rücken, alles war voller Blut. Seine Arbeitskleidung. Seine Finger. Sein Gesicht. Auch die Geige neben ihm und der Boden.

»Nein«, krächzte sie und starrte mit weit aufgerissenen Augen den leblosen Körper an. Sie keuchte. Panik schnitt ihr die Luft ab. Mit auf die Brust gepresster Hand spürte sie, wie die Kraft aus ihren Beinen schwand. Sie ging in die Knie.

»Atme«, schrie etwas in ihr. Sie versuchte es. Ihr Herz

schlug wie ein Presslufthammer, ihr Kopf dröhnte. Trotzdem zwang sie sich, genauer hinzusehen. Vielleicht lebte Gabriel ja noch. Sie kroch auf allen vieren zu ihm, vermied dabei instinktiv die Blutlache. Seine reglosen Augen starrten zur Decke. Sie griff nach seiner Hand, versuchte, einen Puls zu erfühlen. Fehlanzeige. Ihre zitternden Finger bewegten sich zur Halsschlagader. Nichts. Ihr Blick schweifte zu dem nassen Fleck auf seiner Hose zwischen seinen Beinen. Vermutlich Urin. Gabriel war tot!

Ihr wurde schwarz vor Augen, sie kauerte sich zusammen.

Kurz darauf richtete sie ihren Oberkörper wieder auf und blickte sich panisch um. Versteckte sich der Mörder etwa noch in der Werkstatt? »Hau ab!«, rief ihre innere Stimme. Im gleichen Augenblick malte sie sich aus, was geschehen würde, wenn die Polizei sie hier entdeckte. Neben der Leiche! Man würde sie in die Mangel nehmen, sie so lange befragen, bis sie den Mord gestand. Und dann würde man sie ins Gefängnis stecken.

Sie rappelte sich auf, schnappte sich ihre Tasche und lief, so schnell sie konnte, aus der Werkstatt. Vor der Tür blieb sie stehen, keuchte, lehnte sich im Innenhof an die Wand und holte tief Luft. Verflucht noch mal! Was war hier passiert? Und warum hatte ausgerechnet sie Gabriel gefunden?

Ihr Blick flackerte wild umher, schweifte über die Fassade des Wohnhauses. Beobachtete sie jemand? Sämtliche Fenster waren geschlossen. Vor den meisten hingen Vorhänge. Sie konnte keine Bewegung dahinter wahrnehmen, und auch der Durchgang war menschenleer. Niemand schien von ihr Notiz zu nehmen.

Sie hastete in die Werkstatt zurück, nahm das Handy vom Schreibtisch und wählte den Notruf. Eine Frau meldete sich, und Ruth krächzte die Adresse ins Telefon und auch, dass ein toter Mann in der Werkstatt im Hinterhof lag. Als die Beamtin nach ihrem Namen fragte, legte sie auf, wischte das Handy mit einem Feuchttuch aus ihrer Tasche ab, legte es wieder auf den Schreibtisch, schnappte sich ihren Koffer und suchte das Weite.

23

Sarah hatte um zehn Uhr vormittags in Nathalie Buchners Agentur angerufen und um einen Rückruf gebeten. Jetzt war es halb vier, und niemand hatte sich gemeldet. Sie wollte schon zum Hörer vom Festnetzapparat greifen, um abermals anzurufen, da läutete dieser, und Cordula Berger verkündete: »Ein Herr Zink will Sie sprechen.«

»Sehr gut. Stellen Sie ihn bitte durch.«

Sekunden später hörte sie Arthur Zinks Stimme.

»Tut mir leid, dass ich mich erst jetzt melde, Frau Pauli. Ich war unterwegs und hab Ihre Nachricht deshalb gerade erst gehört«, sagte er. »Die Chefin können Sie leider nicht sprechen, sie ist auf Geschäftsreise. Wenn Sie sie brauchen, muss ich Sie auf Montag vertrösten.«

»Kein Problem. Eigentlich wollte ich sowieso mit Ihnen sprechen.«

»Mit mir?«

»Ich hab gestern erfahren, dass Marko Teufel, Gabriel Kern und Sie in einer Band gespielt haben. Das haben Sie mir gar nicht erzählt«, sagte Sarah.

Arthur Zink lachte lauthals. »Da gibt es auch nichts zu erzählen. Das ist schon so lange her, dass es fast nicht mehr wahr ist. Damals waren wir junge Kerle und, ich muss zugeben, nicht besonders gut. Marko ausgenommen. Wir anderen beiden waren reine Hobbymusiker.«

»Wie auch immer, ich finde das mit der Band sehr interessant und würde es gerne in unserem geplanten Porträt über Marko Teufel erwähnen.«

»Ich weiß nicht. So spannend ist das doch nicht.«

»Ich bin mir sicher, das interessiert die Leute.«

»Wir haben nur für uns gespielt, waren überhaupt nicht bekannt. Die Höhepunkte unserer Karriere waren Auftritte bei irgendwelchen Studentenfesten oder in Spelunken für ein paar Krügel Bier und ein Gulasch.«

»So fangen viele große Musikerkarrieren an, oder nicht?«

»Von uns wurde nur Marko Musiker. Bereits damals hat er die Menschen verzaubert, sobald er die ersten Töne spielte. Gabriel und mir war schon immer klar, dass aus ihm etwas Großes werden würde. Mein Talent liegt eher in der Organisation. Die zweite Reihe ist meine, wenn Sie verstehen, was ich meine.«

»Wie haben Sie sich kennengelernt?«

»Ganz klassisch, beim Fortgehen. Damals gab es ein Beisl im Bermudadreieck in der Innenstadt mit einer Bühne, auf der junge Musiker zu später Stunde wild zusammengewürfelt jammten.« Er hielt einen Moment inne, als wollte er in der kurzen Pause die Erinnerung daran zurückholen. »Gabriel studierte damals schon an der Kunstakademie, und Marko fing grad mit dem Studium an der Universität für Musik und darstellende

Kunst an. Ich hab zu dem Zeitpunkt an der WU einen Lehrgang für Projektmanagement belegt.«

»Und Sie haben miteinander gejammt«, vermutete Sarah.

»Ja, nach ein paar Gläsern Bier.« Die Erinnerung ließ ihn erneut kurz auflachen. »Marko hatte seine Geige dabei und Gabriel eine Gitarre. Die beiden waren so aufgedreht, als kämen sie gerade erst von einem Gig. Jedenfalls fingen sie zu spielen an. Ich schnappte mir die Cajón, die auf der Bühne stand. Unser erstes Mal war nicht unbedingt harmonisch, aber ein unglaublicher Spaß. Von da an trafen wir uns regelmäßig, dennoch waren wir weit entfernt davon, eine gute Band zu werden. Aber das war auch nicht der Plan. Musik zu machen war der Ausgleich zu unserem Alltag, wenn Sie so wollen.«

»Welches Instrument haben Sie gespielt, wenn keine Cajón in der Nähe war?«

»Kontrabass. Das war die Idee meiner Mutter. Sie liebte dieses Trumm. Aber ich hab ziemlich erbärmlich gespielt.«

Seine Erklärung klang in Sarahs Ohren fast wie eine Entschuldigung. »Ihr Trio bestand also aus Geige, Kontrabass und Gitarre«, fasste sie zusammen. »Welche Musikrichtung?«

»Keine bestimmte. Wir haben einfach improvisiert und experimentiert, ein bisschen Jazz, Jazzrock, ein wenig Klassik und Blues. Was uns g'freut hat.«

»Spielen Sie heute noch?«

»Gott bewahre, nein! Ich hab das Ding seit Jahren

nicht mehr angefasst und auch nicht vor, es je wieder zu tun. Damals hat es Spaß gemacht, heute wär's nur noch peinlich.«

»Was ist mit Ihrem Kumpel Gabriel Kern? Spielt der noch?«

»Ab und zu, meines Wissens. Aber in keiner Band mehr. Nur privat in seiner Wohnung, hat er mir mal erzählt.« Wieder folgte eine kurze Pause. »War eine lustige Zeit damals. Wir bekamen die hübschesten Mädels ab.«

»Hatten Sie einen ähnlichen Geschmack, was Frauen betraf?«

»Nein. Uns allen war es egal, ob sie blond, braun oder rothaarig waren. Nur lange Haare sollten sie haben. Irgendwie war uns das wichtig.«

Sarah zögerte einen Moment, um die Erinnerung an die vergangene Zeit noch etwas nachhallen zu lassen. »Erlauben Sie mir, darüber zu schreiben.«

Arthur Zink schwieg.

Sarah hoffte, dass er über ihre Bitte nachdachte.

»Ich möchte das vorher noch mit Nathalie besprechen«, sagte er schließlich. »Sie hat es nicht so gerne, wenn sich ihre Mitarbeiter in den Vordergrund drängen.«

»Haben Sie noch Fotos aus der Zeit?«

»Ja.«

»Dürften wir im Fall, dass Sie und Ihre Chefin einwilligen, eins davon veröffentlichen?«

»Ich werde Sie anrufen, sobald ich mit Nathalie gesprochen habe.«

»Tun Sie das«, sagte Sarah. »Warten Sie kurz, mir ist noch etwas eingefallen, über das ich mit Ihnen reden wollte. Ein heimlicher Verehrer soll Jasmin eine Bleistiftzeichnung geschickt haben.«

»Das stimmt.« Plötzlich war Zink überraschend ernst.

»Wissen Sie, was mit der passiert ist?«

»Jasmin hat sie weggeschmissen.«

»Warum?«

»Weil sie nicht wusste, wer sie ihr geschickt hat. Auf dem Kuvert stand kein Absender. ›Von Fremden nehme ich keine Geschenke an‹, hat sie gesagt. Zudem hat sie ihr nicht gefallen. Sie glaubte, der Kerl sähe nur ihre Haare. Aber wenn Sie mich fragen, lag sie mit ihrer Vermutung falsch. Sie hat uns die Zeichnung gezeigt. Sie war gut, hat ihren Charakter eingefangen. Samt ihren frechen Sommersprossen.« Er klang traurig.

»Hat der Verehrer danach noch mal Kontakt zu ihr gesucht?«

»Keine Ahnung. Erwähnt hat sie das jedenfalls nie.«

Sarah bedankte sich, erinnerte ihn noch mal an das Bandfoto, legte auf und betrachtete die Nachschlagewerke über Aberglauben, die sich auf ihrem Schreibtisch türmten. Marko Teufels Tod hatte sie dazu bewogen, in der kommenden Wochenendausgabe des *Wiener Boten* Musik und den damit verbundenen Zauber und Volksglauben zu thematisieren. Das Telefonat mit Arthur Zink hatte sie in ihrem Vorhaben noch bestärkt.

Sie machte sich erste Notizen auf ihren Block: Egal,

welchen Musikgeschmack man hatte, Musik war immer mehr als nur eine Abfolge von Tönen. Sie weckte Emotionen, verband Menschen, oftmals besser, als Worte es konnten. In der Geschichte der Menschheit war sie Kommunikations- und Heilmittel und stets mit Spiritualität verbunden. Generell wehrte sie Dämonen, Geister, Hexen und Teufel ab. Dem Volksglauben nach hielt beispielsweise der Klang von Kirchenglocken missgünstige Mächte fern, weshalb man noch immer Kinder bei läutenden Glocken zur Taufe in die Kirche trug. Im Mittelalter nahm man zudem an, dass das Glockengeläut den Täufling vor Taubheit und Stimmverlust schützte. In vielen Weltreligionen war die Musik göttlichen Ursprungs, zur eigenständigen Kunstgattung hatte sie sich erst in der Antike entfaltet.

Sarah warf einen Blick auf die Zettel, die am unteren Rand ihres Computerbildschirms klebten und auf denen sie einige Riten zum Thema Musikzauber im Jahreslauf notiert hatte. Etwa, dass man früher an den letzten drei Donnerstagen vor Weihnachten, den sogenannten Schwarmtagen für Geister und Hexen, diese mithilfe von lärmender Musik vertrieben hatte. Dabei glitten ihre Gedanken ab, hin zu der Geige auf dem Foto und dem Grabstichel. Warum hatte der Mörder oder die Mörderin kein Messer verwendet? Ein Stichel gehörte nicht unbedingt zu den Gegenständen, die im haushaltsüblichen Werkzeugkasten lagen wie etwa ein Hammer oder ein Schraubenzieher. Bei Hexenprozessen hatte man dieses Werkzeug zur peinlichen Befragung benutzt, erinnerte sie sich an ihre eigene Erläuterung gegenüber Stein. Diese grausame Art der Vernehmung war erfolgt, wenn der oder die Angeklagte kein Geständnis abgelegt hatte oder durch herkömmliche Methoden keines zustande gekommen war. Beschuldigte der Täter oder die Täterin Marko Teufel und Jasmin Meerath vielleicht eines Verbrechens, das seiner Meinung nach den Grabstichel verdiente? Doch in dem Fall müsste ihm oder ihr der Hintersinn des Werkzeugs bekannt sein. Sarah fiel Arina Zopfs Bemerkung über die Friedhofserde ein, die man der rothaarigen Hexe ins Gesicht schmieren sollte. Sie ließ den Schluss zu, dass die Pianistin die Bedeutung kannte.

Sarah warf einen Blick auf ihre Armbanduhr. Seit dem Telefonat mit Arthur Zink war etwas mehr als eine Stunde vergangen. Sofern sie ihre Menschenkenntnis nicht gänzlich täuschte, sollte er ihr Anliegen schon mit seiner Chefin besprochen haben. Denn auch wenn er es nicht zugegeben hatte, sie hatte gespürt, dass er stolz darauf war, Teil der Band gewesen zu sein, in der der später berühmte Marko Teufel gespielt hatte.

Sie rief ihre Mails ab und lächelte zufrieden. Zink hatte vor fünf Minuten ein Foto geschickt, zusammen mit dem Einverständnis, die Band in ihrem Porträt zu erwähnen. Dass sie das Bild verwenden könne, bezweifelte er allerdings. Es sei alt und aus einem Fotoalbum mit dem Handy abfotografiert.

Sarah stutzte. Stand das Album in Zinks Büro? Sie hätte definitiv länger gebraucht, um ein altes Foto herauszusuchen.

Sie klickte die Datei an und sah in die Gesichter von drei jungen Kerlen, denen die Welt zu gehören schien. Sie lehnten in ausgewaschenen Jeans und schwarzen T-Shirts lässig an einer Mauer, hielten ihre Instrumente in der Hand und lächelten verwegen in die Kamera. Sarah konnte sich gut vorstellen, dass sie damals die Herzen so mancher Studentin gebrochen hatten. Sie schob das Foto in den Ordner, in dem sie das Interview mit Nathalie Buchner abgespeichert hatte, als sie sah, dass eine Mail von Simon in ihrem Postfach eingegangen war. Sie öffnete sie. Er schrieb, dass sich laut IP-Adresse walzerfan100 momentan in Wien befand. Leider habe er es nicht geschafft, den Radius enger zu ziehen.

Sarah stieß ein undefinierbares Brummen aus. Das war zwar weniger, als sie sich erhofft hatte, aber zumindest ein Anhaltspunkt. Sie bedankte sich bei Simon und leitete die Info an Stein weiter mit der Bitte, sich bei ihr zu melden, sobald er Zeit habe.

Schlagartig flog die Tür auf, und Sarah schreckte hoch.

Maja stürmte ins Büro. »Das glaubst du nicht!«

Hinter ihr tauchte eine empörte Cordula Berger auf. Maja war offensichtlich an ihr vorbeigerauscht, ohne sich regelkonform anzumelden.

»Maja! Sie können nicht einfach so bei Frau Pauli reinplatzen.«

»Sorry, ist wichtig«, entschuldigte sie sich halbherzig.

Sarah hob beschwichtigend die Hand. »Ist schon

gut, Frau Berger. Sie ist es nicht gewohnt, sich anzumelden. Außerdem wollte ich sie eh grad anrufen.«

Die Sekretärin schloss kopfschüttelnd die Tür, während Maja auf den Besucherstuhl sank.

Während sie noch nach Luft rang, nutzte Sarah die Chance, ihr die Idee zu erläutern, tatsächlich ein Porträt von Marko Teufel zu veröffentlichen und dabei die Studentenband zu erwähnen, die Marko Teufels Anfänge dokumentierte. »Gleich neben meiner Kolumne über die symbolische Bedeutung von Musik. Ich schick dir gleich die Unterlagen rüber«, sagte sie und leitete die Fotos und ihre Notizen an Maja weiter. »Aber jetzt schieß los! Was ist passiert?«

»Ruf mal die Fahndungsseite der Landeskriminalpolizei auf.«

Sarah tat es. In der nächsten Sekunde blieb ihr der Mund offen stehen, und ihr Handy läutete. Es war Stein. Sie ging ran.

»Danke für die Info zum Account«, begrüßte er sie.

»Das war jetzt aber Gedankenübertragung«, sagte Sarah.

»Du hast doch gesagt, ich soll mich melden«, zeigte sich Stein verwirrt. »Walzerfan100, du erinnerst dich?«

»Ihr fahndet nach Ruth Gerand?«, entgegnete Sarah.

»Ja.«

»Warum?«

»Sie ist weg.«

»Wie weg?«

»Sie ist weder in ihrer Villa noch am Handy erreichbar. Ihre Eltern meinten, sie wollte verreisen, um zur

Ruhe zu kommen. Doch sie hat niemandem gesagt, wo sie wie lange ist und wie man sie kontaktieren kann.« Stein klang verärgert. »Inzwischen schlag ich mich mit ihrem Anwalt herum, der meine Fragen nicht beantworten will.«

»Welche Fragen?«

»Polizeifragen.«

»Ist es nicht verständlich, dass die Frau abhaut? Ich meine, das Leben setzt ihr ganz schön zu. Ihr erster Mann ist, aus welchem Grund auch immer, aus dem Fenster gestürzt, und jetzt wird ihr zweiter ermordet. Die hat ziemlich was mitgemacht. Ich kann es ihr ehrlich gesagt nicht verdenken, dass sie sich vertschüsst.«

»Eh, du Menschenfreundin«, grummelte Stein bestätigend. »Trotzdem sollte sie in Wien bleiben und sich zu unserer Verfügung halten. Außerdem meint ihre Mutter, dass sie ziemlich durch den Wind ist. Sie hofft, dass sie sich nichts antut.«

»Denkst du, sie bringt sich um?«, fragte Sarah.

»Keine Ahnung. Um das zu sagen, kann ich sie nicht gut genug einschätzen.«

»Ist das der eigentliche Grund für die Fahndung?«

»Nein, das kommt noch erschwerend hinzu«, sagte Stein.

»Was habt ihr, Martin?«

»Du bist ziemlich neugierig.«

»Das ist mein Job.«

»Willst du nicht wissen, wer walzerfan100 ist?«, fragte Stein.

»Doch. Und bei der Gelegenheit: Ist eh klar, dass wir

gleich Bescheid bekommen, wenn sich etwas Relevantes zu walzerfan100 ergibt, gell? Immerhin hast du den Hinweis unserer Maja zu verdanken.«

»Deshalb wollte ich dir ja jetzt auch gern sagen, wer sich dahinter verbirgt«, behauptete der Chefermittler.

»Das weißt du schon?«, fragte Sarah erstaunt. »Schieß los! Aber danach will ich auch den Grund für die Fahndung wissen.«

»Beides nicht am Telefon.«

»Du machst es zwar ganz schön geheimnisvoll, aber okay«, gab sich Sarah geschlagen. »Kommst in die Redaktion? Ich warte dann auf dich. By the way, habt ihr in Marko Teufels Fracktasche eine kleine goldene Geige gefunden?«

»Nein. Warum?«, fragte Stein.

»Weil das sein Glücksbringer war und er ihn stets bei sich trug, das weiß ich von Arthur Zink.«

»Aha. Gut zu wissen.« Steins Tonfall verriet, dass er diese Information tatsächlich für relevant hielt.

»Und wenn du nachher da bist, erzähl ich dir bei der Gelegenheit auch, was Nathalie Buchner so plaudert und Thekla Teufel der Conny gesteckt hat, weil du ja neuerdings auf Klatschgeschichten stehst.«

Stein seufzte ergeben. »Gut. Bin um fünf bei dir.«

24

Ruth war durch die Straßen gelaufen, hatte den Koffer hinter sich hergezogen und versucht, wie eine normale Touristin auf ihrem Weg zum Hotel auszusehen. In der Ferne hatte sie die Polizeisirenen gehört. Sie hatten schmerzhaft hoch in ihren Ohren geschrien, wie Kreide auf einer Tafel, wenn der Winkel nicht stimmte. Um die Distanz zwischen sich und der Werkstatt so schnell wie möglich zu vergrößern, war sie stramm gegangen, hatte die Erzherzog-Johann-Brücke beim Kunsthaus schon halb überquert, sich dann aber gezwungen, kurz stehen zu bleiben. Wie normale Besucher der Stadt es taten, um den Blick auf die Mur zu genießen. Am Geländer hingen Liebesschlösser, weiter hinten lag die Murinsel. Sie verweilte ein paar Sekunden, bevor sie es nicht länger aushielt und ihren Weg fortsetzte. Eine der in Graz grünen Straßenbahnen überholte sie. Das grüne Herz Österreichs, so lautete der gängige Werbespruch der Steiermark.

Zielsicher bahnte Ruth sich nach der Brücke ihren Weg durch unzählige Passanten bis zum Hauptplatz. Die Essensstände ließ sie links liegen und setzte sich stattdessen auf die Bank eines Haltestellenhäuschens. Sie überlegte, wie es weitergehen sollte, und kam zu keinem Ergebnis. Eine Tramway hielt direkt vor ihrer Nase, die Türen glitten auf wie eine Einladung. Menschen stiegen aus, andere ein. Ruth blieb sitzen und realisierte, dass sie sich quasi auf der Flucht befand. Schließlich war sie aufgestanden und weitergelaufen, war mit dem Lift hinauf auf den Schlossberg gefahren und zur Kasemattenbühne gegangen. Dorthin, wo das Abschlusskonzert von *Walzer im Park* hätte stattfinden sollen.

Jetzt saß sie schon seit einer Weile genau dort auf einer Parkbank und starrte auf die Reste der ehemaligen Befestigungsanlage, hinter der die Freilichtbühne lag. Martinshörner hörte sie keine mehr. Die Einsatzwagen mussten längst bei Gabriels Werkstatt angekommen sein. Ihre Augen hinter der dunklen Sonnenbrille, die sie wieder trug, hielt sie starr auf den Boden gerichtet. Wie hypnotisiert. Nervös knetete sie ihre Finger. In Gedanken sah sie zig Polizisten in der Werkstatt herumlaufen. Marko, Gabriel, beide waren tot. Der Satz lief in Endlosschleife durch ihren Kopf. Hatten die Morde etwas mit dem Geld auf dem mysteriösen Konto zu tun? In was für eine schreckliche Geschichte hatte sie sich selbst verstrickt, weil sie fortgelaufen war? Von welchen Parametern hing es ab, ob sie aus dem Schlamassel wieder rauskam? Wo war der Hebel, mit dem sie alles anhalten oder, besser noch, die Zeit zurückdrehen konnte? Und war Jasmin Teil der Geschichte, die sie noch nicht kannte, oder war sie nur zur falschen Zeit am falschen Ort gewesen?

Der letzte Gedanke zauberte ihr ein zynisches Lächeln auf die Lippen. Tja, dachte sie, hättest mal lieber die Finger von meinem Mann gelassen. Aber die Schadenfreude währte nur den Bruchteil einer Sekunde. Der Boden unter ihr begann sich zu drehen, ihr wurde schlecht. Sie atmete die sich ankündigende Panikattacke weg. Jetzt nur nicht durchdrehen! Setz deinen Verstand ein! Denk nach, denk nach, denk nach!

Es war wirklich allerhöchste Zeit, sich die Auswirkungen ihres Handelns bewusst zu machen. Bliebe sie in Graz, müsste sie sich ein Hotel suchen. Doch dort würde man von ihr beim Einchecken einen Ausweis verlangen. Mit Sicherheit würde die Polizei die nähere und weitere Umgebung der Werkstatt und im schlimmsten Fall die Gäste in den Grazer Hotels überprüfen. Sie hatte keine Ahnung, ob ihre Überlegung der Wahrheit entsprach, weil sie von Polizeiarbeit nichts verstand. Aber klar war, dass nach dem Täter gefahndet werden würde, und wenn herauskäme, dass sie sich im Zeitraum des Mordes an Gabriel in Graz aufgehalten hatte, würden für sie erst mal die Handschellen klicken.

Sein Handy! Siedend heiß fiel ihr die Nachricht mit ihrer Ankunftszeit ein, die sie Gabriel geschickt hatte. Die Polizei hatte sie vermutlich gelesen und wusste somit, dass sie in Graz war. Angstschweiß lief ihr von den Achseln den Oberkörper hinab. Sie hatte einen großen Fehler begangen, hätte in der Werkstatt bleiben und auf die Einsatzkräfte warten sollen. Doch zurückgehen wollte sie auf keinen Fall.

Sie schaltete ihr Handy wieder ein. Ihre Mutter hatte fünfmal versucht, sie zu erreichen. Arthur dreimal. Außerdem zweimal ein Anrufer mit einer nicht gespeicherten Nummer. Sie hörte die Sprachnachrichten ab.

»Wo bist du?« Die Stimme ihrer Mutter klang besorgt und aufgeregt. »Die Polizei sucht nach dir. Aber egal, was du getan hast, Kind, der Schallmann kümmert sich um alles.«

Ruth seufzte. Es zerriss ihr schier das Herz, ihren Eltern Kummer zu bereiten.

Ihre Schwester hatte ihr eine ähnliche Nachricht hinterlassen. »Wo bist du? «, brüllte sie mit schriller Stimme. »Du musst sofort zurückkommen! Alles wird gut. Wir stehen dir bei.«

Nichts wird gut, dachte Ruth. Ihr habt doch keine Ahnung.

Arthur ließ sie wissen, dass ein Ermittler in der Agentur gewesen sei. »Er fragte, ob es zwischen dir und Jasmin eine Auseinandersetzung gegeben hat. Ich hab natürlich Nein gesagt.« Es folgte eine kurze Pause. »Ich hab auch nicht verraten, dass du zu Gabriel fahren wolltest. Ruf mich an!«

Ein kleines Lächeln huschte über ihre Lippen. Auf ihn konnte sie sich verlassen. Er würde ihr keine Vorhaltungen machen, sie nicht wie ihr Vater bevormunden.

Dann ertönte die Stimme des Chefinspektors selbst. »Frau Gerand, bitte melden Sie sich umgehend beim Landeskriminalamt Wien oder direkt bei mir. Die Telefonnummern stehen auf der Visitenkarte, die ich Ihnen gegeben habe.« Trotzdem nannte er beide Nummern. »Nur zur Sicherheit«, wie er betonte. »Wir haben da noch ein paar Fragen, die uns Ihr Anwalt nicht beantworten kann.«

Ruth atmete tief durch, machte das Handy wieder aus. Der Schallmann hatte sich also tatsächlich eingeschaltet. Darüber war sie jetzt sogar froh, obwohl sie sich vorgestern noch dagegen gewehrt hatte. Sie kannte ihn, er würde der Polizei das Leben schwer machen. Ihn zum Gegner zu haben war so angenehm wie eine Wurzelbehandlung ohne örtliche Betäubung. Und einen Streit mit Jasmin Meerath hatte es faktisch wirklich nie gegeben. Sie hatte diese kleine Schlampe ab dem Moment ignoriert, wo sie von ihrem Verhältnis mit Marko erfahren hatte. Sie seufzte schwer.

Noch vor wenigen Tagen hatten ihr die Affären ihres Mannes die größten Magenschmerzen bereitet. Jetzt war sie Witwe und Verdächtige in mittlerweile drei Mordfällen. Sie erhob sich, griff nach ihrem Trolley und schaute, dass sie von hier verschwand. Wäre es nicht am besten, noch weiter wegzufahren? Von Graz aus war man doch schnell in Italien, oder nicht?

Auf dem Weg zum Bahnhof fragte sie sich nervös, ob es dort von Polizisten wimmeln würde, die auf der Suche nach Gabriels Mörder waren.

25

Stein tauchte kurz nach fünf im *Wiener Boten* auf. Sarah gab Maja Bescheid, die einstweilen zurück in die Chronik-Redaktion gegangen war. Weil Cordula Berger seit zehn Minuten Feierabend hatte und die Damen im Foyer ebenfalls schon am Heimweg waren, lief Sarah ins Erdgeschoss und öffnete Stein die verschlossene Eingangstür. Er hielt einen länglichen Karton in der Hand.

»Jö! Trześniewski.« Sarah hatte eine Schwäche für die Brötchen mit den unterschiedlichsten Aufstrichen, die Kultstatus hatten und die es in den gleichnamigen Schnellrestaurants ausschließlich in Wien gab. Der Größe des Kartons nach zu urteilen enthielt er mindestens zehn Brötchen.

»Ich hab heute noch nicht viel zwischen die Zähne bekommen und dachte, ihr habt vielleicht auch Hunger.«

»Ist das nicht Bestechung von Polizeispitzeln?«

»Ach, weißt, diese Kleinigkeiten kann ich auch ganz fantastisch allein essen.«

»Und ist das jetzt nicht Erpressung? Ich kenne mich mit dem Gesetz ja noch nicht so gut aus wie du«, witzelte Sarah.

Stein verdrehte die Augen und schüttelte gespielt entrüstet den Kopf.

»Aber komm erst mal rein. Lass uns ins Konferenzzimmer gehen, dort können wir uns besser ausbreiten. Außerdem steht dort Mineralwasser im Kühlschrank. Oder magst ein Bier dazu?« Wenn Sarah die Brötchen direkt beim Trześniewski auf der Mariahilfer Straße oder in der Innenstadt aß, trank sie traditionell einen Pfiff Bier dazu. »In dem Fall müsst ich schauen, ob wir überhaupt eines hier haben.«

»Passt schon. Wasser ist okay.« Stein fuhr sich mit der Hand über die Stirn. »Die verfluchte Hitze steht in der Stadt wie eine Wand, da ist's eh g'scheiter, man trinkt keinen Alkohol.«

Sarah sah zum Himmel. Dichte Wolken zogen auf, die Vorboten eines Gewitters. Sie ließ die Eingangstür wieder ins Schloss fallen und schickte Maja vom Handy eine kurze Nachricht, dass sie in den Konferenzraum kommen solle. Da sie erwartete, dass Stein etwas dagegen hätte, die drei Stockwerke nach oben zu steigen, holte sie ausnahmsweise den Lift. Während der Fahrt herrschte eine angespannte Stille zwischen ihnen.

Maja saß schon am Tisch, als sie den Konferenzraum betraten. Sarah nahm Wasser aus dem Kühlschrank im Eck und reichte jedem eine Flasche. Gläser standen bereits auf dem Tisch. Da sie fast allein im Gebäude waren, ließen sie die Tür zum Flur offen.

»Ich hab noch mal nachgeschaut«, begann Stein. »Definitiv haben wir keine kleine goldene Geige bei Marko Teufel gefunden. Vermutlich hat sie der Täter mitgenommen. Das wäre nicht ungewöhnlich. Trophäen erinnern einen Täter an den Mord und können eventuell später Gewaltfantasien auslösen. Manche nehmen sie mit, weil sie für sie der Preis ihrer erfolgreichen Tat sind. Erinnerungsanker.«

Maja erwiderte nichts und öffnete zwei Fenster, um frische Luft hereinzulassen.

Stein schenkte sich ein, trank das Wasserglas in einem Zug zur Hälfte leer und schnappte sich eine Brötchenhälfte mit Tomatenaufstrich. Maja entschied sich für Karotte mit Gervais.

»Ich glaube, in unserem Fall verhält es sich anders«, sagte Sarah.

»Unserem Fall?«, echote Stein.

»In deinem Fall natürlich«, korrigierte sie sich schnell und grinste.

»Dann klär mich mal über meinen Fall auf.«

»Meines Erachtens ist die kleine goldene Geige keine Trophäe im herkömmlichen Sinn. Indem der Täter, wenn wir von einem Mann ausgehen, sie Marko Teufel entwendet hat, hat er nicht nur sein Leben, sondern ihm auch noch sein Glück genommen.« Sarah griff nach einem Brötchen mit ihrem Lieblingsaufstrich mit Ei.

»Das würde aber bedeuten, dass er von dem Glücksbringer wusste.« Es schien, als huschte Stein ein Gedanke durch den Kopf. »›Ihre ernsten Gesichter prophezeien nichts Gutes.‹«

»Hä?«

»Das hat Ruth Gerand gesagt, als meine Kollegen und ich nach dem Mord vor ihrer Tür standen.«

»Und das irritiert dich?«

»›Prophezeien‹. Wer drückt sich denn heutzutage so aus? Außer deinesgleichen.« Stein lächelte sie an.

»Meinesgleichen?«

»Hexen.«

»So ein Quatsch. Jeder sagt das.«

»Nein, die meisten würden sagen: Ihre ernsten Gesichter bedeuten nichts Gutes.«

»Wenn du meinst«, beließ es Sarah dabei. »Aber die Wortwahl allein macht die Gerand jetzt nicht verdächtig, oder?«

»Die Ehefrau dürfte jedenfalls von dem Glücksbringer gewusst haben«, antwortete er.

In der Ferne hörten sie leises Donnergrollen.

»Vermutlich.« Während sie die nächsten Brötchen verputzten, berichtete Sarah von den Interviews mit Nathalie Buchner und Thekla Teufel.

»Dass der Buchner das Verhältnis schwer im Magen gelegen ist, ist auch schon bis zu mir durchgedrungen«, sagte Stein. »Dass sich die Thekla Teufel und Jasmin Meerath nicht ganz grün waren, ist mir hingegen neu. Uns gegenüber hat die Mutter des Toten sehr glaubhaft versichert, zwischen ihnen habe eitel Sonnenschein geherrscht.«

»Der Jattel meint, sie sei eine gute Schauspielerin und noch dazu ziemlich berechnend.«

»Dass ihr Sohn die Agentur verlassen wollte, hat sie bei unserer Befragung übrigens auch nicht erwähnt«, knurrte Stein.

»Ich hatte Conny gebeten, diesbezüglich noch mal

beim Jattel nachzuhorchen. Die Buchner meint nämlich, dass er nur alte Behauptungen wiederkäut.«

»Und seine Reaktion?«

»Ich zitiere: ›Die Buchner soll ned so an Schas verzapfen.‹ Das Gerücht, dass Marko Teufel die Agentur verlassen wollte, ist so frisch wie Morgentau. Aber bevor wir uns hier gänzlich verzetteln, verrate uns, wer walzerfan100 ist«, bat Sarah ihn und wischte sich die Finger an einer Serviette ab.

»Wir haben in Jasmin Meeraths Wohnung einen Laptop und ein Handy sichergestellt«, begann Stein und griff nach einem Brötchen mit Pfefferoniaufstrich. »Auf beiden Geräten befanden sich alle Bilder, die auf dem Instagram-Account zu sehen sind, und auf dem Handy haben wir die App samt geöffnetem Account gefunden. Das Telefon ist übrigens ein Wertkartenhandy. Die Tote scheint es ausschließlich für die Pflege des Accounts verwendet zu haben. Sie ging übrigens ziemlich leichtsinnig mit ihren Passwörtern um. Praktisch alle hat sie im Laptop gespeichert und das Zugangspasswort dankenswerterweise an dessen Unterseite geklebt. Aber wie auch immer, das Handy, das sie bei sich trug, als sie getötet wurde, war ein Diensthandy, angemeldet auf die Agentur.«

Maja zog desillusioniert die Nase kraus. Sarah nahm ein zweites Brötchen mit Eiaufstrich und brummte enttäuscht. Dass Jasmin Meerath Fan gespielt hatte, taugte nicht mal als Randnotiz einer Story.

»Klärt mich auf, was bringt das?«, forderte Stein.

»Vermutlich wollte sie den Eindruck vermitteln,

dass Marko Teufel kein abgehobener Künstler ist, sondern einer, mit dem man sich unterhalten kann. Den seine Fans ansprechen dürfen und der sich für sie Zeit nimmt. So was in der Richtung.«

»Klingt fast so, als hätte er vorgehabt, für ein politisches Amt zu kandidieren.« Stein lachte boshaft.

»Wer weiß das schon«, erwiderte Maja achselzuckend.

»Eigenartig, dass die Buchner von der PR-Aktion nichts wusste«, grübelte Sarah. »Aber vielleicht hätte sie eine derartige Öffentlichkeitskampagne nicht gutgeheißen«, gab sie sich selbst die Antwort. »Heißt das jetzt, dass ihr einen Stalker oder eine Stalkerin von der Liste der vermeintlich Verdächtigen streicht?« Sarah erinnerte an das Foto, das im Imperial während des Streits des Ehepaars entstanden war.

»Das Foto kam definitiv nicht von walzerfan100 alias Jasmin Meerath.« Stein wiegte den Kopf langsam. »Wir bleiben aber wachsam, was einen möglichen Stalker anbelangt. Auch weil Ruth Gerand vor drei Wochen Fotos zugeschickt bekam, auf dem die Meerath und der Teufel zu sehen sind. In sehr privaten Momenten, zum Beispiel als sie gemeinsam Meeraths Wohnhaus betreten.«

»Vielleicht hatten sie ja eine Besprechung«, warf Maja ein.

»Teufels Hand liegt auf ihrer Hüfte. Und auf einem anderen Foto küsst er ihren Nacken.«

»Was du nicht sagst!«, rief Sarah erstaunt. »Das Werk eines Privatdetektivs?«

»Die Gerand behauptet, keinen engagiert zu haben.

Außerdem hätte der ihr das Foto sicher nicht anonym, sondern mit einer satten Rechnung in den Postkasten geworfen.«

Maja nickte. »Vielleicht hat ja die Meerath jemanden beauftragt.«

»Wozu?« Stein schüttelte zweifelnd den Kopf.

»Weil sie wollte, dass die Affäre ans Licht kommt. Sie hatte keine Lust mehr, die zweite Geige zu spielen.«

»Öha! Welch passende Beschreibung«, merkte Stein an. »Apropos erste und zweite Geige, die Gerand hat sich überaus bemüht, mir und meinen Kollegen weiszumachen, dass ihr die Pantscherl am Arsch vorbeigegangen sind«, höhnte er.

»Sind sie aber nicht«, stellte Sarah fest.

»Glaubt einem erfahrenen Kieberer. Die hat darunter gelitten wie ein geprügelter Hund und eine Stinkwut auf ihren Alten gehabt.«

»Das zu behaupten könnte reiner Selbstschutz sein. Kennt man doch«, meinte Sarah.

»Wie auch immer«, grummelte Stein, »besagte Fotos haben wir weder auf Meeraths Laptop noch auf ihrem Handy gefunden.«

»Was ist mit Arina Zopf und Gregor Baldic? Kann doch sein, dass sie den Stein ins Rollen gebracht haben«, grübelte Sarah.

»Und was hätten sie davon gehabt?«, fragte Stein.

»Sie wollten den Teufel in Teufels Küche bringen«, antwortete sie.

»Du meinst, dem Marko Teufel eine auf die Nase zu hauen ist noch nicht Strafe genug? Besser, man liefert zusätzlich dessen Frau frei Haus den Beweis, mit wem ihr Mann fremdgeht?« Stein zeigte sich skeptisch.

Sarah zuckte mit den Schultern. »Wär doch möglich.«

Lautes Donnergrollen ließ alle drei zusammenzucken. Ihre Blicke flogen zeitgleich zu den offen stehenden Fenstern. Das Gewitter schien direkt über ihnen zu sein.

»Na servus, da wird gleich was runterkommen«, meinte Maja.

»Oder Sarahs Freunde, die Dämonen, holen uns heim«, grinste Stein augenzwinkernd.

»Dann sag uns doch vorher noch rasch, ob ihr schon Genaueres über die Geige herausgefunden habt, die auf Meeraths Bauch drapiert war«, forderte Sarah ihn auf, während Maja die Fenster vorsichtshalber schloss.

»Nicht viel. Nur dass sie zweifelsohne nicht Marko Teufel gehörte und es sich um eine günstige Anfängergeige handelt. Für siebzig Euro bekommst du die im Internet.«

»Das heißt, es ist es kaum möglich, den Käufer zu recherchieren«, mutmaßte Maja.

»Exakt.«

Dicke Regentropfen klatschten gegen die Fensterscheiben. Die Vorboten des heftigen Regengusses, der gleich folgen würde.

»Dafür haben wir in Meeraths Wohnung etwas Interessantes entdeckt.«

Sarah beugte sich neugierig nach vorn.

»Off the record«, ermahnte Stein sie streng.

»Okay.«

»Exposés über Miet- und Eigentumswohnungen.«

Sarah blinzelte irritiert, weil ihr nicht einleuchtete, weshalb der Fund so relevant für die Ermittlungen sein sollte, dass Stein ihn vertraulich behandelte. »Kluge Entscheidung, würde ich sagen. Es heißt doch, man soll in Immobilien investieren. Ist angeblich ein sicheres Investment. Aber warum willst du das geheim halten?«

»Alle Wohnungen sind in Graz«, warf Stein kryptisch ein und schnappte sich das letzte Brötchen aus dem Karton.

»Jasmin Meerath hatte also vor, sich in Graz eine Wohnung zu nehmen?«, schlussfolgerte Sarah.

»Oder sie hat die Unterlagen für jemand anders in ihrer Wohnung aufbewahrt«, zeigte Stein ihnen eine weitere mögliche Erklärung auf.

In Sekundenschnelle ratterten sämtliche Informationen, die Sarah in den letzten Tagen über den Dirigenten und die Agenturmitarbeiterin gesammelt hatte, durch ihren Kopf. »Etwa für Marko Teufel?«

»Möglich. Klar ist bisher nur, dass sich Jasmin Meerath eingehend über Wohnungen informiert hat.«

»Angenommen, sie hat die Unterlagen für sich organisiert, könnte das nicht bedeuten, dass sie vorhatte, Wien und die Agentur zu verlassen?«, spekulierte Sarah.

»Oder dass die Agentur expandiert und eine Zweigstelle in Graz eröffnet«, schlug Maja vor. »Hat die Buchner beim Interview vielleicht irgendwas in der Art angedeutet?«

Sarah schüttelte den Kopf und wandte sich Stein zu. »Jetzt sag aber endlich: Warum die Fahndung nach Ruth Gerand? Dass sie verreist ist und niemand weiß, wohin, kann doch nicht der alleinige Grund sein.«

»Sie hat uns erzählt, dass sie in der Tatnacht zu Hause war. Jetzt hat sich aber eine Zeugin bei uns gemeldet, die behauptet, sie kurz nach Konzertende im Stadtpark gesehen zu haben.«

»Na bumm«, war Majas Kommentar.

»Ist eure Zeugin glaubwürdig?«, hakte Sarah nach.

»Es gibt ein Handyfoto«, erklärte Stein. »Und da die Gerand mich offensichtlich angelogen hat, frage ich mich natürlich: Weshalb die plötzliche Reise?«

»Leute, die dich nicht so gut kennen wie ich, können schon mal Angst vor dir bekommen und die Flucht ergreifen«, witzelte Sarah.

Weil Steins Handy läutete, kam er um eine Reaktion herum. Er hob ab, hörte eine Weile zu, gab knappe Antworten.

Sarah warf ihrer Kollegin einen fragenden Blick zu, doch die schien ebenfalls nicht schlau aus den Wortfetzen zu werden und rollte nur mit den Augen.

»Das war mein Kollege vom Landeskriminalamt Graz«, sagte Stein, als er aufgelegt hatte, und wedelte mit der Hand zum Fernsehbildschirm, der an der Wand am Ende des Raums hing. »Schaltet mal ORF 1 ein, da kommen gleich Nachrichten.«

Sarah schnappte sich die Fernbedienung und drückte auf den grünen Knopf. Gleich darauf flimmerte das Signet der ZIB 18 auf. Eine Reporterin stand vor einem

Wohnhaus und berichtete live, dass der Künstler Gabriel Kern in seiner Werkstatt tot aufgefunden worden sei. »Ein Fremdverschulden liegt nahe«, sagte die Journalistin.

Sarahs Mund öffnete sich zu einem leisen »Oh!«.

Die Reporterin drehte sich zur Seite, wo im selben Moment ein Polizist erschien. Es war der Pressesprecher des Landeskriminalamtes Graz, der erklärte, dass eine Frau den Notruf gewählt habe, jedoch beim Eintreffen der Einsatzkräfte verschwunden gewesen sei. Ob aus Panik oder anderen Gründen, könne er zu diesem Zeitpunkt nicht sagen. Man suche nach ihr.

»Tja«, murmelte Stein. »Wie's ausschaut, wissen wir jetzt, wo sich Frau Gerand aufhält.«

»Kann doch auch eine andere Frau angerufen haben«, erwiderte Sarah.

»Meine liebe Sarah, warum, glaubst du, sollte sich gerade ein Kollege aus Graz bei mir gemeldet haben, wenn es nicht eine Spur zu unserem Fall gäbe?« Er steckte sein Handy wieder ein. »Ein Taxifahrer hat ausgesagt, heute Nachmittag gegen drei Uhr eine Frau dort abgesetzt zu haben, die er zuvor an der Wohnadresse Gabriel Kerns abgeholt hatte. Meine Kollegen haben ihm Ruth Gerands Fahndungsfoto gezeigt, und er hat sie eindeutig identifiziert. Zudem ist auf Gabriel Kerns Handy eine Nachricht von Ruth Gerand, in der sie ihm die Ankunftszeit ihres Zuges mitteilt. Das alles passt einfach wunderbar zusammen.«

»Aber wenn die Gerand ihn umgebracht hat, warum

dann der Notruf? Weshalb ist sie nicht einfach abgehauen?«, fragte Sarah.

»Die Fragen können wir stellen, sobald wir die Flüchtige gefunden haben. Neben Gabriel Kern lag übrigens eine Geige auf dem Boden.«

Maja erhob sich. »Ich ruf gleich mal die Pressestelle des Landeskriminalamtes Graz an und verfasse anschließend einen ersten Artikel.« Beim Hinausgehen stieß sie fast mit David zusammen, der gerade eintreten wollte.

»Was hältst du von einem Wochenende in Graz?«, fragte Sarah ihren Freund spontan.

David runzelte verständnislos die Stirn.

»Wunderbar.« Sarah lächelte. »Und du, Martin, organisierst mir ein Treffen mit deinen steirischen Kollegen. Bitte!«

26

Ruths Wahl, was ihr Fahrziel betraf, war wenig spektakulär auf Wien gefallen. Für einen Trip ins Ausland fehlte ihr der Mut. Außerdem wusste sie nicht, ob man in Italien ein Hotelzimmer bar bezahlen konnte. Sie war es gewohnt, alles mit Karte zu begleichen, was in dieser Situation keine gute Idee gewesen wäre. Hinzu kam, dass sie schon öfter im Fernsehen gesehen hatte, dass Ermittler bei der Suche nach Personen Geldabhebungen und Kreditkartenzahlungen überwachen und zurückverfolgen konnten. So war sie zu dem Schluss gekommen, dass ihr die kriminelle Energie für eine solche Flucht ins Nachbarland fehlte. Wie hätte sie dort auch weitergemacht, was wäre der nächste Schritt gewesen? Von Ort zu Ort reisen, immer mit der Angst im Nacken, entdeckt zu werden? So lange, bis ihr irgendwann das Geld ausgegangen wäre. Außerdem hatte sie verdammt noch mal nichts getan!

Sie brauchte Hilfe. In dem Wissen, einen großen Fehler begangen zu haben, war sie in den Zug gestiegen, der wenige Minuten vor halb sieben abfuhr und sie nach Wien zurückbringen würde. In die Villa zurückzukehren hielt sie unter den gegebenen Umständen für undenkbar. Die Polizei würde ihr Haus im Auge haben und vor der Tür stehen, ehe sie diese hinter sich abgeschlossen hätte. Ihr wurde bewusst, dass sie kein sicheres Zuhause mehr hatte. Sich in Wien ein Hotelzimmer zu nehmen erschien ihr ebenso unmöglich wie in Graz oder anderswo. Außerdem musste sie dringend mit jemandem reden. Ihre Familie klammerte sie bei dem Plan aus. Ihre Eltern und ihre Schwester verurteilten ihr Handeln und würden sie nur mit Vorwürfen überschütten.

Am Ende entschied sie, Arthur anzurufen. Er war stets besonnen, handelte niemals vorschnell und hatte ihr zudem seine Hilfe angeboten. Er war der Freund, den sie im Moment am dringendsten brauchte. Sie schaltete ihr Handy ein und schickte ihm eine WhatsApp-Nachricht, in der sie ihn bat, sie um einundzwanzig Uhr am Hauptbahnhof abzuholen.

Die restliche Fahrt über schaute sie aus dem Fenster. Kurz nach Mürzzuschlag zog ein furchteinflößendes Gewitter über sie hinweg. Kein gutes Omen.

Eineinhalb Stunden später sah sie durchs Zugfenster beim Einfahren in den Wiener Bahnhof Arthur schon am Bahnsteig warten. Als sie aus dem Waggon stieg, schaute sie sich nervös nach Polizisten um.

»Du bist ja ganz blass und aufgewühlt«, empfing Arthur sie. »Was ist denn los? Hat Gabriel etwas gesagt oder getan, das dich so aufgeregt hat?« Er legte den Arm um ihre Schultern und führte sie zur Rolltreppe.

»Gabriel ist tot«, flüsterte sie, als sie nach unten in die große Bahnhofshalle fuhren.

Arthur schnappte nach Luft. »Was sagst du da? Wie? Woher weißt du das?«

»Weil ich ihn gefunden hab.«

»Was?«

Sie waren am Ende der Rolltreppe angekommen. Ruth zog den verdutzten Arthur zum Ausgang, während sie ihm im Flüsterton erzählte, was passiert war.

Er starrte sie aus erschrockenen Augen und mit offenem Mund an. »Das … Nein, das kann … Ich versteh's einfach nicht.« Er hielt im Schritt inne, ging in die Knie, atmete ein paarmal tief durch. Sein Gesicht war so blass, als drohte er zu kollabieren.

Jetzt war Ruth es, die ihm besorgt die Hand auf die Schulter legte.

Nachdem er sich gesammelt hatte, richtete er sich wieder auf. »Warum bist du nicht dortgeblieben und hast auf die Polizei gewartet?«

Ruth zuckte mit den Schultern. »Ich hatte Panik.«

»Dann sollten wir jetzt …«

»Nein«, zischte sie. »Keine Polizei. Die halten mich doch bestimmt schon für seine Mörderin.«

»Das müssten sie erst mal beweisen. Und das können sie nicht, weil du's nicht warst.«

»Verdammt noch mal, Arthur!«, rief sie um eine Spur zu laut, sodass ihnen vorbeieilende Menschen erschrocken Blicke zuwarfen. Schnell hakte sie sich bei ihm unter. »Natürlich hab ich nichts mit seinem Tod zu tun«, sagte sie wieder mit leiser Stimme. »Trotzdem. Man verdächtigt mich eh bereits, etwas mit dem Mord an Marko und Jasmin zu tun zu haben.«

»Auch das glaube ich nicht«, beharrte er.

»Und warum nicht? Wenn sogar Thekla mir einen Mord zutraut.«

»Thekla«, wiederholte er in einem Tonfall, der besagte: Die traut doch jedem alles zu.

»Zudem hat dich dieser Stein nach einer etwaigen Auseinandersetzung zwischen Jasmin und mir gefragt, wie du mir am Telefon selbst erzählt hast. Warum, denkst du, hat er das getan?«, beharrte sie.

»Reine Routine«, mutmaßte Arthur.

Sie schnaubte abfällig. »Meine Mutter hat mir auf die Mailbox gesprochen. Sie suchen nach mir. Chefermittler Stein hat mir ebenfalls eine Nachricht hinterlassen, weil er dringend mit mir reden will. Also, was sagst du dazu?«

Arthur presste die Lippen zusammen und schwieg.

»Glaubst du etwa, er will gemütlich einen Kaffee mit mir trinken, um über die guten alten Zeiten zu plaudern?« Ihre Stimme troff vor Sarkasmus.

Arthur schluckte trocken. »Dennoch finde ich, du solltest die Polizei ... zumindest anrufen. Weglaufen macht es nicht besser.«

Ruth verzog den Mund zu einem sanften Lächeln. »Du warst schon immer der Vernünftige von euch dreien. Derjenige mit dem größten Realitätssinn. Trotzdem, Arthur: Ich werde mich nicht in die Hände dieses Ermittlers begeben. Ich traue ihm nicht. Sobald er mich hat, wird er nicht mehr nach dem eigentlichen Täter suchen, das weiß ich.«

»Das kann ich mir wirklich nicht vorstellen, Ruth.«

»Ich hab mich entschieden«, blieb sie bei ihrem Entschluss.

»Und welche Alternativen hast du? Untertauchen?«

»Hilf mir, Arthur. Bitte.«

Er löste sich von ihr. Der Gedanke missfiel ihm, das sah sie ihm deutlich an.

»Wenn es wirklich so ist, wie du vermutest, würde ich mich damit strafbar machen.«

»Bitte«, flehte sie erschöpft und spürte, wie ihre Augen feucht wurden.

Ihre Beharrlichkeit schien Wirkung zu zeigen. Schließlich seufzte er ergeben. »Also gut, fahren wir erst mal zu mir, und dann lass uns weiterschauen.«

Arthurs Wohnung lag im zweiten Bezirk beim Karmelitermarkt. Sie war mit austauschbaren, aber stilvollen Möbeln aus dem Möbelhaus eingerichtet. Überrascht stellte Ruth fest, dass sie bis dato nicht hier gewesen war, obwohl sie sich schon so lange kannten.

Sie ließ ihren Koffer im Flur stehen und folgte Arthur in eine helle Küche mit Essecke, wo sie sich auf die Eckbank setzte.

Er füllte ein Glas mit Leitungswasser und reichte es ihr.

Ruth leerte es in einem Zug. Erst beim Trinken merkte sie, wie groß ihr Durst gewesen war.

»Und jetzt erzähl der Reihe nach«, forderte Arthur sie auf und nahm auf dem Stuhl ihr gegenüber Platz.

Erstmals seit Tagen redete sich Ruth den Druck von der Seele. Zuerst noch vorsichtig, überlegt, doch je länger sie von den Fragen des Ermittlers, der Zusammenkunft ihrer Familie und Markos Tod sprach, umso stärker wurde das Gefühl der Erleichterung, und umso leichter kamen ihr die Worte über die Lippen. Am Ende erzählte sie Arthur sogar von den Bankauszügen. »Stell dir vor, Marko hatte Geld vor mir versteckt.«

»Was für Geld? Und wozu?«

»Wenn ich das wüsste, obwohl ich eine leise Vermutung hab. Auch deshalb bin ich nach Graz, weil ich mit Gabriel darüber reden wollte.«

»Wieso mit Gabriel?«

Sie zuckte arglos mit den Schultern. »Weil die beiden sich doch immer alles erzählt haben, oder nicht?«

Arthur nickte. »Ja, schon.«

»Hat Marko dir gegenüber das Geld erwähnt?«

Er schüttelte den Kopf.

»Ich hab Angst, dass er Steuern hinterzogen hat oder es Drogengeld ist oder so was in der Art.« Sie schlug die Hände vors Gesicht und nahm sie in der nächsten Sekunde wieder weg. »Ich würde es nicht ertragen, wenn das an die Öffentlichkeit käme. Verstehst du? Nicht das auch noch.«

»Glaubst du denn wirklich, er hätte es Gabriel oder mir gebeichtet, wenn er Steuern hinterzogen oder Drogengeld gebunkert hätte? Mal davon abgesehen, dass Marko nichts mit Drogen am Hut hatte, und das weißt du. Außerdem wäre es ganz schön dumm gewesen, illegales Geld auf einem österreichischen Bankkonto zu deponieren. Saudumm sogar.«

»Ich habe keine Ahnung mehr, was ich denken soll.« Ruth klang erschöpft. »Vor vier oder fünf Jahren hat er mal davon gesprochen, ein eigenes Lokal besitzen zu wollen. Einen Jazzclub wie das Porgy & Bess, kannst du dir das vorstellen?«

»Öha?«, zeigte sich Arthur erstaunt. »Das hat er mir gegenüber nie erwähnt.«

»War ja auch nur so ein Hirngespinst. Ich hab ihm damals unmissverständlich klargemacht, dass ich mein Geld sicher nicht in einen Musikclub investiere.«

»Und jetzt denkst du, er hat das Geld dafür zur Seite gelegt? Wo auch immer es hergekommen ist«, kombinierte Arthur, hörte sich aber skeptisch an.

»Könnte doch sein.« In dem Moment fiel ihr ein Detail ein, dem sie bisher keine Bedeutung beigemessen hatte. »Neben Gabriel lag eine Geige.«

Arthur stutzte ob des raschen Themenwechsels. »Hä?«

»Neben seiner Leiche. Und auf Jasmins Bauch lag auch eine. Was könnte das zu bedeuten haben, Arthur?«

»Keine Ahnung.«

»Lass es uns herausfinden.« Irgendetwas drückte die Inszenierung aus. Davon war sie fest überzeugt. Und sie würde dahinterkommen.

»Nein«, wehrte Arthur ab. »Das ist Aufgabe der Polizei.« Er stand auf, holte zwei Bierflaschen aus dem Kühlschrank, öffnete sie, reichte ihr eine und setzte sich wieder.

Ruth sah ihm seine Verzweiflung an. »Es tut

mir so leid, dich da mithineinzuziehen. Aber ich wusste nicht, an wen ich mich sonst hätte wenden können.«

Er stieß seine Flasche gegen ihre. »Schon gut.«

Ruth fühlte Tränen in sich aufsteigen, wollte jetzt aber nicht losheulen. Sie hatte Arthur schon genug aufgehalst. Eine heulende Frau würde ihn mit Sicherheit überfordern. Sie lehnte sich auf der Eckbank zurück und nahm einen langen Schluck. Das Bier war kühl und beruhigte sie.

»Hast du Hunger?«, fragte er. »Also, ich schon.«

»Ich weiß nicht, ob ich etwas essen kann.«

»Das solltest du aber«, beschloss Arthur. »Magst du Curry?«

Sie nickte, und er bestellte bei einem Lieferservice zwei Chicken Curry.

»Ich schlage vor, du bleibst erst mal hier«, sagte er, nachdem er aufgelegt hatte. »Gib mir dein Handy.« Auffordernd streckte er ihr seine Hand entgegen.

Sie reichte es ihm. »Wozu?«

Er pulte die SIM-Card aus dem Gerät. »Nur für den Fall, dass die Polizei versucht, dich zu orten.«

Es war das erste Mal seit Markos Tod, dass ihr ein Lachen gelang. »Arthur Zink, in welchem Seminar hast du das denn gelernt?« In dem Moment durchzuckte sie ein Gedankenblitz. »Was, wenn du jetzt in Gefahr bist, Arthur?«

»Wieso sollte ich?«

»Denk nach! Erst Marko, dann Gabriel ... Ihr drei hattet viel miteinander zu tun und habt eine lange gemeinsame Geschichte. Wer hat so eine Stinkwut auf euch?«

»Niemand. Weshalb auch?«

Sie sah ihn eindringlich an. »Denk bitte nach, Arthur!«

»Hör auf, Ruth. Du machst mir Angst.«

Freitag, 11. Juni

27

Anfang Juni war der Hochsommer längst in Wien angekommen. Die Temperaturen würden heute zum wiederholten Mal die Dreißig-Grad-Marke knacken. Arthur schloss die Fenster seiner Wohnung und zog die Rollos herunter.

Ruth überflog währenddessen die Schlagzeilen der Zeitungen, die er heute Morgen rasch in der Trafik gekauft hatte. Natürlich war der Presse nicht verborgen geblieben, dass man nach ihr im Zusammenhang mit dem Mord an ihrem Mann und Jasmin Meerath fahndete, die von einigen Journalisten als Markos Geliebte bezeichnet wurde – ohne Fragezeichen.

Damit ist das Verhältnis ab sofort offiziell, dachte sie bitter und schob seufzend die Zeitungen von sich weg. Das war genau die Sorte von Skandal, die ihren Eltern ordentlich zusetzen würde. Ruth schämte sich so, dass sie am liebsten in einem Erdloch verschwinden wollte. Vielleicht hätte sie doch auf den Rat ihres Vaters hören und mit dem Anwalt reden sollen. Andererseits hatte sie sich bewusst dagegen entschieden, denn dann wäre sie zum Zu-Hause-Sitzen und Abwarten verurteilt gewesen. Wie nach Konrads Tod. Nichts zu tun und zu hoffen, dass die Wahrheit ans Licht käme, hätte sie zermürbt.

»Fährst du nicht in die Agentur?«, fragte sie, als Arthur sich um halb zehn wieder zu ihr an den Esstisch setzte und sich Kaffee eingoss.

Er schüttelte den Kopf.

»Wird sich Nathalie denn keine Gedanken machen?«

»Meine Abwesenheit wird ihr nicht auffallen, weil sie heute selbst nicht im Büro ist. Und ich kann mit dem Laptop auch von zu Hause aus arbeiten.« Er nippte an seiner Tasse. »Außerdem sollten wir uns überlegen, wo wir dich unterbringen. Hier kannst du nicht lange bleiben. Am Bahnhof gibt es Kameras. Irgendwann wird die Polizei herausfinden, dass ich dich abgeholt habe, und vor meiner Tür stehen.«

Ruth nickte. Das war ihr ebenfalls schon in den Sinn gekommen. »Ich bräuchte eine Unterkunft, wo man mich nicht kennt oder es egal ist, dass man nach mir sucht. Was ist mit den Leuten, die ihre Wohnungen an Touristen vermieten? Da geht doch sicher viel unter der Hand.«

»Hm.« Arthur überlegte. »Weiß nicht. Fällt dir nicht eine eurer Liegenschaften ein, die frei ist und wo man dich niemals vermuten würde?«

»Spontan nicht. Auf meinen Laptop habe ich eine Liste mit allen leer stehenden Immobilien, aber der ist in der Villa.«

»Warum hast du den Laptop nicht mit nach Graz genommen?«

Sie zuckte mit den Schultern. »Ich dachte, den brauch ich nicht in den paar Tagen, die ich bleiben wollte.« Sie sah ihn nachdenklich an. Arthur vorzuschlagen, das

Gerät zu holen, erschien ihr aussichtslos. Er gehörte nicht zu den Menschen, die sich freiwillig in Gefahr begaben. Er war besonnen und vorsichtig, weshalb er niemals eine Karriere als Künstler wie Marko oder Gabriel in Betracht gezogen hatte. Dabei sei an ihm ein Maler verloren gegangen, hatte ihr Mann mal erwähnt.

»Bitte mich jetzt nicht, den Computer zu holen«, sagte er in dem Moment, als hätte er ihre Gedanken gelesen. »Die Kieberer nehmen mich doch hops, bevor ich auch nur die Tür aufgesperrt hab. Und wenn nicht, verfolgen sie mich, bis ich wieder hier bin.«

»Wahrscheinlich hast du recht«, murmelte Ruth erschöpft, als würde ihr erst jetzt klar, in welch einer verfahrenen Situation sie sich befand.

Arthur seufzte schwer. »Ich glaube, ich weiß, wo du unterschlüpfen kannst. Aber du musst mir versprechen, mir nicht den Kopf abzureißen.«

Ihr Weg führte sie über den Ring auf die Linke Wienzeile. Gedankenversunken ließ Ruth die Stadt hinter den getönten Scheiben von Arthurs 3er-BMW an sich vorüberziehen. Sie erinnerte sich an die Auseinandersetzung im Imperial. Der kalte Blick, mit dem Marko sie dabei gestraft hatte, schmerzte noch immer. Sie hatten oft gestritten, doch nie zuvor war sie handgreiflich geworden. Andererseits hatte er sie vor diesem Zeitpunkt auch nie derart provoziert wie bei diesem Streit. Warum diesmal? Hatte er ihre Reaktion heraufbeschwören wollen und sie deshalb so lange mit Worten verletzt? Hatte er schon vorher geplant auszuziehen?

Sie rieb sich die Stirn. Darüber nachzudenken trieb sie noch in den Wahnsinn. Wobei sie, wenn sie ehrlich zu sich war, die Antwort längst kannte. Er hatte sie für Jasmin Meerath verlassen wollen. Sie hatte es geahnt, als die Affäre immer länger und länger dauerte. Das Theater, das er gemacht hatte, als sie die Scheidung ansprach, war nur gespielt gewesen. Er hatte die Trennung gewollt. Aber er hatte den Zeitpunkt bestimmen und derjenige sein wollen, der sie verließ.

»Wo fahren wir eigentlich hin?«, fragte sie, als sie schon eine Weile unterwegs waren.

»Richtung Pressbaum«, antwortete Arthur.

»Warum?« Die niederösterreichische Stadtgemeinde lag nur wenige Kilometer vor Wien, doch Ruth hatte keinen Schimmer, was sie dort sollte.

»Wirst schon sehen.« Arthur warf ihr einen unsicheren Blick zu, der wiederum sie verunsicherte.

Er lenkte den dunklen BMW an den Rand eines Parkplatzes vor einem Supermarkt.

»Bleib im Wagen, ich kauf schnell ein paar Vorräte. Dort, wo wir hinfahren, gibt es nicht viel außer Kaffee und ein paar Keksen.«

Zwanzig Minuten später kam er bepackt mit zwei Einkaufstaschen zurück. Kommentarlos verstaute er sie im Kofferraum, glitt wieder auf den Fahrersitz und fuhr weiter.

Ein paar Kilometer vor Pressbaum bogen sie von der Landstraße auf einen geschotterten Weg ab, der zwischen Feldern hindurch zu einem älteren Bungalow mit Holzfassade führte. Die Fenster waren vergittert.

»Was ist das?« Ruth sah sich um. Das eingeschossige Gebäude mit Satteldach wurde von einem Wiesenstreifen umgeben. Nur der Bereich vor dem Eingang war gepflastert. Neben der Eingangstür stand eine einsame Holzbank, hinter dem Haus erstreckte sich der Wald.

»Ein Tonstudio.« Arthurs Stimme klang schuldbewusst. Schweigend hievte er ihren Trolley und die Einkaufstaschen aus dem Kofferraum, sperrte die Tür auf und verschwand im Inneren.

Ruth folgte ihm. »Wem gehört es?«

Er lächelte ausweichend, ließ den Koffer im Flur stehen.

»Wem?«, hakte Ruth scharf nach, weil sie eine Ahnung beschlich.

Arthur sah beschämt zu Boden. »Es gehörte meinen Großeltern. Sie haben es mir vererbt.«

»Und weshalb dachtest du, ich reiße dir den Kopf ab?«

»Weil Marko hier viel Zeit verbracht hat und nicht wollte, dass du davon erfährst.«

»Warum?«

Anstatt zu antworten, führte er sie in einen Raum. Eine frühere Zwischenwand war herausgebrochen worden. Unterschiedliche Instrumente standen an zwei Wänden. Zwei Geigen, ein Kontrabass, eine Gitarre, ein Keyboard und ein Schlagzeug. Vor den Fenstern hingen fast blickdichte Vorhänge. Ein Mischpult mit unzähligen Knöpfen, Schiebern, Monitoren und Lautsprecherboxen war durch ein Regiefenster von einem Aufnahmeraum getrennt, dessen Wände mit Diffusoren ausgekleidet waren.

Arthur schaltete die Anlage ein und drückte auf den Startknopf des digitalen Aufnahmegerätes. Kurz darauf erfüllten jazzige Klänge den gesamten Raum, die Ruth entfernt an einen Walzer erinnerten.

»Was ist das?«

»Das hat Marko hier aufgenommen, nachdem er erstmals Vila Madalenas Walzerinterpretation gehört hatte.«

Sie sah Arthur verständnislos an. In den nächsten Minuten erfuhr sie von ihm, dass es sich bei Vila Madalena um ein Duo handelte, dessen moderne Interpretation des »Donauwalzers« Marko begeistert hatte, sodass er sich selbst daran versucht hatte, Walzerklänge anders, neu, progressiver zu arrangieren.

»Wollte er das Stück veröffentlichen?«

»Wo denkst du hin.« Arthur schüttelte den Kopf. »Man hätte ihm sonst womöglich nachsagen können, dass er die Idee von Robert oder Vila Madalena gestohlen hat. Spielen sehen hat er die beiden Musiker erstmals auf einem Grätzlfest am Brunnenmarkt.«

Ruth lachte gereizt auf. »Wann war Marko denn bei einem Grätzlfest am Brunnenmarkt?« Der südländisch-orientalische Straßenmarkt war nicht gerade ein Ort, an dem sie sich normalerweise aufhielten. Der gesamte Bezirk Ottakring gehörte nicht zu ihrem Lebensbereich.

Arthur blickte unglücklich an ihr vorbei. »Jasmin hat ihm das Fest und die Band gezeigt. Sie war total begeistert von den beiden.«

Schlagartig begriff Ruth, weshalb die Affäre mit Jasmin kein Techtelmechtel im herkömmlichen Stil ihres Mannes gewesen war. Marko und diese Frau hatte die uneingeschränkte Liebe zur Musik verbunden. Sie, Ruth, war im Gegensatz dazu reine Musikkonsumentin, so wie die meisten in ihren Kreisen. Keine wirkliche Kennerin, obwohl man sie und ihresgleichen in der Oper, bei den Salzburger Festspielen oder beim Sommerfestival in Grafenegg traf. Sehen und gesehen werden, das war ihre Devise und die ihrer Bekannten. Dabei war es egal, ob man etwas von Musik verstand oder nicht. Bei der Konzertreihe *Walzer im Park* waren sie anfangs nur ihretwegen und mit zunehmendem Bekanntheitsgrad auch Markos wegen aufgetaucht. Aber immer nur, wenn sie auf den VIP-Plätzen in der ersten Reihe sitzen konnten. Doch bei allem gebotenen Respekt, niemals hätte sie oder eine ihrer adeligen Freunde ein Grätzlfest besucht.

»Soso, das Duo hat er also durch Jasmin kennengelernt.« Sie versuchte, einen neutralen Tonfall anzuschlagen.

»Du hast dich ja nie wirklich für ihn und seine Welt interessiert«, erwiderte Arthur. Er klang neutral, es war eine Feststellung, kein Vorwurf.

»Er hat sich ebenso wenig für meine interessiert. Nur meine Kontakte, die waren ihm wichtig.« In Wahrheit hatten sie alle das Ende kommen sehen. Die Gleichgültigkeit, die sich in Markos und Ruths Leben eingeschlichen hatte, war nur ein Hinweis von vielen gewesen. Aber sie, Ruth, war immer schon eine Meisterin des Ignorierens gewesen.

Arthur erwiderte nichts mehr, führte sie stattdessen in ein Wohnzimmer mit Ikea-Möbeln und einem Fernseher mit riesigem Bildschirm auf einem Standfuß. Eine Terrassentür mündete in einen Hinterhof, der von zwei Meter hohen Mauern umschlossen wurde. Dahinter erhoben sich Fichten und Tannen wie riesenhafte Wächter. Im hinteren Teil des Wohnzimmers befand sich eine Küchenzeile. Arthur stellte die Einkäufe auf der Arbeitsplatte ab, bevor er eine schmale Tür an der Seitenwand öffnete. »Hier kannst du schlafen.«

Ruth warf einen Blick in das kleine Kabinett. Eine Kommode und ein breites Schlafsofa standen darin. Sie starrte beides an. Der Teufel verführt zur Sünde, schoss es ihr durch den Kopf.

»Keine Angst. Marko war nur hier, um sich musikalisch auszuprobieren, und wenn er eine Pause von dem ganzen Rummel brauchte«, erriet Arthur ihre Befürchtung, er habe das Haus als Liebesnest genutzt. Er schloss die Tür zum Kabinett wieder. »Am Ende des Gangs findest du ein kleines Badezimmer. Ist halt alles nur notdürftig eingerichtet, aber fürs Erste sollte es reichen.«

Sie schluckte und setzte sich auf die Wohnzimmercouch.

Arthur ging zur Küchenzeile zurück und schickte sich an, die Lebensmittel in die Schränke zu räumen. »Was willst du jetzt tun?«, fragte er in ihre Richtung.

»Über alles nachdenken«, antwortete sie energielos.

»Vielleicht auch darüber, doch zur Polizei zu gehen?«

Sie schüttelte müde den Kopf. »Ich muss mir erst über einiges klar werden, Arthur.« In dem Moment kam ihr ein Gedanke. »Wer weiß noch von dem Studio?«

»Kaum jemand. Nur Robert, Jasmin und ausgewählte Musiker, die mit Marko hier gespielt haben. Ich vermiete es nicht.«

»Also Jasmin und Robert«, wiederholte sie gekränkt. »Schön, dass sogar mein Schwager den Mund gehalten hat.«

»Tut mir leid«, murmelte Arthur kleinlaut.

Sie schwiegen. Er fuhr fort, die Vorräte zu verstauen. Ruth atmete ein paarmal tief ein und wieder aus, um sich zu beruhigen.

»Nein, mir tut es leid«, erwiderte sie nach einer Weile bemüht sanftmütig. »Ihr seid oder wart Freunde, und Freunde verraten einander nicht.«

Sie beobachtete ihn. Ein verlegener Ausdruck huschte über sein Gesicht.

»Du verschweigst mir doch noch etwas, Arthur.«

»Hmmm.« Er wiegte den Kopf unentschlossen hin und her.

»Spuck's aus. Egal, was es ist. Mein Leben ist sowieso schon ein einziges Chaos.«

Er sah sie wehmütig an. »Seit dem Vorfall im Porgy & Bess waren Robert und Marko nicht mehr gut aufeinander zu sprechen.«

In einer Geste der Verzagtheit strich sie sich mit beiden Händen übers Gesicht. »Wovon zum Teufel sprichst du jetzt schon wieder?«

Samstag, 12. Juni

28

Sie kamen um halb elf in der steirischen Hauptstadt an und trafen zwanzig Minuten später in einem Hotel hinter dem Kunsthaus ein. Da es noch zu früh zum Einchecken war, gaben sie einstweilen nur ihre Koffer ab. Sarah freute sich, dass Gabi und Chris spontan beschlossen hatten, David und sie auf ihrem Kurztrip zu begleiten.

»Ein Tapetenwechsel tut uns mal ganz gut«, hatte ihre Freundin gemeint und lachend hinzugefügt, »auch wenn wir dank Sarah wahrscheinlich mal wieder nicht um Mord und Totschlag herumkommen werden.«

»Wir werden uns schon zu beschäftigen wissen, wenn sie auf Recherchetour geht«, hatte Chris augenzwinkernd angemerkt.

Conny hatte Maries Betreuung übernommen. »Ich hab eh Wochenenddienst. Da mach ich halt eine Weile Homeoffice bei euch in der Wohnung, damit die Süße nicht vereinsamt.«

Schon in den letzten Monaten hatten sie Marie und Sissi aneinander gewöhnt, als Vorbereitung für den Sommer, wenn Sarah und David länger wegfahren wollten. Was besser geklappt hatte, als alle drei zuerst vermutet hatten. Die große Liebe war zwischen Sissi und Marie zwar nicht entbrannt, aber sie akzeptierten einander.

Martin Stein hatte für Sarah um halb zwölf ein Treffen mit den Inspektoren des Landeskriminalamtes Graz vereinbart. Gabi und Chris wollten derweil durch die Innenstadt schlendern, David hatte mit einem Journalistenkollegen von der *Kleinen Zeitung* einen Termin in einem Café ausgemacht. Später wollten sie sich wieder im Hotel zum Einchecken treffen und anschließend den Nachmittag gemeinsam verbringen.

Im Gastgarten eines Bierlokals in der Altstadt wartete Sarah auf die Ermittler. Sie erkannte die beiden sofort. Chefinspektor Sascha Bergmann war ein Kerl mit drahtiger Figur, strubbligem brünettem Haar mit grauen Strähnen und Dreitagebart. Stein hatte ihr gestern noch ein Bild von ihm geschickt und erzählt, dass er gebürtiger Wiener war. Im Gegensatz zu seiner Kollegin, der Abteilungsinspektorin Sandra Mohr, die ihre hellbraunen Haare zu einem Pferdeschwanz zusammengefasst hatte. Sie war ein echtes Steirerkind. Die drei begrüßten einander mit Handschlag.

»Danke, dass Sie sich für mich Zeit nehmen«, sagte Sarah.

»Ihnen ist aber schon klar, dass wir Ihnen gegenüber keine ermittlungsrelevanten Sachverhalte ausplaudern können.« Sandra Mohr musterte Sarah aufmerksam.

»Natürlich.«

»Andererseits wissen wir, dass Martin Ihnen vertraut. Daher genießen Sie auch unser Vertrauen«, sagte Bergmann.

»Danke.«

»Was wollen Sie eigentlich wissen und warum?« Sandra Mohr begegnete ihr verständlicherweise mit einer Portion Misstrauen. Sarah war trotz aller Freundschaft zu Martin Stein auch Journalistin.

»Ich arbeite an einer umfangreichen Story zu Marko Teufels und Jasmin Meeraths Fall, die vermutlich erst nach Ermittlungsende veröffentlicht wird«, spielte Sarah mit offenen Karten. »Da Gabriel Kern ein enger Freund von Marko Teufel war und er zudem die Noten für die Walzerstadt anfertigen sollte, sind er und der Mord an ihm natürlich Teil dieser Story.«

Ein junger, lässig gekleideter Kellner tauchte auf. Sie und die Abteilungsinspektorin bestellten Wasser, Bergmann ein Bier.

»Das hier ist ein privates Treffen, kein dienstliches«, verteidigte er seine Getränkewahl, da er Sarahs kurze Grimasse bemerkt haben musste. »Martin erzählte uns, dass Sie sich mit Symbolen und so Zeugs auskennen?«

»Ja. Ich schreibe regelmäßig Kolumnen darüber.«

»Zur Vorbereitung auf unser Treffen habe ich eine im Internet gelesen. Die über die Walpurgisnacht, Hexen, Teufel und die Teufelsgeige.« Er hielt inne, betrachtete sie einen Moment stumm, ehe er fortfuhr. »Sie wissen von der Geige neben unserem Mordopfer?«

»Ja.«

»Martin erwähnte, dass Sie eine ... unkonventionelle Erklärung dafür haben. Wie lautet die?«

Sarah erklärte den beiden, dass die Geige im übertragenen Sinn für die Seele stand. Außerdem, dass Luzifer im Volksglauben als exzellenter Geigenspieler und großer Verführer galt, was man ebenso über Marko Teufel gesagt hatte. Es gelang ihr nicht, den Mienen der Inspektoren zu entnehmen, was sie von ihrer Erläuterung hielten.

»Das Instrument ist die Parallele zwischen den Morden an Marko Teufel und Jasmin Meerath und dem Mord an Gabriel Kern«, beendete Sarah ihre Erklärung, »die auf den gleichen Täter schließen lässt.«

»Oder Täterin«, entgegnete Bergmann.

»Sie denken, dass Ruth Gerand Gabriel Kern getötet hat«, schlussfolgerte Sarah augenblicklich.

»Uns liegt inzwischen die Aussage von zwei Taxifahrern vor«, berichtete der Chefinspektor. »Beide haben eindeutig Frau Gerand auf dem Fahndungsfoto erkannt. Einer von ihnen hat sie sogar zur Werkstatt gefahren, wo der Tote später entdeckt wurde.«

»Mag ja alles sein, trotzdem leuchtet mir nicht ein, warum Ruth Gerand die Nummer des Notrufs gewählt hat«, äußerte Sarah wie schon Stein gegenüber ihren Zweifel an der Theorie. »Außerdem hat sie am Tatort das Handy mit der Nachricht liegen lassen, dass sie nach Graz kommen will. Das ergibt doch alles keinen Sinn, wenn sie Gabriel Kern wirklich ermordet hat.«

»Ebenso wenig Sinn ergibt es, dass sie vor Eintreffen der Polizei verschwunden ist«, entgegnete Bergmann in einem Tonfall, der Sarah wohl darauf hinweisen sollte, dass Menschen, die ein Verbrechen begehen, nicht immer logisch handeln. »Zudem hat sie Martin angelogen. Sie war an dem Abend, als ihr Mann ermordet wurde, nicht zu Hause, wie sie behauptet hat, sondern im Stadtpark.«

»Eh«, pflichtete Sarah ihm bei. »Trotzdem. Welches Motiv soll sie für einen Mord an Gabriel Kern haben?«

»Vertuschung?«, schlug Bergmann vor. »Vielleicht wusste er etwas, das ihrer Meinung nach nicht an die Öffentlichkeit kommen soll.«

Sarah schaute ihn wenig überzeugt an.

»Frau Gerand ist übrigens wieder in Wien«, rückte er heraus.

»Woher wissen Sie das?«

»Von den Kameraaufzeichnungen am Bahnhof. Einer der beiden Taxifahrer hat ausgesagt, dass sie kurz vor vierzehn Uhr vor dem Grazer Bahnhof mit einem Trolley zu ihm ins Auto stieg. Wir haben uns also das gesamte Videomaterial dieses Nachmittags und frühen Abends angesehen und nicht nur entdeckt, dass sie mit dem Zug um halb zwei angekommen, sondern auch, dass sie am gleichen Tag wieder in einen Zug zurück nach Wien gestiegen ist. Kurz vor halb sieben.«

»Um halb zwei kam sie an, sagen Sie«, wiederholte Sarah, während sie Bergmann nachdenklich betrachtete. »Aber erst kurz vor zwei stieg sie ins Taxi. Das bedeutet, dass sie vor dem Bahnhof auf Kern gewartet hat. Noch ein Punkt, der gegen sie als Täterin spricht.«

Bergmann warf Sarah einen strengen Blick zu. »Wie auch immer. Dennoch kein Wort davon im *Wiener Boten*. Wir wollen Frau Gerand nicht über die Medien über den Ermittlungsstand informieren.«

»Schon klar. Aber noch etwas: Wenn sie tatsächlich vorhatte, nur wenige Stunden in Graz zu verbringen und währenddessen Gabriel Kern zu töten, warum hatte sie dann einen Koffer dabei?«

»Tarnung?«, schlug Bergmann vor.

Sarah runzelte skeptisch die Stirn. »Haben Sie die Tatwaffe gefunden?«

»Nein.«

»Das heißt, der Täter hat sie wieder mitgenommen ... oder die Täterin«, ergänzte sie, weil sie bemerkte, dass Sandra Mohr sie unterbrechen wollte. Plötzlich drängte sich ihr ein Gedanke auf. »Er oder sie ist noch nicht fertig.«

»Zum jetzigen Zeitpunkt können wir weitere Opfer nicht ausschließen«, bestätigte die Abteilungsinspektorin.

In Sarahs Kopf überschlugen sich die Gedanken. Wer könnte in Gefahr sein? Nathalie Buchner? Arthur Zink oder gar Ruth Gerand selbst? »Wenn Frau Gerand, wie Sie sagen, zurück nach Wien gefahren ist und Sie zum jetzigen Zeitpunkt noch immer nach ihr suchen, ist sie offenbar nicht in ihrer Villa aufgetaucht.«

»Unseres Wissens nicht«, bestätigte Bergmann.

»Hotel?«

»Wird derzeit überprüft.«

Sarah dachte nach. »Sie wird in kein Hotel einchecken«, meinte sie schließlich. »Sie hat sicher schon mitbekommen, dass man nach ihr fahndet. Die Frau ist nicht dumm.«

»Das Videomaterial vom Hauptbahnhof Wien wird

gerade gesichtet«, überging Bergmann ihren Einwand. »Wir wissen ja, welchen Zug sie genommen hat, daher auch, wann sie angekommen sein müsste. Aber ...«

»Natürlich. Vorerst kein Wort davon im *Wiener Boten*«, kam ihm Sarah zuvor. »Dass man nach ihr sucht, ist aber längst kein Geheimnis mehr. Ihr Name steht samt Foto auf der Fahndungsliste des Landeskriminalamts Wien. Damit gehören ihr seit gestern die Titelseiten sämtlicher Tageszeitungen.«

Sarahs Handy läutete. Es war David. Es musste wichtig sein, andernfalls würde er sie nicht bei dem Gespräch stören. Sie entschuldigte sich und hob ab.

»Unser Kollege von der *Kleinen Zeitung* hat mir soeben verraten, dass Marko Teufel vorhatte, eine Bar zu übernehmen. Eine mit kleiner Bühne, auf der regelmäßig Musiker auftreten. Hier in Graz. Scheint wohl so was wie ein offenes Geheimnis gewesen zu sein. Frag doch mal die Inspektoren danach.«

»Mach ich.« Sie verabschiedeten sich, und Sarah sprach sofort Sascha Bergmann und Sandra Mohr darauf an, die einen raschen Blick wechselten.

»Wir haben in Gabriel Kerns Wohnung tatsächlich einen Kaufvertrag über einen Musikclub im Lendviertel entdeckt«, antwortete Bergmann. »Er ist auf Marko Teufel ausgestellt und schon sowohl von ihm als auch vom noch aktuellen Besitzer unterschrieben. Wir fragen uns natürlich, weshalb die Unterlagen dort und nicht bei Teufels Dokumenten in Wien aufbewahrt wurden.«

»Weil er nicht wollte, dass seine Frau davon erfährt«, erwiderte Sarah automatisch.

»Das denken wir auch«, bestätigte der Chefinspektor.

»Ein Club also.« Sarah vermutete einen direkten Zusammenhang mit Jasmin Meeraths Interesse an Wohnungen in Graz. »Haben Sie schon mit dem Verkäufer geredet?«

Bergmann schüttelte den Kopf. »Bis jetzt noch nicht. Jedenfalls würde das zu dem geheimen Bankkonto passen, das Marko Teufel vor seiner Frau verheimlichte. Davon hat Martin Ihnen sicher auch erzählt?«

Sarah horchte auf. »Natürlich«, erwiderte sie dann und machte sich in Gedanken eine Notiz, Stein nach dem Konto zu fragen.

Sandra Mohr sah man deutlich an, dass sie missbilligte, wie unbefangen ihr Vorgesetzter mit einer Journalistin über Einzelheiten der Mordfälle plauderte.

»Sie können sich auf mich verlassen. Ich werde nichts veröffentlichen, was die Ermittlungen gefährden kann«, versicherte Sarah deshalb erneut.

»Wir müssen dann auch wieder ...«, sagte die Inspektorin und winkte dem Kellner zum Zahlen.

Nachdem Sarah sich von den beiden verabschiedet hatte, unterdrückte sie den Impuls, Stein sofort anzurufen und ihn nach dem Bankkonto zu fragen, das er ihr gegenüber bisher nicht erwähnt hatte. Das würde sie später erledigen. Stattdessen schrieb sie David, Chris und Gabi eine Nachricht, dass sie sich auf den Weg zum Hotel machte.

Als sie fast zeitgleich im Foyer eintrafen, reichte ihr David einen Zettel mit einer handschriftlichen Adresse drauf. »Ich dachte, du möchtest später sicher auf einen Sprung in dem Lokal vorbeischauen. Es öffnet um neun.«

Sarah küsste ihn lächelnd. Als ihr Handy piepste, holte sie es hervor. Maja hatte ein Video geschickt. Sie klickte es an und sah Polizisten vor einem schmiedeeisernen Gartentor. *SORRY für die Störung. Aber Hausdurchsuchung in der Villa der Gerand*, stand unter dem Video.

Sarah rief ihre Kollegin augenblicklich an. »Ist Ruth Gerand auch da?«

»Nein, sie ist nach wie vor verschollen«, informierte Maja sie. »Aber ihr Anwalt und ihre Eltern sind hier. Ich werde versuchen, ein Statement zu bekommen. Kunz meint, das wird morgen unser Aufmacher. Wart mal, Sarah!« Sie sprach mit jemandem, der Stimme nach mit Simon, dem Fotografen. »Ich melde mich später wieder bei dir. Da tut sich was«, sagte Maja noch, bevor sie auflegte.

29

Sarah bemühte sich am Nachmittag trotz aller Neugier, die Mordfälle aus ihrem Kopf zu verbannen. Überraschenderweise gelang es ihr sogar, sich beim Shoppen, Eisessen, Kaffeetrinken und Herumflanieren zu entspannen.

Zwei Stunden nach ihrem Telefonat schrieb ihr Maja, dass die Polizei offenbar etwas gefunden hatte, aber kein Wort darüber verlor, worum es sich dabei handelte. Sarah setzte den Fund auf die geistige Liste, die sie mit Stein abarbeiten wollte.

Für sieben Uhr hatte Chris einen Tisch in einem griechischen Restaurant in der Färbergasse reserviert. Ein Kollege hatte es ihm empfohlen und betont, dass es von echten Griechen betrieben wurde. Nachdem sie es sich gemütlich gemacht hatten, bestellten sie unterschiedliche Gerichte und eine Flasche weißen Amethystos. Während sie aßen, unterhielten sie sich über die Steiermark, Graz generell und darüber, was sie für den Sonntag planten, ehe sie zurückfuhren. Auf ihrem Plan standen der Schlossberg und der Botanische Garten, außerdem wollten sie sich durch die Altstadt treiben lassen.

Nach dem Essen machten sie einen Verdauungsspaziergang durch das abendliche Graz. Das Leben pulsierte auf den Straßen. Zehn Minuten nach neun betraten sie den Musikclub. Das Lokal war mäßig besucht, eng und schummrig beleuchtet. Die Wände, die Bar und das Mobiliar bestanden aus dunklem Holz, überall entdeckte Sarah musikalischen Krimskrams. An der Decke hingen Geigen, Trompeten und Saxofone.

»In Graz hängt nicht nur der Himmel voller Geigen«, witzelte Chris und küsste Gabi auf die Wange.

Sie setzten sich an einen Tisch nahe der kleinen Bühne am Ende des länglichen Raums. Ein dicklicher Kerl mit schütterem Haar in Jeans und schwarzem T-Shirt kam hinter der Theke hervor und trat an ihren Tisch.

»Griaß eich!«

Sarah lächelte. Hier war man mit den Gästen gleich per Du.

»Servus«, erwiderten sie einhellig und bestellten eine Flasche Weißburgunder aus der Südsteiermark und Wasser.

Als der Mann die Getränke brachte, sprach Sarah ihn an und erklärte den Grund ihres Besuchs.

»Soso, a Journalistin«, murmelte er. »Hob schon g'hört, dass der Kern umbracht worden ist.« Er stellte sich ihnen vor. »I bin der Binder Leo. Mir g'hört das alles do.« Er machte eine ausladende Handbewegung und kam wieder auf die Mordfälle zu sprechen. »So a Elend. Erst der Teufel und jetzt auch noch der Kern. Was ist nur los mit dera Menschheit? Lauter Depperte, oder? Ich kann mich jedenfalls noch gut an den letzten

Besuch von den beiden hier erinnern. Da war auch a Frau dabei, a ganz a fesche. Die war richtig begeistert von der Deko.« Er zeigte zu den Instrumenten an der Decke. »Die sollten bleiben, hat s' g'meint.«

»Wissen Sie noch, wie sie hieß?«, fragte Sarah.

Der Wirt dachte angestrengt nach. »Na. Aber die hat so an modernen Namen g'habt. Die sollt den Jazzclub leiten, den der Dirigent aus meinem Musikclub machen wollt. Bei mir haben ja Musiker aller Richtungen g'spielt. Sogar einen Schlagerabend hat's mal 'geben. In den letzten fünfundzwanzig Jahren sind sicher mehr als hundert Musiker auf meiner Bühne g'standen«, schweifte er ab. »Manche von denen leben gar ned mehr. War a lustige Zeit.« Er machte Anstalten, zum Tresen zurückzugehen.

»Die Frau?«, erinnerte ihn Sarah an ihre Frage.

»Ah ja, den Namen weiß ich leider wirklich ned. Aber schöne lange rote Haare hat s' g'habt.«

»Jasmin Meerath«, erriet Sarah.

»Stimmt. Ich glaub, so hat sie g'heißen. Wie auch immer«, fuhr er fort, »der Laden wird Ende des Jahres verkauft, an wen auch immer. Oder zug'sperrt.« Er verließ den Tisch, um sich neuen Gästen zu widmen, die gerade eingetrudelt waren.

»Offenbar rechnet er nicht damit, dass jemand aus der Familie Teufel den Kaufvertrag übernimmt«, sagte David.

»Schaut so aus«, stimmte Chris ihm zu.

Sarah und Gabi nickten zustimmend.

»Jasmin hat also eine Bleibe in Graz für sich gesucht.« Sarah berichtete den anderen von den Wohnungsexposés, die Stein und Co in ihrer Wiener Wohnung gefunden hatten.

Während ihre Lieben sich weiterunterhielten, wanderte ihr Blick zur Decke und blieb an den Instrumenten hängen.

Ob Nathalie Buchner von den Plänen weiß?, überlegte Sarah. Jasmins Umzug hätte zweifellos die Kündigung in der Agentur zur Folge gehabt. Die Chefin hatte Jasmins Arbeit in den Himmel gelobt, die junge Frau wäre mit Sicherheit schwer zu ersetzen gewesen. Himmel, war das ein Schlagwort in diesem Fall? Der Himmel hängt voller Geigen, die erste Geige spielen, reihte Sarah einen Spruch an den nächsten.

Kurz entschlossen fischte sie aus ihrer Handtasche einen Stift und einen Notizblock hervor, den sie immer bei sich trug. Sie begann zu notieren:

Geige auf Körper – Jasmin Meerath.
Geige auf Boden – Gabriel Kern.
Rote Haare – gebürstet, ein roter Fluss, Erotik.
Grabstichel – Hexenprozess, Befragung, Schuld.
Musik – Emotion, Kommunikation, Spiritualität,
  Heilmittel.

Kaum etwas konnte Sarah mehr begeistern als Zeichen, deren logischer Zusammenhang sich ihr nicht sofort erschloss, die aber in einem Zusammenhang zueinander stehen mussten. Der Täter hatte eine Botschaft hinterlassen, die, wie er vermutlich meinte, nur er verstand.

Auf der Bühne tat sich etwas. Ein Saxofonist und eine Geigerin betraten sie und begannen »Imagine« von John Lennon zu spielen.

»Du bist schon wieder irgendwo, aber nicht hier«, stellte Chris fest.

»Lass uns an deinen Gedankenspielen teilhaben«, forderte Gabi sie auf.

»Der oder die Täterin hat Marko Teufel und Jasmin Meerath auf der Parkbank wie ein Bild vom Tod arrangiert, hat Maja gesagt«, setzte Sarah zaghaft an. »Wenn ich den Tod nicht im wortwörtlichen Sinn verstehe, könnte man die Inszenierung auch als die Darstellung eines Abschieds interpretieren. Der Tod ist ja eine Art Abschied: vom Leben, von seinen Lieben, von der Welt«, zählte sie auf. »In Jasmin Meeraths Fall, so sie noch leben würde, hätte mit dem Umzug nach Graz ein Abschied von ihrem alten Leben angestanden. Sie hatte sich dem Teufel verschrieben und wollte mit ihm ein neues Leben beginnen.«

»Rotes Haar und Sommersprossen – sind des Teufels Volksgenossen«, zitierte Chris einen uralten Kinderreim.

»Mit dem Teufel im Bunde«, interpretierte Sarah weiter, »das war Jasmin Meerath schon, bevor sie mit Marko die Affäre begann – nämlich mit Robert.« Sie betrachtete das Blatt mit ihren Notizen. »Die Geige«, sie sah wieder in die Runde, »steht als Symbol nicht nur für die Seele, sondern ebenso für den weiblichen Körper. Etwa im niederländischen Barock. Ich denke, Jasmin Meerath spielte für unseren Täter tatsächlich die erste Geige. Dazu ihre tizianroten Haare, die über Marko Teufels Knie fielen. Sie haben mich die ganze Zeit an einen Fluss erinnert, deshalb dachte ich nur in diese Richtung und habe ihre wahre Bedeutung übersehen.«

»Was faselst du da eigentlich?«, fragte David irritiert.

Sarah hob ihr Weinglas an die Lippen und stellte es wieder ab, ohne einen Schluck genommen zu haben. »In der Geschichte der Menschheit wird Haaren eine große und magische Bedeutung zugesprochen. Denkt nur an Märchen, an Hexen, Nixen, die Loreley und die Medusa. In diesen Fällen symbolisieren Haare die verführende, die gefährliche und die erotische Kraft der Frau. Noch heute finden viele Männer nur Frauen mit langen Haaren attraktiv.« Sie erinnerte sich, dass Arthur Zink Ähnliches erwähnt hatte, als sie ihn nach dem Frauentyp fragte, der ihm und seinen Bandkollegen als junge Burschen gefallen hatte. »Zudem wurden Haare seit jeher und in allen Kulturen in etwaige Liebeszauber gemischt.« Sie hielt kurz inne, wie um sich zu merken, was sie gerade eben gesagt hatte.

»Und was bedeutet das konkret in Zusammenhang mit den Mordfällen?«, versuchte David zu verstehen.

»Der Täter war nicht eifersüchtig im normalen Sinn. Er liebte Jasmin Meerath. Krankhaft. Doch sie wollte ihn verlassen, und das verletzte ihn ungemein.«

»Wen genau?«, fragte Chris dazwischen.

Sarah machte eine bedauernde Geste. »Das ist die Frage, die es noch zu beantworten gilt.«

30

Ruth schwitzte, was nicht an der Hitze lag, die sie schon den gesamten Tag über lähmte. Es war die Sorge um Arthur, die sie quälte. Es war halb zehn Uhr abends. Seit Stunden wartete sie auf ihn. Er war gestern spätnachts nach Wien zurückgefahren. Davor hatte er ihr noch vom Streit im Porgy & Bess erzählt. Dass Marko wegen Arina Zopf einen Schlag auf die Nase bekommen hatte, hatte ihr gefallen.

»Das hätte er lange vorher gebraucht«, hatte sie gemeint und diesem Baldic gedanklich auf die Schulter geklopft. Obwohl sie jeder Satz von Arthur emotional einen großen Schritt von Marko entfernt hatte, hatte sie bei der Geschichte geweint. Sie hatte ihre heftige Reaktion auf den Wein geschoben, der ihr zu Kopf gestiegen war. Arthur hatte sie tröstend in die Arme genommen, und bei dem Gedanken, was daraufhin passiert war, errötete sie jetzt noch.

Ein Rätsel, wie es so weit hatte kommen können. Er hatte sie an sich gedrückt und sanft geküsst. Auf den Scheitel, die Wange, den Mund. Sie war erstaunt gewesen, wie gut sich das anfühlte. Obwohl sie wusste, dass es ein Fehler war und sie spätestens an der Stelle aufhören sollten, hatten sie weitergemacht. Sie hatte es geschehen lassen. Schon zu lange lebte sie ohne Sex. Waren es zwei, drei oder vier Jahre, seit Marko zuletzt Interesse an ihr gezeigt hatte? Wie oft hatte er sich erst in den frühen Morgenstunden zu ihr ins Bett gelegt? Nach anderen Frauen gerochen? In dem Moment, als Arthur sie nahm, war es, als befreite sie sich endgültig von Marko. Willig, voller Lust und ohne schlechtes Gewissen hatte sie sich ihm hingegeben. Wie es normalerweise die Gespielinnen ihres Mannes getan hatten. Höhepunkt hatte sie keinen gehabt, dafür hinterher ein Gefühl der Genugtuung.

Arthur war selbst überrascht und peinlich berührt gewesen. Er hatte eine Entschuldigung gemurmelt und war zwanzig Minuten nach ihrem Liebesspiel aufgebrochen.

Dunkelheit und eine bedrohlich wirkende Stille hüllten das einsam liegende Haus jetzt ein. Um sich die Zeit zu vertreiben und die allmählich aufkommende Panik in den Griff zu bekommen, hatte Ruth über sich selbst nachgedacht. Dabei war sie zu der Erkenntnis gelangt, dass die Eigenarten der Männer in ihrem Leben sie zermürbt hatten. Ihr Vater, ein unverbesserlicher Kontrollfreak, der nichts dem Zufall überließ und dem nur schwer etwas recht zu machen war. Konrad, der ihr Hunderte Male versprochen hatte, mit dem Saufen aufzuhören, und dem es nie gelungen war. Marko hatte sich gar nicht erst die Mühe gemacht, ihr vorzugaukeln, sich ihr zuliebe ändern zu wollen. Trotzdem hatte sie daran geglaubt. Wie naiv sie doch war. Immer noch. Arthur hatte recht. Sie hätte in Graz auf die

Polizei warten oder spätestens in Wien Chefermittler Stein anrufen sollen. Nach dieser ganzen Aktion würde ihr Vater ihr niemals die Verantwortung für die Immobilien Holding übertragen. Im Gegenteil. Wenn sie Pech hatte, entließ ihr Vater sie aus der Geschäftsführung, und sie könnte es ihm nicht mal verdenken. Sie benahm sich vollkommen indiskutabel, wie ein naiver Teenager. Schon seit Langem.

Arthur anzurufen war unmöglich. Ihr Handy lag ohne SIM-Card in seiner Wohnung, und einen Festnetzapparat gab es in diesem verdammten Studio nicht. Klar, weil jeder heutzutage ein Mobiltelefon besaß. Verfluchte moderne Welt! Die Warterei zerrte an ihren Nerven. Was, wenn ihm ihr Liebesakt so peinlich war, dass er nicht wiederkam? Wenn ihm etwas Schreckliches zugestoßen war? Wenn sie recht behielt und er das nächste Opfer war? Ihre Sorge verwandelte sich jetzt doch in Panik. Sie saß auf dem Sofa, fühlte sich erschöpft, müde und dennoch nervös. Mit zittrigen Fingern nahm sie die Fernbedienung vom Couchtisch und schaltete den Fernseher ein. Wenn etwas passiert war, würde sie es in den Nachrichten sehen. Und falls dem so wäre, stellte sich die Frage, wie es ihr gelingen sollte, ohne Telefon Hilfe zu holen. Oder von hier wegzukommen. Die Haustür hatte Arthur von außen abgeschlossen, und inzwischen weckten die Gitter in ihr das Gefühl, im Gefängnis zu sitzen.

»Ich hab nur einen Schlüssel«, hatte er erklärt und sie daraufhin eingesperrt. Ihr war's egal gewesen, sie hatte ohnehin nicht vorgehabt, das Haus zu verlassen. Bis jetzt.

Die Spätnachrichten fingen an. Sie wappnete sich, hielt die Luft an. War darauf gefasst, von Arthurs Ermordung zu hören. Doch einen Atemzug später erschien stattdessen ein Foto von ihr, Ruth, am Bildschirm. Man bat die Zuseher bei der Suche nach ihr um Hilfe. Als ihr Gesicht ausgeblendet wurde, tauchte ein Redakteur auf. Er stand vor dem Gartentor ihrer Villa und berichtete von einem Fund: »Die Polizei hält aus ermittlungstaktischen Gründen noch geheim, worum es sich dabei handelt.«

Ruth war gelähmt vor Entsetzen. Wovon sprach der Mann?

»Die Familie Gerand und der Anwalt der Familie behalten sich derzeit eine Stellungnahme vor«, sagte der Berichterstatter und gab zurück ins Studio.

Starr vor Schreck verfolgte Ruth, wie ihr Leben auseinandergenommen wurde. Der Nachrichtensprecher erwähnte, dass sie einem alten Adelsgeschlecht angehörte und Geschäftsführerin der Gerand Immobilien Holding war. Zudem nannte er Konrads Fenstersturz in einem Atemzug mit der Ermordung Markos und Jasmins. Außerdem erklärte er, dass sie auch zu dem Mord an Gabriel Kern befragt werden würde, so man sie denn fände.

Dem folgte der nächste Beitrag. Über Arthur wurde kein Wort verloren. Als der Wetterbericht mit einer Unwettervorhersage für die westlichen Bundesländer Vorarlberg, Tirol und Salzburg sowie für Niederösterreich und Wien lief, drückte Ruth auf den roten Knopf der Fernbedienung. Im Unterschied zu ihrem Körper, der noch immer unter Schock stand und wie erstarrt war, arbeitete ihr Gehirn auf Hochtouren. Was hatte die Polizei in ihrem Haus gefunden?

Sie rieb sich das Ohr, als würde das beim Nachdenken helfen. Das Geräusch in ihrem Garten vor wenigen Tagen fiel ihr ein. Konnte es sein, dass jemand etwas in ihrer Garage deponiert hatte? Etwas, das man jetzt gegen sie verwendete, damit ihr Leben zerstört wurde? Kraftlos schlang sie die Arme um sich, rollte sich auf dem Sofa wie ein verletztes Tier zusammen und hoffte verzweifelt, die Nacht nicht zu überleben. Nach ihrem Tod konnten die Leute reden, was immer sie wollten, sie würde es nicht mehr hören. Sie schloss die Augen.

Ein Knall riss sie in die Aufrechte. Sie hatte nicht bemerkt, dass sie eingenickt war. Ein Blick auf ihre Armbanduhr bestätigte, dass sie fast eine Dreiviertelstunde geschlafen hatte. Sie sah zum Fenster hinaus. Ein Blitz erhellte den Hinterhof für den Bruchteil einer Sekunde, ihm folgte unmittelbar ohrenbetäubendes Donnergrollen, und die Schleusen des Himmels öffneten sich. Das Unwetter entlud sich offenbar direkt über ihr.

Sie erhob sich, um das Licht einzuschalten. Es funktionierte nicht. Sie versuchte es mit dem Fernseher. Nichts geschah. Der Blitz musste in nächster Nähe eingeschlagen und das Stromnetz lahmgelegt haben.

»Auch das noch«, seufzte sie. Gleich darauf knallten hühnereigroße Hagelkörner gegen die Fensterscheiben. Gräuliches Licht schien durch die Terrassentür in den Hinterhof, die Blätter der Bäume tanzten im Wind, und die Baumkronen bogen sich bedrohlich unter der Kraft des Sturms über die abgrenzende Mauer zum Hof. Krachend landete ein dicker Ast auf dem Rasen. Ruths Blick glitt zur Zimmerdecke. Man könnte meinen, der Teufel persönlich will mich holen, dachte sie und brüllte: »Lass mich in Ruhe!«

Sirenen heulten in der Ferne. Mit hoher Wahrscheinlichkeit setzte das Unwetter Gebäude unter Wasser, deckte Dächer ab und knickte Bäume um wie Streichhölzer. Ruth befürchtete, dass die Feuerwehr angesichts der Wassermassen den Kampf verlieren würde. Sollte der Regen das Studio überfluten, wäre ihre einzige Chance, um ins Freie zu gelangen, der Hinterhof. Wo ihre Flucht allerdings enden würde. Über die hohe Mauer käme sie unmöglich ohne eine Leiter, und bei Arthurs schneller Führung durchs Haus hatte sie keine gesehen. Gab es vielleicht einen Abstellraum oder einen Keller? Doch Arthur hatte nichts dergleichen erwähnt. Wozu auch? Als sie angekommen waren, herrschte noch schönstes Sommerwetter.

Kerzen!

Vorsichtig tastete sie sich durch die Dunkelheit bis zur Küchenzeile. Zog Lade für Lade auf, kramte darin herum und fand immerhin eine Taschenlampe. Sie knipste sie an, machte sich auf die Suche nach einer Leiter und leuchtete dabei hinter jede Tür, in jede Nische und jedes Eck. Im Flur hoffte sie kurz, eine Tür in einen Keller zu finden, doch die Hoffnung wurde schnell enttäuscht. Allerdings entdeckte sie an der Decke eine weiß gestrichene Deckentür. Das Haus hatte demnach einen Dachboden. Nur wo war der Zugstab, um die Luke zu öffnen?

Wieder suchte sie. Diesmal dauerte es nicht lange, bis sie das Gewünschte fand. Der Stab stand am Ende des Gangs, verdeckt von einem Vorhang. Sie nahm ihn, hakte ihn in die Metallschlaufe im Lukendeckel und zog daran. Die Tür öffnete sich, und eine Scherentreppe klappte herunter. Sie musste daran ziehen, um sie zur Gänze auszufahren. Mit der Taschenlampe in der Hand stieg sie nach oben und blieb auf der letzten Stufe stehen. Es klang, als wütete ein Orkan direkt über dem Haus.

Meter für Meter leuchtete sie den dunklen Dachboden ab. Zu ihrer Ernüchterung war die Dachkammer praktisch leer. Auch hier keine Leiter. Sie wollte schon wieder nach unten steigen, da weckte eine Holztruhe, die sie anfangs übersehen hatte, ihre Neugier. Sie stand nur ein paar Schritte von der Luke entfernt.

Einen Moment lang betrachtete Ruth sie unentschlossen. »Was soll's«, murmelte sie dann und betrat den Dachboden. Sie hielt kurz inne, lauschte. Irgendetwas schien auf die Dachziegel zu schlagen. Ein Ast? Eine Antenne? Sie hoffte, dass die Ziegel dem Unwetter standhielten, und steuerte auf ihr Ziel zu. Sechs Schritte, dann kniete sie sich vor die Truhe.

Überrascht stellte sie fest, dass sie nicht abgeschlossen war. Sie hob den Deckel. Ein Plan der Sommertournee von diesem Jahr lag obenauf, darunter fand sie einen Schal, ein Damensakko und eine kleine goldene

Geige, wie Marko sie stets bei sich getragen hatte. Wem gehörte diese hier? Am Truhenboden entdeckte sie eine Bleistiftzeichnung. Die Frau darauf war eindeutig Jasmin. Es schien, als hätte der Künstler das Werk nicht vollendet, nur die Haare waren koloriert. Daneben lag ein Foto von Jasmin auf einer Parkbank. Das rote Haar floss über die Sitzfläche, auf der ihr Kopf lag. Ruth erinnerte sich. Das war doch das Foto, das Stein ihr gezeigt hatte, bevor sie Markos Arbeitszimmer betraten, um die Lade zu öffnen, die sie zuvor aufgebrochen hatte. Was machte das hier? Sie legte es zurück, griff nach einem transparenten Plastikbeutel mit Druckverschluss, der unter dem Bild gelegen hatte. In ihm steckte eine tizianrote Haarsträhne.

Der Truheninhalt wirkte, als bestünde er fast ausschließlich aus Sachen von seiner Geliebten, die Marko hier aufbewahrt hatte. Von wegen, er hatte das Studio nicht als Liebesnest verwendet. Aber warum waren das Foto, die Zeichnung und die Haarsträhne ausgerechnet auf dem Dachboden? Einem inneren Impuls nachgebend, nahm sie die Zeichnung und das Foto zur Hand und zerriss beides in kleine Stücke. Es fühlte sich befreiend an, als würde eine Last von ihren Schultern genommen werden.

Plötzlich flackerte die Taschenlampe auf und erlosch im nächsten Moment.

Verdammt!

Ruth drückte ein paarmal den Ein- und Ausschalter. Nichts passierte. Sie schüttelte die Lampe, aber sie ließ sich nicht mehr einschalten. Nur das trübe Licht, das durch die Dachbodenluke schien, zeigte ihr den Weg nach unten. Um nicht zu stolpern, kroch sie auf allen vieren die wenigen Meter zu ihr zurück.

Dabei bemerkte sie, dass das beängstigende Prasseln auf dem Dach leiser wurde. Offenbar ließ der Regen nach. Von einem Moment auf den anderen herrschte eine ähnliche Ruhe wie vor dem Sturm. Bedrohlich und unheimlich. Sie drehte sich um, stieg mit dem linken Fuß auf die oberste Treppenstufe, zog das zweite Bein nach, rutschte weg und fiel. Sie versuchte noch, sich zu fangen, stieß aber mit ihrem Oberkörper hart gegen die Kanten der Stufen, bevor sie auf dem Boden aufschlug.

Ein brennender Schmerz durchfuhr sie. Sie bekam keine Luft.

Sonntag, 13. Juni

31

Sarah wachte auf, weil die Sonne durchs Fenster direkt in ihr Gesicht schien. Sie griff nach dem Handy, sah, dass es acht Uhr war und sie bereits eine Nachricht über WhatsApp erhalten hatte. Sie klickte drauf. Conny, die in ihrer Wohnung übernachtet hatte, hatte ihr Fotos geschickt: Marie und Sissi in friedlicher Eintracht aneinander gekuschelt. *Ziemlich beste Freunde*, hatte die Gesellschaftsreporterin daruntergeschrieben.

Sarah schickte ein Smiley mit Herzen als Augen zurück, schälte sich aus dem Bett, ging ins Badezimmer und stellte sich unter die Dusche.

»Ich geh runter zum Telefonieren«, flüsterte sie zwanzig Minuten später David ins Ohr.

Er brummte etwas im Halbschlaf und rollte sich noch mal auf die Seite.

Sie küsste seine Schulter, verließ das Hotelzimmer, lief rasch die Treppen hinunter und trat kurz darauf ins Freie. Der Himmel zeigte sich wolkenlos, es würde ein wundervoller Sonnentag werden. Sie wollte endlich mit Stein sprechen, ehe sie sich mit Chris und Gabi zum Frühstück trafen. Sarah hatte sich vorgenommen, den restlichen Sonntag nach dem Telefonat vollständig ihren Lieben zu widmen. Kein Gedanke mehr an Tote, Mörder, Tatwerkzeuge und Symbole.

Während das Freizeichen erklang, ging sie die schmale Gasse hinter dem Kunsthaus auf und ab. Bewegung half ihr beim Denken. Das Gässlein war fast menschenleer. Nur ab und zu fuhr ein Radfahrer oder ging ein Spaziergänger vorbei. Der Rest von Graz schien so früh am Sonntag noch in den Federn zu liegen.

Stein hob nach dem dritten Läuten ab.

»Ich hoffe, ich störe dich nicht an deinem freien Tag.«

»Seit wann hast du wegen so etwas Schuldgefühle?«, brummte Stein zur Begrüßung. »Und ja, ich habe wirklich frei. Aber ein Tratscherl mit dir am Sonntagmorgen ist mir immer willkommen.«

»Du klingst irgendwie sarkastisch.«

»Geh!« Er lachte heiser. »Ich hab übrigens grad zum Frühstück deine Kolumne über die frühere Bedeutung von Musik gelesen. Sehr interessant.«

»Danke.« Ein Lob von Stein kam nicht besonders häufig vor und war daher so wertvoll wie ein seltener Edelstein.

»Aber du hast mich sicher nicht angerufen, um darüber zu plaudern. Also schieß los! Was verschafft mir die Ehre deines Anrufs am Tag des Herrn.«

Sarah berichtete über den Besuch im Musikclub und davon, dass Marko Teufel den Club hatte kaufen wollen. »Jasmin sollte die Leitung übernehmen, ergo nach Graz ziehen. Also hat sie die Wohnung für sich gesucht und nicht die Unterlagen für jemand anders verwahrt.«

»Damit hat sie gegen kein Gesetz verstoßen«, spottete Stein.

»Und Geld auf einem Konto zu bunkern, von dem die Ehefrau nichts weiß, ist ja auch nicht gesetzeswidrig. Auch nicht wenn man Marko Teufel heißt, gell?«, erwiderte sie.

Stein lachte amüsiert auf. »Wie habe ich annehmen können, dass dir das verborgen bleibt.«

»Bergmann hat sich verplappert«, gab Sarah zu. »Er dachte, ich wüsste Bescheid.«

»Die Exposés sind weniger geheim als gedacht und meines Erachtens nicht relevant für den Fall. Das Konto läuft nämlich ganz regulär auf Marko Teufels Namen«, erklärte Stein bereitwillig. »Sein Steuerberater behauptet, er habe die Summe in den letzten Jahren angespart, um über einen Notgroschen zu verfügen.«

»Marko Teufel war ein Sparefroh«, stellte Sarah fest. »Wer hätte das gedacht?«

»Angeblich plagte ihn regelmäßig die Existenzangst. Der Spargroschen half, sie zu lindern. Das müssen wir vorläufig glauben, denn Beweise für illegale Geldgeschäfte haben wir nicht. Und meine Kollegen haben das Konto sehr genau durchleuchtet.«

»Aber seine Frau hat doch Geld. Ziemlich viel sogar. Weshalb also die Existenzangst?«

»Die Finanzen sind beziehungsweise waren im Hause Gerand/Teufel streng getrennt. Nach einer Scheidung hätte der Ehemann nicht viel bekommen. Da sind die Gerands sehr gewissenhaft. Die wollten kein Risiko eingehen, das Vermögen an einen Ehegespons zu verlieren.«

»Was denkst du, hätte er das Geld für den Kauf des Lokals verwendet?«

»Keine Ahnung. Aber nach Prüfung seiner offiziellen Konten kann ich dir sagen, dass er seinen vermeintlichen Notgroschen nicht hätte anrühren müssen, um den Musikclub zu kaufen.«

»So ein Glückskind. Ich hab übrigens noch mal nachgedacht und eine neue Theorie zum Täter oder der Täterin entwickelt.«

»Keine Eifersucht mehr?«

»Irgendwie schon, aber irgendwie auch anders.«

Stein stöhnte. »Erkläre mir, was du meinst, und ich verspreche dir, dich nicht zu unterbrechen. Auch wenn sich deine Theorie noch so absurd in meinen Ohren anhört.«

Sie lächelte über die Geduld, die er vergeblich versuchte, ihr gegenüber an den Tag zu legen.

»Aber bitte in einfachen Worten und ohne Hexeneinmaleins.«

»Also gut, dann hör zu. Der Täter, wenn es denn ein Mann war, hat Jasmin Meerath nach dem Mord die Geige in die Hand gelegt. Diese Handlung wirkt fürsorglich, fast liebevoll. Außerdem hat er ihr die Haare voller Hingabe gebürstet. Insgesamt kann man also sagen, dass er sich Zeit für sie genommen, sich mit ihr beschäftigt hat.« Sie erwähnte den niederländischen Barock und die Geige in dem Zusammenhang.

»Ausgezeichnet, Sarah. Falls wir mal eine Fortbildung zum Thema Symbolik in der Kunst planen, werd ich dich als Vortragende vorschlagen«, hänselte Stein sie.

»Du kannst dich glücklich schätzen, denn du darfst die Weiterbildung jetzt gleich exklusiv und kostenlos besuchen«, gab Sarah zurück und fuhr fort. »Marko Teufel hingegen hat er einfach auf der Parkbank sitzen lassen. Es war ihm gleichgültig, wie er aussah.«

»Oder seine Haare«, witzelte Stein.

»Ebenso Gabriel Kern. Zudem fand man die Geige bei ihm neben seinem Körper, sie wurde weniger liebevoll abgelegt. Meines Erachtens hat der Täter sie nur dort hinterlassen, damit der Tatort unserem im Stadtpark ähnelt.«

»Du denkst, es waren unterschiedliche Täter, und jener in Graz hat den Mord in Wien nachgeahmt«, schlussfolgerte Stein.

»Nein. Es ist schon derselbe Täter. Aber ich denke, ihr solltet Jasmin Meerath mehr Aufmerksamkeit schenken und ihren Hintergrund noch mal genauer durchleuchten.«

»Das bringt doch nichts. Wir haben uns schon mit ihr beschäftigt und nicht viel mehr außer Jobbezogenes gefunden.«

»Weißt du, dass es einen heimlichen Verehrer gegeben hat? Der hat ihr eine Zeichnung geschickt, auf der nur ihre Haare koloriert waren. Ich habe das von Arthur Zink, der meinte, der Unbekannte habe ansonsten nie Kontakt zu ihr aufgenommen. Jedenfalls habe sie nie etwas in der Richtung erwähnt. Wenn dieser

Verehrer der Täter wäre, würde das doch erklären, weshalb er zuerst auf sie und erst danach auf Marko Teufel eingestochen hat. Sie war das Opfer, auf das es ihm ankam. Nicht unser hochverehrter Stardirigent und notorischer Schürzenjäger.«

»Hmmm«, brummte Stein. »Wir haben bei ihren Sachen keine Zeichnung gefunden.«

»Sie hat sie weggeschmissen.« Sarah erklärte mit knappen Worten, woher sie das wusste.

»Und warum erzählt mir das niemand?«, grummelte Stein grantig.

»Weil vermutlich niemand die Zeichnung mit dem Mord in Verbindung bringt«, mutmaßte Sarah.

»Was, wenn sie nicht von einem Verehrer stammt, sondern von jemandem, der sie nicht ausstehen konnte. Der die Meinung vertrat, sie sei eine Hexe, also im übertragenen Sinn?«, beließ es Stein offenbar bei Sarahs Begründung.

»Wie kommst du auf die Idee?«

»Jasmin Meerath hatte rote Haare, von denen ihr eine Strähne abgeschnitten wurde.«

»Was?« Sarah hatte im Gehen angehalten.

»Eine Haarsträhne«, wiederholte Stein. »Eine typische Trophäe von Sexualstraftätern.«

»Auch das passt perfekt zu meiner Theorie.« Sarah erläuterte ihm die Bedeutung von Haaren in der Geschichte. »Glaub mir, unser Täter hat Jasmin nicht verachtet, sondern krankhaft geliebt.«

»Du denkst, er hat sie wegen ihrer Haare umgebracht?« Aus Steins Stimme klang Unverständnis.

»Natürlich nicht. Obwohl es scheint, als hätten ihre Haare für den Täter eine besondere Bedeutung gehabt. Er fand sie faszinierend, sie hatten eine magische Wirkung auf ihn. Deshalb hat er Jasmin auf der Parkbank noch frisiert. Jeder sollte auf den ersten Blick ihre Haarpracht wahrnehmen. Das Kämmen der Haare hat übrigens seit Urzeiten eine rituelle, fast heilige Bedeutung. Und unsere Urahnen glaubten, je länger die Haare eines Menschen waren, desto mehr Kraft besaß er. Weshalb man sie hingebungsvoll pflegte. Dieser Gedanke ist noch immer in uns verwurzelt. Musst dir nur anschauen, wie viel Wert Menschen auf die passende Frisur legen. Und wie viele Männer ausschließlich langhaarige Frauen erotisch finden.«

»Du glaubst also, dass er ihr mit dem Abschneiden der Strähne ihre erotische Kraft über ihn rauben wollte?«

»Ja, aber noch mehr. Die Strähne passt zu dem Talisman, den er allem Anschein nach Marko Teufel gestohlen hat. Ihm stiehlt er das Glück. Ihr hingegen ihre Vitalität und ihre Macht über ihn. Zudem hat er sie mit dem Mord sozusagen vom Teufel befreit. Klingt verrückt, ich weiß.«

»Und wie passt deiner Meinung nach Gabriel Kern in das Bild?«

»Darüber muss ich noch nachdenken. Aber ich bin mir sicher, dass die Gemeinsamkeit die Seele ist.« Sarah lächelte.

»Was?«, stöhnte Stein auf. »Ich hoffe, dass ich dich

und deine seltsamen Theorien niemals vor Gericht heranziehen muss.«

»Die Seele verbindet die Geige und die Strähne«, fuhr Sarah unbeirrt fort. »Das Instrument bringt man sinnbildlich mit der Seele in Verbindung, wie du weißt. Ebenso die Haare, allerdings eher im weiteren Sinn. Anno dazumal ließen manche Kriegsvölker beim Haareschneiden eine lange Strähne stehen, damit sich dahinter die Seele verstecken konnte.«

»Unser Täter kommt also aus dem Mittelalter«, höhnte Stein.

»Haare sind auch heute noch ein Statement. Sie sind bunt, kurz oder lang. In den Zwanzigerjahren des letzten Jahrhunderts waren Kurzhaarfrisuren bei Frauen ein Zeichen der Emanzipation, vierzig Jahre später lange Haare eins für Freiheit. Buddhas Locken sollen übrigens erleuchtete Seelenruhe symbolisieren.«

»Komm auf den Punkt, Sarah. Ich opfere gerade meinen freien Sonntagmorgen für dich.«

»Okay. Rote Haare stehen außerdem für ein feuriges Temperament und erotische Leidenschaft.«

»Du denkst, der Täter hat in Jasmin Meerath ein feuriges Temperament und erotische Leidenschaft gesehen?«, versuchte Stein, ihr zu folgen.

»Exakt. Finde ihre Strähne und die goldene Geige von Marko Teufel, und du hast den Täter.«

»Danke, daran hatte ich noch gar nicht gedacht.«

»Aber jetzt du. Was habt ihr in der Villa von der Gerand gefunden?«

»Einen Grabstichel«, erwiderte er, ohne zu zögern.

»Nachweislich wurden damit Marko Teufel und Jasmin Meerath erstochen. Das Blut war abgewischt worden, aber die verbliebenen Spuren reichen als Beweis aus.«

»Bist du deppert!«, staunte Sarah.

»Ist noch nicht offiziell.«

»Klar. Aber du gibst mir noch mal Bescheid, kurz bevor es offiziell wird.«

»Wie immer, versprochen. Vor der Konkurrenz.«

»Dann muss der Täter in Graz also eine andere Tatwaffe verwendet haben.«

»Gut kombiniert, Miss Marple. Laut Obduktion, die mir die Grazer Kollegen gestern noch gemailt haben, hat es sich dabei allerdings ebenfalls um einen Grabstichel gehandelt. Möglicherweise liegt der jetzt am Grund der Mur, oder wir finden ihn bei der nächsten Leiche.«

Sarah machte eine zustimmende Bemerkung und zählte dann die Namen derer auf, die ihrer Meinung nach in Gefahr waren und ihr schon beim Gespräch mit Bergmann und Mohr durch den Kopf gegangen waren. »Buchner, Zink oder Gerand, was meinst du?«

»Bin ich Hellseher? Du bist doch die Hüterin der Kristallkugel. Schau halt nach!«

»Was hat die Sichtung der Kameraaufnahmen am Hauptbahnhof ergeben?«, ignorierte sie seine Bemerkung. Zynismus war seine Art, mit den Gräueln fertigzuwerden, mit denen ihn sein Job konfrontierte. Außerdem konnte Stein ebenso gut einstecken, wie er austeilte. Das mochte sie an ihm.

Wieder stieß er ein heiseres Lachen aus. »Gibt es eigentlich etwas, das du nicht weißt?«

»Ich bin halt eine verdammt gute Journalistin.«

»Ein bestechendes Argument. Also, Arthur Zink hat Ruth Gerand abgeholt. Wir waren gestern bei ihm. Er will sie beim ORF-Zentrum am Küniglberg rausgelassen haben. Sie habe die letzten Meter bis zu ihrer Villa zu Fuß laufen wollen.«

»Wirklich?«, rief Sarah überrascht. »Er hat eine Frau wie Ruth Gerand abends einfach so aus dem Auto aussteigen lassen?«

»Wir können ihm leider nicht das Gegenteil beweisen. Außerdem reden wir hier nicht von einer dunklen Ecke am Praterstern, sondern einer Gegend, in der ausschließlich betuchte und gut bürgerliche Leute wohnen.«

»Was wiederum böse Gesellen anzieht. Aber sag, hat sie ihm von Gabriel Kerns Ermordung erzählt?«, wollte Sarah wissen.

»Er sagt Nein.«

»Glaubst du ihm?«

»Nein. Weil ich, wie du weißt, prinzipiell nicht sofort glaube, was man mir in Zusammenhang mit Verbrechen erzählt.«

»Beobachtet ihr ihn?«

»Die Gerichtsmedizin hat übrigens den Todeszeitpunkt des Künstlers eingegrenzt«, wich er ihrer Frage aus. »Auf den Zeitraum von Mitternacht bis ein, zwei Uhr morgens.«

Sarah verstand seine Reaktion als verklausulierte Bestätigung. »Zu der Zeit war die Gerand aber noch gar nicht in Graz.«

»Oder sie ist früher als gedacht von Wien mit dem Auto zur Werkstatt gefahren, hat Kern umgebracht und ist dann zurückgefahren, um anschließend alibimäßig mit dem Zug anzureisen«, schränkte Stein ein. »Zeitmäßig ginge sich das aus, wenn sie früh losgefahren wäre.«

»Ein ziemlicher Aufwand, findest du nicht?«

»Wir müssen alle Eventualitäten bedenken und überprüfen daher in Kooperation mit den steirischen Kollegen die Aufzeichnungen der Autobahnkameras.«

»Denkst du wirklich, dass sie alle drei getötet hat?«

»Ehrlich gesagt Nein. Die Stiche wurden mit einer Stinkwut und viel Kraft ausgeführt. Dafür erscheint mir die Gerand zu schmal. Aber ausschließen will ich auch nichts«, legte Stein sich nicht fest. »Verletzte Menschen sind zu allem fähig. Demütigungen und Kränkungen sind regelmäßig Motiv von kriminellen Handlungen.«

»Dann lass uns mal rasch eine weitere tief verletzte Seele finden«, schlug Sarah vor. »Ich bin nämlich fest davon überzeugt, dass Ruth Gerand nichts mit den Morden zu tun hat. Und das behaupte ich, obwohl ich mit ihr noch kein einziges Wort gewechselt habe.«

»Was macht dich da so sicher?«

»Sie hätte Jasmin Meerath nach dem Mord nicht so viel Aufmerksamkeit geschenkt. Wohl kaum hätte sie ihre Nebenbuhlerin frisiert, um ihre wunderschönen Haare ins richtige Licht zu rücken. Und sie hätte nicht ihr, sondern ihrem Mann die Geige in die Hand gedrückt. Das Bild auf der Parkbank wäre ein gänzlich anderes gewesen. Das Gleiche gilt, wenn wir Arina Zopf als potenzielle Täterin durchspielen. Sie hätte Jasmin vielleicht Friedhofserde ins Gesicht geschmiert, aber sich auf gar keinen Fall um ihre Haare gekümmert.«

»Da könnte was dran sein«, brummte Stein.

Als die Hoteltür sich öffnete, wandte Sarah sich um. Gabi erschien und bedeutete ihr, dass sie im Frühstücksraum auf sie warteten.

»Ich muss Schluss machen«, gab sie Stein Bescheid. »Morgen bin ich eh wieder in Wien. Falls du mich vorher brauchst, ruf an.«

»Na sicher! Ehrlich, Sarah. Heute, an meinem freien Tag, brauch ich weitere Gespräche über Mord und Totschlag so notwendig wie eine kalte Dusche im Winter. Genieß Graz und mach dir keine Gedanken über Tote, Ermittlungen oder sonst irgendwas in der Richtung. Das ist ein Befehl.« Damit verabschiedete sich Stein und legte auf.

Sarah lief zum Hoteleingang, fest entschlossen, die Toten für den restlichen Tag aus ihrem Kopf zu vertreiben.

32

Ruth lag bewegungslos auf der Seite auf dem Sofa. Das war noch die erträglichste Position, wenngleich jeder Atemzug und jede Bewegung dennoch einer Folter glich. Sie war sich sicher, sich mindestens zwei Rippen gebrochen zu haben. Durch die Terrassentür starrte sie in den Hinterhof, der übersät war mit abgebrochenen Ästen und Blättern, die der Sturm von den Bäumen gerissen hatte. Seit fünf Uhr morgens war die Stromversorgung zum Glück wieder gesichert.

In der Morgenshow im Fernsehen hatte sie Bilder der nächtlichen Verwüstung gesehen. Abgedeckte Dächer. Hausfassaden, in denen Hagelkörner wie Geschosse eingeschlagen und zum Teil faustgroße Löcher hinterlassen hatten. Überflutete Felder, Keller und Erdgeschosse. Im Westen von Österreich waren friedliche Bäche zu gleißenden Strömen angeschwollen, und Muren hatten zig Autos unter Geröll und Schlamm begraben. Der Osten hatte weniger abbekommen, sodass Ruth hoffte, dass ihre Villa keinen größeren Schaden davongetragen hatte.

In Gedanken versunken, hörte sie, wie ein Schlüssel ins Haustürschloss gesteckt wurde. Kurz darauf stand Arthur im Wohnzimmer. Ihr Herz pochte wild vor Freude. Nur mit Mühe gelang es ihr, die Tränen zurückzuhalten, so erleichtert war sie, ihn lebend und gesund vor sich zu sehen. Begleitet von stechenden Schmerzen drehte sie sich etappenweise und stöhnend auf den Rücken. »Bin ich froh, dass du hier bist. Ich dachte schon, dir ist was passiert«, presste sie hervor.

Arthur erschrak sichtbar bei ihrem Anblick. Er beugte sich über sie und küsste sie vorsichtig auf die Wange. »Was ist mit dir?«

»Ich glaub, ich hab mir ein oder zwei Rippen gebrochen.« Jedes Wort war eine Qual. Ihr gesamter Körper brannte.

»Was ist geschehen?«

»Ich bin die Stufen runtergefallen.«

»Welche Stufen?«

»Die der Dachbodentreppe.«

Arthur sah sie aus großen Augen an. »Was hast du am Dachboden gemacht?«

»Nach einer Leiter gesucht.«

»Wozu?«

»Das Unwetter gestern«, keuchte sie, »ich hatte Angst, nicht rauszukommen, falls der Regen das Haus unter Wasser setzt. Ich dachte, ich könnte über die Gartenmauer klettern.«

»Es gibt keine Leiter im Haus.«

»Das weiß ich jetzt auch«, ächzte Ruth. »Warum kommst du erst jetzt?«

»Dieser Stein war bei mir. Er weiß, dass ich dich vom Bahnhof abgeholt hab. Aber das war eh klar, dass die Kieberer das rausfinden.«

»Was hast du ihm gesagt?«

»Dass du ein paar Meter vor deiner Villa aus dem Auto gestiegen bist, weil du Bewegung brauchtest und laufen wolltest.«

»Und das hat er dir geglaubt?«

»Keine Ahnung. Aber wenn du mich fragst, tappen die ganz schön im Dunkeln. Trotzdem war es mir zu riskant, nach seinem Besuch auf direktem Weg herzufahren. Weiß ja nicht, ob die mich beobachten. Deshalb bin ich gestern daheimgeblieben.«

»Und heute? Ist dir wer gefolgt?«

Er schüttelte den Kopf. »Ich hab aufgepasst wie ein Haftlmacher.«

Ruth wollte lächeln, verzog aber stattdessen das Gesicht.

»Du brauchst einen Stützverband und Schmerztabletten.« Arthur verschwand, kam nach wenigen Minuten mit dem Erste-Hilfe-Set aus dem Auto wieder und half ihr, sich die Bluse auszuziehen.

Während er die elastische Binde um ihren Brustkorb wickelte, erzählte sie von ihrer Erkundungstour und der Taschenlampe, die sie im Stich gelassen hatte. »Ich hab übrigens einen Blick in die Truhe geworfen.«

Über Arthurs Gesicht huschte ein Schatten. »Und?« Er hielt ihr die Bluse so hin, dass sie hineinschlüpfen konnte.

Trotz Verband wurde der Schmerz nur eine Spur erträglicher. Sie brauchte dringend Schmerztabletten. Sie sah ihn bittend an. »Hast du Naproxen oder irgendetwas anderes?«

»Nein.« Er stand auf. »Aber ich fahr schnell nach Pressbaum und schau, ob die Apotheke Sonntagsdienst hat.«

»Hast du denn kein Handy dabei, auf dem du nachsehen kannst?« Ruth wollte nicht erneut allein zum Warten verdammt sein.

»Natürlich nicht. Ich hab es zu Hause liegen lassen für den Fall, dass die Kriminaler es orten.«

Das klang in ihren Ohren zwar paranoid, aber sie hatte keine Lust, mit ihm darüber zu diskutieren. Der Schmerz war einfach zu groß.

Arthur machte Anstalten, den Raum zu verlassen.

»Hat Marko die Sachen dort oben verwahrt?«, hielt sie ihn zurück. »Es sind ihre.« Sie brauchte endlich Klarheit. Scheiß auf die Schmerzen, auf die paar Minuten kam es auch nicht mehr an.

»Und wenn schon.«

Sie nickte leicht. Er hatte ja recht. Es spielte keine Rolle mehr.

»Ich hab das Foto und die Zeichnung zerrissen.«

Er erstarrte, als hätte jemand bei ihm die Stopptaste gedrückt. »Du hast was?«

Im nächsten Augenblick rannte er wie von Sinnen aus dem Raum. Sie vernahm, wie er die Metalltreppe zum Dachboden hinaufhastete. Einen Moment lang herrschte Stille.

Dann hörte Ruth Arthur über sich brüllen: »Verdammte Scheiße!«

Warum reagierte er so wütend? Langsam rappelte sie sich hoch und wackelte in den Flur.

Unterdessen kam Arthur die Leiter herunter. In der Hand hielt er Jasmins Schal.

»Warum hast du das getan?«, zischte er.

»Was ist denn los?« Ihre Stimme klang dünn. Sie hatte das Gefühl, einen großen Fehler begangen zu haben. Aber welchen?

Schweigend lief Arthur zurück ins Wohnzimmer. Er breitete den Schal auf dem Tisch aus und entnahm ihm die Schnipsel des Fotos und der Zeichnung, die er offenbar vom Boden aufgesammelt hatte.

Ruth blieb hinter dem Sofa stehen und beobachtete erstaunt, wie er sie fein säuberlich sortierte. »Ich wusste nicht …«

Sein verächtlicher Blick ließ sie verstummen. Was passierte hier gerade? Was hatte sie übersehen?

Aus einer Lade nahm er eine Rolle durchsichtiges Klebeband. In der Geste, mit der er die Teile des Fotos wieder zusammenfügte, lag etwas Liebevolles.

»Was machst du?«, fragte sie, obwohl das klar war.

»Warum hast du das getan?«, wiederholte er. In seiner Stimme schwang eine Mischung aus Zorn und Verzweiflung mit. Mit einer wütenden Handbewegung strich er sich die Haare aus der Stirn.

Langsam, aber stetig sickerte die Erkenntnis bis zu ihr durch. »Sag nur, das Zeug in der Truhe … hast du da reingelegt?«

Er antwortete nicht.

»Woher hast du die Sachen?«, setzte sie nach.

»Gesammelt«, kam es knapp zurück.

»Hast du das Foto gemacht?«

Er schüttelte den Kopf. »Es war ein Geschenk.« Arthur betrachtete das Foto. Das Bild war wieder vollständig, wenngleich mit einer Schicht aus durchsichtigen Klebestreifen bedeckt.

»Von wem?«

»Jasmin. Es sollte mich an sie erinnern.«

»Aber wieso?«

Er zuckte mit den Schultern, schob das Foto zur Seite und begann die Schnipsel der Zeichnung wieder zusammenzufügen.

»Und warum lag es in der Truhe am Dachboden?«

»Ich dachte, nach ihrem Tod würde endlich Frieden herrschen.« Aus seiner Stimme war sämtliche Wut gewichen, er klang wieder so gütig wie gewohnt.

»Was meinst du, Arthur?«

»Jetzt können sie nicht mehr einfach so machen, was sie wollen. Sie können niemandem mehr wehtun, verstehst du?«

»Ehrlich gesagt: Nein.«

»Marko hat dich doch nur an der Nase herumgeführt. Er hat deinen Status und dein Ansehen genutzt, um nach oben zu kommen. Und Jasmin wiederum hat Marko benutzt …« Er machte eine Pause und schluckte schwer, bevor er murmelte: »Dachte ich jedenfalls.« Aus unglücklichen Augen sah er sie an. »Weißt du, was der wirkliche Grund war, warum ich nicht mehr Markos PR und Termine koordiniert habe?«

Sie nickte. »Weil alles zu viel wurde. Jasmin sollte dich entlasten, indem sie dir Arbeit abnahm.«

Er griff in seine Jackentasche und holte den durchsichtigen Plastikbeutel mit der Haarsträhne hervor. »Weil in Markos Augen tizianrote Haare und ein hübsches Gesicht mehr gezählt haben als eine jahrzehntelange Freundschaft.« Er fixierte das Tütchen. »Wusstest du, dass unsere Urahnen dachten, dass der Mensch seine Kraft aus seinen Haaren schöpft?«

»Nein, das wusste ich nicht. Und ich weiß auch immer noch nicht, worauf du hinauswillst.«

»Darauf, dass es nur gerecht ist, dass sie jetzt tot sind. Alle drei. Findest du nicht?« Er sah Ruth offenherzig an. »Endlich können sie keine Hoffnungen mehr zerstören, keine Lügengeschichten mehr erzählen und auch nicht mehr auf den Gefühlen anderer herumtrampeln.«

»Aber egal, wie sehr jemand einen verletzt hat, das gibt einem noch lange nicht das Recht, denjenigen zu töten«, wandte sie ein.

Er lachte böse auf. »Tja, meine Liebe. Für diese Weisheit ist es jetzt leider zu spät.«

In dem Moment fiel bei ihr der Groschen. Sie begriff, was er schon die ganze Zeit über andeutete. »*Du* hast sie umgebracht?«

Er sah sie an, und sie wusste, dass sie recht hatte. Ihr wurde schlecht, der Raum begann sich um sie herum zu drehen. Ihre Beine versagten ihr den Dienst. Langsam sank sie auf die Knie, den Schmerz im Brustbereich nahm sie gar nicht mehr wahr. »Was hast du getan? Warum?«, hauchte sie gegen die Rückenlehne des Sofas.

Arthur kam zu ihr, umfasste sanft ihre Hüfte, zog

sie behutsam hoch und führte sie zum Sessel wie ein Gentleman.

Sie musste sich geirrt haben. Er konnte unmöglich der Mörder sein. Er war ein Freund, ein Mann mit Verstand und Empathie.

»Sie wollten weg«, setzte er zu einer Erklärung an. »Wien verlassen. Und mich und dich.« Er ging zurück zum Tisch und fuhr fort, die Zeichnung zusammenzukleben. »Mit dem Geld auf dem Konto, das du gefunden hast, wollte er ein Jazzlokal in Graz kaufen.«

»Du hast also davon gewusst.« Ruth war enttäuscht. Er hatte sie belogen. Sie versuchte, sich im Sessel aufzurichten, sank jedoch gleich wieder in sich zusammen.

»Jasmin sollte es führen. Sie hätte bei der Agentur gekündigt und wäre nach Graz gezogen.«

»Aber sie wäre doch nicht ans Ende der Welt gegangen«, wandte Ruth ein, warum auch immer. »Graz liegt gerade mal zwei Autostunden entfernt.«

»Das Foto, das du zerrissen hast, war ihr Abschiedsgeschenk an mich«, ignorierte er sie. »Jasmin wusste, dass mich ihre Haare faszinierten. Dass ich mich in dem Augenblick, als sie zum ersten Mal die Agentur betrat, in sie verliebt habe. Und sie gab mir das Gefühl, dass ich ebenfalls mehr für sie war als nur ein älterer Kollege.«

»Dabei warst du für sie nur der Freund ihres berühmten Geliebten, zu dem sie einfach etwas freundlicher war«, schlussfolgerte Ruth. Ihr Blick wanderte zu der Zeichnung, die nun, so wie das Foto, fast wieder vollständig war.

»Sie hat sich darüber lustig gemacht, sie in den Müll geworfen. Ich habe sie heimlich wieder herausgeholt und hierhergebracht.« Der letzte Satz klang wie eine Liebeserklärung.

»Du hast sie gezeichnet«, folgerte Ruth aus Arthurs zärtlichem Tonfall. Sie wusste, dass er das Talent dazu besaß.

Arthur nickte zaghaft und sah ihr dann direkt in die Augen. In seinem Blick las sie seine Gefühlslage: Er fühlte sich vernichtet und gedemütigt.

»Aber das ist doch kein Grund, sie umzubringen«, flüsterte sie.

»Sie haben mich verarscht. Verstehst du denn immer noch nicht?«

»Nein. Erklär's mir.«

»Ich hab alles für Marko getan.« Er breitete die Arme aus. »Etwa dieses Haus hier behalten. Ich hätte es verkaufen können.«

»Warum hast du's nicht getan?«

»Weil Marko den verrückten Einfall hatte, hier ein Tonstudio einzurichten. Ich fand die Idee gut. Dachte, das würde mich unabhängig machen. Doch in Wahrheit wollte Marko nur seine eigene musikalische Spielwiese haben. Deshalb hat er mir wochenlang damit in den Ohren gelegen, wie toll es wäre, einfach nur gemeinsam Musik machen zu können, unabhängig von Verkäuflichkeit und Konventionen und so Zeug ... Am Ende hat er Musik gemacht, und ich hab unbezahlt für ihn gearbeitet.« Er machte eine kurze Pause und schien sich in der Erinnerung zu verlieren.

»Außerdem hab ich wie verrückt die Werbetrommel für das Musiknotenprojekt gerührt, um Sponsoren aufzutreiben. Und während der Tourneen hab ich bis zum Umfallen geschuftet.«

Ruth verkniff sich die Bemerkung, dass das Projekt Teil seines Jobs gewesen war. Arthur erging sich in Selbstmitleid, und sie ahnte, dass es besser war, ihn dabei nicht zu unterbrechen. Fakten zählten vermutlich im Moment für ihn nicht.

»Ich hab dich angelogen, damit er Freiräume bekommt. Jahrelang hab ich Trottel seinen Knecht gespielt, ihm den Teschek gemacht. Verstehst? Ihm fast jeden Wunsch erfüllt. Und er hat es nicht mal der Mühe wert gefunden, mir zu sagen, dass er in Graz ein Lokal eröffnen möchte. Dass er mit Jasmin ein neues Leben beginnen möchte. Nur mit Gabriel hat er darüber gesprochen, und der Herr Künstler hat es mir gegenüber natürlich auch verschwiegen.« Sein Tonfall verriet, wie sehr ihn dieser kollektive Verrat noch immer kränkte. »Eh klar, die beiden großen Kunstschaffenden baldowern etwas aus. Ich war ja nur der Schani, der Hakler, der Trottel, den man herumkommandieren konnte. Arthur, hol dies. Arthur, mach das. Arthur, organisier uns doch bitte ein Bier. Und der depperte Arthur ist auch noch gerannt.«

Ruth hörte erschüttert zu. Das konnte doch alles nicht wahr sein. Die drei hatten sterben müssen, weil sie Arthur in seiner Eitelkeit gekränkt hatten. Und weil die Frau, die er heimlich liebte, mit einem seiner besten Freunde durchgebrannt war. Weil der Mann, für den er im Hintergrund gearbeitet hatte, seinen Traum von einem Jazzlokal hatte umsetzen wollen, ohne ihm Bescheid zu geben. Weil Gabriel involviert gewesen war und ihm nichts davon erzählt hatte.

»Du behauptest, nichts von den Plänen gewusst zu haben. Wieso weißt du jetzt Bescheid?«

»Sie haben es mir gesagt. Uns«, verbesserte er sich. »Nathalie und mir. Vor vier Wochen, bei einem Abendessen. Zynischer geht's fast nicht mehr«, knurrte er. »Marko lädt dich großzügig in ein sündteures Restaurant ein, nur um dir dort das Messer ins Herz zu rammen.«

»Wie hat Nathalie darauf reagiert?«

»Ihr war's egal. Sie hätte nur Jasmin verloren, und die war ersetzbar. Bis sie jemanden Neues gefunden hätte, sollte ich die Arbeit wieder allein stemmen. Wie gehabt. Marko wollte nur Wien verlassen, nicht die Agentur.« Arthur lachte bitter auf, ehe er erneut in Selbstmitleid versank. »Aber für mich war es ein Schlag ins Gesicht. Sie hatten mich die ganze Zeit hintergangen. Bis dahin dachte ich, wir wären Freunde. Marko wusste, was ich für Jasmin empfand, ich Trottel hab mich auch noch bei ihm ausgeheult. Verstehst endlich?«, brauste er auf. »Dabei hatte dieser verlogene Scheißkerl sie sich längst genommen. Einfach so!« Er schnippte mit den Fingern.

»Marko hat sich nie viel um die Gefühle anderer geschert. Das hättest du doch längst wissen müssen.«

Er wischte ihre Bemerkung mit einer schnellen Handbewegung weg. »Und das Tüpfelchen auf dem i war, dass er Jasmin erzählt hat, was ich für sie empfinde.« Wieder ließ er ein bitteres Lachen hören. »Ich kann mir gut vorstellen, wie sich die beiden über mich lustig gemacht haben.«

Ruth schluckte schwer. Sein Geständnis machte ihr Angst. Was hatte er jetzt mit ihr vor? Er konnte sie nicht einfach nach Hause gehen lassen. Nicht nach der Beichte. Ihr schlug das Herz bis zum Hals.

»Dass Marko und ich uns eines Tages trennen würden, lag auf der Hand«, begann sie. »Unsere Ehe war nichts mehr wert. Ich habe zweimal in meinem Leben alles auf ein Luftschloss gesetzt, und beide Male ist es zerplatzt. Trotzdem hätte ich doch nie meinen Mann oder dessen Geliebte getötet.«

»Aber ich hatte den Mut, es zu tun«, murmelte Arthur.

Beide schwiegen. Die Situation war verfahren. Ruth schluchzte auf, ließ ihren Tränen freien Lauf. Alles war ihr entglitten. Im Dunklen ein Puzzle zusammenzusetzen war ebenso unmöglich, wie dieser verfluchten Lage zu entkommen. Und dann sprach Arthur aus, was sie befürchtet hatte.

»Dir ist hoffentlich klar, dass ich dich jetzt nicht einfach so gehen lassen kann.«

Ruth setzte sich gerade hin und atmete flach, damit der Schmerz erträglich blieb.

Arthur stand auf, nahm ihre Hand in seine. Seine Berührung war sanft, als wollte er vermeiden, ihr zusätzliche Qualen zuzufügen.

»Komm!«

Sie erhob sich. »Was hast du vor?«

Er zog sie behutsam bis zur Metalltreppe zum Dachboden und zeigte nach oben.

»Das ist nicht dein Ernst.«

»Sag mir, was ich sonst tun soll.«

»Mich gehen lassen. Ich verspreche dir, den Mund zu halten.«

»Das ist eine Lüge, und das wissen wir beide. Also ...« Mit dem Zeigefinger tippte er auf eine der mittleren Sprossen.

»Du hast recht, sie hatten es verdient. Sie hätten dich nicht so hintergehen dürfen.« Ihr war bewusst, dass sie um ihr Leben redete.

»Ich will dir nicht wehtun, Ruth. Aber es geht nicht anders. Sieh es ein.«

»Wenn ich da oben sterbe, musst du meine Leiche verschwinden lassen«, machte sie einen weiteren Anlauf. Sie hatte mal gelesen, dass die Entsorgung der Toten das eigentliche Problem von Mördern war.

»Mir wird schon etwas einfallen.« Er lächelte milde. »Vielleicht ein Feuer?«

»Was ist mit Robert? Du hast gesagt, er kennt das Studio. Was, wenn er spontan vorbeischaut und mich entdeckt?«

»Das wird er nicht. Er hat keinen Schlüssel. Außerdem gibt es im Moment keinen Grund für ihn vorbeizukommen.« Er stieß sie an. »Und jetzt mach endlich!«

Es war ausweglos. Sie hätte keine Chance gegen ihn, wenn sie jetzt zuschlug. Zudem würde sie mit den gebrochenen Rippen nicht weit kommen. Wie in Trance stieg sie eine Stufe nach der anderen nach oben. Langsam. Ihre Augen füllten sich wieder mit Tränen.

Als sie auf dem Dachboden auf allen vieren hockte, entschuldigte sich Arthur bei ihr und schloss die Dachluke. Wenige Minuten später hörte sie den Motor des Wagens anspringen. Er fuhr weg. Und eines war klar. Er würde so schnell nicht wiederkommen.

Ohne Wasser und Nahrung würde ihr Leben in absehbarer Zeit auf diesem Dachboden enden. Dort, wo Arthur die Erinnerungen an die Frau aufbewahrt hatte, die er krankhaft liebte; wahrscheinlich noch immer. Das war die Wahrheit, doch was nutzte es ihr, endlich die Wahrheit zu kennen? Niemand wusste, dass sie hier war. Erstaunt realisierte sie, dass so also das Ende aussah, das das Schicksal für sie vorgesehen hatte.

Montag, 14. Juni

33

»Guten Morgen, meine Süße.« Sarah streckte die Hand aus dem Bett und kraulte Marie zwischen den Ohren, die augenblicklich schnurrend ihr Wohlwollen bekundete. Es war sieben Uhr morgens, und die Katze hatte die Nacht ausnahmsweise im Schlafzimmer verbracht.

Das Wochenende mit Conny und Sissi schien für Marie kein Problem gewesen zu sein, dennoch hatte sie, nachdem sie aus Graz zurückgekehrt waren, Sarah nicht mehr aus den Augen gelassen. Als ob sie befürchtete, sie könnte sich gleich in Luft auflösen.

David stolperte aus dem Bett, strich Marie ebenfalls zart übers Fell und küsste Sarah, bevor er ins Badezimmer verschwand.

Sarah kroch unter der Decke hervor, nahm Marie hoch und schlenderte mit der schnurrenden Katze in die Küche. »Jetzt gibt's erst mal Frühstück für dich, du kleiner schwarzer Teufel.«

Sie setzte Marie auf den Boden und füllte den Napf mit Nassfutter mit Lachsstücken. Anschließend brühte sie Grüntee auf und warf einen Blick in den *Wiener Boten* vom Sonntag. Maja hatte ausführlich über die Hausdurchsuchung bei Ruth Gerand berichtet und erwähnt, dass die Polizei etwas entdeckt habe, das aus ermittlungstaktischen Gründen jedoch noch geheim gehalten wurde.

Sie blätterte auch die Konkurrenzblätter durch, die sie gestern am Heimweg organisiert hatten, und fand darin ähnliche Artikel. Die Mitbewerber hatten also nicht mehr Informationen als der *Wiener Bote*.

David tauchte mit nassen Haaren auf. Er hatte sich ein Handtuch um die Hüften geschlungen und duftete frisch nach Duschgel. Nachdem er das Espressopulver in den Siebträger gedrückt hatte, schraubte er ihn in die Kaffeemaschine. Gleich darauf floss der Espresso dunkelbraun und duftend in eine Tasse. Im Radio sang Eros Ramazzotti »Cose della Vita«. Ein Moment wie im Urlaub.

Um neun betrat Sarah das Vorzimmer ihres Büros. Cordula Berger übergab ihr die Post, die sie erst mal auf dem Schreibtisch ablegte. Bis zur großen Sitzung um zehn war noch eine Stunde Zeit, die sie nutzen wollte, um an die Gedankengänge in Graz anzuschließen. Dazu holte sie das Foto von Jasmin Meerath hervor, das ihr Patricia Franz überlassen hatte, und versuchte, es zu betrachten, als sähe sie es zum ersten Mal. Arthur Zink hatte erwähnt, dass Jasmin bei der Arbeit die Haare meist zusammengebunden oder -gedreht trug. Auf dem Foto waren sie offen und zogen sofort den Blick des Betrachters auf sich.

»Haare, Geige, Seele«, murmelte sie, als handelte es sich um ein Mantra. »Denk nach, Sarah Pauli!«

Vor drei Wochen hatten Fotos in Ruth Gerands

Briefkasten gelegen. Der sichtbare Beweis dafür, dass Marko Teufel und Jasmin Meerath eine Affäre hatten. Jattel war das Gerücht, dass Marko Teufel die Agentur verlassen wollte, ebenfalls vor drei oder vier Wochen zu Ohren gekommen. Das Foto von Jasmin war laut dem Modefotografen vor sechs Wochen aufgenommen worden. Der Zeitraum konnte kein Zufall sein. Irgendetwas war währenddessen passiert, das die verletzte Seele zum Handeln genötigt hatte. Vielleicht Jasmins geplanter Umzug nach Graz?, mutmaßte Sarah. Wer hatte sich daran gestört?

Sie holte einen Zettel aus der Schreibtischschublade, schrieb in Großbuchstaben *EIFERSUCHT* darauf und listete darunter den Gefühlscocktail auf, den Eifersucht in manchen Menschen auslöste:

Angst.
Neid.
Misstrauen.
Minderwertigkeitsgefühle.
Schuldgefühle.
Ärger.
Wut bis hin zu Hass.

Sie starrte die Wörter an, als läge in ihnen die Lösung. Dann ergänzte sie:

Tod.
Abschied.

Hatte der heimliche Verehrer doch Kontakt zu Jasmin Meerath aufgenommen, oder hatte er schon immer zu ihrem engeren Umfeld gehört?

Cordula Berger meldete Conny an, die kurz darauf in Sarahs Büro stand. »Ich muss die Sitzung um zehn schwänzen«, verkündete sie und legte ihr den Ausdruck einer Presseaussendung auf den Tisch. »Kam gestern Abend.«

Sarah überflog die Einladung zur Orchesterprobe im Kursalon Hübner unter der Leitung von Robert Teufel. »Ziemlich kurzfristig«, meinte sie.

»In drei Wochen soll die Konzertreihe *Walzer im Park* ohne seinen Bruder fortgeführt werden, da müssen die vorher natürlich kräftig die Werbetrommel rühren. Ich fahr auf jeden Fall hin.«

»Ausgerechnet im Hübner«, sagte Sarah. Ein eigentümliches Gefühl machte sich in ihr breit bei dem Gedanken, dass nahe dem Ort geprobt wurde, wo Marko Teufel und Jasmin Meerath zu Tode gekommen waren.

»Begleitest du mich?«

»Und ob.« Sie erhob sich und bat einen Herzschlag später den Chef vom Dienst, die Leitung der großen Redaktionssitzung zu übernehmen.

Sarah und Conny trafen fünf Minuten vor zehn im Kursalon ein. Für die Probe war der Strauß-Saal angemietet worden. Beim Betreten des knapp vierhundert Quadratmeter großen Raums staunten sie einen Moment lang wie kleine Kinder. Ihre Füße standen auf zu Hochglanz poliertem Parkett mit geometrischen Einlegeornamenten. An der Decke strahlten goldfarbene Luster. Das Orchester hatte sich in der Mitte des Saals aufgebaut. Rechter Hand von den Musikern ging ihr Blick durch zimmerhohe Rundbogentüren ins Freie. Linker Hand schwebte über ihren Köpfen ein Innenbalkon mit goldenem Geländer und Schmuckornamenten.

»Würde mich nicht wundern, wenn gleich Cinderella um die Ecke käme«, witzelte Conny. »Das ist ja ein Saal wie aus einem Märchen.«

Mit ihnen hatten sich fünf weitere Journalisten von Printmedien und zwei Kamerateams eingefunden.

Die Orchestermitglieder begannen mit dem Stimmen ihrer Instrumente und erzeugten damit einen in Sarahs Ohren undefinierbaren Klangteppich. Als sie einen Walzer anspielten, blickte Sarah sich um. Von Robert Teufel war nichts zu sehen, dafür bemerkte sie Arthur Zink neben der Bühne. Er stand mit Gregor Baldic zusammen, der eine Klarinette in der Hand hielt. Ein Mann in Jeans und blauem Hemd und mit Geige redete aufgeregt auf die beiden ein, bis Zink ergeben mit den Schultern zuckte und zum Handy griff.

»Spielt der Baldic jetzt im Orchester?«, raunte Conny.

»Das werden wir gleich herausfinden«, behauptete Sarah und stapfte auf die drei zu. Die Society-Löwin folgte ihr.

Doch noch bevor sie die kleine Gruppe erreicht hatten, wendeten sich Baldic und der andere ab und setzten sich auf ihre Plätze. Bei dem entrüsteten Musiker schien es sich um die erste Violine zu handeln.

»Ärger?«, fragte Sarah, als sie hinter Arthur Zink stand.

Der fuhr erschrocken herum, hatte sie anscheinend nicht kommen sehen. »Robert ist noch nicht da, und ich kann ihn nicht erreichen.« Wie um seine Behauptung zu bestätigen, streckte er ihnen sein Handy entgegen. »Genauso wenig wie Nathalie.«

»Vielleicht verspäten sie sich nur ein paar Minuten«, meinte Conny und nickte Zink zur Begrüßung zu.

»Nein, nicht Robert und auch nicht Nathalie. Die beiden sind Pünktlichkeitsfanatiker.«

»Ein Stau am Gürtel nimmt darauf keine Rücksicht«, erwiderte Sarah.

»Dann hätten sie mir Bescheid gegeben, oder ich könnte sie wenigstens erreichen.« Arthur Zink sah auf die Uhr. Es war zehn Minuten nach zehn, und die Musiker wurden sichtbar nervös. Der Geiger von vorhin warf ihm einen genervten Blick zu, als ob er etwas dafürkönnte, dass Robert Teufel und die Agenturchefin sich verspäteten. Zum wiederholten Mal griff Zink zum Handy.

»Mailbox«, fluchte er wenige Augenblicke später.

»Denken Sie, dass etwas passiert ist?«, fragte Sarah.

»Malen Sie den Teufel bitte nicht an die Wand.« Es schien, als erschreckte ihn allein die Frage.

»Wenn es noch nicht losgeht, nutze ich die Zeit, um ein paar Musiker zu interviewen«, sagte Conny und verschwand in Richtung Orchester.

Sarah sah, wie sie sich gleich darauf neben Baldic niederließ.

»Und ich sollte wohl besser Ihre Kollegen beruhigen«, meinte Zink und machte sich auf den Weg.

Sarah beobachtete ihn, wie er mit entschuldigender Geste auf die Pressemeute einredete. Sie selbst war längst alarmiert. Die Mordwaffe, die bei Gabriel Kern zum Einsatz gekommen war, schwirrte durch ihre Gedanken wie ein unheilbringender Bote. Sie rief am Handy ihre Mails ab und hoffte, keine Verbrechensmeldung der Polizei in ihrem Postfach zu finden, die mit dem Musiker und seiner Agentin in Zusammenhang stehen könnte. Zum Glück war nichts dergleichen eingegangen.

Arthur Zink kam zurück. »Sie warten noch zehn Minuten, dann ziehen sie ab.« Er klang völlig verzweifelt.

»Spielt der Baldic jetzt eigentlich fix im Orchester?«, fragte Sarah.

»Ja. Eigentlich bräuchte das Orchester keinen zusätzlichen Klarinettisten, aber Robert wollte es so«, sagte er sachlich.

»Und Arina Zopf?«

»Sobald eine Pianistin benötigt wird, sicher«, erwiderte Zink ebenso neutral. Vermutlich war ihm egal, wer im Orchester spielte.

»Sagen Sie«, setzte Sarah an, »kann es sein, dass Jasmin Meeraths heimlicher Verehrer ein Orchestermitglied war?« Sarah fand, das lag nahe, weil laut Thekla Teufel Jasmins Gegenstände während Proben und aus dem Backstagebereich verschwunden waren.

»Nein«, kam es sofort von Zink.

»Was macht Sie da so sicher?«

»Weil ich das wüsste.«

»Warum?«

»Weil ich alles weiß, wenn es um die Musiker geht. Ich bin Nathalies rechte Hand, schon vergessen?«

»Das bedeutet aber nicht, dass Sie auch über das Liebesleben der Musiker und Musikerinnen Bescheid wissen.«

»Doch«, behauptete er voller Überzeugung.

»Auch wenn jemand eine heimliche Affäre hat?«

»Vermutlich.« Er zwinkerte ihr zu. »Der Gerüchteküche sei Dank. Sie verstehen?«

»Beeindruckend.« Sarah wusste, dass er maßlos übertrieb.

»Warum fragen Sie?«

»Weil ich denke, dass der ehemalige heimliche Verehrer aus Jasmin Meeraths engstem Umkreis stammt.«

Arthur Zink schüttelte ungläubig den Kopf. »Tut er bestimmt nicht.«

»Ich denke schon«, beharrte Sarah. »Und ich bin mir sicher, dass er etwas mit den Morden zu tun hat.«

»Aha. Und warum?«

»Weil er eine Mischung aus bewussten und unbewussten Hinweisen an den Tatorten hinterlassen hat.«

»Das verstehe ich nicht. Welche Hinweise?« Zink runzelte die Stirn.

»Das kann ich Ihnen leider nicht verraten. Aber das Foto, das Jasmin von dem Modefotografen machen ließ, ist ein wichtiger Hinweis auf dem Weg zur Wahrheit.«

»Das, das Sie uns in der Agentur gezeigt haben?«

»Ja. Es wurde sechs Wochen vor dem Mord an ihr und Marko Teufel aufgenommen.« In dem Moment kam Sarah eine Idee. »Die Parkbank!«

»Was?«

»Der Ort der Aufnahme wurde nicht einfach so ausgewählt. Die Bank bedeutete etwas für Jasmin – oder für den Täter. Ich bin mir sicher, sie und der Platz, wo sie steht, stellen das nächste Mosaiksteinchen dar, das notwendig ist, um hinter die Identität des Mehrfachmörders zu kommen.«

Als ihr Handy läutete, entschuldigte sie sich bei Arthur Zink, trat ein paar Schritte zur Seite und nahm den Anruf an.

Es war Maja. »Der Teufel und die Buchner sind in der Landespolizeidirektion«, sagte sie anstatt einer Begrüßung. »Ich bin am Weg dorthin. Vielleicht erfahre ich etwas vor Ort.«

34

»Robert Teufel und Nathalie Buchner werden nicht kommen«, flüsterte Sarah Arthur Zink eine Minute später zu, um unnötiges Aufsehen zu vermeiden. Zugleich machte sie Conny Zeichen, sofort zu ihr zu kommen.

»Was? Warum?«

»Weil sie in der Landespolizeidirektion sind.«

»Und weshalb?«

»Das weiß ich nicht, Herr Zink. Haben Sie vielleicht eine Ahnung?«

»Nein.« Seine Augen huschten ängstlich zu den Journalisten, von denen einige bereits anfingen zusammenzupacken. Er konnte sich vermutlich ausmalen, was passierte, wenn die Meute erfuhr, wo der Star der heutigen Probe sich in diesem Moment aufhielt.

Zink gab sich einen Ruck. »Tut mir leid«, sagte er laut und bemüht neutral zu den Musikern und Presseleuten. »Die Probe heute muss leider abgesagt werden.«

Die Orchestermitglieder und Journalisten bestürmten ihn sofort mit Fragen. Alle redeten durcheinander. Wütend. Aufgeregt. Manche schimpften, andere beruhigten sich schnell wieder und schüttelten nur stumm den Kopf.

»Wenn das ein PR-Gag ist, ist das nicht witzig«, keifte eine Fernsehredakteurin.

Die anderen nickten zustimmend.

»Es tut mir sehr leid, aber es ist etwas dazwischengekommen. Mehr kann ich Ihnen nicht sagen«, beteuerte Zink in Endlosschleife, bevor er nach mehreren Minuten die Flucht ergriff.

Sarah klärte Conny flüsternd über die aktuelle Situation auf, während sie sie zum Ausgang bugsierte.

Vor der Tür blieben sie stehen, und Sarah drückte auf ihrem Handy die Kurzwahltaste für Stein. Die Mailbox meldete sich unmittelbar. Sie bat um Rückruf und versuchte es dann über sein Büro. Dort wurde ihr gesagt, dass der Chefinspektor in einer Vernehmung war und man ihn unmöglich stören konnte.

»Verdammt!«, fluchte Sarah, nachdem sie aufgelegt hatte.

»Sollen wir zur Landespolizeidirektion fahren?«, fragte Conny.

»Nein. Erstens werden sie uns nicht ins Gebäude lassen, und zweitens ist Maja schon auf dem Weg dorthin. Es reicht, wenn sich eine von uns dort die Beine in den Bauch steht. Hat dir Baldic etwas Interessantes verraten?«

»Nicht wirklich. Er hat mir erzählt, wie sehr er sich auf die Tour freut und wie unglaublich dankbar er Robert für die Chance ist, im Orchester spielen zu dürfen. Das übliche Blabla halt.«

»Hast du nicht wegen der Auseinandersetzung im Porgy & Bess nachgefragt?«

Conny seufzte. »Das wollte ich gerade, als du mir gewunken hast.«

Im Redaktionsgebäude des *Wiener Boten* eilte Conny direkt in ihr Büro. Sie wollte versuchen, über ihre Quellen weitere Details zur aktuellen Situation in Erfahrung zu bringen.

Sarah wurde unterdessen in der Lifestyle-Redaktion bei Patricia Franz vorstellig. »Könntest du für mich diesen Modefotografen anrufen und fragen, wo genau das Foto mit Jasmin aufgenommen wurde?«, bat sie.

»Natürlich.« Die Redakteurin griff nach ihrem Handy, und zwei Minuten später wusste Sarah, dass es sich bei der Location um ein abgelegenes Tonstudio nahe Pressbaum handelte. Patricia notierte die Adresse und reichte ihr den Zettel.

»Wem gehört das Studio?«

Patricia wiederholte die Frage für den Modefotografen am Telefon und zuckte gleich darauf mit den Schultern. »Die beiden waren nicht im Studio. Jasmin hatte keinen Schlüssel. Aber sie wollte, dass die Fotos unbedingt auf der Parkbank gemacht werden, die dort vor dem Haus steht«, gab sie dessen Antwort weiter.

Sarah bedankte sich bei ihrer Kollegin, ließ dem Fotografen ebenfalls ein Dankeschön ausrichten und machte sich auf den Weg zu ihrem Büro.

Kurz darauf saß sie an ihrem Schreibtisch und googelte das Studio. Sie war überrascht, im Internet keinen Hinweis darauf zu finden. Jazz sei Marko Teufels Privatsache, hatten Nathalie Buchner und Arthur Zink behauptet. Konnte das Studio etwas damit zu tun haben? Sarah überdachte ihre Möglichkeiten. Die Agentin zu fragen war momentan unmöglich, die saß bei Stein. Aber Markos langjähriger Freund wusste eventuell Bescheid. Sie wählte die Nummer der Agentur, und Arthur Zink hob nach dem fünften Läuten ab.

»Haben Sie Neuigkeiten für mich?«, begrüßte er sie. Offenbar hatte er sie schon an ihrer Nummer am Display erkannt.

»Leider nein. Hat sich die Polizei noch nicht bei Ihnen gemeldet?«

»Nein. Und ich sitz hier wie auf Nadeln.«

»Das tut mir leid. Aber ich bin mir sicher, Sie hören bald von Frau Buchner oder ihrem Anwalt. So sie denn einen hat und braucht.« Sie kam auf den eigentlichen Grund ihres Anrufs zu sprechen und erzählte, was sie heraufgefunden hatte: »Wissen Sie, wem das Tonstudio gehört?«

Einen Moment herrschte Stille. »Keine Ahnung.«

»Denken Sie doch bitte noch mal nach. Hat Jasmin mal etwas von einem Aufnahmestudio nahe Pressbaum erwähnt? Vielleicht in einem Nebensatz?«

»Tut mir leid, aber da kann ich Ihnen nicht weiterhelfen. Vielleicht hat sie es niemandem erzählt, weil sie dort einfach ihre Ruhe haben wollte.«

»Sie denken, die Bank, auf der sie auf dem Foto liegt, war ihr Ruheort?«, hakte Sarah nach. »Brauchte sie denn manchmal Abstand von allem?«

»Braucht das nicht jeder?«

»Natürlich. Aber eine Holzbank vor einem Tonstudio

erscheint mir, was das betrifft, nicht gerade naheliegend. Und weshalb die Geige auf Jasmins Bauch bei ihrem Mord?«

»Was denken Sie?«

»Sie ist eine Botschaft an den Betrachter. Vielleicht symbolisiert sie eine verletzte Seele.« Jattels Behauptung, Jasmin Meerath sei Marko Teufel hörig gewesen, kam Sarah wieder in den Sinn. »War sie Marko Teufel hörig?«, fragte sie.

Wieder schwieg Zink kurz. »Sagen wir es mal so: Sie war nicht sie selbst, wenn er in ihrer Nähe war. Sie war ...« Er beendete den Satz nicht.

»Verzaubert?«, rief Sarah, weil sie sich an das Telefongespräch erinnerte, das sie mit ihm über seine Studentenband geführt hatte. »Schon damals, in Ihren Bandtagen, war es so, dass er die Menschen verzauberte, sobald er die Geige auch nur ansetzte. Das waren Ihre Worte, Herr Zink. Hatte er Jasmin auch verzaubert? Vielleicht mit seinem Geigenspiel?«

Er antwortete nicht.

Die zweite Reihe ist meine, erinnerte sie sich an eine weitere Aussage von ihm. Und daran, wie schnell er ein altes Foto von der Band zur Hand gehabt hatte. Sie war fest davon überzeugt, dass er ein Fotoalbum mit Erinnerungen im Büro aufbewahrte. Sie waren ihm wichtig. Mehr als das. Die Zeit und die Freundschaft mit Marko Teufel und Gabriel Kern waren ihm heilig. Eine böse Ahnung beschlich Sarah. Telefonierte sie hier und jetzt mit einem Dreifachmörder? Ihr Herz pochte bis zum Hals.

Geige, Haare, Seele; die Worte hallten in Endlosschleife in ihrem Kopf. Was sollte sie sagen, damit er nicht auflegte?

Egal, dachte sie. Verwickle ihn in ein Gespräch, nur verrate nicht, dass du Bescheid weißt. »Sie erinnern sich doch daran, dass auf dem Foto Jasmin Meeraths Haare gekämmt und drapiert waren und dass ihr der heimliche Verehrer eine Zeichnung geschickt hatte, auf dem ebenfalls ihre roten Haare im Mittelpunkt standen.«

Arthur Zink schwieg, aber sie spürte, dass er ihr zuhörte.

»Kennen Sie die These zu Grimms Märchen *Rapunzel* von dem Psychologen Donald Kalsched? Ihm zufolge verkörpert das Mädchen, das im Turm von der Hexe eingesperrt wird und dessen unnatürlich lange Zöpfe wie zusammengedrehte Goldfäden aussehen, die Notlage einer eingeschlossenen und besessenen Seele.«

Sie schrieb Stein am Handy eine Nachricht, während sie weitersprach: »Bis sie befreit wird, fehlt ihr die Fähigkeit, in der Realität anzukommen und ein schöpferisches Leben zu führen. Ich glaube, der Täter hat Parallelen zwischen Jasmin Meerath und Rapunzel gesehen und wollte ihre Seele befreien. Was denken Sie?«

Es klickte. Zink hatte aufgelegt.

Sarah wählte erneut die Nummer der Agentur, aber nur der Anrufbeantworter meldete sich. Sie probierte es ein weiteres Mal, aber das Ergebnis war dasselbe.

Entschlossen sprang sie von ihrem Stuhl auf, eilte ins Vorzimmer und bat Cordula Berger um die Autoschlüssel für einen Dienstwagen des *Wiener Boten*. »Wenn mich wer braucht, ich bin am Handy erreichbar.«

»Wohin fahren Sie?«, fragte die Sekretärin.

»Pressbaum«, antwortete Sarah und war schon im Flur.

35

Ruth fuhr aus dem Schlaf hoch. Augenblicklich katapultierte sie ein brennender Schmerz in die Realität zurück. Schwer atmend blieb sie sitzen. Sie musste eingeschlafen sein. Zuerst hatte sie noch versucht, die Luke des Dachbodens zu öffnen, doch es war sinnlos gewesen. Nicht einmal mit Werkzeug wäre es ihr gelungen, die Luke aus ihrer Verankerung zu heben.

Schließlich hatte sie aufgegeben, Jasmins Sakko aus der Truhe geholt, es auf dem Boden ausgebreitet und sich daraufgelegt. Dann hatte sie eine Weile an den Tod gedacht. Wie würde es sein, das Sterben? Wie würde es sich anfühlen? Würde sie verdursten oder verhungern? Am Ende war es egal. Unterm Strich käme dasselbe Ergebnis heraus. Sie wäre nicht mehr am Leben.

Nach dem Aufwachen sträubte sich etwas in ihr stärker als zuvor gegen das Schicksal. Sie wollte nicht sterben. Nicht so. Einsam und allein auf einem dunklen Dachboden. In einem Haus, das am Ende womöglich mitsamt ihrer Leiche von Flammen aufgefressen wurde. Zumindest hatte Arthur sie nicht gefesselt, sodass sie sich in ihrem Gefängnis frei bewegen konnte.

Sie schleppte sich zum Dachfenster und hielt ihre Hand mit der Armbanduhr so weit wie möglich nach oben, um die Uhrzeit ablesen zu können. Es war zwölf Uhr. Vermutlich mittags, denn milchiges Sonnenlicht schien matt durch das kleine Fenster. Sie war seit Stunden gefangen und konnte nicht sagen, was sie zuerst in den Wahnsinn treiben würde. Dass sie ohne Essen und Trinken auf einem dunklen Dachboden festsaß oder diese unsagbare Stille. Man konnte meinen, dass sie die Einzige auf der Welt war; in der Zeit, in der sie nicht geschlafen hatte, war kein einziges Auto vorbeigefahren. Doch kaum hatte sie den Gedanken zu Ende gedacht, hörte sie Motorengeräusche. Sie kamen näher, wurden lauter und erstarben. Eine Autotür wurde geöffnet und wieder zugeschlagen. Schritte folgten.

Sie hielt den Atem an. Arthur kam zurück. Ein Hoffnungsschimmer flackerte in ihr auf. Sie hatte es gewusst. Er war kein schlechter Mensch. Er hatte es sich anders überlegt. Er würde sie nicht sterben lassen.

Kurz darauf öffnete sich tatsächlich die Dachluke, und die Scherentreppe wurde nach unten gezogen. Trotzdem blieb sie wie erstarrt sitzen, wartete ab.

»Ruth«, hörte sie schließlich Arthurs Stimme.

Sie kroch auf allen vieren zur Luke, schaute hinunter und direkt in seine Augen.

»Komm!« Er streckte seine Hand nach ihr aus.

»Was hast du vor?«

»Komm!« Er machte eine ungeduldige Kopfbewegung.

»Lässt du mich frei?«

»Ja.«

»Warum?«

»Weil es keinen Sinn mehr hat.«

Ruth zögerte einen Moment.

»Vertrau mir!«

Was sollte sie tun? Die Alternative war, auf dem Dachboden sitzen zu bleiben. Vorsichtig stieg sie die Stufen hinunter. »Meine Tasche. Sie ist im Wohnzimmer.«

»Ist die wichtig?«

»Da sind meine Hausschlüssel und Papiere drin.«

Er wandte sich um, holte die Tasche und reichte sie ihr. »Und jetzt los!« Er wirkte gehetzt.

Sie blieb stehen. »Fährst du mich nach Hause?«

Er sah sie schweigend an.

»Bitte nicht direkt zur Polizei«, flehte sie, ohne sich vom Fleck zu rühren. »Ich will kein öffentliches Aufsehen. Aber ich verspreche dir, diesen Ermittler Stein gleich anzurufen, wenn ich zu Hause bin.«

»Und was willst du ihm erzählen, wo du die ganze Zeit gesteckt hast?«

»Mir fällt schon etwas ein. Bestimmt. Aber fahr mich nach Hause. Bitte.«

»Erst mal müssen wir weg von hier. Und zwar schnell.«

»Warum?«

»Du stellst zu viele Fragen.« Er griff nach ihrer Hand, wollte sie mit sich ziehen.

Sie stemmte sich dagegen.

»Ich erkläre dir alles, sobald wir in Sicherheit sind.«

Sie verstand die Worte, jedoch nicht ihre Bedeutung. »Was heißt das, in Sicherheit? Was ist passiert,

Arthur?« Es überraschte sie selbst, wie energisch ihre Stimme klang.

»Die Journalistin hat herausgefunden, dass Jasmin hier auf der Bank vor dem Eingang fotografiert wurde. Sie wird mit Sicherheit herkommen, und wenn sie eintrifft, sollten wir weg sein. Weit weg.«

Ein zarter Silberstreif am Horizont. Eine Journalistin war vielleicht auf dem Weg hierher. Sie könnte ihr helfen. Zu zweit wären sie stärker. Immerhin hatte sie bisher keine Waffe bei Arthur gesehen. Sie musste die Zeit für sich arbeiten lassen.

»Rede mit ihm!«, hämmerte es in ihrem Kopf. Nur worüber? In Windeseile ging sie in Gedanken verschiedene Themen durch und realisierte, dass sie Arthur zwar schon seit vielen Jahren kannte, doch keine Ahnung hatte, wofür er sich interessierte. Ob er Hobbys, Vorlieben oder Freunde hatte, mit denen er etwas unternahm. Wenn sie sich getroffen hatten, war es in ihren Gesprächen immer nur um Marko und Musik gegangen.

»Das heißt also, wir fahren nicht zur Polizei.« Was für eine magere Themenausbeute, dachte sie bitter.

»Nein.«

Sie überlegte, ob er methodisch vorging oder bei ihrer Flucht intuitiv handelte, getrieben von Panik. »Gibt es einen Plan B?«

Er presste die Lippen fest aufeinander. Seine Ungeduld wuchs. Lange würde er sich durch ihr dummes Gequatsche nicht mehr aufhalten lassen.

»Das bringt doch alles nichts, Arthur«, schlug

sie einen versöhnlichen Ton an. »Ich bin mir sicher, dass die Ermittler deine Gründe verstehen werden. Marko, Jasmin und Gabriel haben ein elendes Spiel mit dir getrieben. Sie sind schuld, dass das alles passiert ist.«

»Ruth, bitte.« Er warf ihr einen genervten Blick zu. »Halt mich nicht für naiv. Sie werden es ganz bestimmt nicht verstehen, und ich werde für viele Jahre hinter Gitter wandern.«

»Und wenn schon. Könnte doch sein, dass du dort Ruhe findest. Vielleicht fängst du sogar ein Studium an.« Sie hörte sich an, als schlüge sie ihm eine bestimmte Universität vor. Sogar in ihren Ohren klang sie unglaubwürdig.

»Blödsinn.«

»Was, wenn ich mich weigere mitzukommen?«

Er stieß ihr mit der Faust in die Rippen. Der Schmerz durchfuhr sie wie ein Messerstich. Sie schrie auf, klappte nach vorn und rang nach Luft. Er fasste in ihre Haare und zog sie mit sich. Sie hatte keine Wahl. Mit schief gelegtem Kopf stolperte sie hinter ihm her.

»Lass los, Arthur! Du tust mir weh.«

Er ließ sie tatsächlich los. »Wenn du nicht endlich tust, was ich dir sage, war das erst der Anfang. Klar?«

Sie nickte und folgte ihm, so schnell es ihre verletzten Rippen zuließen.

An der Eingangstür drehte er sich noch mal zu ihr um. »Übrigens haben sie Robert und Nathalie festgenommen.«

»Was?« Sie blieb abrupt stehen.

»Offenbar verdächtigen sie die beiden.«
»Warum?«
»Sie waren in der Nacht zu Donnerstag in Graz. Steht sogar in Nathalies Terminkalender.«
»Aber du hast doch gesagt, dass du Gabriel …«
Arthur grinste böse. »Tja, blöd gelaufen für die beiden. Wären sie mal woandershin gefahren. Von wegen, ich treffe mich mit dem örtlichen Konzertveranstalter. Mit dem hätte sie auch telefonieren können.«
»Was meinst du?«
»Sie fickt Robert seit einem Monat. Die beiden dachten, ich hätte nichts gecheckt, aber die gute Nathalie hat vergessen, dass ich alles mitbekomme.«
»Das freut mich für Robert«, sagte Ruth bemüht freundlich. »Er war so lange allein.«
»Als ich Nathalie damals verraten hab, dass Marko und Jasmin was miteinander haben, ist sie förmlich in die Luft gegangen. Und jetzt hat sie selbst etwas mit einem Klienten angefangen.«
»Manchmal wirft man halt seine Prinzipien über Bord, Arthur.«
»Eine verlogene Bagage ist das!«, brüllte er plötzlich los.
Ruth spürte Tröpfchen seines Speichels auf der Nase. Sie hasste es, wenn ihr jemand beim Reden ins Gesicht spuckte. »Das ist doch ihre Privatsache«, sagte sie ruhig.
»Ist es nicht!«
Seine Reaktion erinnerte sie an die eines verärgerten kleinen Kindes. Die Wut hatte die Kontrolle über ihn übernommen. Er war nicht mehr er selbst.

»Sei kein Narr, Arthur. Wir müssen die Sache aufklären. Du musst dich stellen, verstehst du? Du kannst nicht mit drei Morden leben und andere dafür büßen lassen.«

»Und wie ich das kann.« Er zog sie mit sich zum Auto.

36

Sarah sah den altmodisch wirkenden Bungalow vor sich größer werden. War sie hier richtig? Das Navi hatte sie über die Landstraße und einen geschotterten Feldweg hierhergeführt. Das Haus lag vor einem großen Waldstück. Direkt dahinter erhoben sich mannshohe Nadelbäume. Jemand, der es nicht kannte und hier nichts zu tun hatte, würde das kleine Gebäude, das am oberen Ende der Felder lag, vermutlich aus den Augenwinkeln heraus registrieren, aber mehr nicht. Eine Minute später hätte er es schon wieder vergessen.

Es waren noch etwa fünfzig Meter bis zu ihrem Ziel, als Sarah einen dunklen BMW vor dem Haus entdeckte. Nahe dem Wagen standen Ruth Gerand und Arthur Zink. Sie stritten, daran bestand kein Zweifel. Er hielt sie am Handgelenk fest, zog sie Richtung Auto. Sie wehrte sich, redete auf ihn ein. Ihre Mimik verriet, dass sie Schmerzen hatte.

Hat er eine Waffe?, überlegte Sarah. Wohl kaum. Andernfalls würde er Ruth Gerand damit bedrohen. Dennoch, sie durfte jetzt keinen Fehler machen. Aber was tat man in solch einem Augenblick? Sie hoffte, dass Stein ihre Nachricht bereits gelesen und möglicherweise die Polizei in Pressbaum losgeschickt hatte. Gab es überhaupt einen Polizeiposten in dem Ort?

Verflucht, Sarah, konzentrier dich!

Sie entschied sich, einen Gang runterzuschalten und im Schritttempo den Weg entlangzurollen.

Die beiden hatten sie längst bemerkt. Ruth Gerand schaute in ihre Richtung, ihre Augen bohrten sich regelrecht durch die Windschutzscheibe des Hondas in Sarahs. In ihnen sah sie mehr als nur einen Funken Hoffnung auf Rettung. Ruth Gerand war definitiv unfreiwillig hier. Ebenso unfreiwillig, wie sie sich ins Auto bugsieren ließ. Sarah sah, wie sie den Mund öffnete. Der frenetische Schrei, den sie ausstieß, wurde nur durch die Frontscheibe gedämpft.

»Hilfe!«

Arthur Zink riss an ihrer Hand. Auf Sarah wirkte er unentschlossen – oder hatte er Angst? Angst vor dem eigenen Handeln? Angst, zu Ende zu führen, was er begonnen hatte?

»Hilfe!«

Im nächsten Augenblick saß Ruth Gerand im Auto. Arthur Zink warf die Beifahrertür zu, umrundete im Laufschritt den BMW und stieg auf der Fahrerseite ein.

Sarahs Herz schlug bis zum Hals. Sie durfte die beiden einfach nicht wegfahren lassen. Möglicherweise auf Nimmerwiedersehen. Von Ruth Gerand würden sie in ein paar Tagen höchstens noch ihre Leiche finden. Nein, das konnte, das wollte sie nicht zulassen. Sie würde sich das nie verzeihen.

Immerhin führte der einzige Weg zurück auf die

Landstraße an ihr vorbei. Sie stoppte ihren Honda mitten auf dem Feldweg, fixierte den BMW durch die Windschutzscheibe. Noch war Arthur Zink nicht losgefahren. Die Heckscheibe des BMW war getönt, sodass sie nicht sehen konnte, was im Inneren passierte. Debattierten die beiden? Brachte Ruth Gerand ihn zur Vernunft?

Langsam, ohne den BMW aus den Augen zu lassen, stieg Sarah aus und drückte die Wagentür des Honda so leise wie möglich zu. Obwohl Zink sie mit Sicherheit beobachtete, ging sie mit vorsichtigen Schritten in dessen Richtung.

Der BMW wurde angelassen und setzte sich gleich darauf in Bewegung. Nachdem Zink ihn gewendet hatte, sah sie ihm durch die ungetönte Frontscheibe direkt in die Augen. Der Wagen stand jetzt mit laufendem Motor.

»Herr Zink!«, brüllte Sarah. »Die Hinweise. Sie wollten doch wissen, welche Hinweise ich meinte. Ich verrate es Ihnen, wenn Sie aussteigen und mit mir reden.«

Sie konnte nicht sagen, warum in ihrem Kopf das Bild auftauchte. Aber plötzlich wähnte sie sich in einem billigen Western, wo die Gegner vor dem Saloon auf staubiger Straße mit der Hand am Pistolenhalfter einander gegenüberstanden und sich die Zuschauer hinter Fenstern, Wassertrögen und Scheunentüren verschanzt hatten.

»Die Haare«, fuhr sie fort. »Jasmin Meeraths Haare waren Ihnen wichtig. Sie symbolisierten ihren Charakter und waren ein maßgeblicher Teil ihrer Anziehungskraft. Ebenso ihre Sommersprossen. Sie waren wunderschön, nicht wahr? Der heimliche Verehrer sähe nur ihre Haare, hatte Jasmin gemeint, nachdem Sie ihr die Zeichnung hatten zukommen lassen. Aber mit der Vermutung lag sie falsch. Die Zeichnung hat ihren Charakter eingefangen. Samt Sommersprossen, das haben Sie mir selbst gesagt.« Sie machte den Bruchteil einer Sekunde eine Pause. Nur so lange, bis sie sicher war, dass das Gesagte bei ihm angekommen war. »Sie haben sie verehrt, Arthur. So sehr, dass Sie sie gezeichnet haben, ja, zeichnen mussten. Liege ich damit richtig? Die Geige auf ihrem Bauch war das Symbol dafür, dass sie nie mehr dem Geigenspiel des Teufels verfallen sollte. Durch den Mord haben Sie Jasmins Seele befreit.«

Das Fahrerfenster glitt nach unten, und Zinks Kopf erschien. »Gehen Sie weg!«

Sarah analysierte die Situation. Zinks Stimme war fast tonlos. Es war unübersehbar, dass ihre Worte etwas bei ihm bewirkt, ihn berührt hatten. Ruth Gerand weinte am Beifahrersitz.

»Marko Teufel hatte Jasmin verzaubert, sie verführt«, redete Sarah weiter. »Wie er es schon mit so vielen Menschen getan hatte. Anfangs haben Sie zugesehen, Ihren Schmerz still erduldet. Aber es hat Sie fast umgebracht zu wissen, wie glücklich die beiden miteinander waren.« Die Worte trafen Ruth Gerand vermutlich mitten ins Herz. Aber darauf konnte Sarah jetzt keine Rücksicht nehmen.

»Und Sie waren wütend auf Jasmin, weil sie sich verführen ließ. Als sie nach Graz ziehen wollte, haben Sie es nicht mehr ausgehalten. Sie mussten sie aufhalten. Und der Teufel, der sie Ihnen hatte entreißen wollen, musste mit ihr sterben. Sie haben Marko seine kleine goldene Geige weggenommen, weil das Glück nach den Morden endlich auf Ihrer Seite sein sollte. Aber warum Gabriel Kern? Erklären Sie's mir, Arthur! Ich will Sie verstehen!«, rief Sarah. Ihre Brust drohte zu zerspringen. Ihr Herz pochte wild. Sie versuchte, ihren Atem zu kontrollieren, um möglichst ruhig zu klingen. »Reden Sie mit mir!«

Aber Zinks Kopf verschwand, und das Fahrerfenster glitt wieder nach oben. Langsam rollte der BMW auf sie zu.

Sarah wich nicht zur Seite, vertraute darauf, dass Zink sie nicht überfahren würde. Das Auto wurde schneller. Nur mehr etwa dreißig Meter lagen zwischen ihnen. Der Schotter unter den Reifen knirschte. Zwanzig Meter. Arthur Zink gab Gas.

Der Kerl würde doch nicht ernsthaft ...

Ihr gelang es nicht mehr, den Gedanken zu Ende zu denken.

Ein lautes Krachen folgte.

37

Ruth rang nach Luft. Sie versuchte, Arthur ins Lenkrad zu greifen, doch der bohrende Schmerz bei jedem Atemzug lähmte sie.

»Du hast das Auto angefahren!«, brüllte sie.

Er schwieg. Seine Kiefer mahlten wütend.

»Was ist mit der Frau? Ist sie verletzt? Arthur, dreh um, wir müssen nach ihr sehen!«

Im nächsten Moment fuhr er direkt in ein Schlagloch. Der Stoß fühlte sich an, als würde ein Hammer mit voller Wucht gegen ihre schmerzenden Rippen geschlagen werden. »Dein BMW hat sicher auch was abbekommen«, versuchte Ruth dennoch keuchend, endlich zu ihm durchzudringen. »Wer war das?«

»Sarah Pauli. Diese verfluchte Journalistin vom *Wiener Boten*«, knurrte er.

»Die, von der du vorhin im Haus gesprochen hast? Der Grund, weshalb wir Hals über Kopf fliehen, als wären wir Bonnie und Clyde?«

Er nickte und nahm die Autobahnauffahrt Richtung Salzburg.

»Warum fahren wir nicht nach Wien?«, durchbrach sie die kurze Stille.

Er antwortete wieder nicht, starrte auf die Straße.

Sie öffnete das Handschuhfach.

»Falls du mein Handy suchst, um Hilfe zu rufen: Das hab ich wirklich zu Hause gelassen.«

Sie schmiss die Klappe wieder zu. »Sie werden denken, dass wir gemeinsame Sache gemacht haben.«

»Das glaube ich nicht«, behauptete Arthur.

Ihr Blick streifte besorgt den digitalen Tacho, die Nadel wanderte gefährlich schnell nach oben. Sie flogen über die Autobahn. 140. 150. 200. Arthur wechselte kaum die Spur, blieb links. Betätigte die Lichthupe, damit die Autos vor ihnen Platz machten.

»Fahr langsamer«, flehte Ruth. »Du bringst uns noch um.«

Er erhöhte das Tempo weiter. Als vor ihnen ein Lkw ausscherte, um einen anderen zu überholen, schrie sie auf. Arthur drückte die Lichthupe, und der Lkw schwenkte zurück auf die rechte Fahrbahn.

Ruth hätte sich gerne umgedreht, um zu sehen, ob inzwischen vielleicht die Autobahnpolizei auf den Wahnsinnsfahrer aufmerksam geworden war, doch ihre Rippenverletzung hätte die Bewegung nicht zugelassen. Ihre Augen füllten sich mit Tränen, die zuerst nur vereinzelt, dann als dünnes Rinnsal über ihre Wangen liefen. »Fahr mich nach Hause, Arthur. Bitte.«

»Dafür ist es zu spät.«

»Vorsicht!« Ruth riss angstvoll die Augen auf.

Ein Porsche vor ihnen überholte einen Passat. Arthur wurde langsamer, betätigte erneut die Lichthupe, ließ den Porschefahrer das Manöver aber beenden.

»Es ist nie zu spät«, krächzte Ruth.

»Die Polizei hat deine Villa durchsucht.« Arthur gab wieder Gas.

»Ich weiß. Eine Redakteurin in den Fernsehnachrichten meinte, sie hätten etwas entdeckt. Ich kann mir aber nicht vorstellen, was das sein soll.«

»Den Grabstichel.« Er klang freundlich. Fast so, als informierte er sie über ein unwichtiges Detail.

»Welchen Grabstichel? Ich besitze keinen.« Sie sah ihn von der Seite an. Als sie sein spitzbübisches Lächeln sah, überrollte sie die Erkenntnis wie ein Schnellzug. »Du warst das? Hast du den Grabstichel …? Natürlich, du warst das in meinem Garten. Du hast die Mordwaffe, mit der du Marko und Jasmin erstochen hast, in meiner Garage versteckt.« Sie konnte es nicht fassen. Er hatte sie reingelegt und wollte der Polizei die Mörderin nun auf dem Silbertablett präsentieren.

Am liebsten hätte sie ihm voller Wut und Enttäuschung ins Gesicht geschlagen. Aber stattdessen lehnte sie sich im Autositz zurück und stöhnte. »O Gott, Arthur! Warum tust du mir das alles an? Ich hab dir doch nie etwas getan. Ich nicht!« Sie drehte den Kopf und musterte ihn. Seine Finger krallten sich fest um das Lenkrad, er wirkte wie von Sinnen, vollkommen uneinschätzbar. »Was hast du jetzt vor?«

Er antwortete nicht, drückte das Gaspedal noch weiter durch.

Sie ahnte, dass er längst die Kontrolle über sich selbst verloren hatte, und hielt sich mit beiden Armen am Haltegriff fest. Der Schweiß stand ihr auf der Stirn. Noch nie in ihrem Leben hatte sie so große Angst gehabt. »Bitte fahr langsamer«, keuchte sie mit tränenerstickter Stimme.

Endlich reagierte er, indem er seinen Kopf in ihre Richtung drehte. Er sagte noch immer nichts, aber öffnete seinen Gurt.

»Was machst du?«

Er schaute sie aus leeren Augen an. »Ich hab sie geliebt, Ruth. Wirklich geliebt.« Er richtete den Blick wieder auf die Straße, riss das Steuer nach rechts, drängte sich zwischen einen Fiat und einen VW hindurch und hielt auf die Leitplanke zu.

Mit weit aufgerissenen Augen starrte Ruth durch die Windschutzscheibe. Sie wusste, was jetzt gleich passieren würde, doch ihr Verstand weigerte sich, es zu glauben.

Sekunden später brüllte der Motor auf, Glas splitterte, und Metall knirschte. Ruth schrie in Todesangst.

38

Sarah saß auf dem Feldboden. Ihre rechte Schulter schmerzte, und ihre Hand zitterte, als sie mit dem Taschentuch über die blutenden Kratzer auf ihrer Handfläche wischte. Vorsichtig bewegte sie die Finger, drehte das Handgelenk. Wie es schien, hatte sie sich bei dem Sturz nichts gebrochen. Mit einem beherzten Sprung zur Seite hatte sie sich gerettet, hatte sich dabei aber mit den Händen am Boden abgestützt und war mit der rechten Schulter hart aufgeschlagen. Sie atmete tief ein und wieder aus, um sich zu beruhigen. Als sie versuchte aufzustehen, gaben ihre Knie immer wieder nach. Der Schreck steckte ihr noch in den Gliedern. Wie in Trance starrte sie einen Moment lang den Feldweg hinunter. Sie hatte keinen Schimmer, wohin die beiden gefahren waren.

»Arthur Zink, du mieser kleiner Killer«, knurrte Sarah und probierte erneut, auf die Füße zu kommen. Diesmal gelang es ihr, und sie wankte zum Auto zurück.

Der Honda hatte eindeutig mehr abbekommen als sie. Die Stoßstange hatte eine Delle, der linke Scheinwerfer war zu Bruch gegangen, ein Außenspiegel lag auf dem Boden, und entlang der Fahrertür zog sich ein breiter Kratzer. David würde fluchen. Sie hatten den Honda Civic erst vor zwei Monaten gegen den alten Opel Adam getauscht. Er hatte noch kaum Kilometer drauf, war aber dank ihrer Aktion schon reparaturreif.

Sie öffnete die Tür, setzte sich auf den Fahrersitz, nahm das Handy aus der Mittelkonsole und sah, dass Stein versucht hatte, sie zu erreichen. Trotzdem wählte sie zuerst den Polizeinotruf. Sie gab einer Beamtin ihre Position durch und meldete einen Unfall mit Fahrerflucht samt möglicher Geiselnahme. »Ich weiß nicht, ob der Fahrer auf der Landstraße bleibt oder zur Autobahn will. In dem Wagen sitzt auch Ruth Gerand. Sie steht auf der Fahndungsliste der Landeskriminalpolizei. Rufen Sie bitte Chefinspektor Martin Stein an und informieren Sie ihn.« Dann nannte sie die Automarke von Arthur Zinks Wagen und das Kennzeichen, das sie sich trotz der Geschwindigkeit, in der alles geschehen war, gemerkt hatte. Die Dame versprach, sofort Einsatzfahrzeuge loszuschicken. Sie hatte gerade aufgelegt, da meldete sich Stein erneut.

Sarah schilderte ihm krächzend, was sie Sekunden zuvor seiner Kollegin vom Notruf gesagt hatte; inklusive ihrem Sprung ins Feld.

»Bist du in Ordnung?«, fragte Stein besorgt.

»Ja. Bis auf ein paar Kratzer ist mir nichts passiert.«

»Bleib, wo du bist, Sarah. Wir sind auf dem Weg!«

Sie versprach es, legte auf und starrte durch die Windschutzscheibe auf die Bank vor dem Haus. Dort also war das Foto aufgenommen worden. Sie stieg aus dem Honda, und während sie darauf zuging, erkannte sie, dass die Eingangstür des Bungalows offen stand. Ihr war klar, dass es für sie unmöglich sein würde, ihn zu betreten, wären Stein und seine Mannschaft erst da. Schnell machte sie mit ihrem Handy ein Foto von dem Haus mit der Bank davor, das sie später für den geplanten Artikel verwenden konnte, dann ging sie zur Eingangstür und schob sie weiter auf.

»Hallo?«, rief sie von draußen in den Flur, denn es war denkbar, dass Arthur Zink nicht allein handelte. Doch niemand antwortete ihr.

Zögerlich trat sie ein. »Hallo?«

Stille empfing sie. Im Gang sah sie eine heruntergezogene Scherentreppe, die zu einer Dachluke führte. Sie ignorierte sie vorerst, streifte durch das Haus. Im Tonstudio standen Instrumente. Ihr Blick blieb an dem Kontrabass hängen. Ob Zink ihn entgegen seiner Behauptung noch spielt?, grübelte sie, während sie weiterging.

In der Küchenzeile fand sie Vorräte für einige Tage, doch nichts wies darauf hin, dass hier vor Kurzem jemand gegessen hatte. Sie warf einen Blick durch die Terrassentür. Der Sturm hatte Äste von den Bäumen gebrochen, die im Garten verteilt lagen. Auf dem Couchtisch sah sie jenes Foto von Jasmin Meerath, das sie hierhergeführt hatte. Es war zerrissen, aber jemand hatte es mit durchsichtigem Klebeband wieder zusammengeklebt. Sie nahm es mit spitzen Fingern auf, damit sie es nicht mit ihrem Blut befleckte, drehte es um und entdeckte eine handgeschriebene Widmung: *Lieber*

Arthur! Liebe kann man nicht erzwingen. Sie passiert. Ich wünsche dir alles Glück dieser Welt. Jasmin

Jasmin Meerath hatte also gewusst, wer ihr angeblich heimlicher Verehrer gewesen war. Sarah betrachtete die Bleistiftzeichnung, ebenfalls erst zerfetzt und dann wieder zusammengefügt. Ihr Herz pochte. Das musste die Zeichnung sein, die Jasmin in den Müll geworfen hatte. Jemand musste sie aus dem Abfall genommen und hierhergebracht haben. Arthur Zink! Was hatte das alles zu bedeuten? Sie musste sich beeilen, wenn sie noch auf den Dachboden schauen wollte, bevor Stein und seine Kollegen eintrafen.

Zurück im Flur erklomm sie rasch die Stufen der Scherentreppe. Nahe der Luke lag ein Damensakko auf dem Boden, daneben stand eine Truhe. Ein kurzer Blick hinein bestätigte Sarahs Vermutung. Der Inhalt bestand aus jenen Gegenständen, die Jasmin Meerath angeblich verlegt oder verloren geglaubt hatte. Zudem entdeckte sie eine kleine goldene Geige.

Als sie sich nähernde Autos hörte, kletterte sie wieder nach unten und eilte ins Freie.

Stein stieg gerade aus seinem Audi A6. Manuela Rossmann, die Sarah seit geraumer Zeit kannte, und weitere Polizisten in Uniform begleiteten ihn.

Stein kam zu ihr, legte seine Hände auf ihre Schultern und schaute ihr tief in die Augen. »Und du bist bis auf die schmutzigen Jeans wirklich in Ordnung?«

Sarah sah an sich hinab und bemerkte erst jetzt die dunklen Erdflecken auf ihrer Kleidung. »Ja.«

Stein nahm seine Hände von ihrer Schulter, griff

nach ihren und besah sich die Kratzer. »Gut. Das hier heilt schnell.«

»Auf dem Dachboden steht eine Truhe mit Gegenständen, die Jasmin Meerath gehörten. Und mit einer kleinen goldenen Geige. Vermutlich von Marko Teufel.«

Er ließ sie wieder los. »Wie schön, dass du schon in dem Haus herumgestiefelt bist und uns viele Spuren hinterlassen hast. Das macht unsere Arbeit gleich viel einfacher.«

»Das hier ist kein Tatort«, entgegnete sie.

»Aber Arthur Zinks Studio.«

»Dieser Mistkerl hat mich ganz schön an der Nase herumgeführt«, fluchte sie.

»Solltest deine Kristallkugel mal überprüfen lassen.« Stein zwinkerte ihr zu, bevor er Manuela Rossmann anwies, die Spurensicherung zu rufen. »Bis die Kollegen hier sind, betritt niemand mehr das Haus.«

Sein Handy läutete. Während er abhob, behielt er Sarah im Auge, als befürchtete er, dass sie seine Anweisungen ignorierte. »Okay«, sagte er schließlich, legte auf und öffnete die Beifahrertür seines Audi. »Steig ein!«

»Wohin fahren wir?«

»Auf der A1 auf Höhe Böheimkirchen hat es einen Unfall gegeben. Arthur Zinks Wagen ist darin verwickelt.« Er knallte das Blaulicht aufs Autodach und brauste los, nachdem sie beide eingestiegen waren.

»Was ist mit Nathalie Buchner und Robert Teufel?«, fragte Sarah, um sich von Steins grauenhafter Raserei abzulenken. »Habt ihr sie festgenommen oder nur befragt?«

»Sie sind schon wieder zu Hause.«

»Warum waren sie bei dir?«

»Weil sie in der Mordnacht in Graz waren. Aber sie haben ein Alibi für den Tatzeitraum. Der Konzertveranstalter, mit dem sie sich in der Bar vom Hotel Weitzer getroffen haben, und der Barkeeper können bezeugen, dass sie bis drei Uhr dort waren.«

»Wenn Arthur Zink die Termine seiner Chefin kennt«, schlussfolgerte Sarah, »hätte er doch die Möglichkeit nutzen können, um exakt zur selben Zeit nach Graz zu fahren, Gabriel Kern zu töten und retour nach Wien zu düsen.«

»Hätte er. Nur leider haben die Kameras in den Autobahntunnels sein Auto nicht erfasst – im Gegensatz zu dem von Robert Teufel. Genauso wie die Kameras bei den Mautstellen.«

»Landstraße?«, schlug Sarah vor.

In dem Augenblick bemerkten sie die stehenden Autos. Es hatte sich bereits ein langer Stau gebildet, und einige Fahrzeuge blockierten die mittlere Fahrbahn vor ihnen.

Stein schaltete zum Blaulicht das Folgetonhorn ein. »Was eine Rettungsgasse ist, müssen die alle offenbar noch lernen«, knurrte er.

Die Autos wichen an den Straßenrand aus, dennoch dauerte es ein paar Minuten, bis sie zur Spitze der Kolonne vorgedrungen waren. Dort empfing sie zuckendes Blaulicht der Einsatzfahrzeuge. Stein blieb hinter dem Feuerwehrwagen stehen.

»Keine Fotos von Personen«, wies er Sarah an.

»Wofür hältst du mich eigentlich?«, beschwerte sie sich.

Sein Blick sprach Bände.

Als sie ausstiegen, sah Sarah zuerst den dunklen BMW, der zuvor ihren Honda angefahren hatte. Er hatte ein Loch in die Leitplanke gerissen. Vorn auf der Fahrerseite war er gänzlich zerstört, Teile der Karosserie lagen auf der gesamten Fahrbahn verstreut. Sie schoss ein paar Fotos von den Wrackteilen und dem Rettungswagen ohne Menschen darauf und schickte sie Maja. *Unfall Arthur Zink*, schrieb sie ihr. *Ruth Gerand saß ebenfalls im Wagen. Weitere Infos später!*

In dem Moment hievten Rettungskräfte Ruth Gerand aus dem Unfallauto. Sarah konnte nicht erkennen, ob sie lebte oder tot war.

Donnerstag, 17. Juni

39

Nach alldem, was sie erlebt hatte, war es ein eigentümliches Gefühl, das Grundstück wieder zu betreten. Es kam ihr vor, als wäre sie lange weg gewesen. Nicht nur eine Woche. Auf Krücken humpelte sie den Gartenweg zur Villa entlang. Robert hatte sie aus dem Krankenhaus abgeholt, in dem sie die letzten drei Tage verbracht hatte. Sie hatte darauf bestanden, um ihm auf dem Heimweg in Ruhe die ganze Wahrheit zu erzählen. Bei dem Unfall hatte sie sich nur das linke Bein gebrochen und eine leichte Gehirnerschütterung davongetragen. Die Ärzte hatten es ein Wunder genannt, dass sich keine der gebrochenen Rippen bei dem Aufprall in ihre Lunge gebohrt hatte. Bettruhe und Schmerztabletten würden ihr in den nächsten Wochen helfen, wieder fit zu werden. Wenigstens körperlich.

Helene bildete das Empfangskomitee. Sie stand in der offenen Tür und zog Ruth, als die vor ihr stand, vorsichtig in ihre Arme. »Mutter und Vater sind auch schon unterwegs«, flüsterte sie. Dann führte sie Ruth ins Wohnzimmer, nahm ihr die Krücken ab, drückte sie sanft aufs Sofa und versorgte sie mit Suppe, als hätte sie eine schwere Grippe.

Ruth musste immer wieder an Arthur denken. Er lag

im künstlichen Tiefschlaf. Da er seinen Gurt vor dem Aufprall gelöst hatte, war er durch die Frontscheibe katapultiert worden. Die nächsten Tage würden für ihn über Leben oder Tod entscheiden, hatte Chefinspektor Stein sie wissen lassen. Ebenso, dass es der Journalistin gut ging und sie nur leichte Schürfwunden und Prellungen erlitten hatte. Als er am Morgen nach dem Unfall im Krankenhaus aufgetaucht war, hatte sie ihm von Arthurs Beichte erzählt. Er hörte zu, fragte zwischendrin nach und glaubte ihr am Ende. Es war hilfreich, dass man den Grabstichel, mit dem Gabriel ermordet worden war, bereits im Kofferraum des BMW gefunden hatte.

»Herr Zink hat in der Mordnacht wohl die Landstraße von Wien nach Graz genommen«, meinte Stein, denn Arthurs Auto war weder von den Kameras auf der Autobahn aufgezeichnet worden, noch hatten die Kameras am Grazer Bahnhof ihn erfasst. Trotzdem war inzwischen klar, dass er in Graz gewesen war. Eine Hausbewohnerin hatte zufällig um ein Uhr morgens am Fenster gestanden und gesehen, wie ein Mann aus dem Atelier kam. Sein Gesicht war einen Moment lang deutlich zu erkennen gewesen, bevor das Licht in der Werkstatt erloschen war. Sie hatte sich nichts dabei gedacht, weil Gabriel Kern öfter nachts arbeitete und Freunde einlud, doch als die Grazer Ermittler ihr ein Bild von Arthur Zink vorgelegt hatten, hatte sie ihn sogleich identifiziert. Und nicht zuletzt bewies sein Geständnis Ruth gegenüber, dass er die drei Morde begangen hatte.

»Sicherheitshalber werden wir seine DNA noch mit den Spuren an beiden Tatorten vergleichen«, sagte Stein und verlangte im selben Atemzug eine Erklärung für ihre Lüge. »Sie waren während des Konzerts Ihres Mannes im Stadtpark«, behauptete er mit strengem Blick und zeigte ihr ein Foto, auf dem sie zu sehen war. »Das hat eine Zeugin aufgenommen.«

Sie konnte ihre Anwesenheit nicht logisch begründen. An dem Abend hatte sie es einfach in den Park gezogen. Sie wollte Marko auf der Bühne sehen. Vielleicht auch, um sich zu vergewissern, wie weit die Beziehung zwischen ihm und Jasmin fortgeschritten war. Ob Jasmin sich verhielt wie eine Frau, die bald seine offizielle Freundin sein würde. Nach der Scheidung, auf der Marko wahrscheinlich nach der Tournee bestanden hätte. Oder ob sie sich dezent im Hintergrund hielt. Ruth hatte den Stadtpark bei der Zugabe verlassen, weil sie niemandem zufällig über den Weg hatte laufen wollen. Das alles hatte sie so dem Ermittler erzählt, der nur genickt und ihr gute Besserung gewünscht hatte, bevor er gegangen war.

Robert holte eine Decke, wickelte sie ihr um die Beine und nahm auf einem Sessel Platz. »Bist du dir ganz sicher, Ruth?«

Sie nickte. »Ich will nichts mehr davon im Haus haben.« Auf dem Weg vom Krankenhaus in die Villa hatte sie ihn gebeten, Markos Arbeitszimmer auszuräumen und alle Sachen mitzunehmen. Sie wollte, dass er alles von seinem Bruder bekam, inklusive der Viertelmillion Euro auf dem Konto, das Marko ihr verheimlicht hatte.

Sie brauchte weder sein Geld noch etwas, das sie an ihn erinnerte. Das Kapitel mit ihm war endgültig abgeschlossen.

Roberts Blick schweifte kurz zu Helene und wieder zu Ruth. »Marko erhält ein Ehrengrab am Zentralfriedhof.«

»Dann hat deine Mutter wohl ihren Willen bekommen.« Sie lächelte gütig. »Aber es ist in Ordnung für mich.« Im Nachhinein wurde ihr klar, dass Thekla ihr die Organisation der Beerdigung nur deshalb so vermeintlich großzügig überlassen hatte, weil sie zu dem Zeitpunkt die Sache mit dem Ehrengrab längst angeleiert hatte.

Robert sah sie erstaunt an. »Aber du wolltest doch …«

Sie stoppte ihn mit einer raschen Geste. »Es ist mir gleich, wo er verscharrt wird. Und wenn es in einem Ehrengrab ist, muss ich mich wenigstens nicht darum kümmern, weil das die Stadt Wien übernimmt. Gibst du dem Bestatter Bescheid, Helene?«

»Hab ich schon. Thekla hat mich vor vier Tagen angerufen, aber ich konnte dich ja nicht erreichen.« Sie zuckte mit den Schultern. Fast ein wenig hilflos und verzweifelt, wie es auf Ruth wirkte.

»Das Begräbnis findet nächste Woche am Montag statt«, sagte Robert. »Davor wird er in der Kirche am Friedhof aufgebahrt, damit sich die Fans von ihm verabschieden können.«

»Ich werde nicht zur Beerdigung kommen.« Ruth wandte sich Helene zu. »Ich weiß, das wird unseren

Eltern nicht schmecken, aber ich habe mich entschieden.« Ihr Blick glitt durch die Terrassentür zu dem Jasminstrauch. »Was ist mit Jasmin?«

»Nathalie übernimmt die Begräbniskosten. Sie wird auf dem Ottakringer Friedhof beigesetzt«, sagte Robert.

»Das wird Arthur freuen, so liegt sie weit genug von Marko entfernt.« Ruths Gefühlswelt war aus den Fugen. Einerseits empfand sie große Wut. Arthur war ein bestialischer Mörder, der auch sie fast getötet hatte. Andererseits hatte sie Mitleid mit ihm. Er, der gutmütige, stets loyale Freund, war von seinen Jugendkumpels mit Füßen getreten worden. »Was ist mit Gabriels Beerdigung?«, fragte sie.

»Seine Eltern kümmern sich darum. Sie ist am Samstag«, antwortete Robert. »Nathalie und ich werden hinfahren. Du kannst dich uns gern anschließen, wenn du mitkommen willst.«

»Ich glaube, dazu fehlt mir momentan die Kraft.« Sie lächelte tapfer. »Aber das mit Nathalie und dir freut mich.«

Er sah sie überrascht an.

»Arthur wusste es schon länger«, erklärte sie. »Auch dass ihr am Mittwochabend in Graz sein würdet. Vermutlich hätte er das Mordwerkzeug bei dir oder Nathalie deponiert, wäre ihm nicht diese Journalistin in die Quere gekommen.«

Ihr Schwager nickte betrübt. Einen kurzen Moment lang schloss er die Augen, dann stand er auf und ging in Markos Arbeitszimmer, um die Sachen ihres Mannes zusammenzupacken. Morgen würde ein Speditionsunternehmen alles abholen.

Während Ruth einen Löffel Suppe zum Mund führte, sah sie, wie Helene sie mit sorgenvoller Miene betrachtete.

»Es geht mir gut«, betonte Ruth und bat ihre Schwester, den Laptop aus ihrem Arbeitszimmer zu holen. »Ich möchte mich bei der Journalistin bedanken. Sie hat sich selbst in Gefahr gebracht, als sie mich retten wollte.«

Helene holte das Notebook und legte es auf den Couchtisch. Ruth suchte die Mailadresse von Sarah Pauli heraus und schrieb ihr ein paar Dankesworte. Sie hatte sie gerade abgeschickt, da hörten die beiden Frauen die Haustür aufgehen und aufgeregte Stimmen.

Gleich darauf standen ihre Eltern im Wohnzimmer. Ihr Vater bedachte sie mit einem strengen Blick, ihre Mutter setzte sich weinend neben sie, legte den Arm um ihre Schulter und hielt sie fest. »Bin ich froh, dass es dir gut geht, Kind.«

Das hatte sie schon im Krankenhaus bei ihrem einzigen Besuch getan. Sie ganz festgehalten, als hätte sie Angst, Ruth könnte sich sonst in Luft auflösen.

»Wir werden diesen Mistkerl verklagen«, legte ihr Vater los.

Ruth war froh, dass er den Anwalt nicht gleich mitgebracht hatte. »Nein, das werden wir nicht«, widersprach sie.

»Warum nicht?« Ihr Vater sah sie überrascht an.

»Erkläre ich dir ein anderes Mal. Jetzt bin ich dafür zu müde.«

Er brummte etwas Unverständliches, hielt sich jedoch mit Vorhaltungen zurück. Doch sie wusste, dass es nur eine Frage der Zeit war, bis er ihr eine Standpauke halten würde. Zu Recht, fand sie. Trotzdem wollte sie das alles erst über sich ergehen lassen, wenn sie wieder bei Kräften war. Offenbar sah ihre Schwester das genauso, denn sie gebot ihm Einhalt, als er doch Anstalten machte zu sprechen.

»Heute nur freundliche Gespräche, Papa«, ermahnte sie ihn eisern.

Ruth lehnte sich zurück und schloss die Augen. Ihre Gedanken machten sich selbstständig. Vielleicht sollte sie sich tatsächlich einen Hund zulegen, wie Gabriel ihr einst geraten hatte. Unmittelbar kam ihr in den Sinn, dass sie mit seinem und Markos Mörder geschlafen hatte.

Dieses Geheimnis würde sie mit ins Grab nehmen. Mit diesem Vorsatz schlief sie im Sitzen ein.

40

Sarah saß in kleiner Kollegenrunde seit Stunden im Konferenzraum. Sie planten die Artikel für die nächsten Tage und Wochen. David hatte sich aufgemacht, Pizza zu holen, weil sie Hunger hatten, die Sitzung aber nicht unterbrechen wollten. Sarah und Maja hatten genug Material für eine umfangreiche Reportage gesammelt und hatten vor, sämtliche zusammengetragene Informationen in die Berichterstattung einfließen zu lassen. Die Kratzer an Sarahs Händen verheilten langsam und machten ihr keine Probleme mehr. Nur die Prellung an der Schulter plagte sie noch stark bei unbedachten Bewegungen.

»Wir könnten ein Buch über den Fall schreiben, so viele Infos haben wir«, merkte Herbert Kunz an.

»Das würde sich sogar verkaufen, weil zwei Promis eine Hauptrolle spielen«, meinte Conny.

»Es reicht, wenn wir im *Wiener Boten* eine Zusammenfassung aller Ereignisse bringen«, beschloss Sarah.

Martin Stein hatte sie freiwillig mit Zusatzmaterial versorgt, was sie ihm hoch anrechnete. Man hatte die Bestellung der Geigen, die Zink für die Inszenierung seiner Opfer an den Tatorten gebraucht hatte, in dessen privaten Mailaccount entdeckt. Ebenso die Fotos von

Marko und Jasmin, die in Ruth Gerands Briefkasten gelegen hatten. Zudem hatte Sarah vom Chefermittler erfahren, dass Arthur Zink Ruth Gerand die Morde sowie seine Gründe dafür gebeichtet hatte.

»Die Eifersucht, Missgunst und das Minderwertigkeitsgefühl einer verletzten Seele haben drei Menschen das Leben gekostet. Das ist so sinnlos«, hatte Stein traurig angemerkt. »Und du hattest wieder mal den richtigen Riecher.«

Conny hatte morgens mit Robert Teufel über die bevorstehende Tour gesprochen und überdies endlich klären können, was genau im Porgy & Bess passiert war. »Es war ganz anders, als die Gerüchteküche es verbreitet hat«, verkündete sie jetzt.

»Der Streit?«

»Der One-Night-Stand vom Teufel und der Zopf lag da schon Monate zurück. Zu dem Zeitpunkt waren sie und der Baldic noch gar kein Paar. Auch war Robert die Affäre zwischen Jasmin und seinem Bruder gleichgültig. Er und sie waren nach ihrem Techtelmechtel einfach gut befreundet. Aber ihn ärgerte, wie sich Marko gebärdete und Ruth mit seinem Verhalten regelmäßig demütigte.«

»Aber warum hat der Baldic dem Teufel dann eine reingehauen?«

»Weil er ein paar Bier intus hatte und meinte, dass Marko das schon lange mal verdient hätte.«

»Wirklich?«, sagte Sarah überrascht. »Aber sogar Theo Eisen und Jattel haben das anders erzählt.«

»Tja, wie heißt es so schön? Das Gerücht ist blind,

aber schneller als der Wind.« Conny zuckte mit den Schultern. »Hätte ich mir gleich denken können, dass es einen Grund gibt, weshalb das alles nicht zu mir durchgedrungen ist. Es war nur Bassenatratsch.« Sie lächelte breit. Ihre Welt war wieder in Ordnung.

Sarah versank kurz in Gedanken. Ruth Gerand hatte ihr eine Mail geschrieben und sich für die versuchte Rettungsaktion bedankt. Sarah war froh, dass der Unfall für sie einigermaßen glimpflich ausgegangen war. Sie hätte nur schlecht damit leben können, wäre die Gerand dabei gestorben. Sarah wünschte ihr von Herzen, dass es ihr gelingen würde, wieder nach vorn zu schauen. Sie war ihr zwar nur kurz vor Arthur Zinks Tonstudio begegnet, hatte aber das Gefühl, dass sie seither etwas verband.

Ruth Gerand gab nach wie vor keine Interviews, Thekla Teufel hingegen war umso bereiter, ihre Bestürzung über die Neuigkeiten in den Medien kundzutun. »Sie waren früher beste Freunde«, wurde sie nicht müde, in Mikrofone von Journalisten und bei Talkshows zu hauchen.

»Thekla Teufel lästert hinter vorgehaltener Hand weiter über Jasmin Meerath«, erzählte Conny, die Sarahs Gedanken erraten zu haben schien. »Sie habe einen Keil zwischen die langjährigen Freunde getrieben. Kein Wort darüber, dass Marko Teufel Zink in den letzten Jahren ausnutzte und ihm zusätzlich die Frau vor der Nase wegschnappte, obwohl er von dessen heimlicher Schwärmerei wusste.«

»Für das Projekt Walzerstadt wird jetzt nach einem

neuen Künstler gesucht«, meinte Maja, die kurz vor der Sitzung mit Nathalie Buchner telefoniert hatte. »Sie und Robert Teufel sind sehr bestürzt und fassungslos über die Ereignisse. Niemals hätten sie Arthur Zink die Taten zugetraut. Besonders schockiert sie, dass keiner von ihnen ihm nach den Morden irgendetwas angemerkt hat«, meinte sie. »Er habe sich verhalten wie immer. Freundlich und hilfsbereit. Über ihr derzeitiges privates Verhältnis wollten sie mir übrigens keine Auskunft geben.« Maja grinste.

David betrat den Raum. Augenblick verbreitete sich Pizzaduft. Er legte vier Kartons nebeneinander in die Mitte des Tisches und öffnete sie. »Ich hab sie schneiden lassen, dann kann jeder nehmen, worauf er Lust hat.«

Sarah und Maja hatten zuvor schon Teller und Servietten aus der Redaktionsküche geholt, Herbert Kunz stand jetzt auf und nahm mehrere Mineralwasserflaschen aus dem Kühlschrank. Der Reihe nach griff sich jeder ein Stück Pizza.

Sarahs Handy läutete, als ihre Hand über einer Pizza schwebte. Es war Stein.

»Arthur Zink hat's nicht geschafft. Er ist vor einer Stunde seinen Verletzungen erlegen«, ließ er sie wissen. »Der Unfall war eindeutig Selbstmord.«

»Was für ein sinnloses Ende«, sagte Sarah betrübt, bedankte sich bei ihm für die Information und legte auf.

Weil alle Augen auf sie gerichtet waren, gab sie die Neuigkeit gleich weiter.

Conny schüttelte verständnislos den Kopf. Kunz machte ein betrübtes Gesicht.

»Wirklich sinnlos«, murmelte Maja.

David schenkte Sarah einen mitfühlenden Blick und schob ihr ein Pizzastück auf einen Teller. »Kann ich dich zu einer Diavolo verführen? Die schmeckt wirklich sehr fein und feurig.« Er zwinkerte ihr aufmunternd zu.

Sie nahm den Teller, biss in die Pizza, kaute, schluckte. »Schmeckt verdammt gut.« Sie lächelte amüsiert. »Egal, wie man die Sache betrachtet, eins steht nach den letzten zehn Tagen fest: Sobald der Teufel auftaucht, drohen Verführung und Verlust der eigenen Seele.«

Anmerkung und Danksagung

Der Walzer gehört zu Wien wie der Stephansdom, das Kaffeehaus und das Riesenrad und wurde vom Walzerkönig Johann Strauß weltberühmt gemacht. Der gleichnamige Tanz im Dreivierteltakt fehlt auf keinem Ball in Österreich und basiert wiederum auf ihm ähnelnden Volkstänzen wie etwa dem Deutschen Tanz und dem Ländler. Einst war der Walzer verpönt, vor allem der Linkswalzer, weil dabei die Damen Knöchel zeigten und sich die Paare innig berührten. Erst der Wiener Kongress 1814/1815 machte ihn salonfähig und überaus beliebt. Im November 2012 nahm die UNESCO den Wiener Walzer in das österreichische Verzeichnis des immateriellen Kulturerbes auf, in gespielter, gesungener und getanzter Form. Und nun ist er Teil meiner Wien-Krimi-Reihe. Noch vor dem Schreiben kostete mich die Frage, ob ich Strauss mit zwei s oder Strauß mit scharfem ß schreiben soll, schlaflose Nächte. Vermutlich sagen Sie jetzt: »Mit ß, ist doch logisch.« Aber schon seit Langem gibt es Diskussionen über die richtige Schreibweise. Johann Strauß Vater und Johann Strauß Sohn unterzeichneten mit langem, doppelschleifigem s und anschließendem rundem s. Seinerzeit eine Alternative zum bereits gängigen scharfen ß. Das Institut für Strauss-Forschung (Obmann Dr. Eduard Strauss, Urenkel des Bruders von Johann Strauß Sohn) verficht die Schreibweise Strauss. Letztendlich habe ich mich jedoch für Strauß entschieden, weil Robert Sedlaczek, Autor zahlreicher Bücher über Sprache, und auch die Wiener Philharmoniker bei allem, was mit dem Neujahrskonzert zu tun hat, diese Form wählen.

Zuerst einmal danke ich Ihnen, liebe Leserinnen und Leser, dass Sie dieses Buch gelesen haben und meiner Sarah Pauli nun schon so lange die Treue halten. Ich hoffe, dieser Fall mit ihr hat Sie wieder gut unterhalten und für spannende Lesestunden gesorgt.

Ein großes Dankeschön geht auch diesmal an die wunderbaren Frauen im Goldmann Verlag. Meiner Lektorin Kerstin Schaub danke ich für ihr Vertrauen und die fruchtbaren Diskussionen, in denen wir Ideen, Figuren und Handlungen bereden. Ebenso danke ich Susanne Bartel. Es hat wieder Spaß gemacht, mit ihren Anregungen und Kommentaren das eigene Werk intensiv zu überarbeiten. Was wäre der Roman ohne eure Unterstützung.

Ich danke Claudia Hanssen (Leitung Presse), Barbara Henning und Katrin Cinque (beide Presse) und Galina Haak (Veranstaltungen) für alles, was sie für meine Sarah Pauli tun. Fühlt euch umarmt, und Manuela Braun drücke ich im Mutterschutz.

Meinem Agenten Peter Molden danke ich für seine ehrliche Meinung, seine Begeisterung, seine positiven Worte und die aufbauenden Gespräche.

Claudia Rossbacher danke ich für die vielen Jahre,

die wir nun schon befreundet sind, und für unsere Begegnungen im wirklichen Leben. Und danke, dass sich meine Sarah mit deinem Chefinspektor Sascha Bergmann und deiner Abteilungsinspektorin Sandra Mohr aus deinen erfolgreichen Steirer-Krimis in Graz treffen durfte.

Ich danke auch Vila Madalena dafür, dass sie sich in diesem Roman für einen Gastauftritt zur Verfügung gestellt haben. Franz Oberthaler (Klarinette, Saxofon, Gesang) und Nikola Zarić (Akkordeon, Gesang) begleiten mich immer wieder musikalisch bei Lesungen, und ihre Musik passt perfekt zu meiner Sarah. In dem Zusammenhang möchte ich auch Christian Hemetsberger (Werbeagentur sudoxe67.at) danken, der Vila Madalena und mich zusammenbrachte.

Und meinen Kindern Theresa und Raffael danke ich dafür, dass es sie gibt. Ohne euch wäre mein Leben nur halb so spannend. Meinem Mann Jeff danke ich für seine Fachinformationen zum Walzer, obwohl er eher Experte für Blues, Jazz und Rock ist. Er hat ja immerhin mit Tina Turner, David Bowie, den Rolling Stones, Joe Cocker und vielen anderen internationalen Künstlern zusammengearbeitet und nicht mit Strauß, Lanner & Co.

Ich würde mich freuen, wenn Sie, liebe Leserin/lieber Leser, meiner Sarah Pauli weiterhin treu bleiben, denn der nächste Fall wartet schon auf Sarah. Und falls Sie Lust haben, schreiben Sie mir auf Facebook oder Instagram.

Ihre Beate Maxian

Unsere Leseempfehlung

416 Seiten
Auch als E-Book erhältlich

512 Seiten
Auch als E-Book erhältlich

512 Seiten
Auch als E-Book erhältlich

Anwältin Evelyn Meyers aus Wien und Kommissar Pulaski aus Leipzig – ein eher ungewöhnliches Team, das doch der Zufall immer wieder zusammenführt. Gemeinsam ermitteln sie in drei ungewöhnlichen Fällen und folgen den Spuren perfider Serienmörder quer durch Europa …

www.goldmann-verlag.de
www.facebook.com/goldmannverlag

GOLDMANN
Lesen erleben

Unsere Leseempfehlung

384 Seiten
Auch als E-Book erhältlich

384 Seiten
Auch als E-Book erhältlich

608 Seiten
Auch als E-Book erhältlich

Eigentlich ist der Wiener Privatermittler Peter Hogart ja Versicherungsdetektiv. Doch immer wieder wird er in mysteriöse Todesfälle mithineingezogen – bis hin zur lebensgefährlichen Jagd nach einem Serienkiller. Drei atemberaubende Thriller in drei faszinierenden Städten.

www.goldmann-verlag.de
www.facebook.com/goldmannverlag

GOLDMANN
Lesen erleben

Um die ganze Welt des
GOLDMANN Verlages
kennenzulernen, besuchen Sie uns doch
im Internet unter:

www.goldmann-verlag.de

Dort können Sie
   nach weiteren interessanten Büchern *stöbern*,
   Näheres über unsere *Autoren* erfahren,
   in *Leseproben* blättern, alle *Termine* zu Lesungen und
   Events finden und den *Newsletter* mit interessanten
   Neuigkeiten, Gewinnspielen etc. abonnieren.

Ein *Gesamtverzeichnis* aller Goldmann Bücher finden
Sie dort ebenfalls.

Sehen Sie sich auch unsere *Videos* auf YouTube an und
werden Sie ein *Facebook*-Fan des Goldmann Verlags!

www.goldmann-verlag.de
www.facebook.com/goldmannverlag